Jasmin Baur

Entführt

Wie alles begann

Band 1

Dark Reverse Harem

Entführt
Wie alles begann
Band 1 der Reihe

1. Auflage

Fotograf Coverbild: Studio Zuchtriegel
Coverbild: Gzim Isenaj, Jasmin Baur, Ryad Bizo, J. G.
Charakterkarten: Coverhexe (Alannah Kottenstede)
Lektorat: gylgamesh2satyagraha

Bestellung und Vertrieb:
Nova MD GmbH, Vachendorf

ISBN 978-3-98942-324-4

Jasmin Baur
c/o autorenglück.de
Franz-Mehring-Str. 15
01237 Dresden
www.missjbaur.com

TRIGGERWARNUNG

Dieser Roman ist keine Liebesgeschichte! Die Inhalte dieser Geschichte richten sich an erwachsene Leser mit starken Nerven. Mit dieser Geschichte verherrliche oder romantisiere ich keinesfalls sexuellen Missbrauch und Gewalt! Dies ist ein rein fiktiver Roman, der weder eine Moral noch ein Weltbild darbieten soll! Alle Handlungen und Personen in diesem Buch sind frei erfunden. Einzelne Kapitel enthalten Entführung, grafisch beschriebene sexuelle Gewalt und andere Missbrauchsformen, anal, grafisch beschriebene Gewalt, besitzergreifendes Verhalten, Drogenmissbrauch, Alkoholkonsum, Mord, Waffen, Folter, Erniedrigung, Demütigung, erzwungene Orgasmen, Depression, Atemreduktion, Angstzustände.

Wenn dich diese Themen triggern, bitte ich dich ausdrücklich, dieses Buch nicht zu lesen. Bitte denke daran, dass ich dich ausführlich gewarnt habe. Nichts in dieser Geschichte entspricht der Wahrheit.

Maya

PROLOG

Von meiner Panik getrieben, renne ich mit großen Schritten durch den Wald, den Blick immer wieder hinter mich gerichtet. Die Stimmen hinter mir treiben mich an, treiben mich weiter. Leichte Schneeflocken fallen auf meine Haut. Meine Füße finden kaum Halt auf dem verschneiten Boden. In der Eile stolpere ich immer wieder, rapple mich aber schnellstmöglich wieder auf und renne weiter. Sie dürfen mich nicht bekommen, niemals will ich zurück in diese Hölle. Auch wenn ich barfuß und beinahe nackt bin, versuche ich immer weiter zu laufen. So schnell ich kann, um möglichst große Distanz zwischen uns zu bringen.

Meine Lunge brennt, völlig außer Atem bleibe ich orientierungslos stehen, als sich der Belag unter meinen Füßen verändert und ich auf einem schmalen Feldweg ankomme, der durch den Wald führt. Hektisch blicke ich mich um, überall Schnee und Bäume, doch irgendwann muss dieser Weg doch auf eine Straße münden. Durch die Kälte fühlen sich meine Füße taub an, doch das Adrenalin in meinem Körper lässt alle Schmerzen auf ein erträgliches Maß sinken, denn die Panik treibt mich an, schneller zu rennen.

Die kleinen Kieselsteine des Waldweges bohren sich schmerzhaft in meine nackten Fußsohlen, doch mein Überlebenswille hat die Führung über meinen Körper übernommen. Ich zwinge mich durchzuhalten und weiter zu rennen, irgendwann muss dieser verdammte Wald doch endlich ein Ende haben.

„Maya, Hübsche, du kannst uns nicht entkommen, wir sind zu dritt und du bist ganz allein", hallt die verhöhnende Stimme von Finn durch die Wälder und auch Milan schließt sich ihm in diesem überheblichen Ton an: „Wenn du dich jetzt ergibst, vergessen wir diesen kleinen Ausrutscher."

Die Angst vor dem, was mich erwartet, wenn sie mich bekommen, bringt mich dazu, mein Tempo nochmals zu erhöhen. Ziellos renne ich um mein Leben. Meine Fußspuren im Schnee verraten mich, in welche Richtung ich flüchte, und es macht ihnen unbeschreiblichen Spaß, mich zu jagen. Große Schritte aus allen Richtungen, sie kommen näher, immer näher. Also biege ich scharf nach rechts ab, um mich im dichten Geäst zu verstecken.

Mein ganzer Körper ist inzwischen durchgefroren und ich zittere vor Eiseskälte. Die Müdigkeit überrollt mich, mit jedem weiteren Schritt spüre ich, wie ich immer kraftloser werde und sich die Kälte in meine Knochen frisst.

Jede noch so kleine Bewegung kostet mich unheimliche Anstrengungen, für die mein erschöpfter Körper keine Kraft mehr hat. Meine Knie werden weich und wackelig. Um meinen viel zu hektischen Atem zu beruhigen, lehne ich mich an einen Baum und lasse mich nach unten sinken. Ein Schluchzen dringt über meine Lippen und ich presse meine Hand fest auf meinen Mund, um meinen stoßartigen Atem zu verbergen. Meine kraftlosen Muskeln wollen sich einfach nicht mehr bewegen. Alles tut weh und meine offenen Wunden brennen. Warme Tränen laufen über meine Wangen, lassen meine Sicht verschwimmen. Ich ertrage diese Höllenqualen kein weiteres Mal. Vorher sterbe ich lieber.

Eine warme Hand legt sich auf meine Schulter und ich höre den Teufel in Menschengestalt an meinem Ohr flüstern: „Hab dich, Süße."

Angsterfüllt reisse ich meine Augen auf und blicke verzweifelt in jene dunkelbraunen, fast schwarzen Augen, vor denen ich mich unbeschreiblich fürchte. Iven. Mir schnürt es die Kehle zu und mein Herz setzt einige Takte aus.

Erschrocken rapple ich mich auf und stoße ihn von mir. Gerade als ich losrennen will, umgreift er brutal meinen

Oberarm und ich schreie erschrocken auf, als er mich auf die Knie zerrt. „Denk nicht mal dran!"

„Iven, bitte, es tut mir leid", flehe ich ihn an und gebe die Gegenwehr auf, dabei sacke ich in seinem Griff zusammen. Mit meiner letzten übrig gebliebenen Kraft kralle ich meine zittrigen Finger in sein Hemd und ich bleibe weinend vor ihm sitzen. Mit diesem dunklen, selbstgefälligen Grinsen wischt er mir mit seinem Daumen die Tränen von den Wangen und mit einem Mal hat mich sämtliches Adrenalin verlassen. Mir wird augenblicklich bewusst, einen riesengroßen Fehler begangen zu haben.

Iven

KAPITEL 1

Die Entführung

Es ist mal wieder einer dieser Tage, an denen ich mit einem lauten Türknall das Haus verlasse, um einen kühlen Kopf zu bekommen. Zielsicher und mit großen Schritten laufe ich die menschenleere Straße entlang, deren Straßenlaternen die einzigen Lichtquellen sind, um mir an der Tankstelle Zigaretten zu kaufen. Zwar habe ich vor Jahren mit dem Rauchen aufgehört, doch nie war der Drang nach einer beruhigenden Wirkung des Nervengifts größer.

Da es ziemlich kalt ist, ziehe ich den Reißverschluss meiner Jacke höher, anschließend schiebe ich meine Hände in die Taschen. Zu allem Überfluss trage ich nur Stiefeletten, dazu eine dünne schwarze Leggings und ein leichtes bordeauxrotes Pulloverkleid, das mir bis zu den Schenkeln reicht, darüber eine dünne weiße Jacke. Für eine Herbstnacht ist es ziemlich abgekühlt, doch ich musste einfach von zuhause raus.

Schon wieder sind zwischen meinem Freund und mir die Fetzen geflogen, wegen irgendeiner Lappalie. Nach und nach hat sich die Diskussion immer höher geschaukelt, sodass ich fluchtartig davon gestürmt bin. Beziehungen sind so unendlich kompliziert, allmählich bekomme ich Zweifel, ob ich für eine langfristige Partnerschaft geeignet bin.

Immer wieder dieselben Diskussionen zu führen ist wirklich ermüdend. Über Jahre haben die Frauen für Emanzipation gekämpft, dafür dass wir nun wie Männer Vollzeit arbeiten und dabei zusätzlich die Hausarbeit erledigen und obendrein auch noch Kinder großziehen sollen. Zu allem Überfluss haben wir dann auch noch für dreißig Gramm Wurst ein ganzes Schwein zuhause, dem wir alles hinterhertragen müssen. Wo ist da bitte die Gerechtigkeit? Ist das etwa Gleichberechtigung?

Irgendwo tief in meinem Herzen weiß ich bereits, dass eine Trennung unausweichlich ist. Nur sind wir beide einfach nicht stark genug, diesen Gedanken laut auszusprechen und zu unserer Entscheidung zu stehen.

Getrieben von meiner Enttäuschung und Wut, betrete ich die Tankstelle am Ende des Ortes. Nachdem mich die Verkäuferin mit einem „Guten Abend" freundlich anlächelt, spreche ich sofort meinen Wunsch aus: „Guten Abend, ein Päckchen Roseline Zigaretten, bitte."

Während sie meiner Aufforderung nachkommt, mustere ich mich skeptisch im Spiegel, der neben der Kasse an einem Regal platziert ist. Meine taillenlangen, dunkelbraunen Haare liegen wild über meinen Schultern, sodass ich diese notgedrungen mit den Fingern zurechtkämme. Meine olivgrünen Augen sind glasig, da ich kurz vor einem Heulkrampf stehe. Geradeso schaffe ich es, meine Tränen zu unterdrücken, um nicht auch noch mein Make-up zu ruinieren. Diese endlosen Streitereien gehen mir so langsam an meine Substanz. Die Verkäuferin holt mich aus meinen Gedanken, als sie mir das Nervengift reicht, das ich ohne Zögern bezahle. Anschließend verabschiedet sie mich höflich „Auf Wiedersehen".

„Schönen Abend", mit diesen Worten verlasse ich den Shop, um auf das Tankstellengelände zu laufen, als ein ziemlich teuer wirkender SUV mit lauter Musik direkt von mir zum Stehen kommt. Zwar kenne ich mich in solchen Dingen nicht aus, aber diese Karre wirkt wirklich verdammt protzig und edel.

Als sich die Beifahrertür öffnet, bleibe ich einen Moment unbewusst stehen und mustere mein Gegenüber. Ein seltsames Gefühl bildet sich in meinem Inneren, als mich der dunkelbraunhaarige Typ, der aussteigt, mit seinen dunkelbraunen, fast schwarzen Augen fixiert. Der Fremde hat ausgeprägte markante Gesichtszüge, maskuline Wangenknochen und einen gepflegten Dreitagebart, der sein Gesicht extrem männlich wirken lässt.

Er hat einen muskulösen Körperbau, seine Schultern sind breit. Ich kann den Umfang seiner Muskeln unter seinem weißen Hemd erkennen, dazu trägt er eine schwarze Anzughose. Sein intensiver Blick bohrt sich in meinen und kurz habe ich das Gefühl, als würde mein Herz einen Takt aussetzen.

Der Unbekannte hat etwas Gefährliches an sich, etwas, das eine verbotene Anziehung auf mich auswirkt. Er ist umwerfend und ich kann meinen Blick nicht von ihm lösen, er könnte locker als Emporio-Armani-Modell durchgehen. Er scheint zu bemerken, was für eine Wirkung er auf mich hat, denn er lächelt verstohlen. Irgendetwas tief in mir spürt, dass er gefährlich ist und dennoch starre ich ihn wortwörtlich an. Auch er lässt mich nicht aus den Augen, sein Blick brennt sich in meinen, während er an mir vorbei in den Tankstellenladen läuft.

Ein Schauer jagt durch meinen Körper und ich schüttele den Kopf, um wieder den Fokus auf mein Umfeld zu lenken. Wie aus der Trance erwacht, blinzele ich ein paarmal und ärgere mich über mich selbst. Tief durchatmend frage ich mich, was ich hier eigentlich mache. Warum starre ich irgendeinem wildfremden Typen hinterher, wo ich doch gerade ganz andere Probleme habe. Erneut setze ich mich in Bewegung und laufe die Straße entlang, bis ich mich ein paar Meter weiter einfach im Schneidersitz an den Rand des Bordsteins setze.

Ungeduldig reisse ich die Verpackung der Zigaretten auf, um mir einen Glimmstängel aus der Schachtel zu ziehen und diesen zwischen meine Lippen zu schieben. Doch kaum flammt das Feuerzeug auf, verlässt ein ernüchterndes Schnauben meine Lippen. Zweifel über mein Vorhaben kommen mir in den Sinn. Warum sollte ich wirklich so blöd sein und wegen diesem dummen Streit in alte Muster verfallen? Schließlich hat es mich alle Selbstbeherrschung gekostet, mir dieses dumme Laster abzugewöhnen.

Seufzend stehe ich vom Bordstein auf und werfe die Schachtel in den nächstbesten Mülleimer, als mich zeitgleich das Hupen eines Autos zusammenzucken lässt.

„Hey, hübsche Lady, bist du bei der Kälte ganz allein hier draußen?", quatscht mich nun der Fahrer der protzigen Karre an, durch die Entfernung und die schlechten Lichtverhältnisse der Straßenbeleuchtung kann ich nur seine breitgebauten Umrisse erkennen. Da lenkt der Beifahrer meine Aufmerksamkeit auf sich, indem er mit seiner tiefen, männlichen Stimme hinzufügt: „Hast du heute schon was vor?"

„Danke, aber ich bin auf dem Weg nach Hause zu meinem Mann", erwidere ich zuckersüß und betone dabei 'zu meinem Mann', um diese Typen abzuwimmeln. Das hat mir gerade noch gefehlt. Ich habe dem Schönling völlig falsche Andeutungen vermittelt, als ich ihm so offensichtlich hinterher gestarrt habe. Da ich keine Lust auf eine weitere Konversation habe, wechsele ich geschickt die Straßenseite und biege scharf in eine schwach beleuchtete Seitenstraße ab. Doch sie fahren zu allem Überfluss einfach im Schritttempo neben mir her.

„Na komm schon, steig ein. Vergiss deinen Mann und lass uns ein bisschen Spaß haben."

Irgendwie fühle ich mich bedrängt und mir wird das Ganze jetzt doch unheimlich, woraufhin ich beschließe, schneller zu gehen. Das Auto gibt kurz Gas, schneidet mir somit den Weg ab und kommt direkt vor mir zum Stillstand. Der ominöse Beifahrer steigt aus dem Wagen und baut sich vor mir auf. Sein dominantes Auftreten wirkt plötzlich alles andere als anziehend.

„Kein Interesse! Ich muss jetzt wirklich gehen!", versuche ich meinem Gegenüber klarzumachen und dabei schroff zu klingen. Doch in Wirklichkeit jagt mir die Zwangslage, in der ich mich befinde, eine scheiß Angst ein und ich entscheide, in die andere Richtung zu flüchten. Noch bevor ich es schaffe loszurennen, schließt sich seine Hand um mein

Handgelenk und ich werde gegen das kühle Blech des Wagens gepresst. Der Unbekannte drückt sich gegen mich, streckt seine Hand aus und spielt mit einer Haarsträhne aus meinen Haaren.

„Stell dich nicht so an, Püppchen. Oder hältst du dich etwa für was Besseres?", raunt er mit gefährlicher Tonlage an meinem Ohr. Mein ganzer Körper versteift sich unter seiner Nähe. Ich ziehe vergeblich Luft in meine Lungen, versuche zu schreien, versuche zu atmen, doch es gelingt mir nicht. Es fühlt sich an, als wäre meine Kehle zugeschnürt.

Alles geht so schnell, dass ich die Geschehnisse kaum realisieren kann. Ich bin in diesem Augenblick so geschockt, dass ich nicht reagieren kann. Mein Verstand schafft es nicht, die Situation zu verarbeiten und ich fühle mich wie gelähmt. Starre ihn einfach nur mit großen Augen an und mein erhöhter Herzschlag fühlt sich an, als würde er jede Sekunde meine Rippen durchbrechen. Mein Hirn arbeitet auf Hochtouren, das muss ein schlechter Scherz sein. Zu allem Überfluss ertönt erneut das Krachen einer Autotür, was mir verrät, dass ein weiterer Typ aus dem Auto ausgestiegen ist. „Sie ist perfekt, lass uns abhauen."

Kaum hat er den Satz beendet, dringt die Bedeutung seiner Worte zu mir durch und Panik flutet meinen Körper. Wollen diese Typen mich ernsthaft entführen? Endlich regen sich meine Muskeln, sofort schlage ich seine Hand weg und fauche: „Fass mich nicht an! Für wen hältst du dich?"

Lauthals beginne ich um Hilfe zu schreien, doch mein Gegenüber presst mir finster grinsend seine Hand auf den Mund.

Vergeblich stemme ich mich mit aller Kraft gegen ihn und brülle gegen die vorgehaltene Hand, doch diese erstickt meine Laute. Panisch blicke ich mich um, alles ist menschenleer, in keinem der umliegenden Häuser brennt Licht. Keine Menschenseele ist zu sehen.

Adrenalin pumpt durch meine Venen und ich schlage wie wild um mich. Vergrabe meine Nägel in dem Gesicht des Fremden und trete nach ihm, um ihn irgendwie von mir weg zu bekommen. Doch plötzlich mischt sich der andere Mann ein, und ich spüre einen scharfen Einstich in meinem Hals. Nun nimmt der Braunäugige meine Füße, und als wäre es nichts, schleppen mich beide auf die Rückbank des SUV. Mit letzter Kraft beginne ich einen aussichtslosen Kampf, höre noch quietschende Reifen, doch dann wird alles schwarz.

Als ich wieder zu mir komme, spüre ich einen weichen Stoff unter meinem Rücken. Ein leichter Luftzug lässt eine Gänsehaut über meine Haut ziehen und die feinen Härchen an meinem Körper stellen sich auf. Leicht benommen muss ich ein paarmal blinzeln, um mich an die Helligkeit des Raumes zu gewöhnen. Mein Mund ist staubtrocken, sodass ich kaum schlucken kann. Zu allem Überfluss ist meine Blase randvoll und der Druck ist unerträglich. Als ich versuche mich aufzurichten, muss ich feststellen, dass ich meine Hände nicht bewegen kann. Etwas verhindert, dass ich aufstehen kann.

Panisch schaue ich an mir nach oben und erkenne, dass ich mit Handschellen an ein Metallbettgestell gefesselt bin. Der nächste Schock lässt nicht lange auf sich warten, denn als ich an mir heruntersehe, wird mir bewusst, dass ich nur in meiner schwarzen Spitzenunterwäsche bekleidet bin.

Die Erinnerung an die Geschehnisse kehrt zurück und ich bemühe mich nicht durchzudrehen. Mir wird klar, dass ich von diesen drei Typen betäubt und verschleppt wurde. Mein Kopf dröhnt und auch meine Sicht ist immer wieder kurz leicht verschwommen, das müssen wohl die Nachwirkungen von dem Betäubungsmittel sein. Vergeblich ziehe ich an meinen Fesseln, doch diese Dinger geben keinen Millimeter nach. „Du bist endlich aufgewacht", ertönt eine raue, tiefe männliche Stimme und ich schrecke verängstigt zusammen. In der Ecke des Raumes sitzt der Statur nach zu urteilen der

Fahrer des Autos an einem Schreibtisch und tippt irgendetwas in seinen Laptop.

Er hat schwarzes Haar und trägt eine Brille, die ihn streng aussehen lässt, außerdem wirkt er auf mich wie ein Geschäftsmann in seinem dunklen Anzug. Ich würde ihn auf Mitte vierzig schätzen. In aller Seelenruhe nimmt er seine Brille von der Nase, wodurch seine bernsteinfarbenen Augen besonders zur Geltung kommen, und legt diese sorgsam in ein Etui. Er ist gutaussehend, doch ich fühle mich nicht im Geringsten zu ihm hingezogen. Alles was ich möchte, ist ihn in größtmöglicher Distanz zu wissen.

„Was wollen Sie von mir?", frage ich aufgewühlt und man hört deutlich die Angst in meiner Stimme. Auf seinem Tisch sieht es auf dem ersten Blick aus wie in einem Chemielabor. Verschieden große Gefäße aus Glas stehen darauf, des Weiteren verpackte Kanülen und eine Ampulle, wie in einem Krankenhaus.

Hastig rutsche ich an das Kopfteil des Bettes, soweit es meine Fesseln zulassen, um größtmögliche Distanz zwischen uns zu bringen. Dann blicke ich mich weiter um, doch mehr als eine Lampe, die von der Decke hängt, wie man sie von Baustellen kennt, Betonmauern und zwei Türen, gibt es in diesem Raum nicht zu sehen. Der Fremde antwortet nicht, sondern erhebt sich stattdessen und schreitet mit entschlossenen Schritten auf mich zu. Er ist sich in dem was er tut, sicher, ganz im Gegensatz zu mir.

„Bitte, tun Sie mir nichts! Mein Freund, er besitzt ein Juweliergeschäft und hat genügend Geld, er bezahlt Ihnen was auch immer Sie wollen!"

Er blendet meine Aussage vollkommen aus und setzt sich zu mir auf das Bett, streckt eine Hand nach mir aus, doch sofort presse ich mich noch enger an das Bettgestell, wenn dies überhaupt möglich ist. Er ignoriert meine offensichtliche Abneigung und streichelt mir zärtlich über die Wange.

„Du bist wirklich ausgesprochen hübsch. Verrätst du mir deinen Namen?"

Einige Sekunden schweige ich und ertrage widerwillig seine Berührung, versuche mich zu sammeln und meine wirren Gedanken zu ordnen, dann stottere ich leise: „M…Maya".

„Maya ist ein wunderschöner Name für eine aussergewöhnlich schöne Frau. Mein Name ist Finn."

Seine Mundwinkel verziehen sich zu einem leichten Lächeln und als wäre das hier eine normale Unterhaltung, fragt er mich seelenruhig: „Maya, wie alt bist du?"

„Vierunddreißig" hauche ich, obwohl ich kurz vor einem Nervenzusammenbruch bin. Er scheint die Tatsache auszublenden, dass dieses Gespräch völlig abnormal ist und er offensichtlich Beihilfe bei meiner Entführung geleistet hat.

Meine Gedanken schweifen zu meinem Freund und ich bete, dass er inzwischen die Polizei gerufen hat. Es wäre untypisch für mich, einfach stillschweigend aus seinem Leben zu verschwinden. Jede Tankstelle wird videoüberwacht, sicher kann man auf den Bändern der Überwachungskameras das Zusammentreffen von meinen Entführern und mir erkennen. Diese Begegnung muss irgendeinem Ermittler auffallen, es ist also nur noch eine Frage der Zeit, bis man eine Verbindung sehen würde. Sie werden mich finden, es muss so sein.

Ich versuche mich mit diesem Gedanken zu beruhigen und nicht völlig hysterisch zu werden, versuche das Zittern in meiner Stimme zu verbergen, als ich ihn ruhig und gefasst frage: „Bitte, wer sind Sie und warum bin ich hier? Ich muss wirklich zurück nach Hause, mein Freund macht sich sicher schon Sorgen."

Wieder ignoriert er meine Aussage und erhebt sich vom Bett, dabei äußert er monoton: „Ich werde Iven und Milan informieren, dass du aufgewacht bist."

„Warte!" rufe ich ihm hinterher, als er schon kurz vor der Türe steht, und er hält in seiner Bewegung inne, um sich nochmals zu mir umzudrehen. Da es sich so anfühlt, als würde meine Blase jeden Moment platzen und ich kurz davor bin, mich an Ort und Stelle zu erleichtern, frage ich ihn voller Scham: „Darf ich bitte auf die Toilette?"

Zu meiner Überraschung dreht er sich um und läuft zu mir zurück. Aus seiner Hosentasche zieht er einen kleinen Schlüssel, mit dem er meine Handschellen öffnet, währenddessen erklärt er mir gelassen: „Es liegt allein an dir, ob du dich im Haus frei bewegen darfst. Alle Ausgänge sind ohnehin verschlossen, mach also keine Dummheiten."

Sofort beschleunigt sich mein Puls, und Adrenalin pumpt durch meinen Körper, als ich meine Hände wieder bewegen kann. Alles in mir schreit mich an, um mein Leben zu rennen, doch ich zwinge mich zur Vernunft. Jetzt einen zum Scheitern verurteilten Fluchtversuch zu unternehmen, wäre mehr als dämlich. Wahrscheinlich ist dies hier nur ein Test, also entscheide ich mich abzuwarten und erst einmal mehr über meine Umgebung herauszufinden.

Finn mustert mich skeptisch mit hochgezogener Augenbraue, als würde er darauf warten, dass ich die Flucht ergreife. Doch als ich tatsächlich keine Anstalten mache, mich zu bewegen, läuft er zu einer der Türen, hinter der sich eine Toilette befindet.

„Na los, geh schon", weist er mich an und ich tapse sofort mit großen Schritten hinterher. Als er aber unverändert an der Türe stehen bleibt, frage ich beschämt: „Kannst du bitte rausgehen?"

„Dein Leben gehört jetzt uns, also gewöhne dich dran." Ein Schock fährt durch meinen Körper und ich spüre, wie ich stärker zu zittern beginne. Von seiner Aussage wird mir augenblicklich schlecht.

Er scheint meinen entgeisterten Blick zu bemerken, woraufhin er zur Seite tritt und kühl meint: „Heute mache ich eine Ausnahme, damit du dich an deine neuen Lebensumstände gewöhnen kannst. Außerdem hast du dich bis jetzt sehr anständig benommen."

Mit diesen Worten schließt er die Türe und endlich kann ich mich erleichtern. Leider gibt es in diesem weiß gefliesten

Raum nicht mal ein Fenster, nur ein kleines Waschbecken und das WC. Nachdem ich meinen Toilettengang hinter mich gebracht und meine Hände gewaschen habe, vernehme ich plötzlich Stimmen vor der Türe.

„Sie ist also aufgewacht?", ertönt eindeutig die finstere Stimme des Beifahrers, der mysteriöse Typ mit den dunkelbraunen Augen und ich höre, wie ihm Finn antwortet: „Ja, sie heißt Maya, ist vierunddreißig und lebt wohl in einer Partnerschaft. Alle Tests, die ich mit ihr durchgeführt habe, waren negativ. Bisher hat sie keine Szene gemacht und wirkt ziemlich fügsam."

Geschockt blicke ich zu meiner Armbeuge und sehe ein Pflaster darauf. Als ich es abziehe, erkenne ich darunter einen Einstich. Erschrocken schlage ich mir die Hände vor den Mund und spüre, wie ich zu zittern beginne. Über welche Tests sprechen diese Verrückten, was haben die mit mir vor?

Es ist nicht lange her, da habe ich von illegalem Organhandel gehört. Wollten die mir womöglich meine Organe entnehmen, um diese zu verkaufen?

Oder vielleicht sind diese Typen auf Gold und Schmuck aus und haben mich im Juweliergeschäft meines Lebensgefährten bei der Arbeit ausspioniert. Eventuell wurde ich gezielt ausgewählt, und sie wollen über mich an ihn herankommen. Doch wenn diese Kriminellen nur auf Lösegeld aus wären, bräuchten sie doch sicherlich nicht irgendwelche Tests. Außerdem ist er auf meine Aussage, als ich ihm Geld geboten habe, überhaupt nicht eingegangen.

Mir weicht sämtliche Farbe aus dem Gesicht, als ich darüber nachdenke, dass man immer wieder in den Medien hört, dass Frauen zu Sexsklaven erzogen und jahrelang zur illegalen Prostitution gezwungen werden.

Hektisch blicke ich mich um, doch aus diesem kleinen Raum gibt es keine Möglichkeit zur Flucht und nicht das Geringste, was ich als Waffe benutzen könnte. Kaum habe ich das zu Ende gedacht, öffnet sich die Türe und Finn steht mir gegenüber, der mir eine Flasche Wasser reicht, die ich kritisch begutachte.

„Keine Sorge, die ist nicht vergiftet. Für das, was wir mit dir vorhaben, brauchen wir dich bei vollem Bewusstsein."
Vor Entsetzen verstärkt sich mein Zittern und mein Puls schnellt in die Höhe, mir wird schlecht vor Angst. Wollen die mich foltern und sich an meinen Schreien ergötzen? Mich vergewaltigen? Oder vielleicht sogar beides? Da sich mein Mund trocken wie die Wüste anfühlt und ich am Verdursten bin, nehme ich zögerlich die Flasche entgegen, öffne diese und trinke die kühle Flüssigkeit. Erst nachdem ich meinen Durst gestillt habe, gebe ich ihm die Flasche zurück und blicke mit unsicherem Gesichtsausdruck abwechselnd zwischen den dreien hin und her. Allesamt überragen mich um einen Kopf und das, obwohl ich mit einem Meter siebzig selbst nicht unbedingt kleingewachsen bin.
„Wer seid ihr?"

„Ich heiße Milan", stellt sich der Typ vor, der mich des Körperbaus nach zu urteilen betäubt hat. Der Schwarzhaarige ist schätzungsweise Mitte dreißig. Erst jetzt im hellen Licht fallen mir seine aussergewöhnlichen grünblauen Augen auf. Sein Gesicht ist hart und maskulin, seine Gesichtszüge perfekt. Seine Haut ist leicht braungebrannt, was ihm einen südländischen Touch verleiht. Unter anderen Umständen würde ich ihn als durchaus attraktiv bezeichnen.

Er steht im krassen Kontrast zu den anderen beiden, die eher elegant gekleidet sind, und wirkt dennoch nicht weniger gehoben. Sein Stil ist locker, mit seiner Jeans und dem schwarzen Shirt, durch das sich die definierten Muskeln seiner Oberarme abzeichnen.

„Was wollt ihr von mir?", hauche ich kaum hörbar, aber dennoch verständlich. Auch meine Entführer mustern mich mit ihren gierigen Blicken und mir wird schlecht, als ich Begierde darin erkennen kann. Es fühlt sich erniedrigend an, vor diesen Männern nur in Unterwäsche bekleidet zu sein. Zwar gibt es nicht das Geringste an mir was ich verstecken müsste, denn ich bin schlank mit Rundungen an den richtigen Stellen. Man sieht mir an, dass ich mich bewusst ernähre und jede freie Minute für diesen Körper trainiere. Doch es löst in mir Unbehagen aus, ihnen so schutzlos ausgeliefert zu sein. Es sorgt dafür, dass ich mich so nackt fühle, wie nie zu zuvor in meinem Leben.

„Ist das nicht offensichtlich? Wir haben dich entführt, einfach nur weil es uns Spaß macht", behandelt mich der Dritte, der wohl Iven heißen muss, von oben herab und ich starre ihn entsetzt an. Dabei fallen mir die frischen roten Kratzspuren in seinem Gesicht auf, die ich ihm in unserem Handgemenge verpasst habe. Ein düsteres Lachen verlässt seine Lippen und er fügt überheblich hinzu: „Hör zu, Püppchen, wenn du dich benimmst und tust, was wir dir sagen, werden wir dich nicht verletzen. Hast du das kapiert?"

Er sagt das, als wäre es das Normalste der Welt, einfach eine Frau zu entführen. Die Wut über seine Arroganz brodelt in mir hoch. Ist das sein beschissener Ernst? Ich werde mich auf keinen Fall kampflos unterordnen und mich derart herablassend behandeln lassen.

Wütend schnaube ich auf und obwohl ich einen Hauch von Nichts am Körper trage, trete ich Iven entgegen. Meine Augen verziehen sich zu zwei Schlitzen und ich fauche giftig: „Bist du noch ganz dicht? Für wen zum Teufel hältst du dich?"

Seine Lippen verziehen sich zu einem hinterlistigen Grinsen und er bewegt sich mit selbstsicheren Schritten auf mich zu.

Plötzlich ist mein Selbstbewusstsein wie weggeblasen und ganz automatisch laufe ich unsicher rückwärts, bis mein Rücken die Wand berührt und ich nicht mehr ausweichen kann.

Er stützt seinen Ellenbogen an die Wand und kesselt mich somit ein, er ist mir so unglaublich nah, dass ich seinen Atem spüren kann. Mein Herz schlägt mir bis zum Hals, durch seine unerwartete Nähe bin ich wie eingefroren.

„Ich bin der, der bestimmt, wie lange du am Leben bleibst, Kleines. Sei also lieber besonders nett zu mir!", flüstert er dicht an meinem Ohr und meine Augen weiten sich schreckhaft, während ein unangenehmer Schauer durch meinen Körper zieht.

Als wäre ich sein Spielzeug, streckt er seine Hand aus und schiebt mit seinem Finger den BH ein Stück von meiner Brust, sodass er meinen Brustansatz freilegt. Er zögert nicht, und fragt auch nicht nach Erlaubnis. Er sieht mir tief in die Augen und umkreist dabei mit seiner Fingerkuppe meinen Nippel, der trotz allem reagiert und unter seiner Berührung hart wird. Sein Gesichtsausdruck wirkt amüsiert, er scheint seine Machtposition zu genießen, denn er grinst lüstern: „Genau eine Handvoll, sie ist einfach perfekt."

Die Tatsache, dass mich ein Fremder einfach so an einer so intimen Stelle anfasst, bringt mich der Verzweiflung nahe. Vor allem macht es mich wütend, ihm schutzlos ausgeliefert zu sein. Ich weiß einfach nicht mehr, was richtig und falsch ist oder was ich tun soll.

Alles in mir sträubt sich gegen diese Erniedrigung, ein Teil in mir fleht mich an, alles Kommende stillschweigend zu ertragen. Auch wenn ich jetzt schon erahne, dass meine Reaktion Konsequenzen haben wird, übernimmt der andere Teil in mir die Führung, der sich nicht kampflos ergeben will. Mit aller Kraft, die ich aufbringen kann, trete ich ihm mit voller Wucht in seine Weichteile und schreie durch den Raum: „Fass mich nie wieder an, Scheißkerl!"

„Du elende Schlampe!", jault er auf und krümmt sich vor Schmerzen, dabei sackt er in sich zusammen. Panisch renne ich zur Türe und drücke den Henkel nach unten, zu meinem Glück ist diese nicht verschlossen. Doch bevor ich auch nur ansatzweise die Türe so weit geöffnet habe, um hindurchzupassen, haben sowohl Finn als auch Milan mich links und rechts an den Armen gepackt und drücken mich mit voller Wucht dagegen, sodass die Türe mit einem lauten Knall zurück ins Schloss fällt. Mein Oberkörper ist dadurch völlig bewegungsunfähig. Milan stößt einen Pfiff aus und sieht schmunzelnd zu den anderen beiden: „Sieht so aus, als hätten wir eine Wildkatze eingefangen. Scheint als müssten wir diese Schönheit erst mal zähmen."

Iven erholt sich schneller als mir lieb ist und baut sich bedrohlich vor mir auf. Bevor ich auch nur blinzeln kann, werde ich vor Iven in Position gezerrt. Er sieht wortwörtlich auf mich herab und hat dabei diesen eiskalten Blick, der mir das Blut in den Adern gefrieren lässt. Ohne jegliche Emotionen schlägt er mir mit voller Wucht seine geballte Faust in die Magengrube, was mich augenblicklich um Luft ringend keuchen lässt. Vergeblich schnappe ich nach Luft, versuche zu atmen. Es tut weh und ich habe das Gefühl zu ersticken.

Tränen steigen mir in die Augen, die mir über die Wangen rinnen und obwohl ich meine Schwäche nicht zeigen will, verlässt ein lautes Schluchzen meine Lippen. Es wundert mich nicht, dass er gewalttätig gegenüber Frauen ist, allerdings wurde ich noch niemals zuvor in meinem Leben geschlagen.

Bevor ich mich in irgendeiner Weise von seinem harten Schlag erholen kann, hat mich Iven grob an den Haaren gepackt und ich kreische gequält vor Schmerz. Er zerrt mich zurück auf das Bett und bevor ich überhaupt weiß, wie mir geschieht, packt Finn erneut mein rechtes Handgelenk und Milan mein linkes. Zu zweit fixieren sie mich auf der Matratze, während Iven sich zwischen meine Beine kniet. Adrenalin flutet meine Venen und ich beginne einen aussichtslosen Kampf gegen die Arme, die mich bewegungsunfähig halten.

„Fuck! Was soll das? Fass mich nicht an!", schreie ich und kämpfe gegen die Arme, die mich halten. In meiner Verzweiflung spucke ich Iven sogar ins Gesicht, dann zische ich zornig an ihn gewandt: „Ich warne dich, perverses Arschloch, komm mir bloß nicht zu nahe!"

Allesamt mustern mich lediglich belustigt und werfen sich anschließend gegenseitig amüsierte Blicke zu, bevor

Iven sich seelenruhig meine Spucke vom Kinn abwischt und meine Aussage ins Lächerliche zieht: „Du warnst mich?! Mal sehen, ob du gleich immer noch so eine große Klappe hast, wenn ich dich zum Schreien bringe! Hier wird dich niemand hören oder jemals finden!" Da ich fixiert bin, ist es für Iven ein Leichtes, sich zwischen meine Beine zu drücken. So sehr ich auch versuche mich zu befreien, lässt er es nicht zu, dass ich meine Schenkel zusammendrücken kann.

„Schhh, schhh… Wenn du dich entspannst, tut es weniger weh", flüstert mir Milan spöttisch ins Ohr und sofort beginne ich hysterischer zu schreien, doch er drückt mir einfach seine Hand auf meinen Mund, um meine Schreie zu ersticken. Diese Typen werden sich einfach ungefragt nehmen, was auch immer sie von mir wollen. Ich bin schließlich kein kleines, naives Kind, um zu erahnen, was diese Männer mit mir vorhaben. Die Frage ist nur, ob sie mich umbringen, nachdem sie mich vergewaltigt haben. Lauthals kreische ich gegen die Hand und strample wie ein wild gewordenes Tier, dabei treffe ich Iven mit meinem Fuß mit voller Wucht in sein Gesicht.

Es dauert nicht lange und ihm tropft Blut aus der Nase, das er sich mit verachtendem Blick abwischt. Mit seiner Hand umschließt er meine Kehle und drückt zu, dabei knurrt er mit dunkler lusterfüllter Stimme: „Es wird mir unglaubliche Freude bereiten, dich zu brechen! Ich werde dich richtig durchficken und dir Benehmen beibringen, bis du mich um Gnade anbettelst. Es ist mir scheißegal, ob ich dich dafür grün und blau schlagen muss!"

Durch den Sauerstoffmangel gerate ich noch mehr in Panik, japse nach Luft, doch Milans Hand auf meinem Mund und der brutale Griff von Iven um meine Kehle verwehren mir jegliches Atmen. Zeitgleich macht sich Iven an meinem Spitzenhöschen zu schaffen, doch zu meinem Erstaunen mischt sich Finn in einem herrischen Ton ein: „Verflucht, Iven, wenn du ihr gleich am ersten Abend ein Trauma zufügst, haben wir wieder so eine leblose Puppe. Willst du wirklich riskieren, dass wir irgendwann auffliegen, wenn wir uns in so kurzen Abständen neue Schlampen besorgen?"

„Finn hat recht!", unterstützt nun auch Milan seine Aussage. Durch die Erkenntnis, dass es vor mir schon andere Frauen gab, die von diesen Psychopathen womöglich sogar umgebracht wurden, breitet sich noch mehr Hysterie in meinem Inneren aus. Mein Puls schnellt noch weiter in die Höhe, wenn das überhaupt möglich ist und auch mein Körper bebt vor Angst. Noch mehr Tränen sammeln sich in meinen Augen und ich kann es nicht mehr zurückhalten, erneut bitterlich zu schluchzen. Zwischenzeitlich ist mein ganzes Gesicht nass vom Weinen. Iven gibt einen spöttischen Laut von sich und hält in seinem Vorhaben inne. Obwohl mich beide unverändert bewegungslos halten und ihm somit die Möglichkeit bieten, sich einfach zu nehmen, was er will.

„Na los, gib ihr endlich das Zeug. Für heute habe ich genug von ihrem Geschrei!" Iven steht vom Bett auf und greift nach meiner Hand, um mich zu fixieren. Mit weit aufgerissenen Augen verfolgte ich das Geschehen. Während Iven und Milan die Aufgabe übernehmen, mich an Ort und Stelle zu halten, läuft Finn zurück zum Schreibtisch. Als er den Gegenstand hochhält und ich die beängstigend große Spritze in seiner Hand erkenne, fangen meine Hände an zu schwitzen und ich beginne am ganzen Körper zu zittern, obwohl mir nicht kalt ist.

Als er mit diesem Ding dann auch noch auf mich zukommt, kann ich nicht anders, als wie verrückt gegen meine Entführer anzukämpfen. Sie scheinen ihre ganze Kraft aufwenden zu müssen, um mich irgendwie ruhigzustellen, und trotzdem macht es allen Anschein, als würden sie unglaublichen Spaß dabei empfinden. Da Milan seine Hand von meinem Mund löst und augenscheinlich auch seine zweite Hand benötigt, um mich unter Kontrolle zu halten, flehe ich in meiner völligen Verzweiflung sogar diese Irren an: „Bitte, bitte, hört auf! Was habt ihr mit mir vor?"

„Keine Sorge, Süße, nur eine kleine Vorsichtsmaßnahme, damit wir mit dir keine ungewünschten Bastarde zeugen", antwortet Iven höhnisch grinsend, und die beiden anderen beginnen spöttisch zu lachen. Bei seiner Aussage läuft es mir bitterkalt den Rücken herunter, er hat meine schlimmste Vermutung bestätigt.

Diese Typen haben tatsächlich vor, mich zu vergewaltigen. Durch den ordentlichen Schub Adrenalin in meinem Körper flippe ich so richtig aus, schreie und kämpfe mit aller Kraft gegen das Bevorstehende. Obwohl es völlig ausgeschlossen ist, dass ich als Frau gegen drei Männer auch nur das Geringste ausrichten kann.

Doch ich werde von ihnen gewaltsam auf den Bauch gedreht, anschließend wird mir mit einem schmerzhaften Einstich auf Höhe der Hüfte die Flüssigkeit injiziert. Keine Ahnung, ob es an dem geballten Cocktail aus Betäubungsmittel und Adrenalin liegt, doch ich sehe schwarze Punkte vor meinen Augen tanzen, dann versinke ich in tiefem Schwarz.

Milan

KAPITEL 2

Die Jagd

Als ich das nächste Mal die Augen öffne, bin ich allein. Allein und mit Handschellen an das Metallgestell des Bettes gefesselt. Ich spüre kein inneres Wundsein zwischen meinen Beinen und schließe daraus, dass meine Entführer zumindest keine sexuelle Vorliebe für Somnophilie haben. Es ist kalt und da ich noch immer nur in Unterwäsche bekleidet bin, ziehe ich meine Beine an den Körper, um mich wenigstens etwas zu wärmen.

Da dieser Raum keine Fenster besitzt, kann ich nicht beurteilen, ob es inzwischen Tag oder immer noch Nacht ist. Seit diese Geisteskranken mich hier eingesperrt haben, habe ich kein Zeitgefühl. Da ich nicht weiß, wie lange ich bewusstlos gewesen bin, habe ich auch keine Ahnung, wie weit ich von zuhause entfernt bin.

Alles was ich hoffe ist, dass mein Lebensgefährte inzwischen die Polizei verständigt hat. Wieder kommt in mir die Frage auf, ob inzwischen irgendjemand nach mir sucht. Schon seit Jahren bin ich sturer Einzelgänger, selbst zu meinen Eltern habe ich nur selten Kontakt. Wird es überhaupt jemandem auffallen, dass ich nicht freiwillig verschwunden bin? Da ich gemeinsam mit meinem Lebensgefährten das Juweliergeschäft leite, hängt einfach alles allein von ihm ab. Zu allem Überfluss waren meine letzten Worte an meinen Freund, als ich das Haus im Streit verlassen habe: „Ich will dich nie wieder sehen!"

Da sich nirgends im Zimmer eine Uhr befindet, weiß ich nicht, wie spät es ist. Es vergeht eine gefühlte Ewigkeit, in der ich in dieser Position verharre und es nur eingeschränkt schaffe, mich zu bewegen. Immer wieder verlagere ich mein Körpergewicht, da die Stelle schmerzt, auf der ich liege.

Meine Hände fühlen sich inzwischen taub an und auch meine Blase meldet sich erneut, doch ich habe viel zu große Angst was passieren wird, wenn ich nach einem meiner Entführer rufe.

Mein Magen knurrt und zieht sich schmerzhaft zusammen. Dummerweise habe ich zum letzten Mal am späten Nachmittag gegessen. Anhand meines Hungergefühls schließe ich, dass auf jeden Fall inzwischen der Morgen des nächsten Tages angebrochen sein muss. Was mich zur nächsten Frage bringt, ob sie mir etwas zu essen geben werden? Vielleicht sind meine Entführer Sadisten und es gefällt ihnen, mich auf jede erdenkliche Art zu quälen.

Iven wollte mich offensichtlich vergewaltigen und das macht mir Angst. Nein, es versetzt mich regelrecht in Panik, dass diese Typen mir sogar irgendetwas gespritzt haben, um einer Schwangerschaft vorzubeugen.

Beim Gedanken daran, dass sie mich als Sexsklavin missbrauchen werden, schießen mir Tränen in die Augen, die ich irgendwie versuche, zurückzuhalten. Ich möchte mir gar nicht vorstellen, welche kranken Fantasien im Kopf dieser Psychopathen vorgehen. Zu meinem Entsetzen sind diese Typen zu dritt, was bedeutet, dass ich nicht nur Iven, sondern auch Finn und Milan völlig schutzlos ausgeliefert bin. Doch zumindest würde das bedeuten, dass sie mich nicht töten. Andererseits wäre es vielleicht sogar besser zu sterben, als diese Pein zu ertragen.

Durch die immer wieder aufkommenden Gedanken stehe ich kurz vor einer Panikattacke. Mein Atem geht mittlerweile viel zu schnell und ich drohe zu hyperventilieren. Zu allem Überfluss öffnet sich genau in diesem Moment die Türe und Milan betritt den Raum. Er trägt eine einfache Jeanshose mit einem weißen Tank-Top, das eng an seinem Körper anliegt und seinen trainierten Oberkörper besonders betont. Er stellt irgendetwas auf dem Schreibtisch ab und grinst dreckig, während er mich in dieser aufgezwungenen Pose ausgiebig mustert: „Dieser Anblick ist wirklich unheimlich sexy. Zu schade, dass Iven das Vorrecht hat, es dir ordentlich zu besorgen."

„Fick dich! Ihr seid doch völlig krank! Denkt ihr wirklich, dass ihr damit durchkommt?", rede ich mich so richtig in Rage, doch sein Grinsen wird dadurch nur noch breiter.

„Wir beide werden nun ein paar Grundregeln festlegen!" Er lässt mich nicht aus den Augen, während er das bedrohlich äußert. Er läuft auf direktem Weg auf das Bett zu und setzt sich zu mir auf die Matratze. Als er dann aber ein Jagdmesser in seiner Hand anhebt, weiche ich ängstlich von ihm zurück, soweit es meine geknebelten Hände zulassen.

„Du wirst ohne zu zögern tun, was auch immer wir von dir verlangen. Du wirst mir keine scheiß Szene machen, ansonsten werde ich dir wehtun, Maya", zischt er die Worte gefährlich und lässt die Klinge langsam meine Wange und den Hals entlang zwischen mein Dekolleté gleiten. Vergeblich versuche ich die aufkommende Panik in den Griff zu bekommen, ich darf jetzt nicht die Nerven verlieren. Ich kann ihn nicht einschätzen und da mir dieses Messer eine scheiß Angst einjagt, beschließe ich, ihn nicht weiter zu provozieren und alles Kommende stillschweigend zu ertragen.

Der Gedanke, ihm gefesselt schutzlos ausgeliefert zu sein, treibt mir die Tränen in die Augen. Immer mehr Tränen bilden sich in meinen Augen und fließen beim nächsten Blinzeln über meine Wangen. Milan führt die Klinge weiter nach unten meinen Bauch entlang und schneidet damit den Bund meiner Unterwäsche durch, entblößt meinen Schambereich, doch ich wage es nicht, meine Beine zusammenzupressen, dafür habe ich viel zu große Angst vor den Konsequenzen.

„Wenn du dich uns fügsam ergibst, kann das alles hier für dich ganz erträglich werden. Oder die pure Hölle, wenn du dich widersetzt."

Bei seinen Worten wird mir kotzübel und ich spüre einen gewaltigen Kloß in meinem Hals. Will er darauf hinaus, dass er mich vergewaltigen wird und ich keine Gegenwehr leisten soll? Ich wage es nicht, mich zu bewegen, als er mit diesem dunklen Grinsen einfach weitermacht und das Messer zur Innenseite meiner Schenkel gleiten lässt, bis er zwischen meinen Beinen ankommt. Die Spitze des Messers lässt er an einem Punkt, an dem ich kurz davor bin, einen Nervenzusammenbruch zu erleiden.

„Siehst du, wie scharf diese Klinge ist? Sag mir, Maya, hast du dir schon einmal vorgestellt, wie es wäre, wenn man dich mit einem Messer penetriert? Würde es dich antörnen?", fragt er mit einer unglaublichen Gelassenheit, während sich bei mir inzwischen eine Schnappatmung einstellt und ich bitterlich tränenüberströmt schluchze: „Bitte! Bitte! Hör auf! Ich mach, was immer ihr wollt!"

„Gut, dann hätten wir das geklärt", meint er ausdruckslos und steht vom Bett auf, während ich endgültig zusammenbreche und nicht mehr aufhören kann zu weinen. Er greift in seine Hosentasche und holt die Schlüssel für meine Handschellen, um diese zu entfernen.

Schmerzhaft reibe ich mir die Handgelenke, die deutliche Einschnitte und Verfärbungen haben. Indessen läuft er zum Schreibtisch und reicht mir eine kleine schwarze Tasche, dazu ein Stück roten seidigen Stoff.

„Du hast exakt zwei Minuten!"

So schnell ich kann, nehme ich die Sachen an mich und tapse in die kleine Toilette. Dabei versuche ich irgendwie meine Intimzone zu bedecken. Nachdem ich die Türe hinter mir verschlossen habe, bringe ich meinen Toilettengang hinter mich und durchsuche die kleine Tasche.

Allerhand Hygieneartikel befinden sich darin, die ich anschließend in Gebrauch nehme. Eine neu verpackte Zahnbürste sowie Zahnpasta und ein Kamm. Nachdem ich meine Körperpflege notgedrungen erledigt habe, mustere ich das rote Stück Satin-Stoff, das sich als kurzer Bademantel herausstellt, den ich noch überstreife.

Zu meiner Erleichterung ist der Bademantel nicht durchsichtig und bedeckt somit die intimen Stellen meines

Körpers. Die Türe öffnet sich und er knurrt sofort: „Komm endlich, was trödelst du denn so?"

Mit kleinen Schritten laufe ich die Treppen hoch ins Erdgeschoss. Es sind keine maroden Holztreppen, sondern eine hochwertige Wendeltreppe aus hochmodernen, polierten Granit-Natursteinen. Was ich dann sehe, lässt meinen Atem stocken, denn ich stehe in einer offenen möblierten Wohnküche, in der auch ein Essbereich vorhanden ist. Das absolute Highlight ist der grandiose Panoramablick. Doch alles was ich von hier aus erkennen kann, sind Bäume, Bäume und abermals Bäume. Diese Verrückten müssen mich in die Wälder verschleppt haben.

„Sicherheitsglas" haucht mir Milan ins Ohr und ich zucke zusammen, vermutlich hat er bemerkt, dass ich zu lange aus dem Fenster gestarrt habe.

Der Geruch einer frisch gekochten Speise liegt in der Luft und ich spüre, wie mein Magen schmerzhaft zu knurren anfängt. Milan stößt mich unsanft vor sich her in Richtung Esstisch und befiehlt dann: „Setz dich!"

Wortlos setze ich mich auf den schwarzen Lederstuhl, der vor einem weißen Hochglanz-Esstisch steht. Nur am Rande bekomme ich mit, wie er sich gegenübersetzt und nach den anderen ruft. Der Tisch ist bereits gedeckt mit vier tiefen Porzellantellern, daneben liegen Löffel auf gefalteten Servietten. Zaghaft blicke ich mich um und muss bitter feststellen, dass an allen anderen Fenstern dicke Metallgitterstäbe angebracht sind. Anhand der Wanduhr erkenne ich, dass es bereits 21 Uhr ist, was bedeutet, dass ich schon einen ganzen Tag hier bin. Außerdem erklärt es mein extremes Hungergefühl. Die Eingangstüre sticht mir besonders ins Auge, an der Wand daneben befindet sich ein Code-Feld, auf dem ein rotes Licht leuchtet. Es ist zum Haareraufen, vermutlich ist das Haus sogar alarmgesichert.

Alles hier ist hochmodern eingerichtet. Im offenen Wohnbereich steht ein Luxusdesignersofa in weiß-schwarzem Leder, es steht in der Ecke des Raumes, davor ein Tisch im selben Design. An der Wand hängt ein riesiger Flachbildfernseher. Der gesamte Fußboden ist aus dunklen Marmorfliesen und ein weißer Hochflor-Teppich liegt inmitten des Wohnzimmers.

Auch der Küchenbereich ist hochmodern, alle Schränke sind in schwarzem Hochglanz gehalten, mit einem freistehenden Kochfeld. Eine weitere Wendeltreppe führt in ein weiteres Obergeschoss, mehr kann ich aus meinem Blickwinkel nicht erkennen. Eines ist sicher, diese Typen haben Geld. Wer baut sich sonst mitten in der Einöde einen derartigen Hochsicherheitstrakt?

Es dauert nicht lange und auch Finn und Iven kommen die Treppe vom Obergeschoss zu uns nach unten. Beide sind elegant in Hemd und schwarzer Anzughose gekleidet, als hätten sie ein Geschäftsmeeting. Finn trägt heute keine Brille, also vermute ich, dass es eine Lesebrille war.

Sofort fällt Ivens Blick auf mich und dieses verstohlene Draufgängerlächeln bildet sich in seinem Gesicht, als er direkt vor mir zum Stehen kommt. Er tätschelt mir provokant die Wange, seine Stimme klingt fast spöttisch, wobei er mich mit seinem lüsternen Blick nicht aus den Augen lässt: „Wie geht es dir, meine Süße?"

Seine höhnische Art macht mich wütend und ich weiche von ihm zurück, um Distanz zwischen uns zu bringen. In mir brodelt die Wut auf - dieser Blick, dieses dreckige Grinsen. Die Wut hilft mir, meine Panik zu kontrollieren, abrupt springe ich vom Stuhl auf. Da er einen Kopf größer ist, muss ich erstmal zu ihm aufschauen. Allgemein überragt er mich mit seinem muskulösen Körperbau, sodass ich mich in seiner Gegenwart zierlich fühle.

Nichtsdestotrotz schlage ich mit beiden Händen gegen seine stahlharte Brust, doch er bewegt sich keinen Millimeter.

„Du krankes Stück Scheiße! Du hast mich verschleppt, geschlagen, mich fast vergewaltigt und mir irgendeinen Dreck spritzen lassen. Wie soll es mir dabei schon gehen?"

„Diese vulgäre Aussprache steht dir nicht, Püppchen. Du hast lediglich ein Verhütungsmittel gespritzt bekommen, das deinen Hormonzyklus beeinflusst. Dadurch wirst du auch deine Menstruationsblutung nicht mehr bekommen. Sei mir lieber dankbar. Wir alle hassen Kinder und müssen dich sonst vorzeitig umbringen, wenn du schwanger wirst. Das wollen wir doch nicht."

„Fick dich! Ihr seid doch völlig geistesgestört! Denkt ihr ernsthaft, dass ihr damit durchkommt? Irgendwann wird man mich finden und dann brennt ihr dafür in der Hölle!" Kaum habe ich die Worte ausgesprochen, schnellt seine Hand nach vorne zu meinem Unterkiefer. Er drückt so fest zu, als wolle er mein Kinn jeden Moment zerquetschen.

„Es macht mir unglaublichen Spaß in diese wütenden Augen zu sehen. Doch wenn du noch den kleinsten Laut von dir gibst, werde ich dir deine hübschen Lippen zunähen. Wäre doch zu schade, denn der Klang deiner Stimme, wenn du vor Angst schreist, ist wunderschön."

„Stopf ihr doch einfach den Mund mit deinem Schwanz. Sie wird sich schon unterordnen, wenn sie erst einmal kurz vor dem Ersticken ist", mischt sich nun Milan ein, der das Szenario vor seinen Augen aufmerksam verfolgt. Auch Iven lässt mich nicht aus den Augen und fährt mit seinem Daumen federleicht über meine Lippen. „Dafür haben wir noch die ganze Nacht. Nicht wahr, Kleines?"

„Leck mich!", fauche ich und obwohl ich glaube, mich jeden Moment übergeben zu müssen, halte ich dennoch seinem Blick stand. Er beugt sich zu mir herunter und haucht an meinem Ohr: „Dir wird es früher oder später schon noch gefallen."

Erneut bin ich den Tränen nahe, die ich krampfhaft versuche zurückzuhalten, um ihnen diese Genugtuung nicht zu gönnen. Finn nimmt zwischenzeitlich einen Topf vom Herd und stellt diesen inmitten des Esstisches.

Er verteilt den Inhalt mit einem Schöpflöffel auf die tiefen Teller. Auch mein Teller füllt sich mit dampfendem

Linseneintopf und Iven stöhnt frustriert auf: „Schon wieder dieser Dosenfraß!" Dann wendet er sich erneut an mich: „Ich hoffe für dich, dass du kochen kannst, Püppchen. Ab heute ist es deine Aufgabe, das Essen zuzubereiten. Du musst das Haus putzen und die scheiß Wäsche waschen. Außerdem wirst du deine Beine breit machen, wenn einer von uns einen wegstecken will."

Mir wird auf einmal heiß, dann eiskalt und zuletzt kotzübel. Sein spöttischer Unterton reizt mich, verrät mir, dass er nicht den geringsten Respekt vor mir empfindet. Ich hasse seine überhebliche Art mit mir zu sprechen und schnaube wütend auf: „Wie wäre es, wenn du mir erstmal erklärst, welche Tests ihr mit mir gemacht habt?"

„Ich stelle hier die Fragen und du antwortest!", droht er gefährlich und schlägt seine Faust lautstark auf den Tisch, sodass ich schreckhaft zusammenzucke. Zu allem Überfluss mischt sich nun auch Milan ein, sodass ich erneut mit den Tränen kämpfe.

„Kapier es endlich, Herzchen, du hast keinen Anspruch mehr auf eine eigene Meinung oder Rechte im Allgemeinen."

Vor Furcht zittere ich bereits am ganzen Körper und auch die erste Träne rinnt über meine Wange. So sehr ich es versuche, schaffe ich es nicht mehr, meine Emotionen zu unterdrücken. Das scheint Finn nicht zu entgehen, der inzwischen ebenfalls am Esstisch sitzt. Er faltet sorgsam seine Serviette und spricht mit Iven in einem distanzierten Geschäftston: „Du hast sie gefunden und ausgesucht, sie gehört dir. So ist der Deal! Aber ich sag's ja nur ungern, wenn ihr mit Maya genauso umgeht wie mit den Frauen davor, ist sie schon bald genauso verstört."

Schnaubend lässt Iven endlich von mir ab und sich auf den Stuhl neben mir sinken, dabei murmelt er: „Iss, bevor es kalt wird."

Unsicher mustere ich die drei, die inzwischen zu essen beginnen. Wenn ich das richtig verstanden habe, ist dieser

Iven sowas wie der Anführer. Finn und Milan führen seine Anweisungen aus. Sowohl Iven als auch Finn wirken vornehm und scheinen aus gehobenen Verhältnissen zu kommen. Milan wirkt im Gegensatz zu ihnen wie ein kleinkrimineller Mafioso. Dieser Finn scheint der Vernünftige dieser Bande zu sein. Zumindest hat er mich schon das zweite Mal vor Ivens Grausamkeit gerettet.

Da ich kurz vor dem Verhungern bin, leiste ich Ivens Aufforderung ohne Widerrede folge. Noch niemals hat ein Linseneintopf so unbeschreiblich lecker geschmeckt. Nach einer Weile der Stille beginnt Milan erneut das Gespräch: „Keine Angst, Kätzchen, du musst dich nicht so beeilen. Niemand wird dir dein Essen wegnehmen, du wirst bei uns keinen Hunger oder Durst leiden. Wir brauchen dich für das Bevorstehende bei vollen Kräften."

Schon wieder redet er von 'dem Bevorstehenden', wahrscheinlich will ich es gar nicht wissen, was genau diese Psychopathen mit mir vorhaben. Nachdem ich die ganze Portion kommentarlos aufgegessen habe, um sicherzustellen, dass sie mir niemand mehr wegnehmen kann, versuche ich erneut an deren Vernunft zu appellieren: „Bitte lasst mich gehen. Mein Mann ist sehr wohlhabend und wird euch ein Lösegeld für mich bezahlen. Ich verspreche euch, niemandem etwas zu erzählen."

„Wir wollen dich und deinen Körper, uns interessiert das scheiß Geld von deinem Typen nicht! Er könnte uns niemals den Preis bezahlen, was dein Leben wirklich wert ist", erwidert mir Milan, der hörbar versucht, seine Belustigung über meine Aussage zu unterdrücken. Iven und Finn blicken nicht einmal zu mir auf, sondern essen wortlos weiter. Womöglich hören diese Verrückten das von jeder Frau, die sie entführen. Obwohl sich allein bei dem Gedanken ein Knoten in meinem Hals bildet, spreche ich nun doch die Frage aus, die ich eigentlich gar nicht stellen möchte: „Was werdet ihr mit mir machen, nachdem ihr mich vergewaltigt habt? Werdet ihr mich töten?"

„Es liegt allein an dir, wie lange du überleben wirst. Wenn du mich langweilst, gebe ich dich zur Jagd frei", grinst Iven boshaft und schiebt dabei seinen Teller von sich. Er scheint wohl fertig gegessen zu haben. Sein Blick kreuzt sich mit dem der anderen, und plötzlich haben alle dieses seltsame Funkeln in den Augen. Seine Aussage ist völlig nichtssagend, ich ignoriere das Gefühl der Angst, das sich wie eine Schlinge um meinen Hals zieht und bohre weiter nach. Auch wenn die Antwort mich wahrscheinlich zu einem Nervenzusammenbruch führt.

„Verdammt! Hör endlich auf in Rätseln zu sprechen! Über welches Bevorstehende redet ihr? Welche Jagd?"

„Reiche Männer, ich meine damit die richtige High Society. Sie bezahlen Unmengen Geld für eine Jagd durch die Wälder. Eine gesicherte Jagd, bei der sie sich nach Herzenslust an ihrem Opfer austoben können. Nur jagen diese Sadisten ungern Wild, sie bevorzugen eine nackte, hübsche Frau. Diese Frau bist du", erklärt mir Milan abgebrüht und ohne jegliche Emotionen, als würde er über etwas Normales, Alltägliches reden.

„Manchmal schießen die Jäger mehrfach auf ihre Beute, verletzen sie aber nicht lebensbedrohlich, um sie besonders lange zu quälen. Manchmal verstümmeln sie die Frauen nur, trennen ihnen Gliedmaßen ab. Diese Wälder sind in unserem Privatbesitz und gehören uns, niemand wird dich hier je suchen oder finden", fügt Finn ergänzend hinzu und meine Gedanken überschlagen sich, mein ganzer Körper ist wie zu Stein erstarrt, derweil Iven seelenruhig weiterspricht: „Finn ist ehemaliger Militärarzt, er hat sichergestellt, dass dein Körper frei von ansteckenden Krankheiten ist. Außerdem wird er dafür sorgen, dass du während der Jagd nicht vorzeitig ablebst. Unsere Kunden erwarten höchste Qualität, dass sich die Ware, die wir ihnen bieten, in gesundheitlicher Höchstform befindet. Manche Männer spielen mehrere Tage mit ihrer Beute, manche nur wenige Stunden."

Mir weicht sämtliche Farbe aus dem Gesicht und mir wird schlecht. Richtig schlecht. Mein gesamter Mageninhalt will von innen nach außen. Ich habe von solchen illegalen Treffen sogenannter Eliteringe im Internet gelesen, aber niemals erwartet, selbst ein Opfer derartiger Brutalität zu werden. Diese Sekten sollen entführte Frauen misshandelt und gefoltert und im Anschluss bei satanistischen Ritualen getötet haben. In einem kilometerlangen Wald wurden unzählige Überreste von Leichen und Skeletten ausgegraben. Es gab Berichte einer Überlebenden, die über Jahre sexuell der Elite dienen musste. Sie schaffte es zu entkommen, bevor sie extrem qualvoll und grausam geopfert werden sollte.

„Dann werde ich mich jetzt mal um mein Engelchen kümmern, ihr wollt ja schließlich auch mit der Hübschen euren Spaß haben. Verzeiht mir bitte, wenn es heute Nacht laut wird", wie durch einen Tunnel höre ich Iven, der sich neben mir von seinem Stuhl erhebt und mich ebenfalls am Oberarm hochzieht. Erneut vernehme ich Ivens Stimme, doch sie erreicht mich nur schemenhaft: „Nun schau nicht so, Püppchen, bis dahin werden wir noch eine sehr lange und wunderschöne Zeit zusammen verbringen. Wenn du nur halb so gut fickst wie du aussiehst und mich bei Laune hältst, wirst du nicht so schnell an einen Kunden verkauft."

Vergeblich versuche ich mich zu beruhigen und die aufkommende Panik in den Griff zu bekommen. Ich darf jetzt nicht die Nerven verlieren und muss irgendwie einen klaren Kopf bewahren, um hier rauszukommen. Wenn ich jetzt durchdrehe und bei der erstbesten Gelegenheit einen weiteren unüberlegten Fluchtversuch starte, wird es nur dazu führen, dass ich erneut an das Bettgestell gekettet werde. Ich muss also strategisch planen und brauche mehr Informationen. Doch um herauszufinden, wo ich mich befinde, muss ich um jeden Preis verhindern, zurück in diesen unterirdischen Raum gesperrt zu werden. Dafür scheint Kooperation momentan der einzige und sinnvollste Ausweg.

Wie eine leere Hülle folge ich Iven in kleinen Schritten zu den Treppen ins Obergeschoss. Was er mit mir vorhat, ist vorhersehbar. Er wird seine Drohungen verwirklichen und mich vergewaltigen. In diesem Moment gebe ich mir selbst ein Versprechen. Ich werde das hier überleben, diese Typen werden mich nicht brechen. Ich werde einen Weg finden, sie zu manipulieren und wenn sie erstmal unachtsam sind, werde ich von hier entkommen!

Ich werde nicht sterben!

Ein langer Gang erstreckt sich vor mir, die Bodenfliesen sind anthrazitfarben, dort befinden sich fünf verschlossene Türen. Nachdem Iven eine davon öffnet, offenbart sich darin ein luxuriöses Badezimmer.

Auch hier besteht alles aus dunklem Marmor, eine riesige Eckbadewanne befindet sich links und in der rechten Ecke eine separate, ebenerdige Dusche. Daneben eine Toilette. Die Badezimmermöbel sind ebenfalls aus weißem Hochglanz.

„Na los, mach mir keine Szene und zieh dich aus!", fordert er. Seine Stimme klingt schroff, lässt keine Widerworte zu. Einen Moment bin ich wie erstarrt, doch es erscheint mir als die einzige Option, seiner Forderung nachzukommen. Wenn ich das hier überleben will, darf ich keine unnötigen Kämpfe gegen ihn führen, die ich niemals gewinnen kann.

Alles was ich in meinem bisherigen Leben gelernt habe, bringt mich hier drin nicht weiter. Doch mein Instinkt sagt mir, dass ich, um hier rauszukommen, schlau sein muss. Auch wenn das bedeutet, dass ich mich ihren Forderungen unterordnen muss. Ich muss es irgendwie schaffen, sie glauben zu lassen, dass ich mich ihrem Willen füge. Auch wenn der Überlebensinstinkt in mir mich anschreit, wegzurennen, so muss ich versuchen, nicht unüberlegt zu handeln und ihr Vertrauen zu gewinnen.

Mit verachtendem Blick öffne ich die Kordel des Kimonos und streife mir diesen von den Schultern. Er mustert mit verschränkten Armen vor der Brust jeden Zentimeter meiner Haut und deutet dann auf meinen BH: „Alles!"

Mit einem Gefühl der Verzweiflung leiste ich auch dieser Aufforderung Folge. Als ich nackt vor ihm stehe, versuche ich meine Brüste und meinen Intimbereich mit den Händen zu bedecken. Doch er schiebt meine Hände von meinem Körper weg und leckt sich gierig über die Lippen.

Er lässt seine Hände meine Seiten entlanggleiten und hinterlässt eine Gänsehaut. Die Empfindungen, die seine Berührungen in mir auslösen, stehen so im Gegensatz zu den Geschehnissen der Realität. Die Angst in meinen Augen scheint ihn zu erregen, denn ich sehe, wie es in seiner Hose ein deutliches Stück enger wird, dabei säuselt er vor sich hin: „Du bist so unbeschreiblich schön."

Stumme Tränen rinnen mir über die Wangen, doch ich sage kein Wort. Ich blicke nur noch in diese dunkelbraunen, fast schwarzen Augen. Auch er öffnet die einzelnen Knöpfe an seinem Hemd, entblößt seinen definierten Körper und ich starre unbewusst auf seine ausgeprägte Brust und Bauchmuskeln.

Dieser Typ besitzt kein einziges Gramm Fett am Körper. Zu allem Überfluss entblößt er als nächstes seinen wohlgeformten Unterkörper. Als er an seiner Boxershorts ankommt, beiße ich mir unbewusst auf die Lippe und wende meinen Blick von ihm ab. Mein Puls erhöht sich und ich spüre, wie meine Wangen glühen. Ich wage es nicht nach unten zu sehen. Ich will nicht, dass es real wird.

Als Nächstes spüre ich seine Hände an meinem Hintern und er drückt mich in die Dusche. Wie eingefroren beobachte ich ihn dabei, wie er das Wasser aufdreht. Nachdem es allem Anschein nach die richtige Temperatur erreicht, zieht er mich unter den prasselnden Strahl. Vor Angst bin ich bewegungslos, mein Kopf ist wie leergefegt.

Er trägt Duschgel auf seine Hand auf und beginnt meinen Körper mit kreisenden Bewegungen einzuseifen, wobei er die Partie meiner Brüste besonders lange auskostet. Ich will das alles nicht, alles in mir sträubt sich gegen seine Berührung. Doch ich will auch nicht erneut von Milan mit dem Messer bedroht werden. Durch die immer wiederkehrenden Gedanken in meinem Kopf und seine aufgezwungene Berührung fühle ich mich völlig verzweifelt. Tief durchatmend lasse ich ihn gewähren und ignoriere seine deutliche Erektion, die erkennen lässt, dass er es genießt, ungefragt meinen Körper zu berühren, wo immer er will. Sein Glied ist nicht nur unglaublich groß, sondern auch dick. Noch mehr Widerwille breitet sich in mir aus, beim Gedanken daran, dieses Ding in mir zu spüren.

„Du bist uns ohnehin schutzlos ausgeliefert und kannst uns nicht entkommen. Mach es für dich selbst erträglicher und gib dich mir hin." Er vergräbt seine Hand in meinem Haar und beugt sich zu mir nach unten, dann flüstert er an meinen Lippen: „Lass es einfach zu, ich werde dich nicht verletzen, solange du gehorchst. Ich habe gesehen, was meine Nähe in dir auslöst und was für eine Wirkung ich auf dich habe."

Gedankenverloren starre ich meinen Entführer wortlos an, beobachte wie von seinen dunkelbraunen Haaren das Wasser perlt. Beobachte wie die Wassertropfen in Bahnen über seine definierten Muskeln fließen.

Das alles ist so surreal. Noch niemals zuvor bin ich einem Mann wie Iven begegnet. Er ist makellos, geradezu perfekt. Hätten wir uns vor ein paar Jahren unter gewöhnlichen Umständen kennengelernt, hätte er mich sicher ins Bett bekommen. Doch von ihm zu einer sexuellen Handlung gezwungen zu werden, versetzt mich geradezu in Panik.

Wahrscheinlich erfordert ein Ausnahmezustand wie dieser, eine unmoralische Entscheidung, die ich mit normalem Menschenverstand niemals treffen würde. Doch ich will nicht sterben. Wer weiß schon, wie dieser Verrückte reagiert, wenn ich mich jetzt querstelle. Vielleicht bin ich auch einfach feige, dass ich nicht wegen einem sinnlosen Kampf verletzt werden will. Hier eingesperrt bei diesen Irren, bringen mich die Regeln des normalen Lebens nicht weiter. Um einen Weg zu finden von hier auszubrechen, muss ich jegliche Vernunft vergessen. Doch bin ich wirklich in der Lage, diesem Psychopathen etwas vorzuspielen und mich von ihm berühren zu lassen? Den größten Fehler, den ich machen könnte, wäre ihn zu unterschätzen.

„Tu, was du tun musst und brenn in der Hölle", hauche ich an seinen Lippen und er grinst spitzbübisch: „Du wirst es noch lernen, das alles hier sogar zu genießen. Und wenn du dich anstrengst, behalte ich dich vielleicht als meine eigene kleine Sexsklavin."

Dann überbrückt er die letzte Distanz und presst seine Lippen hart auf meine Lippen. Seine Zunge drängt sich zwischen meine Lippen und erobert meinen Mund. Zaghaft folgt meine Zunge seiner, dabei lässt er seine warmen und zugleich so sanften Hände meine Seiten entlangfahren, die schlussendlich auf meiner Kehrseite ruhen. Meine Haut brennt unter seiner Berührung. Er löst irgendetwas Unbekanntes in mir aus, das ich in keinster Weise kontrollieren kann. Als er dann aber mein rechtes Bein anhebt und mich mit dem Rücken gegen die Fliesen der Duschkabine drückt, rinnen mir, ohne es aufhalten zu können, Tränen über die Wangen.

Er presst seinen Körper an mich und ich spüre seine harte Erektion zwischen meinen Beinen. Irgendetwas in mir fleht mich an, ihn einfach machen zu lassen und ihn sich nehmen zu lassen, was er will. Doch ich kann einfach nicht, ich will nicht, dass er mir so nahekommt. Gequält keuchend löse ich mich aus dem feuchten Kuss und flehe ihn an:

„Bitte tu das nicht. Bitte zwing mich nicht dazu!"

Er gibt einen knurrenden Laut von sich und mit einem geschickten Handgriff packt er meine Hände über den Kopf zusammen: „Du scheinst es noch nicht kapiert zu haben, ich werde dich ficken, wann immer ich es will! Wenn du es nicht freiwillig zulässt, werde ich dich mit Gewalt nehmen!" Seine Gesichtszüge sind verhärtet und strahlen eisige Kälte aus.

Als nächstes beugt er sich zu mir herunter und ich spüre seine Lippen an meinem Ohr und seine lusterfüllte Stimme lässt mich erzittern: „Entspann dich! Dann werde ich dir nicht wehtun!"

Im selben Moment dringt er ohne Vorwarnung mit zwei Fingern in mich ein. Es schmerzt, da ich nicht im Geringsten erregt bin. Doch ich traue mich nicht, ihn erneut zu schlagen. Vergeblich versuche ich, mich aus seinem Griff zu winden und wimmere verzweifelt. Doch er ignoriert meine offensichtliche Gegenwehr und legt seinen Daumen auf meine Knospe, um mich mit sanften Kreisen zu stimulieren. Gleichzeitig beginnt er damit, mich mit zwei halb gekrümmten Fingern zu penetrieren.

Das alles ist so widerlich. Seine Finger gegen meinen Willen in mir zu spüren ist das quälendste Gefühl, das ich jemals erlebt habe. Immer wieder vergräbt er seine Finger tief in mir. Doch obwohl ich es nicht will, breitet sich langsam, aber stetig ein Druckgefühl zwischen meinen Beinen aus. Auch meine Atmung geht immer schwerer, ja fast schon stoßartig. Beschämt wende ich den Blick ab, denn ich fühle mich von ihm benutzt. Er treibt mit seinen gezielten Bewegungen eine immer größere Hitze in meinen Schoß.

„Lass dich fallen", haucht er mir ins Ohr, als wüsste er, dass gegen meinen Willen die Spannung in meinem Unterleib immer größer wird. Ich verstehe meine körperliche Reaktion selbst nicht. Das alles ist zu viel für mich. Dieser Druck und wie seine Finger immer wieder raus und in mich gleiten und gegen einen Punkt drücken, der mich beinahe keuchen lässt. Das ist alles nicht richtig. Endlich erwache ich aus meinem Zustand, als letzten Ausweg ziehe ich ein Bein nach oben.

„NEIN! HÖR AUF!"

Bevor ich es schaffe, mein Knie zwischen seine Beine zu treten, weicht er mir mit einer lässigen Bewegung aus, so als hätte er das vorhergesehen. Auf einmal hält er wirklich inne und ich starre ihn mit geschockt aufgerissenen Augen an. Was hat er denn erwartet? Dass ich diese Vergewaltigung stillschweigend ertrage?

„Wehre dich ruhig, wenn du willst, dass ich dir wehtue." Ohne es nur in geringster Weise vorherzusehen, packt er plötzlich seine Hand in meine nassen Haare und schlägt meinen Kopf mit voller Wucht gegen die Fliesen. Augenblicklich sehe ich schwarze Punkte vor meinen Augen tanzen und sacke besinnungslos in den Armen meines Entführers zusammen.

Mit beißenden Kopfschmerzen erwache ich aus meiner Ohnmacht. Orientierungslos blicke ich durch den Raum, der nur vom Mondlicht erhellt wird. Ich bin nicht in dem fensterlosen Kellerraum, sondern den Umrissen der Möbel nach zu urteilen in einem Schlafzimmer. Es dauert eine Weile bis ich mich wieder an die Geschehnisse erinnere, Iven hatte mich im Affekt bewusstlos geschlagen. Vermutlich habe ich eine Gehirnerschütterung, denn mir ist nicht nur schwindlig, sondern auch kotzübel. Benebelt fasse ich zu meinem vor Schmerz dröhnenden Kopf, meine Haare sind inzwischen trocken. Sie fühlen sich struppig an, als hätte sie irgendwer geföhnt. Meine rechte Gesichtshälfte ist komplett angeschwollen durch den brutalen Schlag auf die Fliesen. Doch ich spüre keine offene Wunde.

Panisch taste ich meinen Körper ab und mir schießen Tränen in die Augen, als ich spüre, dass ich nackt bin. Zwischen meinen Beinen spüre ich keine Anzeichen dafür, vergewaltigt worden zu sein.

Neben mir im Bett ertönt ein Geräusch. Jemand atmet, es ist fast ein leises Schnarchen. Durch das gedämpfte Mondlicht erkenne ich Umrisse, die auf Iven hindeuten. Er liegt mit dem Rücken zu mir.

Alles in mir fleht mich an wegzurennen und ich schaffe es nicht mehr dem Freiheitsdrang zu widerstehen. Zu meinem Glück bin ich nicht gefesselt und kann mich frei bewegen. Das erneute traumatische Erlebnis mit Iven hat mir vor Augen geführt, dass ich auf gar keinen Fall deren Sexspielzeug sein will, um anschließend bei irgendeiner Jagd auf satanische Weise hingerichtet zu werden. Das alles hier schreit nach einer Falle, doch ich kann nicht anders und richte mich mucksmäuschenstill von dem federweichen Bett auf.

Dabei versuche ich nicht den geringsten Laut von mir zu geben. Da ich noch immer nackt bin, greife ich mir Ivens weißes Hemd, das achtlos auf dem Boden liegt.

Mit zittrigen Fingern knöpfe ich mir das Hemd zu und schleiche aus dem Zimmer, die Wand im Flur des oberen Stockwerks entlang. Es ist stockdunkel und ich sehe kaum die Hand vor Augen, und taste mich auf Zehenspitzen die Treppe nach unten.

Alle im Haus scheinen zu schlafen, denn es befindet sich niemand im Wohnbereich. An der Haustüre leuchtet noch immer das verräterische rote Licht, was vermutlich bedeutet, dass die Alarmanlage scharfgestellt ist. Mit zitternden Fingern drücke ich die Türklinke nach unten, doch die Türe lässt sich nicht öffnen und im selben Moment schaltet sich das Licht ein. Wie erstarrt bewege ich mich keinen Millimeter, als Ivens bedrohliche Stimme ertönt: „Ich habe wirklich gehofft, dich freiwillig ins Bett zu bekommen, doch du bevorzugst scheinbar die harte Tour."

Er ist nur in seiner Boxershorts bekleidet und mir läuft es bitterkalt den Rücken herunter, als mir klar wird, einen riesengroßen Fehler begangen zu haben.

Mit meinem Verhalten habe ich nur erreicht, dass er sich gewaltsam nimmt, was er will und mir noch mehr wehtun wird.

Beinahe bleibt mir das Herz stehen, als er einen schrillen Pfiff ausstößt. Es dauert nur Sekunden, bis das Knallen zweier Türen zu hören ist und sowohl Finn als auch Milan neben Iven im Obergeschoss erscheinen. Dabei fragt Finn sofort: „Was läuft hier?"

„Haltet sie fest! Wenn ihr wollt, könnt ihr gerne zuschauen!", befiehlt er den beiden, die sich sofort mit finsterer Miene in schnellen Schritten auf mich zubewegen. Das Haar der beiden ist völlig zerzaust, sie scheinen bereits geschlafen zu haben.

Seelenruhig schreitet Iven bedrohlich die Stufen zu mir ins Untergeschoss und meint an Finn gewandt:

„Das haben wir nun von all der Nettigkeit der Schlampe gegenüber. Bei der erstbesten Gelegenheit pisst sie mir ans Bein! Von jetzt an läuft es nur noch so wie ich es sage!"

Panisch verfolgte ich jeden Schritt, den sich meine Entführer auf mich zubewegen, in einer Kurzschlussreaktion sehe ich die Wohnküche als einzigen Fluchtweg. Ich renne in schnellen Schritten zu den Schubladen und ziehe eine nach der anderen heraus, bis ich ein Fleischermesser finde.

Allerdings werde ich sofort von allen dreien eingekreist, alles geht so schnell, dass ich gar nicht reagieren kann. Finn schlägt mir mit einem gezielten Schlag das Messer aus der Hand, dass scheppernd zu Boden fällt und über den Boden schlittert.

Es dauert nur Sekunden, bis mich Milan bewegungsunfähig auf dem Boden fixiert und meinen Kopf mit voller Wucht auf den Fliesenboden schlägt. Kurz habe ich das Gefühl, erneut ohnmächtig zu werden, als er mir zusätzlich mit der Faust ins Gesicht schlägt, sodass meine Lippe aufplatzt und ich Blut auf meiner Zunge schmecke.

Durch die bereits vorhandene Schwellung fühlt es sich an, als würde meine rechte Gesichtshälfte zerbersten. Benommen bleibe ich einfach auf dem Fußboden liegen und höre Milan wie durch einen Tunnel:

„Na los, fick sie endlich!"

Gefangen in diesem Alptraum werde ich zusätzlich von Finn auf dem Fußboden fixiert und sehe mit Entsetzen, wie Iven inzwischen seine Boxershorts hinuntergezogen hat und anfängt, seinen bereits Steifen zu massieren. Er scheint keine Scham vor den beiden anderen zu empfinden, denn wenig später kniet er sich mit seinem Ständer zwischen meine Beine und drückt diese trotz meiner Gegenwehr auseinander.

„Bitte, bitte, es tut mir leid! Ich werde ab jetzt tun, was immer du willst!", flehe ich ihn in meiner Verzweiflung sogar an, da sich in jedem meiner Glieder die Todesangst ausbreitet. Mit einem Ruck zerreißt er sein Hemd, das ich am Körper trage, die Knöpfe reißen ab und rollen über den Fußboden. Er knetet kurz meine Brust und zwickt mir anscheinend in den Nippel.

„Du wirst es mögen, meinen Schwanz tief in dir zu spüren."

Vor Angst schreie ich mir die Seele aus dem Leib, zugleich rauscht Adrenalin durch meine Venen. Meine Stimme überschlägt sich immer mehr, vergeblich versuche ich mich aus Milans und Finns Griff zu winden und trete nach Iven. Doch seine geballte Faust trifft so derb meine Wange, dass ich erneut schwarze Punkte vor meinen Augen sehe und meine Ohren dröhnen.

Kurz bleibe ich regungslos liegen. Sofort nutzt Iven meinen Aussetzer, in dem ich fast das Bewusstsein verliere und beugt sich über mich zwischen meine gespreizten Beine. Verhindert somit, dass ich mich in jeglicher Weise widersetzen kann.

„Bitte hör auf!", flehe ich mit zittriger Stimme, während sich Tränen voller Verzweiflung, Angst und Scham in meinen Augen sammeln, die beim nächsten Blinzeln über meine Wangen rinnen. Mir wird bitter bewusst, dass ich mich gegen diese Psychopathen nicht wehren kann und er mich vergewaltigen wird.

„Finn, stopf ihr das Maul und lass dir doch von der Bitch einen lutschen", gibt Milan belustigt von sich, doch Finn erwidert mit einem rauen Lachen:

„Sorry Alter, aber ich bevorzuge meine Privatsphäre, wenn ich es der Süßen besorge."

Panisch schüttle ich den Kopf, zapple wie wild auf dem Fußboden. Aus meinen verzweifelten Schreien wird schlussendlich flehendes Wimmern, als ich spüre, wie Iven seine Eichel an meine Mitte positioniert.

Grob presst er seinen Schwanz hart drückend in mich, wodurch ich brüllend losschreie, da ich zwischen den Beinen trocken wie die Wüste bin. Er begräbt mich unter seinem Gewicht und ich spüre seinen schweren Atem an meinem Ohr.

„Scheiße, du bist so verdammt eng", keucht er mir lusterfüllt ins Ohr und dringt noch tiefer in mich, bis er mich ausfüllt und ich darum bettle, dass er aufhört: „Bitte Iven, bitte hör auf!"

Seine Größe ist kaum auszuhalten, meine Schreie und mein Wimmern beachtet er nicht, sondern packt meine Hüfte und beginnt sich in mir zu bewegen. Schmerzerfüllt kneife ich die Augen zusammen, schreie und strample. Es fühlt sich an, als würde er mich mit seinem riesigen Ding zerreißen.

„Du tust mir weh!", wimmere ich, doch ich spüre das Vibrieren seines kalten, rauen Lachens, als er mir anschließend ins Ohr haucht: „Oh, meine süße kleine Sexsklavin, ich habe noch nicht mal angefangen! Nur dir zuliebe bin ich heute besonders zärtlich, ich will dich schließlich nicht zerstören."

Sobald er die Worte ausgesprochen hat, zieht er sich zurück und rammt sich bis zum Ausschlag in mich. Schmerzhaft schreie ich auf, weil seine gesamte Länge in mir nicht auszuhalten ist. Immer wieder spüre ich ihn tief in mir vergraben, bis er sich aus mir zurückzieht, nur um dann wieder ganz in mich einzudringen.

Es dauert eine gefühlte Ewigkeit in der mich Iven fickt, jeder seiner Stöße brennt und fühlt sich an, als würde er mich innerlich zerfetzen. Seine nackte Haut klatscht bei jedem seiner Stöße auf meine, er greift mir brutal in die Haare, als er anfängt sich haltlos in mich zu rammen.

Unentwegt blicke ich in Milans grünblaue Augen, der mich mit diesem schmutzigen Grinsen ansieht und mit der anderen Hand immer wieder meine Brüste knetet. Doch auch Finns bernsteinfarbene Augen sind ununterbrochen auf mich gerichtet, beide schaffen es nur mit extremem Kraftaufwand, mich zu bändigen, da ich noch immer wild zappelnd versuche, mich unter Iven zu winden. Vergeblich reiße ich an seinen Armen, die Gesichter der beiden wirken amüsiert über den laschen Versuch, mich ihnen zu widersetzen. Es fühlt sich so unglaublich erniedrigend an, ihre lüsternen Blicke auf mir zu spüren, während mich Iven vor ihren Augen vergewaltigt.

Gequält schließe ich die Augen, um ihre Blicke nicht länger ertragen zu müssen. Es scheint ihnen eine unglaubliche Genugtuung zu sein, meine Wehrlosigkeit zu genießen. Meine Stimme ist vom Schreien zwischenzeitlich heiser und kaum mehr kommt ein Ton über meine Lippen.

Obwohl mir nicht kalt ist, zittere ich am ganzen Körper. Ohne jegliche Zurückhaltung penetriert mich Iven weiter brutal und hart. Er wird immer schneller, bis er sich tief stöhnend und zuckend in mir ergießt. Erst dann hört er endlich auf, sich zu bewegen. Zum Abschluss schlägt er meinen Kopf noch einmal auf den Fliesenboden und knurrt bedrohlich: „In Zukunft wirst du gehorchen, sonst werden wir das Ganze einfach wiederholen."

Kraftlos bleibe ich nun wirklich bewegungslos liegen. Alles tut so schrecklich weh und ich fühle mich innerlich taub. Mit den Worten „Du bist dran!" zieht Iven sein erschlafftes Glied aus mir zurück, dann höre ich Milans kühle Stimme: „Danke, ich verzichte, die blutet mir sonst das ganze Bett voll."

Als ich benommen an mir heruntersehe, erkenne ich eine Blutspur zwischen meinen Beinen. Endlich lösen sich die Arme, die mich bis vor kurzem bewegungsunfähig gehalten haben. Mein Unterleib brennt höllisch, selbst wenn ich es wollte, könnte ich nicht allein aufstehen.

„Vermutlich hat sie nun mehr als eine Gehirnerschütterung", höre ich Finn wie durch einen Tunnel, der mein Gesicht in seine Richtung dreht und mich zwingt, ihn anzusehen. Sämtliches Adrenalin hat mich mit einem Schlag verlassen und ich schaffe es nur mit größter Mühe, die Augen offen zu halten.

„Dann bring das gefälligst in Ordnung", fährt ihn Iven schroff an. Ich bin völlig apathisch, als mich Finn mit einem Ruck vom Boden hochhebt und auf seine Arme nimmt. Anschließend trägt er mich die Treppen hoch ins Obergeschoss, dabei spüre ich, wie eine warme Flüssigkeit an meinem Bein hinunterläuft.

Finn trägt mich in ein Zimmer und schaltet das Licht an, anschließend setzt er mich auf die Bettkante.

„Kannst du sitzen?"

Nur mit größter Mühe kann ich ein Zischen unterdrücken, als das Bettlaken meine Intimzone berührt. Ich kann mich nicht erinnern, jemals derartig brennende Schmerzen empfunden zu haben. Meine Tränen allerdings schaffe ich nicht zurückzuhalten, sie kullern mir unaufhaltsam über die Wangen. Ich antworte ihm nicht, sondern schaue mit leerem Blick durch Finn hindurch.

Das Zimmer, in dem ich mich befinde, ist mir fremd. Vermutlich ist es das von Finn. Es ist in grauschwarzen Tönen eingerichtet, mit einem Bett und einem Kleiderschrank. Finn holt aus der Ecke des Raumes einen Koffer, der neben einem Schreibtisch steht. Er zieht einen Drehstuhl vor mich und setzt sich vor mich auf den Stuhl, dann legt er seinen Finger unter mein Kinn. Sofort zucke ich schreckhaft vor seiner Berührung zusammen. Lasse es aber dennoch über mich ergehen, dass er mein Gesicht nach links und rechts dreht und mich kritisch begutachtetet.

„Das sieht ziemlich übel aus", sinnt er vor sich hin und öffnet mit einem Doppelklick den Koffer. Allerhand medizinisches Zubehör befindet sich darin. Er trägt eine durchsichtige Flüssigkeit auf einen Operationstupfer auf und tupft damit ausgesprochen vorsichtig über die Blessuren in meinem Gesicht. Als er damit die offenen Wunden berührt, kann ich nun doch einen gequälten Schmerzlaut nicht unterdrücken.

Allerdings wehre ich mich nicht weiter, ich stehe viel zu sehr neben mir, als dass ich imstande wäre, einen weiteren Kampf zu führen. Er arbeitet überraschend professionell und hochkonzentriert, während er mich mit allerlei Salben und Verbandszeug verarztet. Es scheint der Mediziner in ihm die Oberhand zu übernehmen. Sehr praktisch in einem Haus voller kranker, sadistischer Vergewaltiger. Sie werden mich also einfach wieder zusammenflicken, nachdem sie mich zerstören. Mit einem Mal läuft es mir bitterkalt den Rücken herunter beim Gedanken daran, dass er und Milan dasselbe mit mir machen werden.

Je mehr ich mich in diesen Gedanken hineinsteigere, dass das eben Erlebte erst der Anfang war, steigt in mir die Übelkeit auf und mir wird richtig schlecht. Vor meinen Augen dreht sich plötzlich alles, ich schaffe es immer schwerer, ruhig zu atmen und hyperventiliere. Verzweifelt klammere ich mich an Finns Handgelenk, der zwischenzeitlich meine aufgeplatzte Lippe versorgt. Er hält in seinem Tun inne und fragt verständnisvoll: „Musst du dich übergeben?"

Kraftlos nicke ich und er schafft es gerade noch rechtzeitig mir den Mülleimer zu geben, den er sich schleunigst neben dem Schreibtisch greift. Mit zitternden Händen greife ich danach und übergebe mich sofort.

„Du hast mit größter Sicherheit eine Gehirnerschütterung."

Finn steht zwischenzeitlich neben mir und hält mir das Haar, während ich erneut würge und spucke. Erst als er sich sicher ist, dass mein Würgereiz abklingt, nimmt er mir den Eimer ab und reicht mir ein Tuch, mit dem ich mir den Mund säubere.

Indessen läuft er zum Kleiderschrank und zieht ein schwarzes Stück Stoff daraus, das sich als eines seiner T-

Shirts herausstellt. Wieder lasse ich ihn einfach machen, als er das zerrissene Hemd gegen das T-Shirt ersetzt.

„Für heute will ich, dass du dich ausruhst. Morgen bringe ich dich ins Badezimmer."

Wieder nicke ich nur erschöpft. Ich bin viel zu erschlagen von den Erlebnissen, dass ich womöglich nicht einmal auf meinen Füßen stehen könnte. Zu meiner Verwunderung macht er keine Anstalten, mich in den Keller zu bringen, sondern schlägt die Bettdecke zurück.

Unsicher beobachte ich das Ganze und ein beklemmendes Gefühl schnürt meine Kehle zu, beim Gedanken daran, mit Finn in einem Bett zu schlafen. Allerdings war Finn mir gegenüber bisher nie aufdringlich geworden. Wenn man es genau nimmt, hat er sich sogar mehrfach für mich eingesetzt. Da ich mich bei Finn sicherer fühle, als in diesem Keller womöglich Iven und Milan schutzlos ausgeliefert zu sein, komme ich ohne Diskussion seiner stummen Aufforderung nach und krabbele mit größter Mühe unter die Decke.

„Braves Kätzchen. Es macht den Anschein, als würden Ivens Erziehungsmethoden bei dir sehr schnell die gewünschte Wirkung zeigen", lobt er mich, doch ich versuche seine verhöhnende Aussage zu ignorieren. Erschöpft schließe ich die Augen und höre, wie er das Chaos beseitigt.

Doch meine Gedanken wollen einfach nicht zur Ruhe kommen. Vor meinem inneren Auge sehe ich es immer wieder in Dauerschleife vor mir, wie mich Iven vergewaltigt und ich in die Augen der beiden anderen sehen muss, während sie diesen hämischen Gesichtsausdruck haben. Mein Unterleib fühlt sich an, als würde er brennen und ich habe das Gefühl zu bluten, doch ich kann mich nicht bewegen. Ich liege einfach nur still da und versuche langsam wieder klare Gedanken zu fassen. Mittlerweile ist mein ganzes Gesicht nass vom vielen Weinen und ich ziehe die Decke fester um mich, als könnte sie mich beschützen.

Erneut höre ich ein Geräusch und spüre, wie das Bett nachgibt, als sich Finn darauf legt. Er macht keine Anstalten mich zu berühren, sondern bleibt auf seiner Seite des Bettes. „Versuch erst gar nicht abzuhauen, du würdest nicht weit kommen. Außerdem würde es Milan und Iven unglaublichen Spaß bereiten, dir die Regeln erneut aufzuzeigen."

Ich antworte ihm nicht, sondern versuche mit größter Mühe mein Schluchzen zu unterdrücken, diese Genugtuung möchte ich ihm nicht gönnen. Es vergeht eine Ewigkeit, in der mich meine Gedanken foltern, bis ich endlich in einen traumlosen Schlaf falle.

Finn

KAPITEL 3

Der Deal

„Na los, steh auf!", weckt mich eine männliche Stimme im harten Tonfall. Als ich die Augen öffne, blicke ich direkt in ein bernsteinfarbenes Augenpaar. Finn ist bereits angezogen in Anzughose und weißem Hemd. Dieses Mal komme ich seiner Aufforderung ohne jeglichen Protest nach, ich will nicht nochmals zu etwas gezwungen werden.

Finn läuft voran und ich tapse ihm ein wenig unbeholfen hinterher. Jeder Schritt bereitet mir unheimliche Schmerzen, denn ich bin komplett wund zwischen den Beinen. Ich fühle mich teilnahmslos und wie in Watte gepackt, mir ist noch immer speiübel und schwindlig. Nachdem wir im Badezimmer ankommen, bleibe ich stumm stehen und warte auf seine Anweisungen. Er dreht den Duschhahn auf und deutet mir mit einer Kopfbewegung unter das Wasser zu gehen.

Ohne Widerworte folge ich seiner stummen Aufforderung und ziehe mir das Shirt vom Körper, um unter die Dusche zu gehen. Das warme Wasser tut unglaublich gut und ich genieße, wie es in Bahnen über meinen Körper fließt.

Dabei versuche ich Finn nicht weiter zu beachten, sondern gehe ausschließlich meiner Körperpflege nach. Was auch immer dieser kranke Sadist mit mir vorhat, dieses Mal werde ich mich garantiert nicht gegen das Unvermeidliche wehren und ihn einfach machen lassen. Das Letzte was ich erleben will, ist erneut vor Zuschauern missbraucht zu werden. Wieder sehe ich die Bilder vor mir und versuche vergeblich die Geschehnisse von mir zu waschen, doch sie haben sich bereits tief in meine Seele gebrannt.

Nachdem ich mit dem Duschen fertig bin, drehe ich das Wasser ab und trete Finn entgegen, der mir ein Handtuch reicht. Noch immer macht er keine Anstalten mich zu bedrängen, sieht mir einfach nur dabei zu, wie ich meine nasse Haut und meine Haare abtrockne.

Nach allem erscheint er mir von den dreien am vernünftigsten. Wenn ich ihn nur dazu bringen könnte, sich noch mehr für mich einzusetzen. Er ist, bis auf das letzte Mal, immer dazwischen gegangen, wenn Iven mich psychisch folterte. Tief durchatmend reiche ich ihm das Handtuch und hauche leise: „Danke, dass du mich versucht hast, vor Iven zu beschützen."

„Du verstehst da etwas völlig falsch. Nichts ist umsonst, meine liebe Maya. Dass ich dich vor Iven beschütze, hat seinen Preis. Es ist kein Gefallen, sondern ich biete dir damit einen Handel an. Ich binde dich dadurch an mich und mache dich von mir abhängig, das ist ein Unterschied. Jetzt bist du mir etwas schuldig."

Ungeniert mustert er meinen Körper, sein Blick wird eine Spur dunkler und mir jagt ein Schauder über den Rücken, als ich Begierde in seinen Augen aufblitzen sehe. Er legt seinen Zeigefinger unter mein Kinn und streichelt mit seinen Daumen federleicht meine Lippen entlang.

„Ich will als Gegenleistung deine hübschen Lippen um meinen Schwanz spüren."

„Fick dich! Ich habe mich wohl geirrt! Aber tu dir keinen Zwang an und vergewaltige mich! Zumindest seid ihr euch da ähnlich!", fauche ich nun giftig, keine Ahnung woher plötzlich mein Mut kommt. Finn ignoriert meinen Wutausbruch und vergräbt seine Hand in meinem Haar, dann beugt sich zu mir herunter, sodass sich unsere Lippen fast berühren.

„Ich werde dich zu nichts zwingen, Maya, du wirst dich mir von ganz allein hingeben. Ich verspreche es dir, schon sehr bald wirst du bei mir vor Lust und nicht vor Schmerz schreien."

Mein Puls schießt in die Höhe, ich kann seinen warmen Atem auf meiner Haut spüren. Er ist mir so unglaublich nah, und doch verharrt er einfach nur in dieser Position. Er hat anscheinend nicht vor, mich zu küssen, denn nachdem ich mich verkrampfe, löst er sich mit einem Seufzen von mir und kündigt an: „Ich werde deine Wunden versorgen."

„Darf ich bitte auf die Toilette?"

Während ich die Frage stelle, breche ich in Tränen aus. Er hat es mir bereits gestern angekündigt, dass ich es zukünftig vor ihm tun muss. Finn deutet mit einer Kopfbewegung zur Toilette. Zu meiner Überraschung verlässt er das Badezimmer, während ich mich erleichtere. Langsam taste ich meinen Intimbereich ab, der gesamte Bereich ist rot und entzündet. Zwar kann ich es nicht sehen, doch ich kann spüren, dass ich innerlich komplett zerrissen bin.

Wie in Trance laufe ich zum Waschbecken, geschockt starre ich in den Spiegel und erkenne die Frau darin kaum wieder. Tiefe Augenringe haben sich unter meinen olivgrünen Augen gebildet. Meine rechte Gesichtshälfte ist extrem angeschwollen und ein Teil hat sich inzwischen blaugrün verfärbt. Mehrere aufgeplatzte Wunden sind an Lippe, Unterkiefer und Stirn hinzugekommen. Als ich an mir heruntersehe, erkenne ich erstmals die vielen anderen Hämatome an meinem Körper. Keiner dieser Typen hat sich in geringster Weise zurückgehalten, als er auf mich eingeschlagen hat. Unaufhaltsam kullern Tränen über meine Wangen beim Gedanken daran, dass sich das Erlebte immer wieder wiederholen wird.

Gerade als ich dabei bin, meine Hände am Waschbecken zu waschen, betritt Finn erneut das Badezimmer. Er stellt sich hinter mich, wodurch ich mich zu ihm umdrehe. Er reicht mir den kleinen Kulturbeutel, den ich entgegennehme und sofort beginne, mir die Zähne zu putzen. Anschließend kämme und föhne ich meine nassen Haare und beobachte, wie Finn bereits seinen Koffer geöffnet hat. Nachdem ich mit der Körperhygiene fertig bin, fängt Finn damit an, erneut meine Verletzung zu versorgen. Wie schon am Abend davor lasse ich ihn einfach machen. Nach einer Zeit der Stille, in der er wieder diesen kritischen Gesichtsausdruck hat, wenn er meine Blessuren begutachtet, sucht er erneut das Gespräch.

„Iven handelt ständig impulsiv, ohne darüber nachzudenken. Du wirst weniger leiden, wenn du dich ihm einfach hingibst und tust, was er von dir verlangt."

Mit leerem Blick starre ich ihn an, er redet plötzlich so, als sei er mein Freund. Allerdings hat er in gewisser Weise sogar recht und ich bin selbst schuld, dass er mich gewaltsam zum Sex gezwungen hat.

Iven hatte mir die Wahl gelassen und mir die Chance gegeben, mich freiwillig auf ihn einzulassen. Wahrscheinlich empfindet jedes Opfer diese Selbstvorwürfe nach einer Vergewaltigung, doch diese Schwäche werde ich Finn nicht zeigen.

„Du hast leicht reden, du musstest auch nicht seinen Schwanz spüren."

Er schnaubt kurz und hält in seinem Tun inne, dabei gibt er gleichgültig zurück: „Es ist nur Sex, Maya. Hör auf, an deinen bisherigen Glaubenssätzen festzuhalten. Du wärst nicht die erste, die Iven im Affekt einfach tötet, weil er genug von diesem prüden Getue hat. Find dich mit deinem Schicksal ab und lerne es zu genießen, oder ist dir wirklich der Tod lieber?"

Nun weiten sich meine Augen kurz schreckhaft, dieser Irre scheint eine Vergewaltigung tatsächlich als normalen Sex zu interpretieren. Gleichzeitig wird mir die Ironie seiner Worte bewusst. Gewissermaßen ist das, was er sagt, völlig geistesgestört, doch er hat recht. Es ist wirklich nur Sex. Früher hatte ich des Öfteren mit völlig fremden Männern einen One-Night-Stand an den verrücktesten Orten. So paradox es auch klingt, diese drei Psychopathen sind extrem gutaussehend. In meinem bisherigen Leben hatte ich überwiegend Sex mit weniger attraktiven Männern.

Mit meiner jetzigen Einstellung würde ich höchstens tot in einem Müllsack dieses Haus verlassen. Womöglich sollte ich an meinem ursprünglichen Plan festhalten und versuchen, mich auf diese kranke Scheiße einzulassen, um das Vertrauen dieser Scheißkerle zu gewinnen und so einfacher einen Fluchtweg zu finden. Da kommt mir die skurrile Idee, auf Finns Angebot einzugehen. Sollte ich es schaffen, ihn zu verführen, könnte ich im besten Fall Streit zwischen den dreien schüren.

Finn scheint inzwischen fertig zu sein, denn er hält mir eine kleine Salbe entgegen und reißt mich aus meinen Gedanken. Seine Augen funkeln seltsam und auch seine Lippen verziehen sich zu einem hinterlistigen Grinsen.

„Diese Salbe ist gegen dein inneres Wundsein. Sie wird deine Schmerzen lindern und den Heilungsprozess beschleunigen."

Er macht eine kurze Pause und beobachtet genau meine Reaktion, dann überbrückt er die Distanz zwischen uns und raunt mir ins Ohr: „Es wird dir sonst noch viel mehr Schmerzen bereiten, wenn du ohne Behandlung deiner Verletzungen an Milan weitergereicht wirst."

„Was muss ich dafür tun?", hauche ich unsicher, denn die brennenden Schmerzen sind noch immer kaum zu ertragen. Mir wird schlecht, als ich an das ganze getrocknete Blut denke, das ich unter der Dusche abgewaschen habe. Er löst sich von mir und zwinkert mir zu:

„Ich werde die Salbe auftragen."

Meine Augen weiten sich und ein unangenehmer Schauer zieht über meinen Körper. Da ich ihn einfach nur regungslos und geschockt anstarre, packt er die Salbe einfach in seine Hemdtasche und erwidert schulterzuckend: „Mein Angebot steht, vielleicht überlegst du es dir anders, nachdem du die Nacht mit Milan verbracht hast."

Unvorstellbar, dass meine Mitte eine weitere Vergewaltigung überstehen wird. Schließlich schaffe ich es durch das Wundsein jetzt schon kaum, einen Fuß vor den anderen zu setzen. Wieder ermahne ich mich selbst, dass ich mich auf dieses kranke Spiel einlassen muss, wenn ich auch zukünftig von Finn Schutz bekommen will. Obwohl sich in mir alles gegen diese Berührung sträubt, greife ich Finn am Ärmel seines Hemds und flüstere mit Blick zum Boden:

„Einverstanden."

Nach meiner Einwilligung ist er kein bisschen zögerlich, sondern trägt die Salbe sofort auf seinen Finger auf. Er sieht mir direkt in die Augen, als seine Hand zwischen meine Beine gleitet. Auch wenn er ausgesprochen vorsichtig vorgeht, beschleunigt sich mein Atem automatisch, als er seinen Finger in mich drängt. Fest kneife ich die Augen zusammen und vergrabe mein Gesicht in seiner Brust, um ihm nicht in die Augen sehen zu müssen, dabei kralle ich meine Finger in sein Hemd. Er verteilt die Salbe in meinem Intimbereich, was meinen höllischen Schmerzen Erleichterung verschafft. Auch wenn er sich besonders viel Zeit nimmt, um mich mit seinen Fingern zu erkunden, verspüre ich bei seiner Berührung keine Erregung.

„Kaum zu glauben, du besorgst es unserer Süßen und sie wehrt sich nicht einmal?!", diese Stimme lässt mich nun doch schreckhaft aufschauen, wodurch ich Milan erkenne, der lässig im Türrahmen lehnt und uns mit diesem dreckigen Grinsen beobachtet.

„Sie ist soweit, du kannst sie haben", mit diesen Worten zieht er seine Finger aus mir zurück und ich klammere mich verzweifelt an ihn. Hilflos schüttle ich ängstlich meinen Kopf und flehe ihn an: „Bitte… Hilf mir!"

Ein abfälliger Laut verlässt seine Lippen und fixiert mich mit seinen bernsteinfarbenen Augen. Ganz langsam beugt er sich zu meinem Ohr, gibt monoton zurück: „Du kennst die Bedingung bereits, gib dich mir hin."

„Du wolltest mich doch hoffentlich nicht um mein Vorrecht bringen, der Kleinen das Hirn rauszuvögeln", raunt Milan mir in den Nacken und mir schießen Tränen in die Augen. Er legt seine Hände auf meine Schultern und lässt sie dann federleicht zu meinen Seiten hinuntergleiten. Wie eingefroren lasse ich seine Berührungen über mich ergehen, allerdings schaffe ich es nicht, mein Zittern zu unterdrücken, als ihm Finn völlig gleichgültig antwortet: „Nein, sie gehört dir."

„Ich wäre auch für einen Dreier offen."

Milan lacht rau und presst gleichzeitig seinen Schritt gegen meinen Hintern. Ich kann die deutliche Beule in seiner Hose spüren, doch ich wage es nicht, mich zu bewegen. Ich möchte nicht auch noch Ivens Aufmerksamkeit erregen, wenn ich mich jetzt querstelle.

„Mach mit ihr, was du willst", kommt es desinteressiert von Finn, der seine Sachen zusammenräumt. Mir wollten die Worte, dass ich den Handel akzeptiere, einfach nicht über die Lippen kommen. Denn ich bin mental noch nicht bereit dazu, ihm freiwillig zu geben, was er von mir verlangt. Allerdings schlucke ich bitter an meinen Tränen, als Finn das Badezimmer verlässt und mich mit Milan allein lässt.

Mein Atem geht zittrig, während er seinen Schritt noch fester gegen meine Kehrseite drückt und dabei beginnt, genüsslich meine Brüste zu massieren.

„Ich würde dich jetzt wirklich gerne noch wunder ficken, als du es ohnehin schon bist. Aber Iven will deine Kochkünste kennenlernen, also wirst du dich ohne Gezeter anziehen und uns was Schönes kochen. Sonst werde ich mit dir doch noch einen Quickie schieben, um dich daran zu erinnern, dass du zu gehorchen hast."

Tränenüberströmt nicke ich und Milan löst sich wieder von mir.

Er öffnet einen Schrank und reicht mir ein schwarzes Kleid, das ich entgegennehme, um es anzuziehen. Es ist bequem, doch es geht mir gerade mal knapp über den Hintern. Allerdings bin ich dankbar, dass ich nicht nackt durch das Haus laufen muss. „Selbst mit den ganzen Verletzungen siehst du heiß aus." Er zwinkert mir zu und fügt dann mit drohendem Unterton hinzu: „Zwing mich nicht dazu, dir weitere zuzufügen!"

Ohne meine Reaktion abzuwarten, läuft er voran, sodass ich ihm mit kleinen Schritten folge. Seine Message war schließlich klar und deutlich. Während wir die Treppen ins Erdgeschoss laufen, ergreift er erneut das Wort: „In den Küchenschränken findest du alles, was du brauchst. Enttäusch mich nicht, Herzchen." Im offenen Wohn-Essbereich trifft mein Blick auf Iven, der bereits gemeinsam mit Finn am Küchentisch sitzt. Jede Faser in meinem Körper rebelliert, mich noch weiter in seine Nähe zu bewegen. Als sich dann auch noch seine tiefbraunen Augen auf mich richten, protestiert zusätzlich mein Magen und ich glaube mich übergeben zu müssen.

„Guten Morgen, mein Engelchen", begrüßt mich Iven und hat dabei ein schmutziges Grinsen im Gesicht. Auch er ist bereits angezogen in dunkler Jeanshose und einem dunkelgrauen Poloshirt. Um ihn nicht wieder zu provozieren, halte ich den Blick gesenkt und versuche einfach an ihm vorbei zur Küchenzeile zu laufen.

Noch immer habe ich dröhnende Kopfschmerzen und mir ist schwindlig, undenkbar in meinem Zustand einen weiteren aussichtslosen Kampf zu führen. Doch er springt vom Stuhl auf und packt mich im Vorbeigehen sofort am Handgelenk und zischt bedrohlich:

„Sag es! Ich will, dass du mir einen Guten Morgen wünschst!"

„Guten Morgen", presse ich hervor und spüre Tränen in meinen Augen schimmern. Zum Glück lässt er von mir ab und setzt sich erneut an den Esstisch. Dabei höre ich, wie er an Milan gewandt meint: „Sie beginnt, mich zu nerven! Möglich, dass wir bald eine Neue brauchen, wenn diese hier sich weiter so ziert."

„Du hast sie vergewaltigt, was erwartest du?", fragt Finn und klingt dabei irgendwie gelangweilt. Diese Typen sind doch völlig geisteskrank. Wenn ich nicht so unglaublich feige wäre, würde ich ihnen das zu gerne an den Kopf werfen.

Ohne weitere Zeit zu verlieren, durchsuche ich die Küchenschränke und den Gefrierschrank. Bepackt mit allen Zutaten entscheide ich mich, Nudeln in Pilzrahmsoße zu kochen. Kommentarlos kümmere ich mich um das Zubereiten des Gerichts. Währenddessen sitzen meine Entführer am Esstisch und führen eine hitzige Diskussion. Immer wieder schnappe ich ein paar Namen und überzogene Geldbeträge auf, doch ich verstehe die Zusammenhänge ihrer Unterhaltung nicht. Zwar gleitet mein Blick immer wieder unauffällig durch den Raum, doch ich entdecke nicht die kleinste Fluchtmöglichkeit. Jedes einzelne Fenster ist mit Metallgitterstäben gesichert und die Alarmanlage der Haustüre ist ebenfalls scharfgestellt.

Nachdem ich mit dem Kochen fertig bin, bringe ich anschließend die Mahlzeit zu ihnen an den Esstisch. Auch wenn mein Magen inzwischen vor Hunger knurrt, sträubt sich alles in mir, Iven um Erlaubnis zu bitten, etwas essen zu dürfen. Doch gerade als ich Iven seinen Teller serviere, hält er mich an der Hand fest.

„Dann lass uns mal herausfinden, was du gelernt hast." Iven zieht mich auf seinen Schoß, anschließend legt er seine Hand auf meinen Oberschenkel. Da ich keine Unterwäsche trage, macht mich seine Hand nervös. Zu allem Überfluss fordert er mit einem düsteren Lächeln: „Gib mir einen Kuss, Püppchen!" Seine Worte versetzen mich in Panik und seine Hand auf meinem Oberschenkel, die im selben Moment ein Stück unter mein Kleid rutscht, schürt die Angst in mir gewaltig an. Ein Blick in seine verhärteten Gesichtszüge reicht, um zu verstehen, dass er mir andernfalls wieder etwas Schreckliches antun wird.

Auch die beiden anderen verstummen in ihrer Unterhaltung und verfolgen aufmerksam die Show, die sich ihnen bietet. Da ich Angst vor den Konsequenzen habe und nicht erneut seine Regeln aufgezwungen bekommen möchte, hauche ich ihm zögerlich einen sanften Kuss auf die Lippen.

„Einen Richtigen!" Dieses Mal liegt ein bedrohlicher Unterton in seiner Stimme. Mein Herz hämmert schmerzhaft schnell in meinem Brustkorb. Unter seinem düsteren Blick vergrabe ich meine zitternden Hände in seinem Haar und küsse ihn erneut. Zaghaft stoße ich mit meiner Zunge an seine Unterlippe und er gewährt mir Einlass. Nun übernimmt er die Führung und packt ebenfalls seine Hand in mein Haar, sodass ich erschrocken aufkeuche. Dabei beginnt er, mich drängelnder zu küssen.

Unterdessen versuche ich nicht darüber nachzudenken, wen ich da eigentlich voller Hingabe küsse, sondern erwidere den stürmischen Tanz unserer Zungen mit derselben Leidenschaft wie er. Nachdem er sich dann endlich von mir löst, hat er wieder dieses vor Erregung dunkle Glänzen in den Augen.

„Ich nehme alles zurück. Wenn du mich das nächste Mal so fickst wie du küsst, wirst du doch noch mein neues Lieblingsspielzeug."

„Erst mal gehört dein Spielzeug mir", wirft Milan dazwischen, die Vorfreude steht ihm wortwörtlich ins Gesicht geschrieben. In mir löst sein lüsterner Blick allerdings die nächste Panikattacke aus. Hilfesuchend sehe ich zu Finn, der zwischenzeitlich zu essen begonnen hat und mich gekonnt ignoriert.

„Setz dich und iss mit uns!"

Es klingt wie ein Befehl, gleichzeitig erhöht Iven den Druck seiner Hand, die unverändert auf meinem Oberschenkel liegt. Da ich ohnehin am Verhungern bin, setze ich mich mit einem kurzen „Okay" auf den Stuhl neben ihn.

Unter den durchbohrenden Blicken meiner Entführer nehme ich mir ebenfalls einen Teller, den ich großzügig fülle und beginne zu essen. Wer weiß schon, wann ich das nächste Mal etwas Essbares von denen bekomme. Auch die anderen greifen zum Besteck und tun es mir gleich. Ein Großteil des Essens verläuft ohne weitere Böswilligkeiten, bis ich Milans stechenden Blick auf mir spüre.

„Auf was stehst du im Bett?", fragt mich Milan aus dem Nichts und ich verschlucke mich fast an einer Nudel. Unvorstellbar, dass ich mich über dieses Thema ausgerechnet mit diesem Soziopath unterhalten möchte. Sein bedrohlicher Gesichtsausdruck, als ich ihm nicht antworte, lässt mich meine Einstellung überdenken und so stottere ich vor mich hin: „Ich… ich..."

„Wenn du nicht antwortest, machen wir einfach, was mir gefällt!", fällt er mir ins Wort. Iven und Finn stehen die Neugier wortwörtlich im Gesicht geschrieben. Angespannt fahre ich mir durch das Haar. Keine Ahnung, was er hören möchte, also sage ich ihm einfach, was ich nicht will:

„Ich mag keinen Analsex."

Die beiden anderen wirken kurz überrascht, dass ich überhaupt antworte. Allerdings brechen Milan und Iven in finsteres Gelächter aus, wobei Iven losprustet:

„Tja Finn, scheint als hättest du bei ihr Pech gehabt, sie wird dich hinten nicht ranlassen."

„Keine Sorge, Maya, du wirst es lieben lernen. Es kommt nur darauf an, wie eine Frau vorbereitet wird. Auch im Analbereich befindet sich eine erogene Zone, du kannst einen viel intensiveren Höhepunkt erleben."

Während Finn das völlig trocken prophezeit, lässt er mich nicht aus den Augen, was meinen Herzschlag in andere Sphären katapultiert. Mit großen Augen starre ich ihn an und lege mein Besteck beiseite. Mir ist nun wirklich der Appetit vergangen. Ausgeschlossen, dass ich mich jemals freiwillig darauf einlassen würde.

„Magst du es lieber langsam und gefühlvoll oder eher hart und ungehalten?", fragt Milan mit diesem schmutzigen Grinsen im Gesicht, während er beide Ellenbogen auf den Tisch abstellt und seine Finger verschränkt. Das alles ist doch geistesgestört, ich sitze hier mit meinen Entführern und spreche darüber, wie sie mich als Nächstes vergewaltigen. Allerdings schnippt Iven mit den Fingern vor meinem Gesicht und reißt mich aus meinen Gedanken. Erinnert mich daran, dass diese Verrückten auf eine Antwort warten. „Eine Mischung aus beidem."

„Gut, dann haben wir das geklärt."

Milan erhebt sich von seinem Stuhl und klatscht sich per Handschlag mit Iven ab.

„Viel Spaß, sag Bescheid, wenn du Unterstützung brauchst, um sie zu bändigen. Ich bin für einen Live-Porno jederzeit zu haben."

Finn ist inzwischen aufgestanden und räumt den Tisch ab, er wirkt unbeteiligt. Bis gestern hatte er sich immer eingemischt, doch nun scheint ihm alles egal zu sein und das macht mir Angst. Oder will er bewusst mit seinem Verhalten dieses Gefühl in mir auslösen, damit ich den Handel akzeptiere? Eines ist sicher, ohne seinen Schutz wird sich Milan nicht im Geringsten zurückhalten und ich will gar nicht herausfinden, was das für mich bedeutet.

Milan räuspert sich und sieht mich abwartend an. Natürlich weiß ich sofort, was er von mir erwartet und dass ich nicht das Geringste unternehmen kann, ohne noch mehr Schmerzen zu erleiden. Mein Mund ist staubtrocken und ich schaffe es kaum noch zu schlucken. Die Angst vor dem Unvermeidlichen schnürt mir die Kehle zu. Ohne mich gegen Milans stumme Aufforderung aufzulehnen, trinke ich einen großzügigen Schluck Wasser und stehe anschließend mit erhobenem Haupt auf. Milan läuft voran in Richtung Obergeschoss und ich folge ihm mit langsamen Schritten, doch ich bleibe auf halbem Weg stehen und sehe erneut zu Finn.

Er steht zwischenzeitlich am Spülbecken und stellt das Geschirr auf die Arbeitsplatte. In einer Kurzschlussreaktion kehre ich um und laufe zurück zu ihm. Als ich endlich vor Finn stehe, sieht er mich zunächst überrascht an. Also stelle ich mich auf die Zehenspitzen und lege meine Hände auf seine Schultern, um ihn zu mir herunterzuziehen, dann hauche ich ihm ins Ohr:

„Ich akzeptiere."

„Bist du dir überhaupt deiner Worte bewusst?", will er von mir wissen und löst sich von mir, um mich prüfend anzusehen. Automatisch beginnt mein Herz wie wild in meiner Brust zu schlagen. Natürlich weiß ich nicht, worauf ich mich einlasse, doch dieser Deal erscheint mir in diesem Moment als einzige Hoffnung, es irgendwie erträglicher zu haben, also antworte ich mit einem überzeugenden

„Ja".

„Gut" meint er nur kühl und streichelt mir mit seinem Daumen zärtlich über die Wange. Seine Berührung fühlt sich seltsamerweise gut aber auch gleichzeitig falsch an. Seine bernsteinfarbenen Augen fixieren meine Augen und ich kann meinen Blick nicht von ihm lösen, dabei fügt er noch hinzu: „Du wirst heute Nacht die Chance bekommen, mir die Wahrheit deiner Worte zu beweisen."

Mein rasender Herzschlag fühlt sich an, als würde er jeden Moment meine Rippen durchbrechen. Eine Gänsehaut rieselt meine Wirbelsäule herunter und die feinen Härchen an meinem gesamten Körper stellen sich auf. Ein Kloß in meinem Hals hindert mich daran, etwas zu antworten.

Er löst sich von mir und läuft zu Milan, der uns die ganze Zeit kritisch beobachtet hat. Da ich unbewusst aufgehört habe zu atmen, hole ich tief Luft. Jedoch versuche ich die aufkommenden Gedanken zu verdrängen, wie genau ich Finn meine Entscheidung beweisen muss.

Nachdem ich tief ein- und ausgeatmet habe, folge ich Finn mit zitternden Gliedern, wohlwissend, dass es kein Zurück gibt. Finn legt seine Hand auf Milans Schulter und meint: „Halt dich zurück und sei nicht grob zu ihr! Sie hat innere Verletzungen und ein Schädel-Hirn-Trauma. Gut möglich, dass eine Hirnblutung auftreten könnte."

„Jaja, das wissen wir doch, dass wir unsere Prinzessin ganz sanft anfassen müssen", spottet Iven, der immer noch am Esstisch sitzt und irgendwas in sein Smartphone tippt. Dabei beobachte ich, wie Finn Milan irgendetwas dicht an seinem Ohr zuflüstert, das ich nicht verstehe. Kurz darauf richten sich Milans grünblaue Augen auf mich und er mustert mich prüfend mit hochgezogener Augenbraue. Zu gerne wüsste ich, was Finn ihm gesagt hat.

„Zieh dich aus und leg dich auf das Bett!", fordert Milan, als wir in seinem Zimmer ankommen. Auch dieser Raum ist wie die beiden anderen mit einem Bett, einem Kleiderschrank und zusätzlich mit einer Kommode in grauschwarzen Tönen eingerichtet. Während ich mich umsehe, schließt er die Türe hinter uns, dabei meint er kühl:

„Wenn du mir gehorchst und dich nicht gegen mich wehrst, werde ich dir nicht wehtun."

Ist er sich der Ironie seiner Worte überhaupt bewusst? Er wird mich ficken, ob mit oder ohne meine Erlaubnis, ich habe ohnehin keine andere Wahl. Es liegt nur an mir, ob er es gewaltsam tut und mir damit noch mehr Schmerzen zufügt.

Ungeniert zieht er sein Shirt aus und offenbart seinen bis aufs letzte Gramm Fett durchtrainierten Oberkörper. Direkt danach öffnet er seine Hose und streift sich diese herunter, sodass er nur noch in schwarzer Boxershorts bekleidet ist. Sein braungebrannter Körper ist extrem definiert, er würde gut auf die Titelseite des Men's Health passen. Womöglich trainiert er täglich mehrere Stunden für diesen Body. Milan sieht mich abwartend an, da ich seiner Aufforderung bisher nicht nachgekommen bin.

„Geduld zählt nicht unbedingt zu meinen Stärken", seine Stimme lässt keine Widerworte zu, also gehorche ich. Wohlwissend, dass es für mich ohnehin keinen anderen Ausweg gibt, greife ich mit zitternden Fingern zum Bund meines Kleides und streife es mir vom Körper, wodurch ich nackt vor ihm stehe.

„Entspann dich, Maya. Wir können hierbei beide unseren Spaß haben. Du musst dich nur darauf einlassen."

Am liebsten würde ich aufschnauben, doch ich lasse es. Er tritt mir entgegen, sodass ich in seine grünblauen Augen aufschauen muss. Fast liebevoll streichelt er mir über die

Wange und lässt seine Hand hinunter zu meiner Brust gleiten, um diese zu massieren. Auch wenn ich mich nicht widersetze, lasse ich es mir nicht nehmen, ihn mit einem verachtenden Blick anzusehen, als seine Hand anschließend zwischen meine Beine gleitet.

„Nur weil ich mich nicht wehre, bedeutet es nicht, dass das hier keine weitere Vergewaltigung ist. Du bist doch völlig geisteskrank, wenn du denkst, dass ich dabei Spaß empfinden könnte!"

„Wehre dich ruhig, ich kann dich auch an das Bettgestell fesseln oder Iven zur Unterstützung rufen. Er steht im Gegensatz zu Finn auf einen Dreier. Es liegt also an dir, ob du von zwei Schwänzen gleichzeitig penetriert werden möchtest. Ich bekomme so oder so, was ich von dir will", grinst er gefährlich und versenkt dabei einen Finger in mir, sodass ich erschrocken aufkeuche. Dabei fügt er hinzu: „Willst du auf allen Vieren knien oder mir dabei in die Augen sehen, wenn ich dich ficke?"

Erwartet er wirklich eine ernsthafte Antwort von mir, in welcher Stellung er mich vergewaltigen soll? Ich kann nicht anders, als ihn völlig entgeistert anzuschauen. Ohne es aufhalten zu können, sammeln sich Tränen in meinen Augen, während sein Finger immer wieder aus und in mich gleitet. Es brennt, durch mein inneres Wundsein, doch ich wage es nicht, mich zu bewegen.

Ich habe nicht vor, mich zu widersetzen, um erneut die Pein vor Zuschauern ertragen zu müssen. Ihn anzubetteln, mich zu verschonen, kann ich mir gleich ersparen. Außerdem will ich nicht erneut von den beiden anderen während einer Vergewaltigung fixiert werden. Mit Gegenwehr wird es mir noch mehr Schmerzen bereiten. Obwohl ich instinktiv seine Hand wegschlagen möchte, unterdrücke ich meinen Widerwillen und lasse es über mich ergehen.

„Pass auf, Schönheit, ich mag es lieber hart, und wenn ich dir mit dem Rohrstock angemessenes Benehmen beibringe. Ich möchte den Klang deiner Stimme hören, wenn du vor

Schmerz schreist. Also, entweder kooperierst du, oder ich ignoriere Finns Warnung an mich, dass du nun freiwillig sein Spielzeug geworden bist, und ficke dich so heftig, dass du danach keinen Schritt mehr gehen kannst", haucht er dicht an meinem Ohr und reißt mich damit aus meinen Gedanken. Ich hasse ihn dafür, dass er mich mit diesem Psychoterror foltert und meine Angst vor Iven ausnutzt. Auch wenn die Panik vor dem Bevorstehenden mich innerlich zerfrisst, zische ich dennoch:

„Mach doch einfach, was du willst! Es ist mir völlig egal, in welcher Stellung du mich vergewaltigst!"

Leider klinge ich nicht ansatzweise so fest wie ich es gerne hätte, meine Stimme zittert und gleichzeitig sehe ich, wie es durch die Angst in meinen Augen in seiner Boxershorts ein deutliches Stück enger wird.

„Dann eben auf die harte Tour", lacht er finster und greift mir grob in die Haare, dabei drückt er mich unsanft in Richtung Bett, sodass ich mich auf den Knien und mit durchgestreckten Armen auf der Matratze abstütze.

„Du hattest die Wahl, Herzchen", raunt er mit noch tieferer Stimme als sonst, dann lässt er kurz von mir ab. Nur wenige Sekunden später spüre ich, wie er *ihn* zwischen meine Beine positioniert. Obwohl sich eine unheimliche Angst vor dem Schmerz in mir ausbreitet, wenn er mit seinem Ding ohne die nötige Feuchte meinerseits in mich eindringt, versuche ich mich irgendwie zu entspannen. Es scheint ihn nicht zu stören, dass ich von Ivens letztem Akt noch immer wund bin, denn er dringt mit einem einzigen, harten und kraftvollen Stoß bis zum Anschlag in mich ein.

Es tut schrecklich weh und ich kann einen gequälten Schmerzschrei nicht unterdrücken, gleichzeitig laufen mir erneut die Tränen über die Wangen. Dann wickelt er mein langes Haar um seine Faust und zieht meinen Kopf nach hinten in den Nacken, schmerzhaft wimmere ich unter seinem starken Griff. Doch als er sich dann auch noch aus mir zurückzieht, um mich erneut aufzufüllen, überlege ich kurz, mich wirklich zu wehren. Allerdings habe ich Angst, dass er seine Drohungen verwirklicht. Also lasse ich es einfach stillschweigend über mich ergehen, wie er sich immer und immer wieder tief in mir vergräbt. Währenddessen erfüllt mein Stöhnen den Raum, das allerdings mehr vor Schmerz als vor Lust herrührt.

„Es muss nicht so sein. Lass dich fallen! Es gibt keine Tabus. Dein Leben gehört mir. Du musst dich nicht dafür schämen oder es unterdrücken, wenn es dir gefällt!", keucht er lusterfüllt und führt seine Hand zwischen meine Beine, um mich mit viel zu starkem Druck auf meine Knospe zu stimulieren. Wie zur Hölle kommt er auf die absurde Idee, dass mir hierbei etwas gefallen könnte?
Besitzt dieser Typ so wenig Empathie, dass er nicht einmal zwischen einem lustvollen und einem schmerzerfüllten Stöhnen unterscheiden kann? Ich kann nicht anders, als bitterböse zu fauchen: „Fick dich! Warum denken Männer immer, dass es uns Frauen gefällt, wenn sie sich wie eine Nähmaschine in uns bewegen?! Außerdem bist du viel zu grob!"

„Na kommt schon, Maya, du musst mir nur sagen, wie es dir gefällt", höre ich ihn rau lachen, dabei ändert er gezielt den Rhythmus seiner Stöße und lässt seine Finger im selben Takt um meine Perle kreisen. Eigentlich bewegt er nun seine Hüfte sogar ausgesprochen gefühlvoll. Wäre das hier keine Vergewaltigung, könnte mir das Ganze wirklich gefallen. Doch so sehr ich es versuche, schaffe ich es einfach nicht, mich fallenzulassen und mich auf dieses kranke Spiel einzulassen. Es ist einfach nur fürchterlich erniedrigend, von ihm genommen und missbraucht zu werden.

Zu meinem Glück dauert der Rest nicht mehr lange, denn er fickt mich immer härter, wird dabei schneller und umfasst fest meine Hüfte. Dann spüre ich, wie sein Schwanz tief in mich gedrückt zuckend und pumpend in mir verharrt. Milan verpasst mir einen schwungvollen harten Klaps auf den Hintern und raunt: „Gar nicht schlecht, Liebes. An deiner Eigeninitiative müssen wir allerdings noch arbeiten!"

Nachdem Milan mich mit seinen Worten verhöhnt, lässt er endlich von mir ab und zieht sein erschlafftes Glied aus mir zurück. Erst jetzt merke ich, dass mein ganzer Körper zittert und ich es kaum noch schaffe, mich mit meinen Armen abzustützen. Mit einem Mal verlässt sämtliches Adrenalin meinen Körper und ich spüre erneut den brennenden Schmerz zwischen meinen Beinen. Es fühlt sich noch viel schlimmer als vorher an.

Vorsichtig richte ich mich vom Bett auf und spüre, wie mir Milans Samenflüssigkeit den Oberschenkel herunterläuft. Das alles ist so widerlich, ich würde ihn am liebsten anschreien und ihm eine verpassen, doch ich bleibe stumm. Diese Genugtuung, mich erneut an die Regeln erinnern zu dürfen, werde ich ihm nicht gönnen. Stattdessen stehe ich vom Bett auf und versuche meine Tränen zu unterdrücken, als ich zische:

„Wenn du dann fertig bist, würde ich gerne duschen."

Milan legt den Kopf schief und mustert mich prüfend, seine Lippen verziehen sich erneut zu einem fiesen Grinsen: „So ein starkes Mädchen."

Dann tätschelt er mir provokant die Wange und fügt hinzu: „Du kannst dir die Show sparen, ich sehe es in deinen Augen, dass du nur mit großer Mühe deine Tränen zurückhalten kannst. Begrab endlich deinen Stolz und akzeptiere dein neues Leben. Je besser du es uns besorgst, desto länger lassen wir dich am Leben!"

Da ich seinem Blick nicht mehr länger standhalten kann, laufe ich an ihm vorbei, um mein Kleid vom Boden aufzuheben. Ohne seine weitere Anweisung abzuwarten, ziehe ich es an und laufe aus seinem Zimmer in das Badezimmer schräg gegenüber. Zum Glück begegne ich keinem der anderen beiden. Im Moment sind mir die Konsequenzen vollkommen egal, mich zerfrisst, dass er mit seiner Aussage recht behält und ich nicht das Geringste tun kann, um diese Psychopathen aufzuhalten, sich an mir zu vergehen.

Wahrscheinlich hätte ich es wirklich um einiges erträglicher, wenn ich ihnen geben könnte, was sie von mir verlangen. Doch ich weiß einfach nicht, wie ich das machen soll. Es hat mich schon unglaubliche Überwindung gekostet, Milan überhaupt ohne Gegenwehr so nah an mich ranzulassen. Wie soll ich das Ganze auch noch genießen? Das alles ist doch völlig geistesgestört.

Nachdem ich im Badezimmer angekommen bin, drehe ich den Duschhahn auf und entblöße mich erneut, um unter das warme Wasser zu steigen. Mehrere Minuten stehe ich unter dem Strahl und genieße, wie das Wasser in Bahnen über meinen Körper fließt. Auch wenn es nicht die Geschehnisse von mir waschen kann, tut es unglaublich gut, mich von Milans Spuren reinzuwaschen. Trotzdem fühle ich mich wie eine leere Hülle, als würde mein Körper nicht mehr zu mir gehören. Wie ein Mantra rede ich mir selbst immer und immer wieder ein, dass es nur Sex ist. Solange ich diese Prozedur über mich ergehen lasse, werde ich zumindest weiterleben. Wenn man das hier überhaupt noch Leben nennen kann. Allerdings bin ich nicht gewillt, aufzugeben. Ich werde einen Weg finden von hier zu entkommen.

„Da ist ja *meine* Hübsche", ertönt die tiefe Stimme von Finn, der das Wort 'meine' besonders betont, und ich sehe erschrocken in seine Richtung. Er ist nur in einer tiefsitzenden Jogginghose bekleidet und oberkörperfrei. Sein Oberkörper ist trainiert, allerdings nicht so überzogen wie Milan oder Iven, die offensichtlich intensiv Bodybuilding betreiben. Bisher habe ich Finn noch nicht in so einem lockeren Style gesehen, er wirkte auf mich eher vornehm aus einem gehobenen Kreis stammend. Heute sieht er hingegen lässig aus, mit seinen leicht verwuschelten, schwarzen Haaren. Je länger ich ihn anstarre, so wird mir wieder bewusst, dass ich mich auf den Handel mit ihm eingelassen habe. Unwissend, was das für mich bedeutet, beginnt mein Herz wie wild in meiner Brust zu schlagen. Schließlich hat er noch heute Morgen einen Blowjob als Gegenleistung von mir erwartet.

Mit bebenden Händen drehe ich das Wasser ab und steige aus der Dusche, um mir das Handtuch zu greifen, das mir Finn entgegenhält. Die Gedanken über Milan und was er mir vor wenigen Minuten angetan hat, rücken in den Hintergrund. Stattdessen steigt Nervosität über Finns weiteres Vorgehen in mir auf. Gleichzeitig spüre ich einen Adrenalinschub in mir, der meine Schmerzen auf ein erträgliches Maß sinken lässt.

Nachdem ich mich mit meinen wirren Gedanken folternd, stillschweigend mit Blick zum Boden gerichtet, abgetrocknet habe, sehe ich ganz langsam in seine bernsteinfarbenen Augen auf. Er sieht mich erwartungsvoll an und ich spüre, wie sich mein rasender Herzschlag noch weiter erhöht. Federleicht lässt er seinen Finger über die Blessuren in meinem Gesicht gleiten und meint dabei:

„Wie ich sehe, hat sich Milan zurückgehalten und dich nicht geschlagen."

„Du erwartest hoffentlich kein Dankeschön", erwidere ich zynisch. Kaum zu fassen, dass er sich offensichtlich erhofft, dass ich mich indirekt für eine weitere Vergewaltigung bedanken soll. Wie zu erwarten, entgegnet er mir abgebrüht: „Du kennst die Bedingung, dass ich dir Schutz vor Iven und Milan gewähre. Alles was ich von dir erwarte, ist, dass du deine Schuld begleichst."

Unsicher blicke ich ihn eine ganze Weile an. Noch immer weiß ich nicht, was der Deal für mich bedeutet und was er von mir erwartet. Zumindest fühle ich mich noch immer entschlossen, ihm zu geben, was auch immer er von mir verlangt. Undenkbar, was mir Milan ohne diesen Deal angetan hätte. Finn erscheint mir noch immer am vernünftigsten, außerdem beschützt er mich vor Milan und Iven, wenn ich kooperiere. Eine Win-Win-Situation.

Vor Aufregung schaffe ich es kaum noch zu atmen und meine Beine fühlen sich wie Wackelpudding an. Ohne mir weiter den Kopf zu zerbrechen, begrabe ich meinen Stolz und jeglichen Funken Ehre, dabei treffe ich meine Entscheidung für den einzigen Weg, diese Hölle für mich erträglicher zu machen. Um ihm zu zeigen, dass es mir ernst ist, vergrabe ich eine Hand in seinem Haar, um ihn zu mir herunterzuziehen, und stelle mich auf die Zehenspitzen, dann presse ich meine Lippen auf seine.

Finn scheint sichtlich begeistert, denn er verführt mich gekonnt zu einem intensiven Zungenkuss. Zuerst zaghaft, dann fordernd. Tatsächlich fällt es mir leichter, mich bei Finn fallen zu lassen. Irgendwie vertraue ich ihm. Höchstwahrscheinlich werde ich mit jedem Tag, den ich hier verbringe, verrückt und meine Psyche spielt mir einen Streich.

Vor ein paar Jahren habe ich in einem Zeitungsartikel gelesen, dass Entführungsopfer oftmals am Stockholm-Syndrom leiden. Es ist ein psychologisches Phänomen, bei dem das Opfer gegenüber dem Peiniger Sympathie entwickelt. Da sich ihre Wahrnehmung durch die Isolation von der Außenwelt verzerrt, reichen bereits kleine Gesten wie das Lockern der Fesseln oder den Gang zur Toilette, damit sich das Opfer in den Täter verliebt. Doch ich bin nicht schwach und diese Typen werden mich nicht brechen. Zumindest rede ich mir das ein.

Fest kneife ich die Augen zusammen, um die Gedanken abzuschütteln, und versuche mich weiterhin auf den Kuss zu konzentrieren. Finn schlingt seine Hände um meine Hüften, um den Kuss zu vertiefen. Erst nach einer gefühlten Ewigkeit löst er sich aus dem Kuss und raunt mit tiefer Stimme: „Ich will, dass du dich mir vollkommen hingibst, ansonsten ist der Deal nichtig. Du hast nur diese eine Chance, mir zu beweisen, dass es dir ernst ist. Bei allem, was du tust, erwarte ich volle Hingabe und Leidenschaft." Er streichelt mir zärtlich über die Lippen und drückt mich dann bestimmend vor sich auf die Knie, dabei fügt er mit Nachdruck hinzu: „Na los, Maya, zeig mir, was du draufhast."

„Warum tust du mir das an? Obwohl du weißt, wozu mich Milan noch vor ein paar Minuten gezwungen hat", flüstere ich und sehe ihn bemitleidenswert von unten an. Doch er streichelt mir in einer für ihn liebevollen Geste über den Kopf und meint emotionslos: „Um ehrlich zu sein, würde ich dich viel lieber ficken, doch da du zwischen deinen Beinen höllische Schmerzen hast, nehme ich dir zuliebe Rücksicht. Es wird dir nicht wehtun, mir einen zu lutschen."

Sein auffordernder Blick lässt keine Widerworte zu, also greife ich tief durchatmend zu seinem Hosenbund und ziehe ihm seine Hose samt Shorts bis zu den Knien.

Der Anblick, dass ich nackt vor ihm knie, scheint ihn sichtlich zu erregen, denn er ist bereits hart.

Zögerlich verharre ich in dieser Position mit weiterhin gesenktem Blick zum Boden. Ich will auf gar keinem Fall erneut zu ihm hochschauen. Es ist nicht so, als wäre ich prüde, in meinem bisherigen Leben habe ich schon öfter einen Blowjob gemacht. Doch unter diesen Bedingungen ist seine Forderung entwürdigend. Mit meiner Hand umfasse ich zaghaft sein Glied und lasse diese ein paarmal auf- und abgleiten, anschließend schließe ich meine Lippen um seine Eichel.

Sein Schwanz ist so groß, dass ich es nicht schaffe, ihn komplett mit meinen Fingern zu umgreifen, geschweige denn ihn in voller Länge in den Mund zu bekommen. Ich schaffe es gerade einmal bis zur Hälfte, weshalb ich mit einem Handjob nachhelfen muss. Finns Lippen verlässt ein wohligeres Geräusch, als ich seine Eichel mit der Zunge umspiele und ihn gleichzeitig weiterhin mit der Hand verwöhne. Immer wieder lasse ich seine Erektion tief in meinen Rachen gleiten und spüre, wie sein Glied mittlerweile zum Zerreißen gespannt ist.

Zuerst habe ich befürchtet, es würde sich erniedrigend anfühlen, vor ihm zu knien und ihn zu befriedigen, während er wortwörtlich auf mich herabschaut. Doch es fühlt sich an wie ein kleines bisschen Macht. So als hätte ich ihn in der

Hand. Schließlich ist ihm bewusst, dass ich ihm einfach den Schwanz abbeißen könnte. Tief stöhnend schließt er seine Augen und legt seinen Kopf in den Nacken, dabei krallt er seine Hände in meinem Haar. Allerdings beeinflusst er meine Bewegung nicht, sondern lässt mich das Tempo bestimmen.

„Fuck, wie hast du unsere Wildkatze denn plötzlich so zahm bekommen?", ertönt Ivens Stimme plötzlich im Badezimmer und ich halte erschrocken in meiner Bewegung inne, doch Finn verhindert, dass ich mich aufrichte, indem er mir seine Erektion in den Hals drückt.

„Halt die Fresse, Iven, und verpiss dich!", fährt Finn sein Gegenüber schroff an und hält dabei unnachgiebig meinen Kopf an Ort und Stelle, sodass ich würgen muss. Am liebsten würde ich vor Scham im Boden versinken. Doch ich habe mit dem Sauerstoffmangel zu kämpfen, da Finns Glied so tief in meinem Rachen steckt. Verzweifelt kralle ich meine Nägel in Finns Jogginghose, erst da lockert er seinen unnachgiebigen Griff, sodass ich nach Luft schnappe.

Iven lacht allerdings nur dreckig und schlendert lässig zu uns ins Badezimmer. „Oh Süße, wenn du nur wüsstest, was dieses Arrangement wirklich für dich bedeutet. Du hast dich von seiner ruhigen, charmanten Seite blenden lassen. Doch wenn du erst einmal seine wahre Natur kennenlernst, wirst du dir wünschen, mein Spielzeug zu sein. Ich bin vielleicht impulsiv, aber kein Sadist wie mein Lieber Freund Finn." Jede Silbe spricht Iven mit einer Mischung aus Spott und Verachtung und klopft dabei Finn auf die Schulter.

„Na los, steh auf!", fordert Finn nun barsch und ich gehorche ohne Widerworte. Er ist wie ausgewechselt, so unnahbar und kühl. Unsicher bleibe ich mit gesenktem Blick zum Boden stehen, während ich wahrnehme, wie Finn seine Jogginghose wieder anzieht.

Es fühlt sich unbeschreiblich demütigend an, noch immer nackt von Iven gemustert zu werden, nachdem er mich dabei erwischt hat, wie ich Finn ohne Gegenwehr einen geblasen habe. Zu allem Überfluss legt Iven seinen Finger unter mein Kinn und zwingt mich in seine gefühllosen, dunkelbraunen Augen zu sehen.

„Beim nächsten Mal will ich, dass du mir auch so hingebungsvoll den Schwanz lutschst."

„Verzieh dich, Iven!", knurrt Finn bedrohlich und eine Gänsehaut zieht über den gesamten Körper. Um ehrlich zu sein, habe ich diese aufgebrachte Seite noch niemals zuvor erlebt. Da hält Iven finster lachend die Hände ergeben in die Höhe: „Schon gut, schon gut! Heute Nacht gehört sie dir. Aber vergiss nicht, morgen haben wir sie für uns und du wirst nicht da sein, um auf sie aufzupassen."

„Sag nicht, ich hätte dich nicht vor ihm gewarnt, Püppchen", zwinkert Iven mir noch zu, ehe er aus dem Badezimmer verschwindet und den Gang vor dem Bad entlangläuft. Zuletzt höre ich, wie er seine Zimmertür schließt. Nervös versuche ich den unbeschreiblichen Kloß zu schlucken, um meinen staubtrockenen Hals zu befeuchten. Allmählich habe ich das Gefühl, dass diese Psychopathen zusammenarbeiten, um mich zu brechen. Noch niemals zuvor habe ich diese angsteinflößende Seite an Finn kennengelernt, bisher dachte ich, der Deal wäre die beste Lösung. Doch langsam weiß ich nicht mehr, was ich tun oder glauben soll.

„Stimmt es, was er sagt?", flüstere ich unsicher und werde kurz darauf von Finn am Handgelenk gepackt und an seinen Oberkörper gezogen. Beschützend schließt er seine Arme um mich und ich höre, wie er meinen Duft einatmet. Seltsamerweise breitet sich ein Gefühl von Geborgenheit in mir aus.

Er legt einen Finger unter mein Kinn und zwingt mich, ihm in die Augen zu sehen, doch seine Worte holen mich zurück in die Realität. „Was spielt das für eine Rolle, Maya? Du gehörst jetzt mir. Aber um deine Frage zu beantworten: Ja, ich stehe auf Gewalt und Folter. Sonst würde ich wohl kaum hier fernab der Zivilisation leben und entführte Frauen zu devoten Sexsklaven erziehen." Während er das sagt, hat er ein seltsam beängstigendes Glänzen in den Augen.

Ich bezweifle nicht die Wahrheit seiner Worte. Doch seine Aussage macht mir Angst. Anscheinend bemerkt er meinen entgeisterten Blick, denn er meint plötzlich sanft: „Keine Sorge. Du wirst lernen, es zu mögen. Ich werde dir beibringen, wie nah Schmerz und Lust beieinander liegen."

„Heißt das, dass du mir wehtun wirst?", frage ich zögerlich und Finn neigt mit einem angedeuteten Lächeln leicht den Kopf schief. Er führt seine Hand zu meinem Hals und übt leichten Druck aus.

„Oh Maya, du bist doch kein kleines Mädchen mehr. Hast du denn noch niemals zuvor gehört, welche intensiven Orgasmen eine Frau beim Zufügen von Lustschmerzen erleben kann?"

Seine tiefe Stimme und sein intensiver Blick fesseln mich, gleichzeitig löst seine Berührung etwas Seltsames in meinem Körper aus. Während er seine Finger noch stärker um meinen Hals schließt, wird mir ungewöhnlich heiß und mein Herzschlag erhöht sich. Unsicher beiße ich mir auf die Unterlippe und hoffe, dass Finn meine körperliche Reaktion verborgen bleibt. Doch er scheint es bereits zu erahnen, denn sein Grinsen wird eine Spur dunkler.

„Dachte ich es mir. In so ziemlich allen Frauen existiert eine verbotene Begierde oder die dunkle Fantasie, unterworfen zu werden."

Natürlich ist mir bewusst, wovon er spricht. In meiner experimentierfreudigen Phase habe ich mich ironischerweise selbst einmal vor ein paar Jahren auf ein Rape-Play mit einer ominösen Internetbekanntschaft verabredet. Ich kann nicht leugnen, dass es durchaus einen Reiz hatte, und es mir Lust bereitet hat, unterworfen zu werden.

Allerdings ist die Realität sehr viel grausamer als die Nachahmung, in der sich eine Frau ausdrücklich zu einem sexuellen Übergriff bereiterklärt. Hier eingesperrt und diesen Psychopathen ausgeliefert zu sein und von ihnen benutzt zu werden, wie und wann immer sie wollen, ist weder erotisch noch erregend. „Warum sucht ihr euch dafür nicht einfach eine Frau, die auf Folter und Schmerzen steht? Seit *Fifty Shades Of Grey* ist das Internet voller Frauen, die sich gerne quälen lassen."

Ohne mich aus den Augen zu lassen, streichelt Finns andere Hand langsam über meine Brust und er umkreist mit seinen Fingerkuppen meinen Nippel, der sich unter seiner Berührung aufrichtet. Anschließend wandert seine Hand hinunter über meinen Bauch, bis er an meiner Mitte angekommen ist. Erst dort kommt diese zur Ruhe und er lässt seine Finger federleicht über meine Perle gleiten, sodass ich unbewusst die Luft anhalte.

„Du irrst dich. Es ist viel reizvoller, eine Frau wirklich zu besitzen und ihr dabei zuzusehen, wie sie gegen dieses unnatürliche Verlangen kämpft, sich dem Mann hinzugeben, der für ihre Ekstase und gleichzeitig ihre Qualen verantwortlich ist."

Am liebsten würde ich ihm widersprechen, dass ich ein Entführungsopfer bin und deswegen noch lange nicht ihm gehöre. Doch ich komme nicht zum Protestieren, sondern ziehe scharf die Luft ein, als er beginnt, mich sanft mit seinen Fingern im Intimbereich zu streicheln. Immer wieder zieht er kreisende Bewegungen mit genau dem richtigen Druck um meine Knospe. Um ehrlich zu sein, scheint er genau zu wissen, was er tut und wie er es tun muss, doch das werde ich ihm garantiert nicht verraten. „Wie kommst du darauf, dass ich ein Verlangen empfinde, mit einem meiner Entführer intim werden zu müssen?"

Sein Blick wird noch eine Spur dunkler und ich kann die pure Lust in seinen Augen erkennen. Er sagt nichts, sondern sieht mich herausfordernd an. Ohne den Augenkontakt zu unterbrechen, geht er vor mir auf die Knie und vergräbt sein Gesicht zwischen meinen Beinen. Er legt seine Hände auf meine Kehrseite und presst meinen Unterleib an sich, sodass ich ein Bein leicht anwinkle, um ihm die bestmögliche

Position zu ermöglichen. Als er dann auch noch mit seiner feuchten, warmen Zunge sinnliche Kreise um meine Perle zieht, kann ich ein leises Stöhnen nicht zurückhalten und kralle meine Finger in sein Haar.

Immer wieder saugt er sanft an meiner Klitoris und umspielt mit seiner Zunge meine empfindlichste Stelle. Ohne es zu wollen, breitet sich stetig ein wohlig warmes Gefühl zwischen meinen Beinen aus, das immer stärker und intensiver wird. Vergeblich versuche ich, die pochende Hitze in meinem Schoß zu unterdrücken. Mein gesamter Körper spannt sich an, und ich bemühe mich, meinen mittlerweile stoßartigen Atem zu verbergen.

Als wüsste Finn genau, welche Gefühle er in mir entfacht, löst er sich abrupt von mir und richtet sich auf, sodass nur ein heftiges, brennendes Pulsieren zwischen meinen Beinen bleibt. Irritiert und überrumpelt von meiner körperlichen Reaktion, starre ich ihn mit geweiteten Augen schwer atmend an.

„Das war schon mal ganz gut für den Anfang", raunt er lusterfüllt und küsst mich auf den Mund, sodass ich meine eigene Erregung schmecken kann. Nachdem er sich von mir löst, ist sein Blick gierig, als wolle er mich mit seinen Augen auffressen. Da ich noch immer nackt vor ihm stehe und sich damit das Gefühl verstärkt, ihm schutzlos ausgeliefert zu sein, frage ich vorsichtig:

„Bekomme ich etwas zum Anziehen?"

„Du wirst keine Kleidung brauchen", belächelt er lediglich meine Aussage, seine Stimme ist rau und in jeder Silbe schwingt so viel Lust mit, wodurch ich ihn nun doch erschrocken anschaue. Dabei entgeht mir nicht die deutliche Beule in seiner Hose.

„Aber... du sagtest...", beginne ich stotternd, doch er unterbricht mich, dabei liegt eine unsagbare Begierde in seinem Blick.

„Du bist unwiderstehlich. Deine Schamlippen sind vor Erregung noch immer leicht geschwollen. Ich habe es mir anders überlegt. Ich will dich!"

Mit großen Augen beobachte ich, wie er mir seine Hand entgegenhält und ohne zu zögern fordert:

„Na los, wir gehen ins Zimmer. Du musst keine Angst haben, mein Engel. Heute werde ich dir keine Schmerzen zufügen."

Etwas unbeholfen tapse ich Finn in sein Zimmer hinterher, dort angekommen, schließt er die Türe hinter uns. Ohne zu zögern, nähert er sich meinem Gesicht, wodurch ich mich am ganzen Körper versteife. Als sein warmer Atem auf meine Haut trifft, spüre ich, wie meine Knie weich werden, also entscheide ich mich, einen allerletzten Versuch zu unternehmen, ihn von seinem Vorhaben abzubringen.

„Bitte, tu das nicht!", flehe ich leise und presse mich gegen die Wand neben der Türe, um größtmögliche Distanz zwischen uns zu bringen. Ich will mich gar nicht kampflos ergeben, doch ich habe Angst vor den Konsequenzen. Ich habe Angst, dass es dann noch viel schlimmer wird und es mir noch mehr Schmerzen bereitet.

„Wenn du nicht daran zerbrechen willst, was wir dir antun, lass es zu. Wehre dich nicht dagegen", antwortet er abgestumpft und nähert sich mir bis kaum ein Blatt zwischen uns passt, dann küsst er mich. Mit einem gezielten Griff packt er meine Hände über den Kopf zusammen und presst mich sanft gegen die Wand. Leicht saugt er an meiner Unterlippe, bis ich ihm Zugang zu meinem Mund gewähre. Er küsst mich langsam und gefühlvoll. Es fühlt sich unglaublich an. Objektiv betrachtet, wenn ich dazu überhaupt noch im Stande bin, küsst er wahnsinnig gut.

In meinen Gedanken herrscht pures Chaos. Mein Verstand und mein Körper stehen im absoluten Zwiespalt. Seine Berührungen scheinen mir auf eine kranke Art und Weise wirklich zu gefallen. Gleichzeitig wehrt sich mein

Verstand dagegen zuzugeben, dass Finn eine absurde, verbotene Anziehung auf mich auswirkt.

Vielleicht sollte ich weniger darüber nachdenken, sondern mich der ausweglosen Situation hingeben. Es lässt sich ohnehin nicht ändern, ich schaffe es nicht, mich diesen Typen zu widersetzen. Was spricht also dagegen, wirklich zu versuchen, mich darauf einzulassen?

Wohlwissend, dass ich ihn ohnehin nicht aufhalten kann, erwidere ich den Kuss mit derselben Intensität. Selbst als er anfängt, nicht drängender zu küssen. Er schiebt mich rückwärts in Richtung Bett und zieht sich dabei die Jogginghose vom Körper, anschließend dreht er mich mit dem Gesicht zur Matratze und drückt meinen Oberkörper auf das Bett. Allerdings will ich nicht, dass er mich in derselben Stellung wie Milan nötigt, und sein riesiges Ding auf Trocken in mich rammt, demnach fordere ich mit fester Stimme: „Warte!" Nun hält Finn wirklich inne, also wende ich mich in seinen Armen und drücke ihn rückwärts auf die Matratze. Er scheint von meiner Kooperation sichtlich angetan, denn er legt sich auf das Bett und meint erfreut:

„Du überraschst mich, liebe Maya. Aber gut, dann komm auf mich! Tief durchatmend krabbele ich zögerlich über ihn, sodass ich rittlings auf ihm sitze. Er scheint zu erahnen, dass meine Feuchte zu wünschen übriglässt, denn er spuckt sich in die Hand und verteilt das improvisierte Gleitmittel in meinem Intimbereich. Während er das tut, erlaube ich mir nicht, über meine Gefühle nachzudenken, sondern lasse es einfach über mich ergehen. Dann hebt er mich an der Hüfte an, um mit seinem Schwanz in mich zu gleiten. Fest kralle ich meine Nägel in das Bettlaken und versuche den brennenden Schmerz zu ignorieren, als er mich mit seinem Glied zum Zerreißen dehnt. Fuck, dieser Mann ist untenrum enorm groß gebaut.

Als er mich endlich komplett ausfüllt, zische ich schmerzhaft. Der Akt bereitet mir unheimliche Schmerzen, da ich noch immer von Ivens und Milans Übergriff extrem wund zwischen den Beinen bin. Doch Finn ignoriert meinen Schmerzlaut, seine Augen glänzen vor Erregung, da ist nur noch pures Verlangen in seinem Blick. Fast schon animalisch getrieben vergräbt er seine Hand in meinem Haar und zieht mich zu sich herunter, um mich erneut voller Leidenschaft zu küssen.

Mir bleibt keine Zeit, mich an seine enorme Größe zu gewöhnen, denn er umschlingt meine Hüfte und presst mir sein Becken entgegen, sodass ich seine Härte tief in mir vergraben spüre. Vermutlich will er mir signalisieren, dass ich nicht so starr auf ihm sitzen soll.

Also löse ich mich aus dem innigen Kuss, stütze mich mit den Händen auf seine Brust und bewege mich vorsichtig vor und zurück. Finn lässt mich dabei nicht aus den Augen und keucht mit rauer, lustgetränkter Stimme: „Lass dich fallen. Konzentriere dich auf dein Verlangen."

Erneut tief durchatmend schließe ich die Augen und versuche mich wirklich auf diese kranke Scheiße irgendwie einzulassen und mich ihm hinzugeben. Ich konzentriere mich darauf, wie seine Erektion immer wieder aus mir und in mich gleitet.

Finn bewegt mir seine Hüfte im gefühlvollen Rhythmus entgegen und führt zusätzlich seine Hand zwischen meine Beine, um mich zu stimulieren. Seltsamerweise könnte mir das Ganze tatsächlich gefallen, wenn das hier keine weitere Vergewaltigung wäre. Finn kann sich im Bett verdammt gut bewegen. Noch niemals zuvor war ich mit einem vergleichbaren Mann intim.

Langsam aber stetig spüre ich plötzlich etwas Merkwürdiges in mir. Ob es Angst oder eine Art von Erregung ist, kann ich nicht zuordnen. Eine Wärme breitet sich mit jedem seiner Stöße in meinem Unterleib aus, denn die Penetration seines Glieds und seiner Finger verursachen eine unerträgliche Intensität. Ein neues, angenehmes Gefühl kommt hinzu, das mich feucht werden lässt. Mein Körper scheint diese krankhafte Mischung aus Angst und Erregung wirklich zu genießen. Niemals hätte ich gedacht, dass Finn solche Gefühle in mir auslösen könnte. Ich fühle mich von meinem eigenen Körper verraten. Er intensiviert die Stimulierung meiner Klitoris und stößt dabei seine Härte immer wieder tief stöhnend in mich. Zu meinem Entsetzen spüre ich die Spannung, die sich in meinem Unterleib aufbaut. Völlig verwirrt über die Reaktion meines Körpers, reiße ich meine Augen auf und sehe in seine bernsteinfarbenen Augen, die pure Erregung widerspiegeln. Mein Herz schlägt so schnell, dass es sich anfühlt, als würde es gleich aus meiner Brust springen. Ich kann spüren, wie mich jede seiner gezielten Bewegungen immer näher an eine unglaubliche Klippe bringen. Ohne es unterdrücken zu können, verlässt ein leichtes Stöhnen meine Lippen.

Genau in diesem Moment stöhnt Finn und ich spüre, wie sein Schwanz tief in mich gedrückt pulsiert und zuckt. Schwer atmend schaue ich fassungslos in sein zufriedenes Lächeln und versuche dabei, das starke Pochen zwischen meinen Beinen zu ignorieren, als er abrupt damit aufhört, mich zu stimulieren. Meine Mitte pulsiert noch immer unaufhörlich, fleht nach Erlösung, sodass ich irgendwie versuche, diese Hitze zu unterdrücken. Federleicht lässt Finn seine Fingerspitzen meine Seiten hinuntergleiten und löst eine Gänsehaut in mir aus, die sich über meinen gesamten Körper ausbreitet. „So einfach mache ich es dir nicht, Maya. Du musst mich schon darum bitten, wenn du willst, dass ich dich zum Höhepunkt ficke."

KAPITEL 4

Der Käufer

Völlig regungslos starre ich einfach nur in diese zufrieden dreinblickenden, bernsteinfarbenen Augen, dabei wird mir die Wahrheit seiner Worte bewusst. Mein Körper hat trotz allem auf seine Berührungen reagiert. Wie konnte ich solche erregenden Gefühle bei einer Vergewaltigung empfinden? Ich verstehe nicht, was mit mir passiert und das macht mir Angst. Beschämt wende ich meinen Blick von ihm ab, weil ich ihm nicht länger in die Augen sehen kann.

„Du musst dich für nichts schämen", meint er nun sanft und legt seine Hand auf meine Wange, damit ich ihn erneut ansehen muss. Doch ich kann seinem intensiven Blick nicht standhalten und will einfach nur noch runter von ihm. Also krabbele ich neben ihn und lege mich auf die Matratze, dabei drehe ihm den Rücken zu.

Allerdings lässt er nicht zu, dass ich mich von ihm distanziere, denn er schlingt fest seine Arme von hinten um mich. Sein nackter Körper presst sich an meinen, und ich spüre die wohlige Wärme, die von ihm ausgeht. Ich verstehe selbst nicht, warum ich mich nicht gegen seine Nähe wehre, sondern dieses trügerische Gefühl von Geborgenheit brauche.

Meine Gedanken sind eigenartig verwirrt, ich fühle mich wie benebelt. Zusätzlich will das verräterische heiße Pochen zwischen meinen Beinen einfach nicht aufhören. Die Lust ist noch immer zu stark. Und das, obwohl ich mit einem meiner Vergewaltiger hier eng umschlungen liege.

„Du musst mich einfach nur darum bitten, und ich verschaffe dir Erlösung", flüstert er mir rau ins Ohr und die kleinen Härchen an meinem Körper stellen sich auf. Doch diese Worte wird er von mir definitiv nicht zu hören bekommen. Ich werde meinen Vergewaltiger sicher nicht um so etwas

Abartiges bitten. Ganz egal, in welchem Widerspruch mein Körper und mein Kopf stehen, also lüge ich: „Ich weiß nicht, wovon du redest."

„Gut. Dann tun wir einfach so, als hätte es dir nicht gefallen. Wenn du dich damit besser fühlst."

Obwohl ich ihn nicht ansehe, weiß ich, dass er selbstgefällig grinst, das höre ich an seinem sarkastischen Unterton. Federleicht haucht er mir einen Kuss in meinen Nacken und erneut zieht eine Gänsehaut über meinen Körper.

Um irgendwie diese unerträgliche Spannung in meinem Unterleib loszuwerden, versuche ich, meine Gedanken umzulenken. Ich konzentriere mich wieder darauf, dass ich von diesen Psychopathen entführt und geschlagen wurde. Ich erinnere mich daran zurück, dass ich schon in wenigen Stunden von einem der anderen beiden erneut zum Sex gezwungen werde.

Ich muss also aufhören, mich meinen niederen Gelüsten hinzugeben. Da fällt mir zu allem Überfluss Ivens Aussage ein, dass ich morgen mit diesen Geistesgestörten allein bin. Die Angst kehrt zurück und ich beginne in seinen Armen zu zittern, obwohl mir nicht kalt ist, dabei hauche ich leise: „Was meinte Iven damit, dass du morgen nicht da sein wirst?"

„Einer meiner besten Kunden ist auf der Suche nach einer besonderen Sexsklavin. Ich habe ihm erzählt, dass ich im Besitz eines Rohdiamanten bin, der allerdings noch ein wenig geschliffen werden muss. Wenn du ihm gefällst, werde ich dich an ihn weiterverkaufen, sobald deine Erziehung abgeschlossen ist."

Er klingt abgebrüht wie ein skrupelloser Geschäftsmann. Dabei streichelt er mich sanft über den Arm, meinen Rücken, bis er seine Hand auf meinen Bauch ablegt und mich fest an seinen warmen Körper zieht.

Allerdings kann ich nicht anders, als mich aus der Umarmung zu winden und mich in seine Richtung zu drehen, um ihn fassungslos anzuschauen. Er redet, als wäre ich sein

Hund oder ein einfacher Gegenstand. Bewusst ein- und ausatmend versuche ich nichts Falsches zu sagen, sondern seine Aussage zu verdauen. Andererseits kann ich mir nicht vorstellen, dass es schlimmer sein kann, die sexuellen Vorlieben eines Einzelnen zu befriedigen, als von drei Männern abwechselnd missbraucht zu werden.

Allerdings könnte mein Käufer ebenso gut ein Zuhälter sein. Womit ich zukünftig höchstwahrscheinlich in einem illegalen Bordell als Prostituierte jegliche Begierden von irgendwelchen fetten, alten Säcken befriedigen muss.

Nichtsdestotrotz klingt es im ersten Moment besser, als bei einer ominösen Jagd durch die Wälder hingerichtet zu werden. Umso länger ich darüber nachdenke, bietet mir dies eine ungeahnte Möglichkeit zur Flucht. Jedoch ist es nicht absehbar, ob ich für den Verkauf erneut mit einem Betäubungsmittel betäubt werde. Finn nutzt den Moment, in dem ich mit den Gedanken völlig abwesend bin, vergräbt seine Hand in meinem Haar und küsst mich zärtlich.

„Du denkst zu viel nach, Kätzchen", schmunzelt er und küsst mich erneut auf den Mund, dabei schlingt er seine Arme um mich und bringt uns in die ursprüngliche Position. Es ist als würde er eine verkorkste Liebeskomödie spielen, dabei hat er mir soeben gestanden, dass er ohne jegliche Skrupel Geld mit meinem Leben verdienen wird. „Was, wenn ich nicht verkauft werden will?"

„Dann musst du Iven bei Laune halten, und das ist unmöglich. Sei froh, wenn du überlebst, bis das Geschäft abgeschlossen ist."

Er klingt belustigt über meine Frage und hält mich fest an sich gedrückt, dabei streichelt er mich sanft.

„Schlaf jetzt und hör auf, dir deinen hübschen Kopf über Dinge zu zerbrechen, die du nicht ändern kannst."

Das Thema scheint offensichtlich für ihn beendet und auch ich sehe keinen Grund, über etwas Unaufhaltsames zu diskutieren. Frustriert erwidere ich ihm nur ein schlichtes „Gute Nacht", dann schließe ich die Augen und versuche zu tun, was er sagt. Tatsächlich bin ich so müde, dass es nicht lange dauert, und ich in einen traumlosen Schlaf falle.

Ich werde von einem Geräusch geweckt und öffne verschlafen die Augen. Die Sonne strahlt bereits durch die Fenster ins Innere, sodass ich verschlafen durch den Raum blicke. Da sehe ich Finn in seinem noblen, dunkelblauen Anzug, perfekt gestylt vor dem Spiegel stehen, der sich gerade die dunkelrote Krawatte bindet.

Er ist wirklich extrem gutaussehend in dem Designeranzug, der ihm wie auf den Leib geschneidert steht. Eben einer der Männer, nach dem sich jede Frau aufgrund seines Aussehens auf der Straße umdrehen würde. Offensichtlich bemerkt er mein Starren, denn er lächelt charmant:

„Guten Morgen, mein Kätzchen."

„Guten Morgen", erwidere ich und beiße mir ertappt auf die Unterlippe. Allmählich zweifle ich wirklich an meinem Verstand, meinen Entführer anzuschmachten, der mich vergewaltigt hat und verkaufen wird. Wobei das Wort Vergewaltigung nicht ganz zutreffend ist. Immerhin habe ich währenddessen die Führung übernommen und in gewisser Weise freiwillig mit ihm geschlafen. Schlimmer noch, ich habe Lust dabei empfunden. Finn läuft zu mir an das Bett und haucht mir einen flüchtigen Kuss auf die Lippen.

„Ich muss jetzt gehen. Milan und Iven sind bereits im Wohnbereich, sei so nett und bereite den beiden etwas zu Essen zu, anschließend wirst du die Hausarbeit erledigen. Hast du das verstanden?"

„Verstanden" wispere ich und spüre, wie sich mein Magen verkrampft. Er ist gerade dabei, das Zimmer zu verlassen, da dreht er sich nochmal zu mir um:

„Provoziere sie nicht unnötig, halte den Blick gesenkt und mach, was sie von dir verlangen. Ich möchte dich ungern halbtot geschlagen wieder zusammenflicken müssen."

Mit diesen Worten fällt die Zimmertür hinter ihm zu. Das schlechte Gefühl in meiner Magengegend verschlimmert sich beim Gedanken daran, allein mit diesen beiden

Psychopathen hier eingesperrt zu sein. Da ich nicht vorhabe, einen von ihnen unnötig zu verärgern, stehe ich sofort vom Bett auf.

Auf dem Weg ins Badezimmer überprüfe ich das Fenster in Finns Zimmer. Doch die Metallgitterstäbe sind unüberwindbar und der dichte Wald, den ich von hier aus erkenne, macht mir nicht gerade mehr Hoffnung, von hier entkommen zu können. Das Stimmengewirr vor der Tür lässt mich aufschrecken und ich entscheide mich, schnellstmöglich ins Badezimmer schräg gegenüber zu verschwinden. Zwar höre ich auf dem Flur im Vorbeigehen, wie sich die drei unterhalten, doch ich verfolge deren Gespräch nicht weiter.

Im Badezimmer angekommen, überprüfe ich ebenfalls das Fenster als Fluchtmöglichkeit. Doch auch dieses ist mit einem bombenfesten Gitter gesichert. Mit der bitteren Erkenntnis, dass es keinen Ausweg gibt, entscheide ich mich, mich schleunigst zu beeilen, bevor ich zu allem Überfluss von einem dieser Sadisten erwischt werde. Undenkbar, was diese Typen mit mir anstellen, wenn Finn nicht dazwischengeht.

Also bringe ich rasch meine Grundbedürfnisse hinter mich, und nehme eine ausgiebige Dusche. Zu guter Letzt gehe ich zu dem Schrank, aus dem mir Milan am Tag zuvor Kleidung gegeben hat, und durchstöbere den Inhalt. Es gibt darin keine Unterwäsche, ausschließlich dünne Stofffetzen, die gerade mal das Nötigste verhüllen.

Ich nehme mir also eines der knappen, schwarzen Kleider und streife es über, um mich anschließend prüfend im Spiegel zu mustern. Der V-Ausschnitt geht tief, sodass dieses Kleid gerade so meine Brüste bedeckt. Außerdem reicht es mir nur knapp über den Hintern. Zwischen nackt und diesem Kleid ist nicht gerade viel Unterschied. Doch ich will mich nicht beschweren, es ist besser als nichts.

Kurz richtet sich meine Aufmerksamkeit auf die unzähligen Verletzungen in meinem Gesicht sowie Hämatome an meinem Körper. Doch ich bin wirklich froh, dass keine weiteren Blessuren hinzugekommen sind. Der Deal mit Finn hatte bisher wirklich nur Vorteile. Auch wenn es mir vor dem Zusammentreffen graut, nehme ich mir zumindest für heute vor, alles Kommende stillschweigend zu ertragen und keinen der beiden nur im Geringsten zu provozieren.

Mit diesem Versprechen an mich selbst mache ich mich auf den Weg in die Küche. Als ich die Treppen nach unten laufe, sehe ich Milan und Iven am Küchentisch sitzen, die eine hitzige Unterhaltung führen. Als sie mich bemerken, verstummt ihr Gespräch und beide Augenpaare richten sich auf mich, also setze ich mein schönes Lächeln auf:

„Guten Morgen."

Da Iven mich alles andere als begeistert mustert, ja sogar jeden meiner Bewegungen genau verfolgt und dabei seine Stirn in Falten legt, bekomme ich ein ungutes Gefühl. Dass er die folgenden Worte auch noch derart abfällig spricht, bestärkt meine böse Vorahnung.

„Sieh mal einer an, wenn unser Püppchen so gute Laune hat, scheint Finn es dir ordentlich besorgt zu haben."

Wie erstarrt bleibe ich mit rasendem Herzen vor Iven stehen, als er mir den Weg abschneidet. Seine dunkelbraunen Augen sehen unerbittlich auf mich herab, sodass mein Hirn auf Hochtouren arbeitet: Wie beschwichtige ich seine offensichtliche Gereiztheit? Er scheint wegen irgendetwas übelartig gelaunt zu sein.

Da fällt mir plötzlich ein, dass er noch gestern von mir verlangt hat, nicht ständig so prüde zu sein. Ich weiß also, was er von mir erwartet und wie ich ihn besänftigen kann. Doch die Umsetzung kostet mich unglaubliche Überwindung. Im normalen Leben da draußen bin ich alles andere als ängstlich. Ich bin schlagfertig, temperamentvoll und angriffslustig. Doch hier drinnen ist alles anders und das macht mich unsicher. Auch wenn ich vor Angst kaum atmen kann, gehe ich auf die Zehenspitzen, schlinge meine Arme um seinen Nacken und küsse ihn. Iven wirkt im ersten Moment völlig sprachlos und auch seine Augen weiten sich kaum merklich. Zumindest scheint es fürs Erste, als hätte ich ihm mit meiner waghalsigen Aktion den Wind aus den Segeln genommen. Denn er erwidert den zuerst einseitigen Kuss, der jetzt hingebungsvoll wird.

Ohne den Kuss zu unterbrechen, zögert er nicht weiter und umgreift mit einem Ruck meine Oberschenkel, um mich direkt auf dem Küchentisch abzusetzen. Da mir das Ganze nun doch zu stürmisch wird, als er mit einer Hand beginnt, meine Brust zu massieren, löse ich mich aus dem Kuss und drücke ihn leicht von mir. Milans Applaudieren erfüllt den Raum, der das Schauspiel begeistert verfolgt. Gleichzeitig vernehme ich Ivens Stimme, der noch immer leicht perplex zu Milan sieht.

„Hast du das gesehen?"

„Entweder sie lernt ziemlich schnell oder Finn scheint ihr das Hirn rausgevögelt zu haben", lacht nun Milan laut los, der seine wachsamen Augen nicht von mir löst. Meine Wangen beginnen zu glühen und kurz fange ich an zu zweifeln, ob meine Aktion nicht mehr als nur armselig war. Alles was ich will, ist, dass keiner der beiden heute durchdreht und ich diesen Tag überlebe.

„Wenn ihr mich dann entschuldigt, ich würde gerne den Pflichten als Sklavin dieses Hauses nachgehen."

Ich versuche, den Sarkasmus in meinen Worten nicht allzu sehr zu betonen und springe gleichzeitig vom Küchentisch.

„Es scheint, als hätten wir drei heute doch noch eine Menge Spaß, wenn du endlich aufhörst, derartig verklemmt zu sein", grinst Iven und verpasst mir einen lauten Klaps auf den Po. Nur mit größter Mühe schaffe ich es, tief durchzuatmen und ihm keine schallende Ohrfeige zu verpassen.

Wahrscheinlich wäre das mein Todesurteil. Ich sollte lieber froh sein, dass sich Ivens anfängliche Aggression gelegt hat. Also gehe ich, statt eine körperliche Auseinandersetzung zu provozieren, in der ich eindeutig unterlegen wäre, lieber zu den Küchenschränken und durchsuche diese nach etwas Essbarem.

Die beiden beginnen zu feixen und zu lachen, dabei klatschen sie sich ghettomäßig ab. Es kommt mir fast so vor, als würden sie sich über mich lustig machen. Da mir das Ganze nun doch zu unangenehm wird, blende ich die Gespräche der beiden vollkommen aus, während ich das Essen zubereite.

Im Handumdrehen zaubere ich eine köstliche Gemüse-Paella, die ich ihnen kommentarlos und mit gesenktem Blick serviere. Beide sind in eine Unterhaltung vertieft und beginnen bedenkenlos zu essen. Also kümmere ich mich wie von Finn befohlen direkt im Anschluss um die Hausarbeit.

Dabei überprüfe ich jedes einzelne Fenster im Haus nach einer Möglichkeit zur Flucht. Doch allesamt sind mit einem Metallgitter davor gesichert und auch die Alarmanlage der Haustüre ist scharf gestellt. Scheint, als bleibt mir als einzige Fluchtmöglichkeit der Tag, an dem ich an diesen ominösen Käufer weitergereicht werde.

Nachdem alles picobello sauber ist, nehme ich mir selbst einen Teller und setze mich stillschweigend neben Iven, um meine großzügige Portion von den Überresten zu essen. Da ich inzwischen gelernt habe, dass die Situation jeden Moment eskalieren könnte, beeile ich mich mit dem Essen. Dabei hoffe ich einfach nur, dass diese Verrückten mich in Ruhe lassen. Doch es kommt, wie es kommen muss, und alle Augenpaare richten sich nach kurzer Zeit auf mich.

„Na, dann erzähl mal. Was hat der gute Finn an sich, dass du ihn uns vorziehst?", fragt mich Milan und lässt mich dabei nicht aus den Augen. Zu allem Überfluss schließt sich auch Iven ihm an:

„Das würde mich auch brennend interessieren. Ich habe dir angeboten, mein Spielzeug zu sein und eine wunderschöne Zeit mit mir zu verbringen. Doch du bevorzugst es lieber, von Finn an einen Sadisten mit einer narzisstischen Persönlichkeitsstörung verkauft werden?"

„Hört ihr euch überhaupt selbst zu? Ihr seid beide geistesgestört! Ihr redet so, als ob ich eine Wahl hätte! Ihr zwingt mich zum Sex und es macht euch Spaß, mich zu verletzen! Es ist überall besser als hier mit euch!", platzt die Wahrheit aus mir heraus, bevor ich nachdenke, was ich da überhaupt sage. Finn hat mich ausdrücklich gewarnt, dass ich keinen provozieren soll, und doch habe ich den Mund nicht gehalten.

„Wir sagten es dir bereits, es liegt an dir, ob du vor Lust oder vor Schmerz schreist", antwortet Iven ungerührt und auch Milan meint unbeeindruckt:

„Du muss dich einfach nur darauf einlassen und es wird dir gefallen. So wie es dir gefallen hat, Finns Schwanz tief in dir zu spüren!"

Entgeistert blicke ich Milan an. Woher weiß er davon? Erneut kommt mir in den Sinn, dass diese Typen untereinander gar keine Differenzen haben, sondern bewusst zusammenarbeiten, um mir etwas vorzuspielen. Womöglich versucht sich Finn damit mein Vertrauen zu erschleichen. In gewisser Weise fühle ich mich verraten, sodass mich Ivens nächste Aussage dann wirklich zum Platzen bringt. „Denkst du, dass ich dich nicht auch zum Schreien bringen kann wie Finn?"

„Männer wie du haben keine Ahnung, wie man eine Frau wirklich befriedigt! Du glaubst doch nicht ernsthaft, dass irgendeine Frau wirklich Lust dabei empfindet, wenn du dich haltlos in sie rammst?! Das haben sie dir nur vorgespielt, weil sie sich nicht getraut haben, dir die Wahrheit zu sagen!".

Sobald ich die Worte ausspreche, bereue ich es. Denn plötzlich sieht Iven von mir zu Milan und hat diesen seltsamen Gesichtsausdruck, der mir eine scheiß Angst bereitet.

„Die Kleine möchte einen Beweis", lacht Milan finster auf, doch als er ihm dann auch noch mit diesem teuflischen Grinsen zunickt und mit einer Kopfbewegung auf den Tisch deutet, bekomme ich Panik und springe abrupt von meinem Stuhl auf.

„Ihr seid völlig krank! Fasst mich bloß nicht an!"

„In welchem scheiß Ton redest du eigentlich mit mir?!" Blitzschnell hat sich auch Iven erhoben und unerwartet trifft mich seine harte, schallende Ohrfeige. Er schlägt mich so fest, dass ich fast das Gleichgewicht verliere und rückwärts stürze.

Doch bevor ich zu Boden gehen kann, fängt er mich auf. Alles geht so unheimlich schnell, dass ich gar nicht realisiere, was die beiden mit mir vorhaben. Milan fegt mit einem lauten Klirren den Küchentisch leer, sodass sämtliches Geschirr lautstark auf dem Boden zerbricht. Anschließend zwingt Iven mich mit dem Rücken auf den Tisch zu liegen, so dass zugleich Milan meine Hände neben meinen Kopf fixiert.

Mit weit aufgerissenen Augen starre ich Iven schockiert an, der nicht lange zögert und mir mein Kleid über die Hüften schiebt.

„Komm schon, entspann dich endlich, Püppchen. Ich will, dass du für mich kommst und dabei genauso lustvoll stöhnst, wie du es für Finn tust."

Iven drängt sich problemlos zwischen meine Beine, die er mit einem lässigen Griff anwinkelt, sodass ich mit gespreizten Beinen vor ihm liege. Dann legt er seine Hand auf meinen Bauch und lässt diese Zentimeter um Zentimeter tiefer gleiten, wodurch sich eine Gänsehaut an meinem gesamten Körper ausbreitet. Da ich keine Unterwäsche trage, erreicht er mühelos sein Ziel.

Hauchleicht streichelt er mich im Intimbereich, sofort spannt sich mein gesamter Körper an, dabei blicke ich unentwegt in Milans grünblaue Augen. Mein erhöhter Herzschlag bricht mir fast die Rippen und ich schaffe es vor Nervosität kaum zu atmen. Auch wenn ich weiß, dass es völlig zwecklos ist, flehe ich mit zittriger Stimme:

„Iven, Bitte! Bitte! Hör auf! Zwing mich nicht dazu!" Doch Iven interessiert sich nicht für mein Betteln und denkt gar nicht daran abzubrechen. Sondern umspielt keine

Sekunde später mit seinem Daumen meine Lustperle und zieht sanfte Kreise, sodass ich scharf die Luft einziehe. „Vergiss endlich alle gesellschaftlichen Tabus. All das, was du zu wissen glaubst, bringt dich hier bei uns nicht weiter, Maya. Konzentriere dich einzig und allein auf dein sexuelles Verlangen."

„Du musst endlich lernen zu akzeptieren, dass du dich uns hingeben musst, wann immer wir es von dir verlangen. Also entweder entspannst du dich, oder wir können dich auch gerne breitbeinig ans Bett binden!", haucht mir Milan leise ins Ohr, bevor er sich erneut aufrichtet und mir zuzwinkert: „Gib es doch zu, irgendwo in deiner dunklen Fantasie hast du dir garantiert schon einmal einen Dreier vorgestellt."

Meine Augen weiten sich schreckhaft, als mir seine Worte bewusst werden. Die beiden haben tatsächlich vor, einen Dreier zu machen und wollten, dass ich dabei einen Orgasmus bekomme. Zwar hat Milan in gewisser Weise sogar recht, und ich habe mir in meinen wilden Fantasien schon öfter Sex mit zwei Männern vorgestellt. Doch es war nur eine Fantasie. Etwas derartiges wollte ich ganz bestimmt nicht mit zwei völlig kranken Typen, die mich vergewaltigen.

„Schließ die Augen, Püppchen. Lass es einfach zu", vernehme ich erneut Ivens tiefe Stimme. Schnaubend gehorche ich widerwillig seiner Aufforderung. Da ich jetzt schon weiß, dass es noch viel schlimmer wird, wenn ich mich dagegen wehre, lasse ich es einfach sein. Ich habe verdammte Angst vor diesen Psychopathen, und traue mich nicht, mit den Füßen zu strampeln oder mich ihnen zu widersetzen. Das letzte Mal, als sie ihre Machtposition demonstrierten, hat mir völlig ausgereicht.

Ohnehin kann ich es nicht ändern oder sie aufhalten, sich zu nehmen, was immer sie wollen. Ich bin diesen Typen schutzlos ausgeliefert. Auch wenn es unsagbar feige ist, doch ich bin davon überzeugt, dass ich einen weiteren Kampf ohnehin nicht überleben würde. Also wehre ich mich nicht, sondern lasse die beiden einfach machen. So schwer es mir auch fällt, versuche ich mich stattdessen wirklich darauf einzulassen.

Unablässig lässt Iven seine Finger mit genau dem richtigen Druck um meine Knospe kreisen, sodass es nicht lange dauert, und mein Atmen immer schneller wird, bis ein nicht zu unterdrückendes Keuchen meine Lippen verlässt. Als Iven sich dann auch noch herunterbeugt und seine Zunge an meine Klitoris ansetzt, sanfte Kreise zieht und an meiner Perle saugt, ist es um mich geschehen. Meine Lippen verlässt ein leichtes Stöhnen und mein Rücken verbiegt sich zu einem Hohlkreuz. So sehr ich mich gedanklich dagegen sträube, scheint meinem Körper diese kranke Scheiße zu gefallen. Ohne es zu wollen, erregt mich seine Stimulation, sodass ich mich seiner Berührung gleichzeitig entziehen und entgegendrängen will.

„Genauso" haucht mir Milan ins Ohr, kurz darauf spüre ich seine Lippen auf den meinen. Schockiert reiße ich die Augen auf, als er seine Zunge zwischen meine geöffneten Lippen drängt. Obwohl ein kleiner Teil noch immer Unbehagen empfindet, erwidere ich den feuchten Kuss.

Zwischen meinen Beinen prickelt und pocht es vor Verlangen, als Iven zusätzlich zwei seiner Finger ganz sachte in mich schiebt. Eine Hitzewelle jagt durch meinen Körper, denn die Stimulation mit seiner Zunge und die gleichzeitige Penetration seiner Finger verursachen eine unglaubliche Intensität. Durch die Reizüberflutung beschleunigt sich mein Atem immer mehr und ich stöhne in den Kuss hinein.

Das alles kann unmöglich wahr sein. Warum reagiert mein Körper gegen meinen Willen und kribbelt vor Erregung? Bin ich etwa wirklich so pervers, dass es mir Lust bereitet, vergewaltigt zu werden? Diese Tatsache löst ein Chaos in meinen widersprüchlichen Gedanken aus, sodass ich vor Scham am liebsten im Boden versinken möchte. Ich will keine dieser dummen Frauen sein, die sich am Ende in ihren Entführer verliebt.

Allerdings kann ich mich nicht weiter mit meinen wirren Gedanken befassen, denn Milan, der bis eben noch meine Hände bewegungslos gehalten hat, schiebt seine Hand unter mein Kleid und streichelt meine Brust. Kurz darauf umspielt er mit seinen Fingerspitzen meinen Nippel, der sich unter seiner Berührung sofort aufrichtet. Mit seiner anderen Hand umgreift er mein Kinn, um den Kuss zu vertiefen.

Iven löst sich von meinem Zentrum, kurz darauf höre ich, wie er den Reißverschluss seiner Hose öffnet, wodurch ich schreckhaft zusammenzucke.

„Keine Angst, wir werden dir nicht wehtun, wenn du dich uns hingibst", ertönt Ivens lustdurchtränkte Stimme, dabei spüre ich, wie er seine Erektion zwischen meinen Beinen positioniert.

Mir bleibt keine Zeit darüber nachzudenken, ob mir das nun gefällt oder nicht. Denn keine Sekunde später dringt Iven ganz langsam in mich ein, während er gleichzeitig erneut seine Finger um meine Perle kreisen lässt. Diese seltsame Mischung aus Angst und Lust erregt mich ungemein. Ich bin von Ivens Vorarbeit zwischen den Beinen klatschnass, sodass ich problemlos seine volle Größe in mir aufnehmen kann.

Ein unangenehmer Schauer zieht über meinen gesamten Körper, als sich nun Milan aus dem Kuss löst und seine Hose öffnet. Sofort springt mir sein steifer Schwanz entgegen, dabei grinst er schelmisch: „Na los, Maya, zeig mir, was du draufhast. Der gute Finn meinte, dass deine Lippen unvergleichlich wären."

„Bitte, ich will das nicht!" Zwar schüttle ich verneinend den Kopf, doch Milan drückt mir einfach willkürlich seine Erektion in den Hals, um mich oral zu ficken. Würgend und nach Atem ringend versuche ich ihn von mir zu drücken, doch er umgreift mit einer gezielten Bewegung mit einer Hand meine Handgelenke, und mit der anderen Hand packt er mich an meinem Haar, um mich zu fixieren, dann macht er einfach weiter.

Ich verstehe selbst nicht, warum ich mich nicht stärker wehre, es ist, als würde mir mein eigener Körper nicht mehr gehorchen. Als wäre ich nicht diese Frau, die gerade auf der Tischplatte von zwei Männern vergewaltigt wird. Das, was passiert, ist so irreal, dass mein Verstand es nicht verarbeiten kann.

Immer wieder zieht sich Iven aus mir zurück, nur um erneut tief in mich einzudringen, was mich aufstöhnen lässt. Ich fühle mich benutzt, und doch pocht und pulsiert es immer stärker zwischen meinen Beinen. Ohne es zu wollen, erregt mich die gleichzeitige Penetration beider Männer, denn ich stehe kurz vor dem Höhepunkt.

Als wüsste dieser Mistkerl Iven genau, welche Lust er in mir auslöst, erhöht er den Druck, indem er seinen Daumen immer stärker über meine Lustperle reibt. Gleichzeitig fickt er mich langsamer und seine Stöße werden härter, während Milan noch immer seinen Schwanz in meinen Hals hineindrückt.

Das ist zu viel! Ich kann es nicht länger unterdrücken, als mich eine unglaublich intensive Welle überrollt. Meine internen Muskeln krampfen um Ivens Geschlecht, sodass ich mich ihm entgegendränge, soweit ich dazu imstande bin. Zuckend und bebend verrät mich mein eigener Körper, und ich komme lauthals schreiend zum Höhepunkt, allerdings dämpft Milan die Laute aus meinem Mund mit seinem Schwanz.

„Ja! Genau so! Lass es zu!", keucht Iven kehlig. Mein eigener Orgasmus scheint sowohl Iven als auch Milan noch mehr zu erregen, denn ich kann spüren, wie Ivens Glied nun tief in mich gedrückt pumpt und pulsiert. Als er kommt, stöhnt er rau, was meinen eigenen Höhepunkt verstärkt. Zuletzt wird auch Milans Schwanz in meinem Mund härter, er ejakuliert so tief in meinem Rachen gepresst, dass ich gezwungen bin zu schlucken. Sonst würde ich an seinem Ding ersticken. Erst dann zieht er sich aus mir zurück.

„Siehst du? Es war gar nicht so schlimm", höre ich Iven wie durch einen Tunnel. Regungslos bleibe ich auf dem Tisch liegen und spüre, wie Ivens Glied in mir immer kleiner wird, bis er erschlafft. Ich fühle mich wie benommen, und meine Ohren rauschen von dem unglaublichen Nachbeben meines Orgasmus. Habe ich gerade tatsächlich während einer Vergewaltigung einen Höhepunkt erlebt?

Innerlich fühle ich mich taub. Mein Geisteszustand ist in einer Art Delirium, während ich einfach nur regungslos auf der Tischplatte liege. Dabei spüre ich, wie mir eine feuchte, warme Träne über die Wange rinnt. Ich verstehe selbst nicht, warum ich plötzlich weine, denn ich verstehe überhaupt nichts mehr. Es liegt nicht an den unzähligen Würgereflexen, als mir Milan seinen Schwanz in den Hals gedrückt hat. Es fühlt sich vielmehr an, als wäre ein Teil in mir gerade zerbrochen und für immer verloren. Als wüsste ich genau, dass ich nie wieder diese starke Frau sein werde, die ich einmal war.

Noch immer pocht und pulsiert es zwischen meinen Beinen, sodass ich mich vor Selbstekel am liebsten übergeben würde. Hinzu kommt der abscheuliche Geschmack von Milans Samenflüssigkeit auf meiner Zunge. Das alles ist so widerlich. Was stimmt nicht mit mir? Wie konnte ich bei diesem grausamen Akt einen Orgasmus bekommen?

Irgendwo am Rande meiner Depression spüre ich, wie Iven seinen Schwanz aus mir zurückzieht und vernehme, wie sich beide Männer lachend und zugleich feixend anziehen. Da ich noch immer regungslos auf der Tischplatte liege, zieht mich Milan an den Armen hoch, damit ich mich aufsetze.

„Fuck, Maya?! Du hattest deinen Spaß, wir hatten unseren Spaß. Nun stell dich nicht so dämlich an!"

Iven schnippt ein paarmal mit dem Finger vor meinem Gesicht, doch mein Augenmerk liegt auf dem Chaos in meinem Umfeld. Zerbrochenes Geschirr und Essensreste liegen um uns herum auf dem Boden. Mental fühle ich mich viel zu zerrissen, um zum normalen Tagesprogramm überzugehen und die Unordnung zu beseitigen, die bei einer weiteren Vergewaltigung entstanden ist.

Allerdings tätschelt mir plötzlich Milan in einer herablassenden Geste provokant die Wange, dabei dringen seine Worte langsam zu mir hindurch und reißen mich aus meinem apathischen Zustand.

„Das nächste Mal wirst du dich etwas besser anstrengen. Was deinen Blowjob betrifft, bist du talentfrei. Wenn du Geld damit verdienen müsstest, würdest du verhungern."

Seine Worte verhöhnen mich und ich spüre, wie weitere Tränen über meine Wangen rinnen. Er hat mich dazu gezwungen. Erniedrigt. Mir nicht mal die Wahl gelassen. Nun sehe ich im wahrsten Sinne des Wortes rot. Übermannt von meiner Wut springe ich mit einem Hops auf meine Füße. Ich habe keine Angst, zumindest jetzt nicht. Fühle einfach nur den Drang, ihn zu schlagen.

Getrieben von meinem Verlangen, ihm wehzutun, balle ich meine Hand zu einer Faust und verpasse Milan mit aller Kraft, die ich aufbringen kann, einen geballten Faustschlag mitten ins Gesicht.

„FICK DICH! Warum lässt du dir nicht von deiner Mutter einen lutschen!?"

Milans Kopf schlägt mit voller Wucht zur anderen Seite und er taumelt überrascht rückwärts. Mit diesem schockierten Gesichtsausdruck wischt er sich das Blut von seiner aufgeplatzten Lippe. Iven bricht sofort in schallendes Gelächter aus, derweil Milan fluchend knurrt:

„Dreckige Hure!"

Als wenn mir jetzt erst klar wird, was ich da eigentlich getan habe, durchfährt ein Schock meine Glieder. Ohne Milans weitere Reaktion abzuwarten, renne ich die Treppen nach oben ins Badezimmer. Hastig versperre ich mit dem Schlüssel die Türe hinter mir, dabei höre ich, wie mir Milan hinterherbrüllt: „Verflucht, Maya, das wirst du bereuen!"

Es dauert nur Sekunden, da hat er mich bereits eingeholt, und drückt mehrfach die Türklinke nach unten, gleichzeitig hämmert er immer wieder wutentbrannt gegen die Tür: „Mach auf, du verdammte Bitch!"

„Verpiss dich!", kreische ich, allerdings zittert meine Stimme vor Angst. Da ich es bereits erahne, dass die Barriere der Türe Milan nicht aufhalten wird, laufe ich ein paar Schritte rückwärts. Mein Herz hämmert wie wild in meiner Brust und ich habe das Gefühl, an meiner Panik zu ersticken.

Ein lauter Knall lässt mich schreckhaft zusammenzucken. Dieser Geistesgestörte versucht tatsächlich die Türe einzutreten. Vergeblich versuche ich meine unregelmäßige Atmung unter Kontrolle zu bekommen. Eilig blicke ich mich um, doch aus Erfahrung weiß ich bereits, dass es in diesem Raum nicht das Geringste gibt, das ich als Waffe benutzen könnte. Tränen schießen mir in die Augen, und ich beginne kläglich zu schluchzen und zu weinen. Vor Furcht zittere ich am ganzen Körper.

Erneut ein lauter Schlag, dabei höre ich, wie das Holz dem Gewicht des Eindringlings nachgibt. Vor Panik schaffe ich es nicht einmal mehr zu atmen, als er mit einem weiteren gezielten Tritt endgültig das Holz der Türe durchbricht.

Sein Gesicht ist vor Wut verzerrt, seine Hände zu Fäusten geballt. Er atmet schwer und fixiert mich mit seinem finsteren Blick. Wortlos kommt er in großen Schritten auf mich zu, sodass ich zurückweiche, bis mein Rücken die Wand berührt.

Ängstlich drücke ich mich gegen die Wand, als würde ich versuchen, mit ihr zu verschmelzen.

Nur einen Wimpernschlag später steht er vor mir und schaut voller Hass auf mich herab. In meiner aussichtslosen Situation schlage ich mehrfach mit geballten Fäusten gegen seine Brust und schreie verzweifelt:

„Fass mich nicht an!"

Das hält Milan allerdings nicht davon ab, selbst mit der Faust auszuholen und mir einen Schlag zu verpassen, der mich augenblicklich zu Boden stürzen lässt.

„Du scheiß Schlampe gehst mir dermaßen auf den Sack!" Mein Kopf schlägt auf dem Fliesenboden auf, wodurch ich sofort regungslos liegen bleibe. Es fühlt sich an, als würde mein Kopf von den Schultern reißen. Weitere Tränen sammeln sich in meinen Augen und meine Sicht verschwimmt.

Keine Sekunde später ist Milan über mir gebeugt und packt mich brutal in die Haare, um meinen Kopf erneut gegen den Boden zu schlagen. Von dem heftigen Aufprall sehe ich schwarze Punkte vor meinen Augen tanzen.

Er scheint völlig außer Kontrolle, ohne jegliches Mitgefühl. Kläglich schreiend und weinend strample und winde ich mich unter ihm. Doch er hält mich weiterhin unerbittlich fest in seinem brutalen Griff.

Als er meinen Kopf wiederholt immer wieder unaufhörlich gegen den Boden schmettert, überkommt mich die unheilvolle Vorahnung, dass Milan mich umbringen wird. Kraftlos höre ich auf zu strampeln, da ich kurz davor bin, das Bewusstsein zu verlieren.

Mein Leben zieht an mir vorbei, ich bin viel zu schwach, um mich zu wehren und akzeptiere mein Schicksal.

„Ich denke, das reicht", höre ich Iven und sehe verschwommen seine Silhouette im Türrahmen stehen. Milans brutaler Griff, mit dem er mich an den Haaren gepackt hält, verstärkt sich. Kläglich wimmere ich auf, während Milan durch das Badezimmer brüllt:

„Scheiß auf Finn und seine Geschäfte. Lass uns diese dreckige Hure einfach umbringen!"

„Ich sagte, es reicht! Geh verdammt nochmal runter von ihr! Sie hat es kapiert", fährt Iven seinen Gegenüber dieses Mal harsch an. Trotzdem lässt Milan es sich nicht nehmen, meinen Kopf zum Abschluss nochmal gegen den harten Boden zu schlagen. Erst dann löst sich sein unerbittlicher Griff aus meinen Haaren. Er steht auf und verlässt mit großen Schritten das Badezimmer.

Schlaff bleibe ich einfach liegen, selbst wenn ich es wollte, könnte ich mich nicht bewegen. Durch den mehrfachen Aufschlag muss ich mir eine Platzwunde zugezogen haben. Auch die Wunde an meiner Lippe ist durch die wiederholten Schläge aufgeplatzt. Ich spüre, wie mir warmes Blut die Schläfe herunterläuft und auf den Boden tropft. Alles ist voll Blut, allerdings verschwimmt meine Sicht immer wieder.

Ich höre Schritte, wie Iven in meine Richtung läuft. Als er direkt neben mir steht, geht er in die Hocke und streichelt mir zärtlich über die Wange.

„Langsam finde ich Gefallen an dir. Der ersten Frau, die verrückt genug ist, Milan eine zu verpassen."

Iven schiebt seine Hände unter mich und hebt mich im Brautstyle hoch, dabei höre ich erneut seine tiefe Stimme: „Nicht schlapp machen, Süße. Hörst du? Ich habe dich doch gerade erst angefangen zu mögen."

Irgendwie klingt es nach einer Mischung aus Zynismus, aber auch einem unterschwelligen Ton Sorge. Aber warum sollte sich ausgerechnet Iven um mich sorgen? Sofort stöhne ich schmerzhaft auf, als er sich mit mir in den Armen in Bewegung setzt. Mein Kopf fühlt sich an, als würde er platzen, außerdem ist mir kotzübel. Ich fühle mich viel zu schwach, um Iven zu antworten. Laut Finn hatte ich bereits nach Ivens letztem Wutausbruch eine Gehirnerschütterung. Ich bin zwar kein Arzt, doch ich vermute lebensbedrohlich verletzt zu sein. Mit aller Kraft versuche ich gegen die Müdigkeit anzukämpfen, allerdings schaffe ich es nicht länger, die Augen offen zu halten und versinke in tiefem Schwarz.

KAPITEL 5

Großer Fehler

Ein vertrauter Moschusduft steigt mir in die Nase, sodass ich mich verträumt in das Kissen schmiege. Gleichzeitig genieße ich dieses wohlig warme Gefühl, von zwei starken Armen umschlungen zu sein. Zuerst denke ich, dass ich träume und kuschle mich dem warmen Körper entgegen, der mich so fest an sich gedrückt hält. Ich fühle mich wohl und beschützt in dieser Umarmung.

Allmählich dringt die Realität zu mir hindurch. Mein Kopf dröhnt vor Schmerz, allerdings fühle ich mich eigenartig benebelt, fast so, als würde ich schweben. Außerdem pulsiert meine rechte Gesichtshälfte unaufhörlich und fühlt sich geschwollen an. Nur langsam öffne ich unter Anstrengung meine schweren Augenlider und erkenne, dass ich mich in Ivens Zimmer befinde. Ich liege in seinem Bett, während er mich innig von hinten umarmt. Wenn das ein Traum ist, ist es ein seltsam skurriler.

Durch das Fenster erkenne ich, dass es draußen bereits dunkel ist, zwischen unzähligen Sternen leuchtet der Vollmond. Allerdings wird dieses Zimmer zusätzlich von einer Nachttischlampe auf Ivens Bettseite in einem angenehmen, warmen Ton erhellt.

Verschlafen blicke ich an mir herunter, ich trage ein dunkelrotes Kleid, das unter der Decke hervorblitzt und fühle mich ungewöhnlich frisch. So als hätte mich jemand gewaschen, ja sogar gebadet. Ich kann einen angenehmen Vanilleduft riechen, mit dem vermutlich meine Haare gewaschen wurden. Vage erinnere ich mich, dass Iven so etwas schon einmal gemacht hat, nachdem er mich besinnungslos geschlagen hat. Steht dieser Typ auf sowas?

Es ist inzwischen das zweite Mal, dass er sich während einer Ohnmacht um mich kümmert. Ein unangenehmer Schauer breitet sich beim Gedanken daran aus, dass er mich ohne Zurückhaltung an sämtlichen Körperstellen und Öffnungen berühren konnte.

Vielleicht hat Iven doch eine sexuelle Vorliebe für Somnophilie. Da ich zwischen den Beinen ohnehin wund bin, kann ich nicht sagen, was er genau mit mir gemacht hat, als ich weggetreten war. Panik steigt in mir auf, doch ich zwinge mich dazu, meine körperliche Reaktion zu kontrollieren. Mein Atem geht flach, ich bin nicht sicher, wie ich mich verhalten soll, also stelle ich mich weiterhin schlafend. Allerdings scheint Iven dies zu merken, denn er fragt: „Maya? Bist du wach?"

Sachte winde ich mich in seinen Armen, sodass ich direkt in ein Paar dunkelbraune, fast schwarze Augen blicke. Noch immer hat er seine Arme fest um mich gelegt, so als würde er mich davon abhalten wollen zu verschwinden. Wir teilen uns dieselbe Decke. Iven allerdings scheint nur in seiner Boxershorts bekleidet zu sein, ich kann seinen freien Oberkörper erkennen. Seine breiten Schultern und muskulösen Oberarme. Auch seine definierten Brustmuskeln und den Ansatz seines Sixpacks.

„Wie lange habe ich geschlafen?", frage ich leise, meine Stimme klingt ganz kratzig, ich erkenne mich selbst kaum wieder.

„Du warst die letzten zwölf Stunden weggetreten."
Er streckt seine Hand nach mir aus und streichelt mir mit seinen warmen Fingern zärtlich über die Wange. „Wie fühlst du dich?"

„Etwas eigenartig... So... Seltsam benebelt...", erkläre ich zögerlich. Iven richtet seinen Oberkörper leicht auf und stützt sich auf seine Hand, dann erklärt er: „Ich habe dir ein starkes Schmerzmittel verabreicht."

„Warum tust du das?", flüstere ich und schließe erschöpft meine brennenden Augen. Es kostet mich unheimliche

Anstrengung, diese Unterhaltung zu führen. Iven lacht rau und erwidert arglos: „Warum tu ich was?"
Nun öffne ich doch meine Augen und blicke erneut in seine. Seltsamerweise fürchte ich mich nicht vor ihm. Es liegt so eine seltsame Stimmung zwischen uns, wie ich sie bisher noch nicht verspürt habe.
„Du hast mich vor Milan gerettet und bist so ungewöhnlich nett zu mir."

„Irgendetwas hast du an dir, was mich reizt. Vielleicht ist es dein Kampfgeist. Vielleicht gefällt mir auch einfach nur der Klang deiner Stimme, wenn du deinen Orgasmus ausschreist."

Er lässt mich nicht aus den Augen und nimmt mich mit seinem intensiven Blick gefangen, als er mit rauer Stimme hinzufügt: „Beim nächsten Mal will ich, dass du meinen Namen stöhnst."

Seine Worte verursachen eine Hitzewelle in meinem Schoß. Zusätzlich ertönt mein Puls, als sein Daumen zärtlich meine Unterlippe entlang streift. Meine körperliche Reaktion verstört mich. Warum hat er plötzlich diese Wirkung auf mich? Was ist nur los mit mir?

„Warum? Gibt es dir irgendeinen besonderen Kick?", hauche ich leise in der Hoffnung, dass er nicht ausrastet. Doch er reagiert wider Erwarten gelassen, und spielt mit einer verirrten Haarsträhne, die mir ins Gesicht hängt.

„Es ist ein unbeschreibliches Feeling, dich etwas fühlen zu lassen, was du eigentlich gar nicht fühlen willst."

Ein dunkles Lächeln zeichnet sich auf seinen Lippen ab. Auch wenn er sonst unglaublich angsteinflößend auf mich wirkt, sind seine harten Gesichtszüge mit diesem dunklen Lächeln auf den Lippen pure Perfektion. Optisch betrachtet sieht Iven umwerfend aus. Dass dieser Mann zu allem fähig ist und er eine tiefschwarze Seele hat, rückt unbewusst in den Hintergrund.

Auch Iven sieht mich nachdenklich an, er scheint ähnlich in Gedanken versunken. Er legt seinen Arm fester um mich und drückt mich enger an sich, sodass mein Körper erneut seinen berührt. Seine andere Hand gleitet in mein Haar und hält leicht meinen Hinterkopf.

Dann senkt er behutsam seine Lippen auf meine. Langsam schließe ich die Augen und erwidere den sanften und gefühlvollen Kuss, fast so, als wären wir ein Liebespaar. Es fühlt sich gut an. Ich möchte nichts weiter als einfach nur diese seltsame Zärtlichkeit genießen.

Da ist es wieder, dieses trügerische, warme Gefühl in meiner Brust. Ob es an den berauschenden Medikamenten liegt, weiß ich nicht. Vielleicht ist mein Verstand einfach total benebelt. Allerdings hat Iven vom ersten Augenblick an diese verbotene Anziehungskraft auf mich ausgewirkt. Meine innere Stimme schreit mich an, aufzuwachen und nicht zu vergessen, dass Iven mein Feind ist. Er hat mich entführt, geschlagen und vergewaltigt.

Doch mein Verstand schaltet auf Standby. Für diesen kleinen Moment gebe ich mich der Situation vollkommen hin und kralle meine Fingerspitzen in seine kräftigen Schultern fest. Seine Lippen fühlen sich weich auf den meinen an. Er kann so unglaublich sanft sein. Vorsichtig saugt er an meiner Unterlippe, sodass ich meine Lippen öffne, um ihm Zugang zu meinem Mund zu gewähren. Langsam und gefühlvoll erwidere ich den leidenschaftlichen Tanz unserer Zungen.

Noch niemals zuvor wurde ich so voller Hingabe von ihm geküsst. Ich verstehe selbst nicht, warum ich den Kuss nicht abbreche und ihn von mir stoße. Mein Kopf ist wie leergefegt, es fühlt sich so an, als könnte ich mich endlich fallenlassen. Ohne mich mit meinen wirren Gefühlen und Gedanken zu beschäftigen. Nach einer Ewigkeit löst er sich aus dem Kuss und sieht mich mit diesem verstohlenen Lächeln an.

„Du kannst ja eine richtige Schmusekatze sein, wenn du mal nicht die Krallen ausfährst", schmunzelt er und streicht mir eine weitere verirrte Haarsträhne aus dem Gesicht.

„Glaub bloß nicht, dass ich auf deine gespielte Nettigkeit hereinfalle."

Meine Stimme klingt unerwartet gehaucht. So als wäre tief in mir der eigenartige Drang, ihn nicht zu verärgern.

Seine Hand streichelt leicht über mein Haar, er hat dieses gefährliche Glänzen in den Augen, das irgendwie anziehend auf mich wirkt. Seine Worte treiben meinen Puls noch weiter in die Höhe, wenn das überhaupt möglich ist.

„Finn wird dich zu einem Sexspielzeug formen und an einen Kunden weiterreichen. Doch es gibt noch eine andere Möglichkeit. Sag mir, dass du mir gehören willst, Maya, und ich verhindere deinen Verkauf. Sag mir, dass du mich willst, und du wirst dich niemandem, außer mir hingeben müssen."

Mit großen Augen starre ich Iven an, doch seine Gesichtszüge geben keine Gefühlsregungen von sich preis. Mein Hirn kann seine Worte kaum verarbeiten. Schlägt er mir gerade ein neues Abkommen mit verbesserten Privilegien vor?

Ich kann kein Wort aus meiner zugeschnürten Kehle pressen. Allerdings erübrigt sich meine Antwort in dem Moment, als sich die Zimmertür öffnet und Finn unangekündigt eintritt. Er mustert uns kurz, dabei bildet sich ein verstohlenes Lächeln auf seinen Lippen.

„Respekt. Wie ich sehe, hat Sweetheart den Tag mit euch überlebt."

„Hast du mich vermisst, mein Kätzchen?", will Finn von mir wissen, doch ich starre ihn einfach nur regungslos an. Mein Herzschlag rast, denn aus irgendeinem mir unverständlichen Grund habe ich mich in Ivens Armen wohlgefühlt. Eigentlich will ich gerade überhaupt nicht gehen. Finn scheint mein Zögern ganz und gar nicht zu gefallen, denn er zieht abwartend eine Augenbraue nach oben.

„Na los… Komm zu mir!" Seine Stimme hat einen unterschwelligen Befehlston und ich kann die Ungeduld in seiner Stimme heraushören. Unsicher blicke ich zwischen Iven und

Finn. Doch Finns Gesichtsausdruck lässt keine Widerworte zu.

Mit aller Kraft versuche ich aufzustehen, was mir zuerst auch gelingt. Mir ist so unglaublich schwindlig, als hätte ich eine Flasche Wodka getrunken. Doch kaum setze ich einen wackeligen Fuß vor den anderen, um zu Finn zu laufen, geben meine Beine nach und ich sacke in mir zusammen. Gerade noch rechtzeitig umgreifen mich zwei starke Arme von hinten.

„Vorsichtig, Püppchen." Wie ist er so schnell hinter mich gekommen? Finn legt seinen Zeigefinger unter mein Kinn und dreht mein Gesicht zur Seite. Kritisch begutachtet er meine schmerzhafte Gesichtshälfte, die vermutlich geschwollen ist.

„Das sieht ziemlich übel aus. Ihren Verletzungen nach zu urteilen, könnte sie sich ein Schädel-Hirn-Trauma zugezogen haben, bei dem lebensgefährliche Blutungen im Kopf auftreten können."

„Lass sie hier. Du kannst sie morgen haben", schlägt Iven vor und augenblicklich spüre ich eine Hitze in mir aufsteigen, die ich nicht erklären kann. Es ist mir unbegreiflich, warum mein gesamter Körper so empfindlich auf ihn reagiert. Doch Finn reißt mich aus meinen Gedanken, als er ohne jegliche Freundlichkeit im scharfen Ton erwidert: „Wir hatten eine klare Abmachung, Iven, an die du dich halten wirst. Ich entscheide, was mit ihrem Leben passiert, also brauche ich nicht dein Einverständnis, wenn ich meine Sexsklavin ficken will!"

Ivens Lippen verlässt ein abfälliger Laut, dabei übergibt er mich an Finn und fügt gereizt hinzu: „Mach was du willst... Aber die kann noch nicht einmal stehen! In dem Zustand kannst du deine perverse Vorstellung von Sex ohnehin nicht mit ihr ausleben."

„Bist du nun plötzlich der Arzt in diesem Haus?", fragt Finn zynisch. In mir steigt die Übelkeit auf, mein gesamter Mageninhalt will von innen nach außen. Ob es an deren

Unterhaltungen liegt, weiß ich nicht. So schnell ich kann, reiße ich mich von Finn los und renne ins Badezimmer, um mich zu übergeben. Gerade noch rechtzeitig klappe ich den Toilettendeckel hoch und erbreche meinen gesamten Mageninhalt. Schwarze Punkte tanzen vor meinen Augen und ich klammere mich mühsam an die Toilette, um nicht den Halt zu verlieren.

Wie viel Gewalteinfluss erträgt ein menschlicher Körper mit meinem Ausmaß an Verletzungen? Ich habe mal gelesen, dass die Grenze zwischen einer Gehirnerschütterung und einem schweren Schädel-Hirn-Trauma ziemlich unscharf verläuft. Zumindest erklärt es die Übelkeit und den Schwindel. Eines ist sicher, wenn das so weitergeht, werde ich diesen Alptraum nicht überleben.

Nachdem ich mich ein weiteres Mal übergebe und die Übelkeit abklingt, stehe ich mit wackligen Beinen vom Boden auf. Finn steht bereits im Türrahmen und beobachtet mich dabei, wie ich zum Waschbecken laufe, um mir mein Gesicht zu waschen. Mein Spiegelbild sieht erschreckend aus, denn es sind unzählige weitere Verletzungen zu meinen bereits vorhandenen hinzugekommen. Am Kopf habe ich eine unheimlich große Platzwunde und auch an der Stirn. Außerdem ist meine Nase angeschwollen und meine rechte Gesichtshälfte von dem mehrfachen Aufschlag auf den Boden blau-grünlich verfärbt.

Noch immer liegen Finns bernsteinfarbene Augen unentwegt auf mir. Es ist mir unglaublich unangenehm, dass er mir schon wieder dabei zugesehen hat, wie ich mich übergebe. Seine Präsenz macht mich unsicher, da ich einfach nicht weiß, woran ich bei ihm bin.

„Es tut mir leid", meine Stimme zittert genauso wie meine Finger, als ich nach der Zahnbürste greife, um mir die Zähne zu putzen. Ich weiß nicht, warum ich mich entschuldige, doch Finns Anwesenheit strahlt heute eine ungewöhnliche Kälte auf mich aus.

„Wir müssen damit beginnen, dich zu formen, Maya. In nicht ganz drei Monaten wirst du an deinen neuen Besitzer verkauft. Er hat gewisse Vorlieben, die du zukünftig zu befriedigen lernen wirst."

Noch immer redet Finn in diesem distanzierten Geschäftston. Mir wird bei der Bedeutung seiner Worte kotzübel und für einen Moment wünschte ich mir, erneut von der rosaroten Blase umgeben zu sein, die mich bei Iven umgab. Allerdings zwinge ich mich zur Vernunft und erinnere mich daran, dass Iven der Kopf dieser Bande ist. Nur weil er einen kleinen Anflug von Nettigkeit gezeigt hatte, sollte ich nicht sofort mit ihm sympathisieren. Ich verbiete mir, jegliches positive Gefühl für ihn zu empfinden. Es ist einfach nicht richtig.

Nachdem ich mit dem Zähneputzen fertig bin, gehe ich mit schlottrigen Schritten auf Finn zu. Vorsichtig lege ich meine Hand auf seine Brust und sehe zaghaft zu ihm auf. Seine Dominanz wirkt erdrückend auf mich, ich fürchte mich vor diesen bernsteinfarbenen Augen und doch frage ich mit unsicherer Stimme: „Darf ich bitte schlafen gehen?"

Finn legt seine Finger unter mein Kinn und streichelt mit seinem Daumen sanft über meine Lippen. In seinen Augen schimmert die abgrundtiefe Dunkelheit, ich fürchte mich vor diesem unberechenbaren Mann. Sein Blick gleicht dem eines Raubtiers und ich fühle mich wie seine Beute. Seine Forderung allerdings lässt einen unangenehmen Schauer über meinen ganzen Körper ziehen.

„Du hast so wunderschöne weiche Lippen. Heute will ich nur deinen Mund."

Er spricht die letzten Worte in einem schroffen Befehlston und ignoriert einfach meine Bitte, sodass ich ihn fast anflehe: „Bitte... Ich kann nicht."

„Geh auf die Knie, Maya!", wiederholt er mit Nachdruck, seine Stimme lässt keine Widerworte zu. Ist das seine andere Persönlichkeit, vor der mich Iven gewarnt hat? Bisher dachte ich, Finn wäre die beste Partie, doch nach heute bin ich mir nicht mehr sicher. War diese anfängliche Nettigkeit nur ein Trick, um mich gefügig und von sich abhängig zu machen?

Da ich mich körperlich einfach nicht in der Lage fühle, seiner Forderung nachzukommen, tu ich etwas sehr Armseliges, ich beginne zu betteln: „Finn, bitte, ich flehe dich an."

„Du möchtest also von unserem Handel zurücktreten?" Seine scharfe Stimme treibt mir die Tränen in die Augen. Ich schäme mich dafür, dass ich meine Schwäche nicht vor ihm verbergen kann. Ich habe einfach keine Kraft mehr.

„Finn, ich...", beginne ich, und schaffe es nur mit großer Mühe, ein Schluchzen zu unterdrücken. Doch er fällt mir einfach ins Wort: „Du scheinst Milan ziemlich verärgert zu haben. Er hat mir das Doppelte geboten, was du auf dem Markt wert bist, nur um sich nach Herzenslust und ohne Zurückhaltung mit dir austoben zu können. Da du in meinem Besitz bist, schützt dich das vor seiner Rachsucht. Doch denk mal darüber nach, was er mit dir und deiner süßen Pussy machen würde, wenn ich es ihm erlaube..."

Noch mehr Tränen sammeln sich in meinen Augen, die unaufhörlich über meine Wangen rinnen, da fügt er eiskalt hinzu: „Du entscheidest, Maya, ich kann auch zum Höhepunkt kommen, wenn du dabei heulst."

Seine verhöhnenden Worte sind wie ein Schlag ins Gesicht und machen mich wütend. Das alles ist so entwürdigend. Erneut erpresst er mich mit meiner Angst vor Milan. Vielleicht ist es furchtbar dumm, doch anstatt klein beizugeben, trete ich Finn entgegen: „Iven hatte wohl recht, dass ich einfach auf dein Schauspiel hereingefallen bin. Wenn du willst, dass ich dir den scheiß Schwanz lutsche, musst du mich schon dazu zwingen!"

Er lacht düster und packt mein Kinn, dann drückt er es schmerzhaft zusammen. Meine Angst verstärkt sich, als er eiskalt droht: „Du möchtest also ungehorsam sein und dich meinem Befehl widersetzen? Gut. Sicher wirst du deine Entscheidung nach einer ausgiebigen, langen Nacht mit Milan überdenken. Du bist schon sehr nah dran, perfekt zu sein, aber du hast immer wieder diese Phasen, in denen du dich versuchst, zu widersetzen. Es ist langsam an der Zeit, dir deine Eigensinnigkeit auszutreiben."

Meine Augen weiten sich schreckhaft. Ich weiß nicht, was ich gedacht habe, doch niemals hätte ich es für möglich gehalten, dass er wirklich „MILAN!" laut und deutlich ruft und damit seine Drohung verwirklicht.

Nur Sekunden später vernehme ich schwere Schritte, die sich auf das Badezimmer zubewegen. Adrenalin rauscht durch meine Adern, das alle Schmerzen auf ein erträgliches Maß sinken lässt. Mir wird klar, einen riesengroßen Fehler begangen zu haben. In meiner ausweglosen Situation kralle ich meine Nägel in Finns Hemd und flehe kläglich: „Es tut mir leid! Bitte! Ich mache, was immer du willst! Aber bitte lass mich nicht mit diesem Verrückten allein."

„Strafe muss sein, mein Engel. Vielleicht überlegst du dir das nächste Mal genau, ob du dich mir unterordnest."

Finn klingt desinteressiert, so als wäre es ihm egal, was mit mir passiert. Zu allem Überfluss betritt Milan nun ebenfalls das Badezimmer.

„So schnell sieht man sich wieder, Herzchen."

Ein düsteres Lächeln legt sich auf Milans Lippen, die grünbläuliche Schwellung an seinem Kinn, die mit seiner aufgeplatzten Lippe einhergeht, lässt ihn noch gefährlicher wirken. Finns Worte geben mir endgültig den Rest: „Sie gehört dir. Keine schweren Schläge auf den Kopf und ins Gesicht. Sonst müssen wir womöglich ihre Leiche beseitigen. Mit ihrem restlichen Körper kannst du dich ohne Zurückhaltung vergnügen."

„Wenn ich mit ihr fertig bin, wird sie dich anflehen, dass du sie fickst. So war es doch immer, bei jeder Schlampe!", grinst Milan belustigt und klopft Finn dabei auf die Schulter. Finn allerdings lässt mich nicht aus den Augen und erwidert abgebrüht: „Keine Sorge, mein Kätzchen, ich werde dich nicht allein lassen. Ich werde dabei zusehen, wie du dir die

Seele aus dem Leib schreist. Milan geht äußerst professionell vor, wenn er einem seiner Opfer qualvolle Schmerzen zufügt."

„Stehst du auf sowas? Du krankes Stück Scheiße!"

Keine Ahnung, woher mein plötzlicher Mut kommt. Zwar will ich nicht sterben, doch ich bin so unsagbar wütend auf mich selbst, dass ich auf Finn reingefallen bin.

In gewisser Weise bin ich selbst dafür verantwortlich, dass die Situation eskaliert. Finn hatte mir deutlich gemacht, dass der Deal nur so lange besteht, wie ich mich ihm gefügig hingebe. Dadurch, dass ich einen Blowjob verweigert habe, kam es wie es kommen musste. Er hat mich für Milan zum Freiwild erklärt.

Doch ich kann nicht anders als zu rebellieren. Undenkbar, jetzt einzulenken und ihn um Verzeihung zu bitten. Ich fühle mich von Finn hintergangen. Schließlich habe ich noch gestern voller Hingabe mit ihm gefickt. Schlimmer noch, ich habe bei einer Vergewaltigung die Führung übernommen.

„Es erregt mich nicht, dich bei dieser Art von Folter leiden zu sehen. Ich stehe mehr auf das Zufügen von Lustschmerzen. Hier geht es rein um deine Erziehung zu einer devoten Sexsklavin. Du musst lernen, dich deinem Besitzer hinzugeben, wann immer er nach dir verlangt. Mir widerstrebt es, dich auf so bestialische Weise zu verletzen, deshalb übernimmt Milan diese Erziehungsmaßnahme."

Er streichelt mich liebevoll über die Wange und hat dabei diesen hämischen Gesichtsausdruck. Ich fühle mich von ihm gedemütigt, dass ich etwas fürchterlich Dummes tue.

Milan wird mich ohnehin auf grausame Weise bestrafen, wenn nicht sogar umbringen. Wütend schlage ich Finns Hand weg und spucke ihm ins Gesicht. „Bring mich doch einfach um! Aber ich werde mich nicht nochmal von einem von euch ficken lassen! Lieber sterbe ich!"

„Was denkst du kleine Bitch eigentlich, wer du bist?"

Milan, der bisher nur mit einem spöttischen Lächeln auf den Lippen das Szenario verfolgt hat, tritt nun selbst in

Aktion. Während sich Finn meine Spucke aus dem Gesicht wischt, packt Milan mich hart in die Haare und reißt meinen Kopf brutal in den Nacken.

„Pass auf, Sweety, meinem Freund hier ist es völlig egal, ob ich dich nachhaltig verletze. Er hat mir die Zustimmung erteilt, dich ohne Zurückhaltung zu bestrafen."

Lauthals schreiend versuche ich mich aus seinem schmerzhaften Griff zu befreien, doch ich werde von ihm unnachgiebig über den Gang vor dem Badezimmer gezogen. Es fühlt sich an, als würde er mir jeden Moment die Haare von der Kopfhaut reißen, ich schaffe es kaum, mit ihm Schritt zu halten. Bevor er mich allerdings die Treppen ins Untergeschoss hinunterzerrt, sehe ich Iven mit verschränkten Armen im Türrahmen seines Zimmers stehen. Er beobachtet neugierig, was sich vor seinen Augen abspielt.

„Hat sie Finn in den Schwanz gebissen?"

Iven lacht kehlig, er sieht nicht aus, als hätte er vor, sich einzumischen. Selbst dann nicht, als Milan teuflisch grinsend antwortet: „Deine Süße möchte an die Regeln erinnert werden."

„Gibt es dabei irgendein Problem?", fragt nun Finn, doch Iven hält spielerisch die Hände ergeben in die Luft.

„Deal ist Deal, es war ihre Entscheidung. Sie gehört dir. Ich werde mich nicht in deine Erziehungsmaßnahmen einmischen, so wie du nicht das Recht hast, dich in meine einzumischen."

Milan setzt sich erneut in Bewegung und zerrt mich die Treppen hinunter, da ruft uns Iven noch hinterher: „Wenn sie die Nacht überlebt, will ich sie für mich allein."

„Wenn sie die Nacht überlebt...", murmelt Milan kalt und schleift mich erbarmungslos weiter hinter sich her, bis wir vor einem Kellerraum ankommen. Er öffnet eine Türe, und schaltet das Licht einer Neonröhre ein. Allerdings kenne ich dieses Zimmer nicht. Es ist kahl und eiskalt hier unten. Ein paar Schränke und ein Stuhl stehen darin. Mir wird kotzübel, als ich ein Bett mit einem davor aufgebauten

Kamerastativ erkenne. Doch die blanke Panik breitet sich in mir aus, als ich das Andreaskreuz an der Wand sehe. Überall hängen Ketten und Seile. Es sieht aus wie ein Folterzimmer in einem Horrorfilm. An den Wänden gibt es ein paar Halterungen mit für mich undefinierbaren Werkzeugen.

Milan schubst mich kraftvoll zu Boden und tritt mir mit dem Fuß einmal brutal in den Magen, sodass ich mich um Luft ringend auf dem Boden krümme. Er hat sich nicht in geringster Weise zurückgehalten. Der Schmerz ist kaum auszuhalten. Am Rande meines Zustandes höre ich Schritte, dann werde ich an beiden Armen gepackt und mit einem Ruck auf die Beine gezogen. Folglich höre ich das Rasseln von Ketten und spüre, wie Finn mein linkes Handgelenk fesselt und Milan mein rechtes.

„NEIN! HÖRT AUF!"

Ein gewaltiger Schub Adrenalin rauscht durch meine Venen. Als hätte ich nun völlig den Verstand verloren, balle ich meine Hand zu einer Faust und verpasse Milan einen Schlag, um Distanz zwischen uns zu bringen. Sie werden mich ohnehin töten, wenigstens sterbe ich mit Würde. Ich könnte schwören, ein leises Knacken vernommen zu haben, bevor Milan aufjaulend seine Nase hält: „Scheiß Schlampe!"

Allerdings packt Finn nur Sekunden später mein rechtes Handgelenk und fixiert mich mit einer Manschette, die mit einer Kette an der Decke befestigt ist. So sehr ich an meinen Fesseln ziehe, geben diese keinen Millimeter nach. Meine innere Stimme verspottet mich, wie ich nur so dumm sein konnte, Finn nicht den Schwanz zu lutschen. Ich spüre, dass das was jetzt kommt, viel schlimmer sein wird.

Es bleibt mir keine Zeit in Selbstvorwürfen zu versinken. Denn als sich Milans Blick erneut auf mich richtet, ist sein Gesicht wutverzerrt. Ihm tropft Blut aus der Nase, das er sich finster dreinblickend mit dem Ärmel abwischt.

„Dreckige Hure! Gleich wirst du dir wünschen, an meinem Schwanz zu ersticken!"

„Sie gehört dir." Im Augenwinkel sehe ich Finn, der die Kamerafunktion aktiviert, dort leuchtet nun ein rotes Licht. Anschließend nimmt er auf einem Stuhl Platz. Sein Blick ist gefühlskalt, ohne jegliche Empathie. Er scheint den Anblick, der sich ihm bietet, in vollen Zügen zu genießen.

So sehr ich auch zapple und an meinen Fesseln zerre, wird mir klar, dass ich Milan schutzlos ausgeliefert bin. Ich kann mich nicht einmal wehren, als er hinter mich tritt, mir mit einem Ruck mein Kleid zerfetzt, sodass ich nackt und zitternd vor ihm stehe. Anschließend schreitet er geschmeidig wie ein Tiger zu einem der Schränke und zieht einen beängstigenden, elastischen Schlagstock heraus.

„Heute beginnen wir mit dem Rohrstock. Nur damit du lernst, dass ich keine leeren Drohungen ausspreche."

Ängstlich beobachte ich ihn, wie er ganz langsam um mich herum läuft, dabei streichelt er federleicht mit der Rute die Rundungen meines Körpers nach. Ein unangenehmer Schauer breitet sich auf der Stelle aus. Mein ganzer Körper ist steif vor Angst.

„Wirst du dich uns willenlos hingeben?", fragt Milan drohend und streichelt mir mit dem Rohrstock über die Rundungen meiner Kehrseite. Meine Augen verziehen sich zu Schlitzen und ich fauche ihn an: „Fick doch einfach deine Mutter!"

Ein Zischen in der Luft ertönt, dann ist mein erbärmlicher Schrei deutlich zu vernehmen. Tränen schießen mir in die Augen. Selbst wenn ich es wollte, könnte ich sie nicht zurückhalten. Das alles ist so erniedrigend, dass ich wie ein kleines Kind zu weinen beginne.

„Bitte mich darum, dass ich dich ficke!", fordert er erneut und tritt gleichzeitig direkt vor mich. „Bitte mich darum, dass ich dich zum Schreien bringe." Doch ich funkle ihn einfach nur hasserfüllt mit Tränen in den Augen an. Diese Worte wird er garantiert nicht von mir zu hören bekommen.

Milan scheint mein Schweigen allerdings fürchterlich wütend zu machen, denn nun legt er erst richtig los: „Ich will, dass du mich darum anbettelst, dass ich dich zum Orgasmus ficke!" Wieder spüre ich einen Hieb auf meine entblößten Brüste. Doch während ich mir die Seele aus dem Leib schreie, tippt Finn nur desinteressiert in seinem Smartphone. Er scheint gelangweilt von dem Akt, der mir so unglaublich wehtut.

Schmerzerfüllt kreische ich, als Milan immer und immer wieder auf meinen Bauch, meine Schenkel und meinen Po einschlägt. Er schlägt mich so fest, dass ich sicher bin, an den entsprechenden Stellen Blutergüsse zu bekommen, wenn nicht sogar zu bluten.

Er tut dies so lange, bis ich nur noch weinend und schluchzend in meinen Fesseln hänge. Erneut vernehme ich seine Präsenz vor mir und spüre seine warmen Finger an meiner Intimzone, wie diese sanft durch meine Spalte gleiten. Panisch weiche ich zurück, er kann doch unmöglich vorhaben, mich erneut zum Sex zu nötigen.

„Nimm deine dreckigen Finger von mir!"

Er schnalzt missbilligend mit der Zunge und erwidert gespielt enttäuscht: „Falsche Antwort. Du hast es immer noch nicht verstanden. Es muss dir eine verdammte Ehre sein, unsere sexuellen Neigungen zu befriedigen."

Mit voller Wucht holt Milan finster grinsend aus und schlägt mir den Rohrstock zwischen die Beine. Gellend laut schreiend krümme ich mich vor Schmerzen, schnappe nach Luft. Vor meinen Augen tanzen schwarze Punkte, ich falle vor Schmerzen fast in Ohnmacht.

Ich kann mich nicht erinnern, jemals derart brennende Schmerzen empfunden zu haben. Alles wozu ich im Stande bin, ist mich in meine Fesseln zu hängen und zu versuchen, diese quälenden Schmerzen wegzuatmen. Das pulsierende Brennen fühlt sich an, als stünde mein Unterleib in Flammen.

„Sag es!", wiederholt er mit drohendem Unterton, dabei lässt er seinen Rohrstock sanft meine Beine nach oben zu meiner Mitte gleiten. Ich kann die Drohung spüren, die von dieser Geste ausgeht. Als er dann aber auch noch dieses Ding ein Stück zwischen meine Schamlippen drängt, wird mir heiß und das nicht auf angenehme Weise.

Milan geht noch weiter und drückt dieses Ding tiefer zwischen meine Schamlippen, sodass es ein Stück in mich eindringt. Dass ich weder feucht noch erregt bin, interessiert ihn offensichtlich nicht. Er dringt mit roher Gewalt in mich vor, wodurch ich noch mehr zu weinen beginne. Vielleicht ist es unglaublich feige, doch ich ertrage diese bestialischen Schmerzen und die Erniedrigung nicht weiter, also flüstere ich mit gesenktem Blick: „Mach schon... Tu es endlich!"

„Was möchtest du, Herzchen?", fragt er gespielt freundlich. Auch wenn ich ihn nicht ansehe, weiß ich, dass ein selbstgefälliges Grinsen seine Lippen ziert. Ein gewaltiger Kloß bildet sich in meinem Hals und ich schaffe es kaum, die Worte auszusprechen.

„Fick mich endlich!"

„Was hast du gesagt? Ich kann dich nicht verstehen. Ich will, dass du mir in die Augen siehst und in ganzen Sätzen mit mir sprichst!"

Wieder peitscht sein Rohrstock mit voller Wucht auf meine Kehrseite und ich schreie gequält auf.

Zusätzlich brennt mein Unterleib noch immer, als stünde er in Flammen. Der Schmerz pulsiert unaufhörlich. An meinem gesamten Körper haben sich rotbläuliche Striemen von seinen Hieben gebildet. Ich bin jetzt schon sicher, dass ich in diesem Zustand weder sitzen noch liegen kann. Wieder erinnere ich mich daran, wie furchtbar dumm ich gewesen bin, Finn diesen Blowjob zu verweigern.

Alles was er von mir verlangt hat, war vollkommene Hingabe und ich habe mich widersetzt, das war so verdammt dämlich. Nur langsam schaue ich mit verheulten Augen auf und blicke direkt in ein grünblaues Augenpaar. Ich schlucke meinen Stolz herunter und bitte Milan dieses Mal mit fester Stimme: „Bitte... Fick mich zum Höhepunkt!"

Nun bildet sich ein zufriedenes Strahlen auf seinen Lippen. Er tätschelt mir nochmal in einer herablassenden Geste die Wange, dann macht er auf dem Absatz kehrt und läuft zu einem der Schränke, um seinen Schlagstock wegzuräumen, gleichzeitig meint er an Finn gewandt: „Sie gehört dir!"

„Unsere Schönheit hat *dich* darum gebeten", kommt es von Finn, der nun endlich sein Handy in die Hosentasche schiebt und zu uns aufschaut.

„Sie wird mir den Schwanz lutschen und du wirst ihr ihren Wunsch erfüllen, sie zum Höhepunkt zu bringen. Sicher hat unsere Süße nichts dagegen, dass sie es dir als kleine Gegenleistung ebenfalls besorgt."

Während mich Milan begehrlich betrachtet und von Finns Plänen sichtlich begeistert ist, weicht mir jegliche Farbe aus den Gesichtszügen. Die wollen mich vor laufender Kamera erneut missbrauchen. Finn kommt in selbstsicheren Schritten auf mich zu und nimmt mir die Fesseln ab. Doch dieses Mal widerspreche ich nicht, sondern lasse es wortlos über mich ergehen. Ob ich nun schreie, weine oder mich wehre, ist diesen Typen ohnehin egal. Also lasse ich es sein.

Sobald ich frei bin, gehe ich gefügig vor Finn wortlos auf die Knie und öffne seine Hose. In mir breitet sich eine innere Gleichgültigkeit aus, als ich seinen schlaffen Schwanz in die Hand nehme, um ihm einen zu wichsen. Gleichzeitig schließe ich meine Lippen um seine Eichel und beginne, ihm einen zu blasen.

Dabei schließe ich meine Augen, um nicht noch länger Milans Blick zu ertragen, der ununterbrochen auf mir liegt. Schlimmer noch, ich will es gar nicht sehen, wie er seinen Schwanz in seiner Hose zurechtrückt, da es durch die Show, die sich ihm bietet, in seiner Jeans deutlich enger wird.

Doch diese Verrückten scheinen andere Pläne mit mir zu haben, denn sobald Finns Erektion in meinem Mund steinhart ist, hallt Finns dominante Stimme durch den Raum: „Aufs Bett mit ihr!" Anscheinend werde ich von beiden Männern links und rechts gepackt und auf das Bett gezerrt.

Milan scheint sich zwischenzeitlich seiner Hose entledigt zu haben, denn als er sich neben mich kniet, habe ich sein steifes Glied auf Augenhöhe. Doch auch Finn kniet sich auf die andere Seite und umgreift vorsichtig meinen Kopf, um mir zu signalisieren, dass ich weitermachen muss

„Na los, Kätzchen. Nimm ihn in den Mund", weist mich Finn in einem scharfen Befehlston an. Ich erlaube es mir nicht, über meine Gefühle nachzudenken und schließe erneut meine Augen. Zumindest will ich nicht in ihre Gesichter blicken müssen, während sie mich nötigen. Es lässt mich der Realität zumindest ein kleines Stück entkommen.

Erneut lasse ich sein Ding tief in meinen Rachen gleiten. Sauge daran und umspiele seine Eichel mit der Zunge, ich tu es aber nicht mit Leidenschaft. Derweil greift Milan meine Hand und zwängt meine Finger um seinen Schaft, die er selbst mit seiner Hand nochmal umschließt, damit ich seinen Schwanz nicht loslassen kann.

Ich verstehe seine unausgesprochene Geste und beginne gleichzeitig Milan mit der Hand zu befriedigen. Meine Bewegungen sind mechanisch, so als wäre dies hier nicht ich selbst. So als wäre ich eine willenlose Puppe, die nichts als Leere empfindet. Es dauert nicht lange, bis Milans Schwanz in meiner Hand steif wird und beide Männer erregte Geräusche von sich geben.

„Fick sie endlich", keucht Finn an Milan gewandt. Die beiden scheinen dabei völlig auszublenden, in welchem gesundheitlichen Zustand ich mich befinde. Ich weiß nicht, wessen Hand sich zwischen meine Beine schiebt, denn ich habe damit zu kämpfen, Finn einen zu blasen und Milan mit der Hand zu befriedigen.

Allein die Berührung in meiner Intimregion schmerzt und ich zucke zusammen. Doch meinem Peiniger scheint das völlig egal zu sein, denn er legt seinen Finger auf meine Knospe und beginnt mich zu stimulieren. Umso länger er kreisende Bewegungen an meiner Lustperle zieht, kommt ein neues Gefühl hinzu. Der Schmerz vermischt sich mit der

Lust und eine beängstigende Wärme breitet sich in meinem Schoß aus.

Ohne es zu wollen, erregt mich dieser grausame Geschlechtsakt. Schockiert über meine körperliche Reaktion reiße ich meine Augen auf. Es ist tatsächlich Milan, der meine eigene Feuchte benutzt und zwei seiner Finger in mich drängt. Dann beginnt er, mich mit seinen Fingern zu ficken und löst damit eine heiße Welle an Empfindungen in mir aus, die ich eigentlich gar nicht spüren möchte.

Das scheint dieser Mistkerl zu merken, denn er packt mich plötzlich an der Hüfte und dreht mich so, dass ich kurzzeitig auf allen Vieren knie.

„Na los, Herzchen. Ich will, dass du das hier genießt und für mich kommst", vernehme ich seine lustdurchtränkte Stimme, derweil positioniert er sich hinter mir und rammt sich mit einem kraftvollen Stoß in mich. Erschrocken stöhne ich auf, allerdings greift mir Finn fester in die Haare, verhindert, dass ich mich bewege und drückt mir seine Erektion immer wieder tief in den Rachen. Erneut schiebt Milan seine Hand zu meinem Kitzler, an dem er mich zu stimulieren beginnt. Gleichzeitig penetriert er mich mit harten Stößen.

Zu meinem Glück dauert der Rest nicht lange und ich spüre, wie Finns Schwanz in meinem Mund zu pumpen beginnt. Sein Glied ist zum Zerreißen gespannt, doch das lässt auch die Hitze in meinem Schoß immer stärker werden.

„Lass dich fallen, Maya", stöhnt Milan kehlig, gleichzeitig erhöht er den Druck, mit dem seine Finger meine Klitoris reiben. Das unerwünschte Pochen wird immer stärker, heißer. Als hätte mein Körper auf seinen Befehl gewartet, explodiere ich völlig unerwartet. Mein Unterleib verkrampft und ich komme mit einem erstickten Schrei.

Doch auch Finns Kehle verlässt ein tiefes Keuchen und ich spüre, wie er sich in meinem Mund ergießt. Während ich damit zu kämpfen habe, Finns Samenflüssigkeit zu schlucken, penetriert mich Milan immer schneller und härter. Bis Milan kurz darauf tief stöhnend in mich spritzt. Als wäre das noch nicht schlimm genug, verstärkt dieser Akt meinen eigenen Höhepunkt.

Mein Orgasmus ist viel zu intensiv, meine Arme geben nach und ich sacke in mir zusammen. Mit einem Mal weicht sämtliches Adrenalin aus meinem Körper und ich spüre meine überreizten Muskeln. Dass ich durch meinen körperlichen Zusammenbruch auf Finn liege, interessiert mich zum jetzigen Zeitpunkt herzlich wenig. Ich bin viel zu erschöpft und überrumpelt von all meinen Empfindungen. Selbst wenn ich es wollte, könnte ich mich nicht mehr aufrecht halten, ich habe einfach keine Kraft mehr.

Den Rest nehme ich nur noch wie durch einen Tunnel wahr. Zwar höre ich Stimmen, doch ihre Worte erreichen mich nicht. Schwarze Punkte tanzen vor meinen Augen, meine Ohren dröhnen und ich fühle mich benommen. Fast so, als wenn ich kurz davor bin, das Bewusstsein zu verlieren. Nur noch am Rande meines Bewusstseins spüre ich, wie irgendjemand mich in eine Decke wickelt.

KAPITEL 6

Ungewollte Gefühle

Nach diesem Horrortrip bin ich eine lange Zeit in einem apathischen Zustand. Mein Verstand kann es einfach nicht verarbeiten, dass ich körperlich während einer Vergewaltigung erregt bin. Wahrscheinlich ist es ein Schutzmechanismus meiner Psyche, mich dem Willen meiner Entführer hinzugeben.

Nachdem ich wieder zu mir gekommen bin, war ich auf dem Bett in dem ursprünglichen fensterlosen Raum gelegen, in dem ich am Tag meiner Entführung aufgewacht bin. Da dieser Raum keine Fenster besitzt, weiß ich nicht, wann es Tag oder Nacht ist, geschweige denn, wie viele Tage ich mich schon hier drinnen befinde. Es können aber auch inzwischen Wochen vergangen sein. Allmählich habe ich jegliches Zeitgefühl verloren.

Hier unten ist es bitterkalt, lediglich eine dünne Stoffdecke verhüllt meine Haut. Es stört mich inzwischen nicht einmal mehr, dass ich nackt in diesem Zimmer eingesperrt bin. Es interessiert mich auch nicht, dass dieser Raum offensichtlich videoüberwacht wird. Es fühlt sich an, als könnte ein Teil in mir nur noch Leere empfinden. Vielleicht beschreibt man dieses Gefühl mit den Worten, dass ich gebrochen wurde.

Da ich noch immer am ganzen Körper Schmerzen habe, wage ich es nicht, mich zu bewegen. Nur meine Blase zwingt mich ab und an auf die Toilette im angrenzenden Zimmer. Die Türe zu diesem Raum ist von außen versperrt. Das weiß ich, weil sich jedes Mal der Schlüssel im Schloss dreht, bevor dieser verrückte Finn mein persönliches Verlies betritt.

Zum Glück lassen mich diese Geistesgestörten in Ruhe und ich verbringe die meiste Zeit in der ich allein bin damit, regungslos auf der Matratze zu liegen und an die Decke zu starren. Ab und an bringt mir Finn etwas zu essen. Um nicht in einen erneuten Konflikt zu geraten, stelle ich mich währenddessen schlafend. Zumindest bis jetzt hat es funktioniert.

Gesundheitlich befinde ich mich an einem Tiefpunkt. Überwiegend meide ich es, in den Spiegel zu sehen. Die unzähligen Hämatome in meinem Gesicht passen gut zu den zahlreichen Striemen auf meinem Körper, diese haben sich inzwischen lilabläulich verfärbt. Womöglich bin ich deshalb hier unten eingesperrt, damit meine Verletzungen verheilen. Wer will schon ein kaputtes Spielzeug? Zumindest am Heilungsprozess erkenne ich, dass ich schon extrem lange hier unten eingesperrt bin. Vielleicht ist dies aber auch nur eine neue Variante, mich durch Isolation zu brechen.

Ein Schlüssel dreht sich im Schloss und reißt mich damit aus meinen Gedanken. Also schließe ich meine Augen, da mich nicht interessiert, wer meine persönliche Hölle betritt.

„Wie geht's dir heute?", ertönt Ivens dunkle Stimme, sodass ich ihn nun doch anschaue. Er steht oberkörperfrei im Türrahmen und stützt seine Hand an der Türzarge ab. Er ist sexy wie eh und je in seiner tiefsitzenden Jogginghose. Wodurch man einen perfekten Blick auf seinen definierten Oberkörper hat. Ich beobachte das Spiel seiner Muskeln, während er sich auf mich zubewegt. Doch als er kurz vor meinem Bett ist, fauche ich giftig: „Tu nicht so, als ob dich das interessiert. Rutsch einfach über mich drüber, dann haben wir es hinter uns."

„Du verletzt wirklich meine Gefühle, dabei habe ich mich doch so fürsorglich während deiner Bewusstlosigkeit um dich gekümmert."

Er legt seine Hand auf seine Brust und verzieht sein Gesicht gespielt betroffen. Ich kann nicht anders, als ihn erneut anzugiften: „Ich bin dir doch völlig egal. Solange ich lebendig oder zumindest noch warm zwischen den Beinen bin, wenn du einen wegstecken willst."

„Womit habe ich das verdient, dass du mich so sehr verachtest?", lacht er rau und fügt dann hinzu: „Du bist mir nicht egal, und ich wollte mich längst nach deinem Wohlergehen erkundigen. Doch Finn war der Meinung, dass du ein paar Wochen Erholung dringend nötig hättest. Durch deine inneren Verletzungen würdest du uns sonst wohl abkratzen. Milan hat dich ganz schön übel zugerichtet."

Bei der Erkenntnis hier schon wochenlang eingesperrt zu sein, bleibt mir beinahe das Herz stehen. Dieses Wissen, nach all der Zeit immer noch nicht gerettet worden zu sein, nimmt mir die Hoffnung, jemals gefunden zu werden. Gleichzeitig macht mich seine Aussage wütend. Er tut gerade so, als hätte er mich nicht vergewaltigt und dazu genötigt, etwas zu tun, das ich nicht will. Iven war es doch scheißegal, was diese Typen mit mir machen und ob ich es überlebe.

„Und du bist etwa besser als Milan oder Finn? Warum hast du nicht eingegriffen?"

Ein abfälliger Laut verlässt meine Lippen und ich richte meinen Oberkörper vom Bett auf.

Das sieht Iven wohl als Einladung, denn er bewegt sich in langsamen und selbstsicheren Schritten auf das Bett zu. Er hält unschuldig die Hände in die Luft und meint unbeteiligt: „Es war deine Entscheidung, Maya. Du wolltest Finn gehören. Ich habe dich zuvor gefragt, du hättest nur etwas sagen müssen."

Seine Aussage macht mich noch wütender. Wie lange hätte es wohl gedauert, bis ich seine sexuellen Bedürfnisse befriedigen hätte müssen? Ebenso schroff fällt meine Antwort auf seine Aussage aus: „Was macht es schon für einen Unterschied, wer von euch mich fickt?"

„Autsch... Und ich dachte, du hättest es auch gespürt, dass irgendetwas zwischen uns besonders ist."

Er schlendert lässig auf mich zu, bis er am Bett ankommt und sich neben mich setzt. Ich lasse ihn nicht aus den Augen und starre ihn bitterböse an. Es ist mir völlig egal, ob ich dabei wie ein trotziges Kind wirke. Davon lässt sich Iven allerdings nicht irritieren, denn er streckt einfach seine Hand nach mir aus. Obwohl mich seine Nähe unglaublich unruhig macht, verharre ich an Ort und Stelle.

Zärtlich streichelt sein Daumen über meine Lippen und löst damit eine Gänsehaut auf meinem gesamten Körper aus, gleichzeitig erhöht sich mein Puls.

„Wie fühlt sich das an, Püppchen? Du kannst es nicht leugnen. Ich weiß, dass du es auch spürst, diese besondere Anziehung zwischen uns."

Ich hasse es, dass ich mich durch eine einzige seiner Berührungen wie ein verliebter Teenager fühle. Mein Körper und mein Verstand stehen im absoluten Zwiespalt zueinander. Ich kann es nicht einmal leugnen, dass ich Iven körperlich anziehend finde. Seine perfekt geschwungenen Lippen, die sündhaft gut küssen. Seine fast tiefschwarzen Augen, die die Finsternis in seiner Seele widerspiegeln. Sein muskulöser Körper, von dem ich weiß, wie gut er sich auf meinem anfühlt. Noch niemals zuvor bin ich einem derart attraktiven Mann begegnet.

„Gib es doch endlich zu, dass es dir gefällt, welche Gefühle ich in dir auslöse. Du musst es mir nur sagen und ich bin in Zukunft der Einzige, der dich berührt."
Während er das sagt, streichelt er mich zärtlich über die Wange. Er kann so sanft sein, wenn er will.

Schweigsam starre ich ihn eine lange Zeit an, dabei streichelt er immer wieder federleicht über meine Haut. Umso länger ich darüber nachdenke, klingt sein Angebot wie der einzige Ausweg. Was habe ich schon zu verlieren? Ich bin bereits in der Hölle und habe einfach keine Kraft mehr, mir Gedanken über richtig oder falsch zu machen.

„Was muss ich dafür tun, um dein Spielzeug zu sein?"

Er neigt seinen Kopf leicht schief und fixiert mich mit seinen dunkelbraunen Augen, die noch eine Spur dunkler zu werden scheinen. Seine Hand wandert langsam zu meinem Hinterkopf, gleichzeitig erwidert er mit noch tieferer Stimme als sonst: „Ich möchte, dass du mich küsst, als würde dein Leben davon abhängen."

Millimeter um Millimeter nähert sich sein Gesicht dem meinen.

„Versprich mir, dass ich danach nur dir gehöre", flüstere ich an seinen Lippen. Mein Herz schlägt so kräftig in meiner Brust, als würde es mir jeden Moment die Rippen durchbrechen, während er erwidert: „Ich verspreche es."

Tief durchatmend lege ich meine Hand auf seine Brust, um mich besser abzustützen, dann setze ich mich rittlings auf seinen Schoß. Vorsichtig vergrabe ich meine Finger in seinem Haar und überbrücke die letzte Distanz zwischen uns, dann finden meine Lippen dessen Lippen. Ich schließe meine Augen und küsse ihn, wie ich noch niemals zuvor einen Mann geküsst habe. Voller Leidenschaft und ohne jegliche Hast. Dabei gebe ich mich dem sanften und sinnlichen Kuss vollkommen hin. Überraschenderweise fühlen sich seine warmen, weichen Lippen unbeschreiblich gut auf den meinen an.

Iven scheint von meiner Aktion sichtlich angetan, denn seine Zunge streift meine Unterlippe entlang und ich gewähre ihr in diesem Moment Einlass. Ich verführe ihn zu einem Machtkampf um die Dominanz, die er gewinnt. Meine Arme schlingen sich um seinen Hals, um den Kuss zu vertiefen. Auch Iven umgreift meine Taille und zieht mich enger an sich, meine nackte Haut presst sich an seine und ich kann die Hitze spüren, die von ihm ausgeht. Ohne ihn anzusehen, weiß ich, dass er in den Kuss hineingrinst.

„Was machst du hier unten? Ich sagte, sie braucht Ruhe, um sich zu erholen", reißt uns Finns Stimme auseinander und ich zucke schreckhaft zusammen. Er steht mit verschränkten Armen im Türrahmen und sieht alles andere als begeistert aus. Iven allerdings beginnt teuflisch zu lachen und verhöhnt Finn mit seinen Worten: „Das geht dich nun leider nichts mehr an, mein Freund, denn mein Spielzeug möchte von heute an nur mir allein gehören. Ich bestehe also auf mein Vorrecht, da ich sie ausgesucht und gefunden habe."

Nun ist Finn derjenige, der finster zu lachen beginnt, dabei läuft er in gefährlichen und selbstsicheren Schritten auf uns zu.

„Und du denkst, das ist so einfach? Von Arentin ist unser bester Kunde, Mayas Leben gehört schon längst ihm. Was denkst du würde mit uns passieren, wenn wir uns nicht an das Geschäft mit ihm halten? Er ist der einflussreichste Mann, dem ich jemals begegnet bin. Er würde die gesamte Klientel gegen uns aufbringen. Ihr Verkauf ist unwiderruflich."

„Was will dieser Typ ausgerechnet von Maya? Sie ist doch gar nicht sein Beuteschema. Wir finden ihm eine Bessere. Irgendeine unterwürfige Bitch mit prallen Titten, die darauf steht, in den Arsch gefickt zu werden", erklärt ihm Iven diplomatisch. Nicht die geringste Empathie befindet sich in seinen Gesichtszügen.

Dass diese Typen dabei über ein Menschenleben reden, blenden beide vollkommen aus. Mir wird schlecht bei der Vorstellung, dass diese Frau denselben Leidensweg gehen wird wie ich. Allerdings bin ich egoistisch und will unter gar keinen Umständen an irgendeinen Psychopathen verkauft werden. Es ist mir viel zu waghalsig, darauf zu vertrauen, dass ich bei vollem Bewusstsein an diesen »von Arentin« übergeben werde. Am Ende betäuben mich diese geistesgestörten Sadisten, und mir bleibt nicht die geringste Chance zur Flucht.

Vielleicht schaffe ich es, Iven um den Finger zu wickeln und mir so eine Möglichkeit zur Flucht zu verschaffen. Soll er ruhig weiter glauben, dass uns etwas Besonderes verbindet und ich ihm willenlos verfallen bin.

„Mayas Video hatte über Nacht zwei Millionen Klicks. Von Arentin will keine andere, sondern sie. Ihm gefallen ihre Aufsässigkeit und der Kampfgeist in ihren Augen. Rebellischen Frauen wie ihr kann man nicht so einfach Regeln aufzwingen, und das bietet ihm beliebig oft die Möglichkeit, sie zu bestrafen." Finn klingt, als würde er persönlichen Gefallen daran finden, mich leiden zu sehen. Da liegt diese Dunkelheit in seinem Blick und das bereitet mir Angst.

„Du hast es mir versprochen", hauche ich Iven ins Ohr und kralle mich in seine breiten Schultern. Kaum zu glauben, dass ich in den Armen Trost suche, die für meine Qualen verantwortlich sind. Inzwischen kommt es mir so vor, als hätte ich meine Grundbedürfnisse zurückgestellt. Ich bin freiwillig dazu bereit, mit meinem Vergewaltiger tabulosen Sex zu haben, nur damit er der Einzige ist, der sich an mir vergeht. Das alles ist völlig krank und verkorkst.

„Ich werde persönlich mit ihm sprechen und ihm anbieten, dass ich ihm eine Frau nach seinen Vorstellungen besorge", schlägt Iven vor und das Grinsen auf Finns Lippen verstärkt sich. Er hält die Hände in die Höhe und zuckt mit den Schultern: „Versuch ruhig dein Glück. Ich habe noch nie erlebt, dass er so besessen darauf war, eine Frau zu besitzen, wie er es bei unserer hübschen Maya ist. Er hat sogar darauf bestanden, ihre Erziehung selbst zu übernehmen, nur um ihre Auslieferung an ihn zu beschleunigen."

Seine Worte bringen mein Herz zum Rasen und das nicht auf angenehme Weise. Obwohl sich einerseits mein Interesse an diesem anscheinenden Adligen steigert und ich herausfinden will, wer er ist, möchte ich es andererseits gar nicht wissen. Zwar stehe ich nicht auf Blümchensex, aber diese ganze Folternummer ist mir dann doch einen gewaltigen Tick zu heftig. Da sind mir Ivens Berührungen doch lieber. Ich kann mich nicht erinnern, jemals einen Mann wie ihn getroffen zu haben, der wusste, was er tun musste und mich mühelos, ja sogar gezielt zum Höhepunkt gebracht hat.

Somit ist Iven für den Moment das kleinere Übel. Zumindest solange ich mich ihm freiwillig hingebe.

„Lass das mal meine Sorge sein", reißt mich Iven aus meinen düsteren Gedanken und ich sehe zu, wie Finn uns wirklich den Rücken kehrt: „Mach, was du nicht lassen kannst."

Ungläubig beobachte ich, wie Finn tatsächlich den Raum verlässt. Ich kann es nicht glauben, dass ich wirklich frei bin. Frei von dem Deal mit Finn. Als sich Ivens Blick erneut auf mich richtet, und er mich mit diesem verstohlenen Draufgängerlächeln ansieht, übermannen mich meine Glücksgefühle und ich presse meine Lippen ohne zu zögern auf seine.

Hingebungsvoll tanzen unsere Zungen in einem leidenschaftlichen Takt. Meine Hände gleiten durch sein Haar und ich seufze in den Kuss hinein, als er mich ja fast schon sanft in seine starken Arme schließt. Wieder spüre ich dieses wohlig warme Gefühl in meiner Brust, das ich absolut nicht empfinden will, und auch völlig falsch ist.

Meine innere Stimme schreit mich an, dass ich mich an Iven verbrennen werde. Doch ich ignoriere sie. Um ihm zu zeigen, dass ich mich an meinen Teil des Deals halte, fahre ich mit meinen Fingerspitzen seine Brustmuskeln entlang, hinunter zu seinen Bauchmuskeln, bis ich an seiner Jogginghose ankomme.

Allerdings scheint Iven kein Interesse daran zu haben, mich zu vögeln, denn er löst sich aus dem stürmischen Kuss und drückt mich leicht von sich, damit ich aufstehe.

„Ich würde nichts lieber tun als dich zu ficken, aber das muss warten. Es gibt in diesem Haus gewisse Spielregeln und an die muss ich mich halten. Also wirst du erst mal nach oben gehen und etwas kochen, damit mir die beiden anderen nicht auf den Sack gehen."

„Ok" hauche ich und spüre, wie meine Wangen glühen. Unglaublich, dass ich gerade fast freiwillig mit meinem Entführer geschlafen habe und dabei einen Korb von ihm bekomme. Er hält mir die dünne Decke entgegen und erklärt gleichzeitig: „Wir gehen hoch, ich besorge dir etwas zum Anziehen."

Wortlos nicke ich und folge seiner Aufforderung. Geistesabwesend über mein Verhalten binde ich mir die Decke um, um meine nackte Haut zu verhüllen. Anschließend folge ich ihm stumm ins Erdgeschoss. Zu meinem Entsetzen sitzt Milan am Küchentisch, dessen Lippen sofort ein Grinsen ziert, als er mich bemerkt. Seine Nase ist vermutlich von meinem Schlag noch immer leicht geschwollen und inzwischen lilabläulich verfärbt, wodurch er noch gefährlicher aussieht. Zumindest habe ich einen ordentlichen Treffer gelandet. Milans grünblaue Augen bohren sich in meine, so dass ich meine Decke fester an meinen Körper presse.

„Da ist ja unsere heiße Wildkatze."

„Ich bin gleich wieder da", kündigt Iven an und ich greife verzweifelt nach seinem Arm, um ihn am Gehen zu hindern. Iven zieht eine Augenbraue nach oben und sieht mich skeptisch an: „Ist noch was?"

„Nein... Alles in Ordnung", presse ich hervor und zwinge mich zu einem Lächeln. Am liebsten würde ich ihn anflehen zu bleiben, da ich fürchterliche Angst vor Milan habe. Doch diese Genugtuung, meine Ängste zu offenbaren, werde ich keinem von diesen Typen gönnen.

Daher löse ich stattdessen meine verkrampften Finger von ihm und laufe zum Kühlschrank, um den Inhalt zu prüfen. Allerdings kann ich mich kaum konzentrieren, und sehe fast sogar durch den Inhalt hindurch, da ich Milans Blick in meinem Nacken spüre. Nachdem Iven nicht mehr zu sehen ist, höre ich langsame, selbstsichere Schritte, die sich auf mich zubewegen. Ich wage es nicht, mich umzudrehen, sondern durchsuche, ohne Milan weiter zu beachten, die Küchenschränke.

Dennoch kann ich deutlich Milans Präsenz hinter mir spüren. Völlig unerwartet presst er seinen Körper von hinten an meinen, sodass ich plötzlich zwischen ihm und der Küchenzeile eingekesselt bin. Mit einem gezielten Ruck zieht er mir die Decke vom Körper, wodurch ich nackt und zitternd mit dem Rücken zu ihm stehe.

Als Nächstes legen sich seine Hände auf meine Brüste, bevor diese anschließend hauchzart meine Seiten entlang gleiten. Mein Puls hat sich sofort gefühlt verdreifacht und ich halte unbewusst die Luft an.

„Ihr Schlampen seid so dämlich und denkt, ihr könntet mit einem Handel eure Situation verbessern. Dabei checkt ihr nicht, dass ihr euch mitten in Ivens und Finns kleinem Spiel befindet", flüstert er mir mit rauer Stimme ins Ohr und presst seinen Schritt anzüglich an meine Kehrseite. „Ich bin vielleicht ein Sadist und steh auf den Klang deiner Stimme, wenn du schreist und mich anflehst. Aber ich würde dir niemals etwas vorspielen, mein Herzchen. Irgendwann kommt der Tag, an dem du mich freiwillig anflehen wirst, mein Betthäschen zu sein, als weiterhin der Zeitvertreib von Iven und Finn und ihren erbärmlichen Spielchen."

Meine Augen weiten sich schreckhaft, als mir bewusst wird, dass mich Iven nun genau da hat, wo er mich von Anfang an haben wollte. Sollten diese Typen wirklich zusammenarbeiten, habe ich mich nur selbst verarscht. Wieder fällt mir auf, dass meine Denkweise zunehmend zwiegespalten ist. Bin ich überhaupt noch in der Lage, Entscheidungen zu treffen und der Manipulation meiner Entführer zu entkommen?

Krampfhaft versuche ich, nicht weiter über Milans Aussage nachzudenken, sondern konzentriere mich stattdessen auf meine Wut. Wie kommt er nur auf den Gedanken, dass ich mich ihm jemals ungezwungen auch nur nähern würde?

„Eher gefriert die Hölle zu, als dass ich freiwillig mit dir ein Bett teile", meine Stimme zittert und klingt nicht annähernd so fest wie ich es gern hätte. Milan jedoch bricht nur in schallendes Gelächter aus und haucht mir ins Ohr: „Ich bin der Einzige, der dich retten kann, Maya. Von Arentin ist mein Onkel... Aber... Vielleicht leiht er dich mir ja hin und wieder. Schließlich ähneln sich unsere sexuellen Vorlieben."

Meine Augen weiten sich vor Schock und ich winde mich in seinen Armen. Alles rückt in den Hintergrund, selbst dass ich nackt bin, blende ich vollkommen aus. Wieder bestätigt sich meine Vermutung, dass diese Typen zusammenarbeiten. Warum sollte mich sonst ausgerechnet Finn an diesen von Arentin verkaufen, wenn Milan mit ihm verwandt ist? Milans Lippen umspielt ein selbstgefälliges Grinsen, als er meinen entgeisterten Gesichtsausdruck bemerkt: „Ich könnte natürlich mit ihm sprechen und ihm sagen, dass ich persönliches Interesse an dir habe. Doch alles hat seinen Preis, Maya."

Dieses Angebot nun ausgerechnet von ihm zu hören, überrascht mich nicht einmal mehr. Auch Finn und Iven haben mir zuerst ein Gefühl der Sicherheit vermittelt, nur um mich danach noch tiefer fallen zu lassen.

Doch ich kenne keinen Ausweg und weiß auch keine andere Möglichkeit, als mich den Forderungen meiner Entführer zu unterwerfen. Außerdem bin ich müde zu rebellieren, wohlwissend, dass es völlig zwecklos ist. Das verräterisch rot blinkende Licht an der Haustür erinnert mich immer wieder daran, dass das Haus alarmgesichert ist und dass es von hier keinen Ausweg gibt. Wie sollte ich auch drei kräftige Männer überwältigen?

Jeder von mir geführte Kampf hat mir nur noch mehr Pein und Schmerzen bereitet. Allein anhand der Information, dass dieser Typ Milans Onkel ist und auf dieselbe kranke Art von Sex steht, will ich unter gar keinen Umständen an ihn ausgeliefert werden. Mir reicht schon Milan, womöglich ist dieser von Arentin die Ausgeburt der Hölle und noch ein viel schlimmeres Monster. Obwohl ich es eigentlich nicht wissen will, flüstere ich zögerlich: „Was muss ich dafür tun?"

Ein düsteres Lächeln legt sich auf Milans Lippen, ein Lächeln, das selbst den Teufel höchstpersönlich in Angst und Schrecken versetzen würde. Keine zwei Sekunden später drängt er meinen Oberkörper gewaltsam auf die

Küchenplatte, sodass ich erschrocken wimmere. Er drückt mir erbarmungslos seinen Ellenbogen in den Rücken, um mich zu fixieren und schiebt seine andere Hand zwischen meine Beine. Quälend langsam lässt er seine Finger meine Spalte entlang gleiten, dabei spannt sich jeder Muskel in meinem Körper an.

„Du wirst dich weiterhin von mir ficken lassen, wann immer ich es will", haucht er mir in den Nacken und eine Gänsehaut breitet sich auf meinem gesamten Körper aus. Während er seine Forderung offenbart, versenkt er ohne Vorwarnung einen seiner Finger in mir. Erschrocken stöhne ich auf, als er kurz darauf seinen zweiten hinzunimmt und diesen in mich schiebt.

„Bitte..." wimmere ich, dabei weiß ich gar nicht, worum ich eigentlich bettle. Er wird sich ohnehin nehmen, was er will und ich bin viel zu feige, mich ihm zu widersetzen. Meine Wangen beginnen vor Scham zu glühen, doch ich wage es nicht, mich zu bewegen, sondern bleibe keuchend mit dem Oberkörper auf der Arbeitsplatte liegen, während Milan beginnt, mich mit seinen leicht gekrümmten Fingern zu ficken.

„Iven meinte, dass du ziemlich darauf abfährst, wenn er es dir auf diese Weise besorgt."

Ich sage nichts dazu, sondern kneife fest die Augen zusammen und kralle mich am Rand der Arbeitsplatte fest. Immer wieder penetriert, reibt und drückt er mit seinen Fingern von innen gegen einen Punkt, der eine unbändige Lust in mir entfacht.

Es dauert nicht lange und mein Körper reagiert mit einer Welle warmer Flüssigkeit auf seine Stimulierung. Je mehr ich versuche gegen das heiße Pochen zwischen meinen Beinen anzukämpfen, desto stärker wird es. Unablässig drängt er seine Finger in mich, sodass sich ein gewaltiger Druck in meinem Unterleib aufbaut. Dabei will ich doch gar nicht, dass ausgerechnet er diese Empfindungen in mir auslöst.

Inzwischen bin ich so feucht und erregt, dass ich kurz vor dem Höhepunkt stehe.

„Du bist so feucht." Demonstrativ zieht Milan plötzlich seine Finger aus mir zurück und hält mir diese vor den Mund, um sie mir zwischen die Lippen zu drücken. „Mach meine Finger sauber."

Es liegt ein gefährlicher, unterschwelliger Ton in seiner Forderung, als wäre es eine unausgesprochene Drohung. Mein Herz klopft mir bis zum Hals, doch ich traue mich nicht, mich ihm zu widersetzen. Ohne Widerworte richte ich mich zaghaft von der Küchenplatte auf, allein sein auffordernder Blick bereitet mir Angst. Gehorsam nehme ich seine Finger in den Mund und sauge leicht an ihnen. Dabei schaue ich ihm direkt in die Augen, denn ich traue mich ebenfalls nicht, den Blick abzuwenden. Ich kann meine eigene Erregung schmecken, zu allem Überfluss treibt dieser Akt eine weitere Hitzewelle in meinen Schoß. Mein Geschlecht glüht vor Verlangen und ich bin entsetzt, wie leicht Milan diese Empfindungen in mir auslösen kann.

„Milan, du scheiß Wichser, verpiss dich von meinem Spielzeug!"

Iven schlendert lässig die Treppen hinunter, sodass Milan seine Finger aus meinem Mund zieht. Am liebsten würde ich vor Scham im Boden versinken, als ich merke, dass es in Milans Hose ein deutliches Stück enger geworden ist.

„Dein Mädchen ist ziemlich heiß auf mich. Ihr läuft die Feuchte schon fast die Innenseite ihrer Schenkel hinunter. Maya hat sich soeben entschieden, dass sie von uns beiden gerne gefickt wird."

„Nicht wahr, Herzchen?", fragt er nun mich mit diesem spöttischen Ausdruck auf den Lippen. Ich bin total durch den Wind. Unfähig, eine Entscheidung zu treffen. Ich weiß nicht mehr, was richtig und falsch ist. Alles was ich weiß, ist, dass ich nicht an diesen von Arentin verkauft werden will. Mein Schweigen scheint Iven wohl als stumme Zustimmung zu werten, denn er meint schulterzuckend: „Wenn das so ist... Lasst euch nicht stören."

Iven wirkt, als wäre es ihm völlig gleichgültig. Damit bestätigt sich ein weiteres Mal meine ursprüngliche Vermutung, dass mich meine Entführer bewusst emotionaler Belastung aussetzen, um mich zu brechen.

Die vergangenen Tage haben mich gelehrt, dass sich zu unterwerfen die einzige Möglichkeit ist, keine Schmerzen zu erleiden. Mit jeder weiteren Stunde, die vergeht, spüre ich, wie meine Persönlichkeit in kleine Stücke zerbricht und ich mich dem Willen meiner Entführer immer mehr unterordne. Es kommt mir vor, als wenn ich bereit bin, immer weiterzugehen.

Wenn ich nicht endgültig zerbrechen will, brauche ich dringend einen Fluchtplan, um aus diesem Hochsicherheitstrakt auszubrechen. Doch wie soll ich aus einem alarmgesicherten Haus ausbrechen, dessen Fenster mit Metallgitterstäben gesichert sind?

Iven legt ein Stück Stoff neben mich, was vermutlich etwas zum Anziehen ist. Anschließend tritt er direkt vor mich und legt seinen Finger unter mein Kinn. Dann zwingt er mich, in seine dunkelbraunen Augen zu sehen.

„Wer von uns beiden soll dich zum Schreien bringen, mein Püppchen?"

„Was für ein Spiel spielst du mit mir? Ist es dir wirklich egal, wenn er mich vor deinen Augen nötigt?", frage ich Iven, nachdem ich endlich meine Stimme wiederfinde, gleichzeitig greife ich zu dem schwarzen Stück Stoff und ziehe es über. Der Fetzen entpuppt sich als Kleid, das gerade mal das Nötigste bedeckt.

Von meiner Frage scheint Iven nun doch überrascht, er lehnt sich an die Küche und legt seinen Kopf leicht schief, dabei fragt er verwundert: „Warum sollte es mich stören, wenn du mit Milan fickst? Wir beide sind doch schließlich kein Liebespaar. Das zwischen uns ist rein körperlich. Du hast doch hoffentlich nicht geglaubt, dass ich Gefühle für dich empfinde?!"

Nun schlucke ich bitterlich an meinen Tränen, seine Worte fühlen sich an wie ein Schlag ins Gesicht. Nicht weil ich gehofft habe, dass mein Entführer am Lima-Syndrom leidet. Das Phänomen, bei dem der Täter Sympathie für sein Opfer entwickelt. Ich habe mal gelesen, dass der Begriff seinen Ursprung in der Geiselnahme in der peruanischen Hauptstadt Lima im Jahr 1996 hat.

Sondern weil es sich anfühlt, als hätte diese Tatsache nicht die geringste Bedeutung für ihn. Wieder fühle ich mich ausgenutzt und hintergangen. So als würden mich diese Typen strategisch brechen. Was habe ich auch anderes erwartet? Nur weil Iven einmal kurz nett zu mir ist, deshalb mehr als nur ein Sexobjekt für ihn zu sein? Ich kann spüren, wie meine Augen glasig werden und Tränen darin aufsteigen.

KAPITEL 7

Der Plan

„Warum tut ihr das alles? Was ist euer Ziel?", will ich wissen.

„Wir formen dich zu einer Sexsklavin", grinst Milan spöttisch und auch Iven erklärt ohne jegliche Hemmungen: „Eine Sexsklavin, die jegliche Form der Stimulierung als erregend empfindet."

„Wir bevorzugen eine ganz bestimmte Sexualpraktik. Für unsere Kunden ist es enorm wichtig, dass deren Sexsklavin darauf konditioniert wird, körperliches Verlangen zu empfinden, während sie von ihnen benutzt und hart gefickt wird. Deswegen bist du für unsere Klientel etwas Besonderes und treibst die Gebote in die Höhe. Und das, obwohl alle bereits wissen, dass du an den wohl mächtigsten Mann im Milieu verkauft wurdest."

Milans Aussage schürt die Angst in mir weiter an. Natürlich habe ich längst verstanden, in welcher aussichtslosen Situation ich mich befinde, da ich der sogenannten Elite zur sexuellen Unterhaltung dienen sollte. Mächtige Menschen, die so viel Geld besitzen, dass sie sich einfach ein wertloses Spielzeug kaufen, um ihre sexuellen Neigungen und Fantasien auszuleben. Doch je mehr Details ich erfahre, desto schlimmer wird meine Panik.

„Es gibt nur sehr wenige Frauen, die wirklich während einer Vergewaltigung zum Höhepunkt kommen. Du bist also für dieses Leben geschaffen. Meine süße, kleine Sexsklavin."

Nun ist Iven derjenige, der direkt vor mich tritt und seine Hand ungeniert zwischen meine Beine schiebt. Ich blicke ihn einfach nur stumm an und lasse ihn gewähren. Ich bin nicht lebensmüde genug, um mich noch einmal gegen einen meiner Peiniger aufzulehnen.

Dennoch ist es mir mehr als peinlich, dass Iven die Nässe dort deutlich spürt, während er sanfte Kreise, genau mit dem richtigen Druck, um meine Perle zieht. Ich schäme mich für die deutliche Reaktion meines Körpers, denn ich kann es nicht einmal leugnen, dass es sich gut anfühlt. Das heiße Pochen wird so stark, dass ich mich keuchend mit den Fingern in sein makelloses weißes Hemd kralle.

„Wenn du für einen Moment deinen Stolz vergisst und ehrlich zu dir selbst bist, gefällt es dir, welche Gefühle ich in dir auslöse."

„Nicht schlecht. Ich hätte sie für willensstärker gehalten und nicht gedacht, dass sie so schnell einknickt."

Ein Applaudieren ertönt im Raum, wodurch ich zum Treppenabgang ins Obergeschoss sehe. Schritt für Schritt beobachte ich Finn, wie er die Treppen nach unten läuft. Der hat mir gerade noch gefehlt. Milan scheint das ähnlich zu sehen, denn er meint genervt: „Finn, was willst du? Du versaust uns den ganzen Spaß."

„Ihr haltet euch nicht an die Regeln, das ist mein Problem." Finn hat diesen bedrohlichen Unterton, der mir Angst bereitet. Doch ich will endlich wissen, was das alles zu bedeuten hat. Ständig reden diese Typen von Spielregeln und irgendwelchen Deals untereinander, sodass ich selbst das Wort ergreife und damit alle Blicke auf mich ziehe: „Wovon zum Teufel sprecht ihr die ganze Zeit? Von welchen scheiß Regeln redet ihr?"

„Streng doch ein bisschen dein hübsches Köpfchen an. Es gibt gewisse Dinge, die haben Priorität, da du diese Aufgaben für die Gemeinschaft erledigst. Doch in deinem Fall sind ein paar neue Vorschriften hinzugekommen. Von Arentin ist von deiner aufsässigen Art beeindruckt. Er hat klare Regeln aufgestellt, dabei legt er besonderen Wert auf deine geistige Gesundheit, darüber hinaus toleriert er keine weiteren Schläge ins Gesicht. Es gibt genügend andere Möglichkeiten, dir wehzutun, ohne dich nachhaltig zu verletzen. Den Rohrstock hast du bereits lieben gelernt." Finns Aussage überrascht mich ein wenig, obwohl mir gleichzeitig schlecht wird. Dafür haben diese Psychos Regeln untereinander?

Doch nun ist es Milan, der das Mysterium aufklärt, zum Ende seiner Ansprache wirkt er belustigt: „Außerdem gibt es eine einfache Abmachung unter uns. Dein Leben gehört Iven, weil er dich auserwählt und gefunden hat. Wählst du aber freiwillig einen anderen, steht deine Entscheidung über dieser Absprache. Immerhin sollst du ja denken, du hättest eine Wahl."

„Allerdings hat nur Iven allein das Recht, Dich für sich allein zu beanspruchen. Weil er derjenige war, der besessen davon war, dich mitzunehmen und dafür sogar inmitten einer Wohnsiedlung riskiert hat, aufzufliegen", fügt Finn ergänzend hinzu. Das alles ergibt für mich keinen Sinn. Wenn ich also offiziell Iven gehöre, wieso konnte Finn dann dieses Geschäft mit von Arentin eingehen? Also spreche ich meine Gedanken laut aus: „Warum hast dann du das Recht, mich zu verkaufen? Ich habe mich doch freiwillig für Iven entschieden."

„Und es war deine freie Entscheidung mit Finn einen Handel zu schließen, der dazu geführt hat, dass du verkauft wurdest. Jetzt musst du mit den Konsequenzen leben. Oder du lässt dich in Zukunft von mir ebenfalls so hingebungsvoll ficken, wie du es bei Iven oder Finn tust. Dann werde ich persönlich mit meinem Onkel sprechen." Die anderen beiden äußern sich nicht weiter zu dem Thema. Also gehe ich davon aus, dass Milan die Wahrheit spricht.

„Gäbe es diese Spielregeln nicht, würden wir dich nach Herzenslust ficken. Doch die Erfahrung hat uns gezeigt, dass ihr Weiber euch schneller unterwerft, wenn man euch ein Gefühl von Sicherheit gibt", fügt Milan ungeniert hinzu. Dass diese Offenheit ausgerechnet von ihm kommt, habe ich nicht anders erwartet.

Das alles ist völlig krank und geistesgestört. Doch plötzlich fällt es mir wie Schuppen von den Augen. Es ist, als hätte dieses letzte Puzzleteil gefehlt, um endgültig von hier entkommen zu können. Wenn ich Streit zwischen den dreien schüren will, muss ich einfach dafür sorgen, dass sie ihre eigenen Regeln brechen. Ich muss mein eigenes Spiel mit meinen Entführern spielen, und sie so gegeneinander aufbringen.

Irgendwie habe ich das Gefühl, meine Peiniger in ernsthafte Schwierigkeiten zu bringen, wenn Milan mir gegenüber erneut handgreiflich wird. Wenn ich ihren Worten glauben kann, soll dieser von Arentin sehr machtvoll sein. Also muss ich Milan einfach provozieren, mich erneut zu verletzen, um Streit zwischen den dreien zu schüren. Bestenfalls werden sie dadurch unachtsam und mir gelingt eine Flucht. Spätestens an dem Tag, an dem Iven mit meinem Käufer das Gespräch sucht.

Da Milan der Impulsivste von allen ist, ja fast schon eine tickende Zeitbombe, ist er am besten für mein Vorhaben geeignet. Doch wenn ich meinen Plan umsetzen will, darf ich jetzt auf keinen Fall leichtsinnig werden und mich durch eine übertriebene Handlung verraten.

„Genug geredet. Erledige deine Verpflichtungen und mache, wozu du aus dem Keller gelassen wurdest", weist mich Finn schroff an und reißt mich damit aus meiner Überlegung. Einen Moment muss ich aufpassen, dass ich nicht aufschnaube. Das sehen Iven und Milan wohl ähnlich. Die beiden sehen ziemlich angepisst aus, keine schnelle Nummer mit mir schieben zu können.

Das wiederum bringt mich auf die nächste Idee. Wenn ich will, dass sie gegen ihre eigenen Regeln verstoßen, muss ich mit meinen weiblichen Reizen spielen. Keiner dieser Psychos würde damit rechnen, dass ich mit sexuellen Anspielungen versuche, ihre männlichen Triebe zu reizen. Spätestens beim Sex kennt Milan keine Tabus und wird ungehalten das tun, was ich erreichen will.

Ich werde aus meiner Überlegung gerissen, als Milan einen angepissten Laut ausstößt, außerdem rollt er genervt mit den Augen. Vermutlich, weil die Antwort auf seine Frage aussteht. Doch die wird er bekommen. Allerdings später, wenn es weniger auffällig ist, dass ich eigene Ziele verfolge. Also erwidere ich Finn schnippisch: „Ist ja nicht so, als wäre es meine freie Entscheidung gewesen, von Milan bedrängt zu werden. Da sind mir meine gewöhnlichen Aufgaben definitiv lieber, als für einen von euch die Beine breit machen zu müssen!"

Mit dieser mehr als provokativen Rede dränge ich mich an ihnen vorbei, um zum Kühlschrank zu gelangen. Irgendwie habe ich es im Gefühl, dass mir keiner vom Trio etwas antun wird, dafür haben sie zu viel Respekt vor meinem neuen Besitzer.

„Du solltest ihr Benehmen beibringen, sonst könnte es passieren, dass von Arentin ihr für so einen Satz die Zunge abtrennt." Finn hört sich ziemlich angespannt an, Iven jedoch beginnt nur spöttisch zu lachen: „Alter... Finn, kann es sein, dass du eifersüchtig bist, weil du meine heiße Wildkatze nicht mehr vögeln wirst?"

„Dir wird das Lachen sicher bald vergehen!"
Finn klingt so von seiner Aussage überzeugt, dass es mir bitterkalt den Rücken hinunterläuft. Zum Glück beachten sie mich nicht weiter und nehmen am Esstisch Platz, sodass ich schleunigst die restlichen Schränke durchsuche, um mit den mir verfügbaren Zutaten Tagliatelle in Brokkoli-Sahnesoße zu kochen.

Ohne weitere böswillige Anspielungen meiner Entführer bereite ich, so schnell ich kann, das Essen zu und serviere es ihnen anschließend an den Esstisch. Dabei scheinen sie in ein Gespräch über Fußball vertieft zu sein und beachten mich nicht weiter. Ich selbst kümmere mich danach um den Abwasch und esse die Essensreste. Ich habe nicht wirklich Lust mit diesen Typen gemeinsam zu essen, und so lange niemand der drei mich dazu auffordert, bevorzuge ich es, in Ruhe gelassen zu werden. Viel bekomme ich ohnehin nicht runter. Ich bin viel zu aufgeregt und in Gedanken versunken, wie ich meinen Plan bestmöglich umsetzen kann.

Nachdem ich mit der Hausarbeit fertig bin, lehne ich mich an den Küchentresen und beobachte Milan. Wie immer ist er im Vergleich zu den anderen beiden, die überwiegend in ihren Anzügen herumlaufen, eher lässig gekleidet. Er trägt eine lockere Jeanshose und dazu ein weißes Tank-Top, das extrem seine trainierten Oberarme betont.

Rein optisch betrachtet ist er einer der bestaussehendsten Männer, dem ich jemals begegnet bin. Wäre da nicht die Tatsache, dass er eine tiefschwarze Seele besitzt und auf Folter und Blut steht, und mich inzwischen mehrfach vergewaltigt hat.

Hätte er mich in einem Club angesprochen, wären wir sicher auf dem Rücksitz seines Autos gelandet. Früher bin ich oftmals mit einem Fremden auf die Toilette verschwunden, um einen Quickie zu schieben. Doch wie soll ich ausgerechnet ihn dazu bekommen? Ich kann ihn ja schlecht bewusst anmachen und ihn dazu auffordern, mich beim Sex brutal zu verletzen. Am einfachsten wäre es, wenn Milan selbst eine Anspielung macht und ich einfach darauf einsteige. Offensichtlich spürt er, dass ich ihn ununterbrochen anstarre, denn plötzlich blickt er mir direkt in die Augen. Ertappt beiße ich mir auf die Unterlippe und versuche meine inneren Dämonen in den Griff zu bekommen. Dieser Mann hat es wirklich drauf, mir allein durch seinen Blick eine scheiß Angst einzujagen.

Da mir ohnehin nicht der Masterplan einfällt, entschließe ich mich, meine Entführer darum zu bitten, eine Dusche nehmen zu dürfen. Bestenfalls springt er darauf an und mein Problem hat sich von selbst erledigt. Also laufe ich zu Iven. Kaum bin ich am Tisch angekommen, richten sich alle übrigen Augenpaare auf mich.

„Ich bin fertig und werde dann mal...", ehe ich meinen Satz beenden kann, zieht mich Iven auf seinen Schoß, sodass ich rittlings auf ihm sitze. Bevor ich weiß, wie mir geschieht, presst er seine Lippen bestimmend auf die meinen. Zaghaft erwidere ich den leidenschaftlichen Kuss, dabei erlange ich Milans volle Aufmerksamkeit. Also blicke ich unentwegt Milan in die Augen, während ich Iven voller Hingabe küsse. Währenddessen habe ich das Gefühl, als ob mir mein erhöhter Herzschlag beinahe die Rippen durchbricht. Zwar sagt Milan nichts dazu, doch er verfolgt offensichtlich interessiert, was sich vor seinen Augen abspielt.

„Ich geh duschen", hauche ich an Ivens Lippen, nachdem ich mich aus dem Kuss löse. Wieder streifen sich unsere Blicke, zu meiner Überraschung sehe ich Begierde in seinen blaugrünen Augen aufblitzen. Ich fürchte mich immer noch vor ihm, doch die Entschlossenheit, nicht länger ihre Marionette zu spielen, überwiegt meine Angst.

„Möchtest du, dass ich dich begleite?", fragt Milan in einem Hauch von Zynismus im Ton und leckt sich die Lippen, wodurch die beiden anderen in tiefes Gelächter ausbrechen.

„Einverstanden!" sage ich trocken an Milan gewandt und sehe sofort in die ungläubigen Gesichter von Iven und Finn, dabei äußere ich schulterzuckend: „Deal ist Deal!"

„Hast du dir etwa den Kopf gestoßen?", fragt Iven mich, doch ich stehe von seinem Schoß auf und lasse ihn einfach stehen, um die Treppen hoch ins Obergeschoss zu laufen. Ich bin so fürchterlich nervös, dass ich es kaum schaffe zu atmen. Natürlich kommt Milan meiner Aufforderung nach und ich höre, wie er seinen Stuhl zurückzieht.

Das Trio feixt irgendetwas untereinander, dann vernehme ich, wie mir Milan in schnellen Schritten hinterherläuft. Sofort sticht mir die Badezimmertüre ins Auge, die zwischenzeitlich offensichtlich repariert wurde. Kaum habe ich das Innere des Badezimmers erreicht, stütze ich meine Hände am Waschbecken ab und blicke in den Spiegel. ...*Du schaffst das!...* Immer wieder wiederhole ich die Worte wie ein Mantra in Gedanken, in der Hoffnung, dass ich sie dadurch glaube. Zweifel kommen in mir auf, ob mein Vorhaben nicht absurd ist.

Doch viel Zeit bleibt mir nicht, tief durchzuatmen und meinen erhöhten Herzschlag unter Kontrolle zu bekommen, denn Milan steht nur wenige Sekunden später im Türrahmen. Selbstsicher läuft er in großen Schritten auf mich zu und stellt sich direkt hinter mich. Stocksteif verharre ich an Ort und Stelle, als er sich gegen mich drückt und damit mein Becken gegen das Waschbecken drängt, sodass er mir seine Härte gegen den Hintern presst. Ich kann die deutliche Wölbung in seiner Hose spüren. Unfassbar, dass ihn offensichtlich allein die Tatsache erregt, dass er mich ficken wird.

Unsere Blicke treffen sich im Spiegel, woraufhin ich demonstrativ zu den Trägern meines Kleides greife und diese langsam von meinen Schultern schiebe, dabei blicke ich ihm direkt in seine eiskalten, grünblauen Augen. Ich fürchte mich vor ihm, doch ich wende den Blick nicht ab. Der Stoff fällt zu Boden, wodurch ich nackt vor ihm stehe.

„Weißt du überhaupt, worauf du dich eingelassen hast?", will er mit lustdurchtränkter Stimme wissen. Dieses teuflische Lächeln legt sich auf seine Lippen, während seine Hand meinen Oberschenkel hinaufgleitet zu meinen Seiten, bis seine Hand an meinem Hals ankommt. Er umschließt meinen Hals mit seinen Fingern und übt leichten Druck aus. Ich spüre die Drohung hinter seiner Geste, doch ich bin fest entschlossen, meinen Plan zu verwirklichen. Mein Herz klopft mir bis zum Hals und ich bin fürchterlich aufgeregt, als ich mit fester Stimme fordere: „Ich will, dass du mich so fickst, wie *ER* mich ficken würde."

„Du willst, dass ich dich wie Leon ficke?"

Milan schafft es offensichtlich nur unter größter Anstrengung, nicht in schallendes Gelächter auszubrechen.

„Du bist noch lange nicht bereit, diese Art von Sex ertragen zu können."

Leon heißt sein Onkel, und somit mein Käufer also. Wenigstens hat meine erbärmliche Forderung diese Information aus ihm herausgelockt. Allerdings lässt Milans höhnische Aussage und der Spott in seiner Tonlage noch mehr Unbehagen in mir aufkommen. Kann er nicht einfach das machen, was er sonst tut?

„Tu es einfach!", fordere ich erneut, obwohl mir die Worte kaum über die Lippen wollen. Seine Hand klatscht so derb auf meine Pobacke, dass ich schmerzhaft aufkreische. „Ich stelle hier die Forderungen!"

Durch den brennenden Schmerz sammeln sich Tränen in meinen Augen. Nur mit großer Mühe schaffe ich es zu unterdrücken, wie ein kleines Kind loszuheulen. Dennoch versuche ich seinem Blick im Spiegel Stand zu halten. Milan beugt sich zu meinem Hals, ohne den Blickkontakt zu unterbrechen, und verteilt eine feine Spur Küsse an meinem Hals entlang. Seine grünblauen Augen sehen unentwegt in meine. Diese sanfte Berührung steht so im Gegensatz zu seiner Brutalität, sodass sich eine Gänsehaut auf meinem gesamten Körper ausbreitet.

„Ich kann die Angst und Unsicherheit in deinen Augen lesen, meine hübsche, kleine Maya. Dabei habe ich noch nicht mal angefangen. Glaub mir, du bist noch lange nicht so weit", flüstert er dicht an meinem Ohr. Dann hält er inne und tritt einen Schritt von mir zurück, um sich zu entblößen. Als sein steifer Schwanz zum Vorschein kommt, beginne ich am ganzen Körper zu zittern, obwohl mir nicht kalt ist. Irgendwie habe ich es mir nicht so unendlich erniedrigend vorgestellt, mich ihm hinzugeben.

„Na los, geh unter die Dusche!", weist er mich schroff an und ich gehorche ohne Widerworte. Sobald er selbst komplett nackt ist, kommt er ebenfalls in die Dusche. Er dreht das Wasser auf und zieht mich anschließend eng an sich, damit wir beide unter dem warmen Wasserstrahl stehen.

Vorsichtig lege ich meine Fingerspitzen auf seine durchtrainierte Brust und sehe unsicher zu ihm auf. Ich beobachte, wie von seinen Haarspitzen das Wasser perlt. Sein Gesicht ist ausdruckslos, was mich nur noch unsicherer macht. Nur wenige Augenblicke später greift er zum Duschgel, verteilt es auf seinen Händen und beginnt damit, mich einzuseifen.

Es scheint ihm unheimlich zu gefallen, meinen Körper auf diese Weise zu erkunden. Genüsslich massiert er meine Brüste und anschließend meinen Po, bis er eine Hand zwischen meine Beine schiebt. Immer wieder lässt er seine Finger um meine Perle kreisen, bis ein unsagbar heißes Kribbeln an dieser Stelle entsteht.

Ein erregtes Keuchen verlässt meine Lippen und ich kralle meine Hände in seine breiten Schultern. Es ist mir peinlich, dass er so einfach diese Gefühle in mir auslösen kann. Beschämt lege ich meinen Kopf auf seine nasse Brust, an der das Wasser in Bahnen hinunterläuft. Allerdings scheint ihm das nicht zu gefallen, denn er fordert bestimmend: „Sieh mir in die Augen!"

Widerwillig folge ich seiner Aufforderung und blicke in seine vor Erregung glänzenden, grünblauen Augen. Im selben Moment schiebt er zwei seiner Finger in mich. Ich bin körperlich inzwischen so feucht und erregt, dass er diese problemlos in mich drängen kann. Ein leichtes Stöhnen verlässt meine Lippen. Als hätte er darauf gewartet, dreht er mich plötzlich so, dass er meinen Körper gegen die Fliesen presst.

„So feucht und so bereit", raunt er und stellt sich direkt hinter mich. Erneut lässt er seine Finger in mich gleiten, bevor er meine eigene Schmierung benutzt, um mit ihnen ganz sachte von hinten in mich einzudringen. Als ich spüre, wie seine Fingerspitzen gegen meinen Schließmuskel drücken, spanne ich meinen gesamten Körper an und beginne sofort zu betteln: „Bitte... Bitte... Ich flehe dich an... Nicht das!"

„Genau so, ich will dein verzweifeltes Betteln hören", haucht er dicht an meinem Ohr und drängt seinen Finger mit Gewalt in mich. Dieses enorme Druckgefühl fühlt sich unglaublich befremdlich an. Es ist einfach nur widerlich, als er erst einen zweiten, und dann einen dritten Finger hinzunimmt. Zugleich schiebt er seine andere Hand zwischen meine feuchten Schamlippen, um meine Klitoris gleichzeitig zu stimulieren.

Fest kneife ich die Augen zusammen, weil der Druck kaum auszuhalten ist. Tränen sammeln sich in meinen Augen, die beim nächsten Blinzeln über meine Wangen rinnen. Und dann mache ich etwas furchtbar Dummes, ich beginne mich gegen Milan zu wehren: „Milan bitte! Ich will nicht!"

Milan jedoch presst mich noch fester gegen die Fliesen. Drückt und reibt hart über meine Lustperle, bevor er diese mit Daumen und Zeigefinger fest umfasst und zusammenkneift. Ich kann mich nicht erinnern, jemals einen stechenderen Schmerz empfunden zu haben. Gequält kreische ich auf und unterlasse sofort jegliche Gegenwehr.

„Ich sagte dir bereits, dass ich darauf stehe, dich hart zu ficken. Ich will, dass du dich morgen bei jedem Schritt an diesen Fick erinnerst. Und vor allem will ich, dass du weißt, dass ich mich wirklich zurückhalte, um dir keinen irreparablen Schaden zuzufügen."

Stumme Tränen rinnen über meine Wangen. Da sich dieser Sadist ohnehin ungefragt nehmen wird, was er von mir will, versuche ich mich weitestgehend zu entkrampfen, während er mich mit seinen Fingern anal penetriert. Auch wenn ich das Gefühl habe, es nicht länger aushalten zu können. Ich will einfach nur, dass es vorbei ist.

Zu allem Überfluss vernehme ich erneut seine tiefe Stimme an meinem Ohr: „Oh Maya, entspann dich, das sind doch nur meine Finger. Wenn du nicht lockerlässt, wird es dir noch mehr Schmerzen bereiten, wenn ich stattdessen meinen Schwanz benutze."

„Das sagst du so einfach! Du hast auch nicht meine Finger in deinem Arsch!", jammere ich kläglich, doch Milan lacht nur rau und ignoriert meine offensichtliche Abneigung. „Du wirst es schon sehr bald lieben lernen."

„Ihr habt ja schon ohne mich angefangen", reißt mich Ivens Stimme aus meiner persönlichen Hölle. Hoffnung keimt in mir auf, als Milan endlich seine Finger aus mir zurückzieht. Jedoch macht er meinen Hoffnungsschimmer zunichte, als er an Iven gewandt lacht: „Ich habe sie nur ein wenig vorbereitet. Ich würde sagen, sie ist jetzt so weit. Lust auf einen Double?"

„Nein! Bitte!", flehe ich in Milans unnachgiebigem Griff. Schockiert beobachte ich, wie sich Iven ebenfalls seiner Kleidung entledigt und zu uns unter die Dusche kommt. Meine Augen weiten sich schreckhaft und ich beginne erneut einen aussichtslosen Kampf. Jedoch zwirbelt Milan wiederholt brutal an meiner Knospe, sodass ich gequält schreiend innehalte. „Du wolltest es doch härter, dabei war ich heute besonders sanft zu dir. Es gibt so viele andere Möglichkeiten, dich zu quälen, ohne dich ernsthaft zu verletzen, meine liebe Maya!"

„Na los, komm her, Püppchen!", fordert Iven, sein herrischer Ton lässt keine Widerworte zu, sodass ich mich folgsam in seine Arme begebe. Mit einer lässigen Bewegung umgreift er meine Oberschenkel und hebt mich locker hoch. Um nicht den Halt zu verlieren, schlinge ich meine Beine um seine Hüfte und lege meine Arme um seinen Hals. Er verlagert mein Gewicht und positioniert mit seiner freien Hand sein Glied zwischen meinen Schamlippen, dann versenkt er sich mit einem einzigen kraftvollen Stoß in mir. Nun kann ich ein erneutes Aufstöhnen nicht mehr unterdrücken. Sein Ding ist so unheimlich groß, dass es mich zum Zerreißen dehnt.

Iven verharrt in dieser Position, während Milan seine Eichel an meinem Hintern positioniert. Beinahe vorsichtig drängt sich Milan von hinten in mich, sodass ich meine Nägel fest in Ivens Schultern kralle. So sehr ich meinen Körper auch anspanne, schaffe ich es nicht, das Unaufhaltsame zu verhindern. Meine Tränen vermischen sich mit dem Wasser, dabei schluchze ich bitterlich: „Iven, bitte! Es tut so furchtbar weh!"

„Ich sagte bereits, dass es dir wehtut, wenn du dich nicht entspannst!", mischt sich Milan ein, der erst dann innehält, als er komplett in mir ist. Ich kann nicht anders als schmerzerfüllt zu zischen: „Ist das nicht dein Ziel? Mir wehzutun?"

„Entspann dich einfach!", fordert Iven, der fest meine Pobacken umgreift und beginnt, sich langsam zurückzuziehen, nur um erneut tief in mich zu stoßen.

Als Milan allerdings anfängt, sich zu bewegen, brennt es wie Feuer. Mir wird beinahe übel von dem enormen Druckgefühl, von zwei Männern gleichzeitig ausgefüllt zu werden. Dieses Empfinden der Fülle fühlt sich so falsch an. Wie wenn etwas von außen in diese Körperöffnung hineindrückt. Wieder wimmere ich gequält, doch das scheint die beiden nicht im Geringsten zu interessieren, denn sie machen einfach weiter.

Beide Männer ficken mich simultan immer ungehaltener, werden grober. Ihr Ächzen und Stöhnen hallt durch das Badezimmer sowie das Klatschen unserer nassen Haut, während sie sich immer wieder tief in mich rammen. Allerdings reibt Ivens Schambein bei jedem seiner Stöße meine Klitoris. So sehr ich mich auch gegen die aufkommenden Gefühle bei dieser offensichtlichen Vergewaltigung sträube, baut sich bei jeder weiteren Reibung ein immer stärker werdender Druck in mir auf.

Mein Geschlecht pocht immer stärker vor Erregung. Mit jedem weiteren Mal, in dem sich beide Männer in mich stoßen, meine ich von innen heraus zu explodieren. Es ist, als würden sich Schmerz und Lust vermischen. Das ungewohnte Gefühl, von hinten gefickt zu werden, verstärkt die unsagbare Hitze in mir.

Ich versuche nicht weiter über die Falschheit dieser Empfindungen nachzudenken, und versuche mich auf das angenehme, wellenartige Gefühl zu konzentrieren, das sich mit jeder weiteren Reibung meiner Klitoris verstärkt. Die gleichzeitige vaginale und anale Penetration bringt mich zusätzlich in ungeahnte Höhen.

Milans tiefes Stöhnen erfüllt den Raum und ich spüre, wie er tief in mich gedrückt kommt. Unfähig, mich gegen den gewaltigen Orkan in meinem Unterleib zu wehren, verlässt meine Lippen ein spitzer Schrei und ich komme so heftig wie noch niemals zuvor. Meine Ohren dröhnen und mein Körper fühlt sich an wie Gummi. Irgendwo zwischen all diesen Empfindungen spüre ich, wie Ivens Schwanz in mir an Härte verliert. Er scheint bereits seinen Orgasmus erreicht zu haben.

„Ich sagte doch, dass wir mit ihr eine Menge Spaß haben. Ich liebe es, sie zu ficken", vernehme ich Milans Stimme, der sich aus mir zurückzieht und mir laut auflachend mit der flachen Hand auf die Pobacke haut.

Fast schon vorsichtig lässt mich Iven zurück auf meine Füße. Jedoch zittern meine Beine so stark, dass ich in mich zusammensacke. Meine wackeligen Beine können mich einfach nicht tragen. Kurz bevor ich zu Boden gehe, fängt mich allerdings Iven auf. Er hält mich in seinen Armen und streichelt mir zärtlich über mein nasses Haar. „Sie ist inzwischen wirklich mein Lieblingsspielzeug."

Meine verkrampften Finger krallen sich in Ivens breiten Schultern und ich beginne an seiner Brust zu weinen wie ein kleines Kind. Ich weiß nicht einmal, warum ich weine, doch ich kann einfach nicht damit aufhören. Vielleicht weil mir bewusstwird, dass es von hier keinen Ausweg gibt und diese Typen mich missbrauchen werden, wann immer ihnen danach ist.

Doch das Allerschlimmste ist, dass ich körperlich darauf reagiere. Gefällt es mir am Ende doch, was sie mit mir machen? Vielleicht steht mir wirklich mein verqueres Denken im Weg, es offen zuzugeben. Wieder wird mir klar, dass die einzige Möglichkeit von hier zu entkommen für mich bedeutet, an einen noch viel schlimmeren Sadisten weitergereicht zu werden.

„Sorry, aber bei flennenden Weibern bin ich raus. Das ist dein Part", vernehme ich Milans Stimme aus weiterer Entfernung. Er scheint bereits dabei zu sein, das Badezimmer zu verlassen. Allerdings lässt er es sich nicht nehmen, mir nochmal zuzurufen: „Du musst dich für nichts schämen! Die meisten Frauen kommen zum Orgasmus, wenn sie diese Reizüberflutung spüren."

Dann zieht Milan die Tür hinter sich ins Schloss. So sehr ich mich dafür verachte, dass Iven meine Schwäche sieht, will mein Heulkrampf einfach nicht aufhören. Ich fühle mich, als würde ich ohne seine Nähe zerbrechen. Wie paradox es auch ist, dass ich ausgerechnet in den Armen Trost suche, die für mein Leiden verantwortlich sind.

„Heute bist du ja eine richtige Schmusekatze", raunt Iven mir ins Ohr und zieht mich fester an seinen Körper. Noch immer fühlen sich meine Beine zittrig an und ich bin seltsamerweise froh, dass Iven mich in seinen Armen hält. Er streichelt mich liebevoll und lässt mich dadurch der Realität entkommen. Es beruhigt mich ebenso, wie das warme Wasser, das auf unsere Körper prasselt. Für diesen Moment fühlt es sich so an, als wäre er mein Liebhaber und nicht mein Peiniger.

Als würde er merken, dass ich mich langsam wieder beruhige, legt er seinen Finger unter mein Kinn und dreht mein Gesicht so, dass ich ihn ansehen muss. Dann beugt er sich zu mir herunter und küsst mich sanft auf meine Lippen.

Mein Kopf ist wie leergefegt und ich erwidere den zärtlichen Kuss. Ich verstehe meine Reaktion selbst nicht, schließlich hat er mich nicht dazu gezwungen, ihn zu küssen. Als er sich von mir löst, lächelt er zufrieden: „Lass uns in mein Zimmer gehen. Ein bisschen Ruhe wird dir guttun."

Wortlos nicke ich und ergreife das Duschgel, das er mir kurz darauf entgegenhält. Zu meiner Erleichterung geht er selbst seiner Körperhygiene nach, sodass ich mich wasche und anschließend die Duschkabine verlasse. Unentwegt spüre ich dieses unangenehme Druckgefühl an meinem

Hintern, allein die Erinnerung, wie es dazu gekommen ist, lässt mich erschaudern.

Ohne weitere Worte zu verlieren, erledigen wir unsere Körperpflege. Nachdem wir damit fertig sind, folge ich ihm in sein Zimmer. Da ich noch immer nackt bin, bin ich froh, keinem der anderen beiden im Flur über den Weg zu laufen. Ich habe keine Kraft mehr zu protestieren, weil Iven mir keine Kleidung gegeben hat, deswegen lasse ich es einfach sein. Er selbst verlässt ebenfalls das Badezimmer so, wie Gott ihn geschaffen hat.

In seinem Zimmer angekommen hebt Iven die Bettdecke hoch, sodass ich darunterkrabbeln kann. Auch er legt sich ebenfalls zu mir und nimmt mich in den Arm. Auch wenn es völlig verkorkst ist, kuschle ich mich näher an ihn, lausche seinem gleichmäßigen Herzschlag und genieße seine angenehme Wärme.

Es vergeht eine Zeit der Stille, ehe Iven plötzlich aus dem Nichts fordert: „Erzähl mir was über dich. Ich wüsste gerne mehr von dir, als dich zum Höhepunkt zu ficken. Schließlich bin ich dabei, Kopf und Kragen für dich zu riskieren, um deinen Verkauf an den mächtigsten Mann unserer Klientel rückgängig zu machen." Er wirkt ein wenig belustigt. Ich jedoch sehe ihn einfach nur finster an. Mir ist bei diesem Thema überhaupt nicht nach Spaßen zumute. Ivens Grinsen jedoch wird noch breiter als er hinzugefügt: „Das könnte doch glatt als modernes Disney-Märchen durchgehen. Findest du nicht?"

„Du schaust zu viel Fernsehen", ist alles was ich ihm auf diesen Unsinn erwidere. Er glaubt doch nicht ernsthaft, dass ich so dämlich bin, mir eine Illusion zu machen, dass das hier wie in einem Märchen endet und sich mein Entführer in mich verliebt. Allerdings scheint ihn das wirklich zu interessieren, denn er fordert erneut: „Komm schon, Maya. Wer warst du da draußen im normalen Leben?"

„Dass ich vierunddreißig bin und in einem Juweliergeschäft gearbeitet habe, weißt du ja bereits. In meiner Freizeit treibe ich Sport, gehe joggen oder mache Krafttraining. Eigentlich bin ich ein extremer Einzelgänger und habe nicht wirklich viele Freunde. Ich hatte einen Verlobten, bevor...", meine Stimme bricht ab und statt weiterer Worte sammeln sich Tränen in meinen Augen. Es ist mir peinlich, dass ich so emotional reagiere. Das alles kommt mir vor, als wäre es so unendlich lange her. Als würde ich über eine andere Person sprechen. Iven legt seinen Finger unter mein Kinn und zwingt mich in seine dunkelbraunen Augen zu sehen. „Liebst du ihn?"

Es vergeht eine unangenehme Zeit der Stille, ehe ich leicht den Kopf schüttle.

„Nein. Wir haben uns am Tag meiner Entführung gestritten und beschlossen, dass es wahrscheinlich besser wäre, wenn wir getrennte Wege gehen."

„Er ist ein Dummkopf, wenn er nicht erkannt hat, was für eine wundervolle Frau du bist!"

Während er das sagt, zieht er mich an seine Brust und legt seine Arme um mich. Meine Augen weiten sich. Hat er das eben wirklich gesagt? Ich meine, wir reden hier von Iven. Man könnte denken, er spielt eine schnulzige Liebeskomödie.

„Was ist mit dir? Hattest du jemals eine Freundin?", flüstere ich unsicher. Keine Ahnung warum ich das frage, doch es interessiert mich einfach. Iven überrascht mich nun wirklich, als er auf meine Frage antwortet: „Nichts Festes. Das was ich will, bekomme ich in einer gewöhnlichen Beziehung nicht."

„Was meinst du damit?", will ich von ihm wissen und richte meinen Oberkörper auf, um ihn erneut anzusehen. Obwohl mir die Antwort auf meine Frage eine scheiß Angst bereitet. „Ich will eine Frau mit jeder Faser ihres Körpers besitzen. Ich bevorzuge eine spezielle Art von Gefühlen, die der psychischen Abhängigkeit. In einer gewöhnlichen Beziehung gibt es Tabus, mit Frauen wie dir kann ich hingegen machen, was immer ich will. Es ist ein unbeschreibliches Gefühl, über ein Menschenleben zu bestimmen."

„Du meinst, es gibt dir einen besonderen Kick eine Frau als dein persönliches Haustier zu halten und sie gegen ihren Willen zu ficken?", frage ich ihn mit einem herablassenden Unterton und funkle ihn verständnislos an.

„Wenn du das sagst, hört es sich ja richtig abartig an", lacht er auf. Ich verkneife mir jetzt einfach die Bemerkung, dass seine Vorstellungen tatsächlich abnormal sind. Jedoch beunruhigt mich seine nächste Äußerung umso mehr.

„Du verstehst da etwas völlig falsch, Maya. Es ist nicht nötig, diese Frau gegen ihren Willen zu ficken. Isoliert man eine Person längere Zeit von der Außenwelt, verzerrt sich mit der Zeit ihre Wahrnehmung, und sie gibt sich irgendwann von selbst hin. Es ist ein Selbstschutzmechanismus der menschlichen Psyche und ein psychologischer Fakt. Finn hat uns diese Thematik ausführlich erklärt."

Er redet davon, durch emotionale Belastung bewusst die Denkweise seiner Opfer zu beeinflussen. Und er macht nicht einmal ein Geheimnis daraus. So wie auch ich mich immer stärker zu ihm hingezogen fühle. Zu dem Mann, der mich entführt und inzwischen mehrfach vergewaltigt hat.

„Sag mir, Maya... Empfindest du diese Gefühle für mich?" Für einen Moment sehe ich ihn nun tatsächlich sprachlos an. Ist das etwa sein Plan? Nicht nur, dass mich diese Neuigkeit regelrecht in Panik versetzt und sich mir die Frage stellt, was mit den Frauen vor mir geschehen ist. Was passiert mit mir, wenn Iven es erstmal schafft, diese Gefühle in mir auszulösen? Entsorgt er mich am Ende doch, wenn ich ihn vielleicht sogar langweile?

An diesem Punkt stellt sich mir die Frage, was ich für ihn bin. Was sieht er in mir? Doch das alles wird er von mir garantiert nicht zu hören bekommen. Stattdessen stelle ich ihm eine Gegenfrage: „Du willst von mir wissen, ob ich mich in meinen Entführer verliebt habe? Ich weiß doch überhaupt nichts von dir! Wie wäre es, wenn du mir etwas über dich erzählst? Vielleicht beantworte ich dir dann deine Frage."

Nun ist Iven derjenige, der schmunzelt. Er streichelt mir zärtlich über den Unterarm und beginnt tatsächlich zu erzählen. „Ich bin siebenunddreißig und wie du siehst, trainiere ich ebenfalls Kraftsport. Dass Milans Familie adliger Abstammung ist, weißt du ja bereits. Auch meine Familie ist sehr wohlhabend und ich stamme aus gehobenen Kreisen. Menschen mit viel Geld langweilen sich sehr schnell, also sucht man sich einen Zeitvertreib."

„Warum buchst du dir nicht einfach eine Nutte? Die würde sicher gerne deine sexuellen Vorlieben befriedigen. Oder irgendeine von diesen Tussen, die sich gerne von reichen Typen ficken lassen?", murmel ich mit einem angewiderten Unterton. Iven jedoch erwidert ungerührt: „Das ist nicht dasselbe, mit Geld kann man nicht die Angst kaufen, die sich gerade in deinen Augen widerspiegelt."

Nun wird mir wirklich schlecht. Er steht also täglich darauf, mich auf diese Weise zu quälen. Wahrscheinlich erregt es ihn sogar, wenn ich Angst vor ihm habe. Da ich es gar nicht erst herausfinden will, wechsle ich gekonnt das Thema.

„Das heißt, du bist von Beruf also einfach Sohn einer reichen Familie?", frage ich mit hochgezogener Augenbraue. „Hast du noch niemals etwas Normales in deinem Leben gearbeitet?"

„Du meinst, bevor ich Geld mit dem Leben junger, hübscher Frauen verdient habe?"

Wieder hat er dieses hämische Lächeln auf seinen Lippen, während er weiter zu erzählen beginnt: „Meine Mutter ist in der Politik und mein Vater Generalstaatsanwalt. Ich bin Architekt, dieses Haus, in dem wir uns befinden, ist von mir entworfen und wurde so gebaut, dass keine der Frauen jemals eigenmächtig herauskommt, die einmal hinein geht."

Iven würde mir diese Informationen niemals preisgeben, wenn er nicht sicher wüsste, dass ich diesen Alptraum nicht überlebe. An was für Menschen bin ich da nur geraten? Es kommt mir vor, als wäre die gesamte Oberschicht total durchgeknallt. Wie soll ich das lebend überstehen?

„Nun schau nicht so traurig! Ich habe es ernst gemeint, als ich sagte, dass du mein Lieblingsspielzeug bist. Keine Frau hat mich zuvor so sehr in ihren Bann gezogen wie du. Schon allein die Tatsache, dass du verrückt genug bist, dich mit Milan anzulegen, fasziniert mich an dir", offenbart er mir. Das bin ich also für ihn, sein Spielzeug. Seine Aussage sehe ich absolut nicht als Kompliment, sodass ich niedergeschlagen murmel: „Ich will aber nicht das Spielzeug von irgendwem sein und ich bin auch kein Sexobjekt!"

„Wenn du dich damit besser fühlst, rede dir das ruhig ein", schmunzelt er nun und versucht seine Belustigung deutlich zu unterdrücken. Dieses Gefühl der Machtlosigkeit ihm gegenüber macht mich unglaublich wütend, sodass ich, ohne darüber nachzudenken, schnippisch zische:

„Vielleicht sollte ich mich einfach für Milan entscheiden. Seine Ehrlichkeit ist mir sympathisch. Wenigstens weiß ich bei ihm, woran ich bin!"

„Wenn du gerne den Rohrstock auf deinem hübschen Hintern spürst? Tu dir keinen Zwang an!" Natürlich lässt er sich nicht von mir provozieren und grinst mich nur selbstgefällig an. So lange Iven offensichtlich gute Laune hat, entscheide ich mich, dies auszunutzen und ihn auszufragen: „Wie alt ist Milan und vor allem wie alt ist dieser Leon, wenn er sein Onkel ist? Ist er irgend so ein uralter Sack?"

„Milan ist fünfunddreißig und soweit ich weiß, ist von Arentin neununddreißig. Er ist der jüngste Bruder von Milans Vater. Finn ist zweiundvierzig und somit der älteste von uns, falls es dich interessiert."

„Warum stehen diese Typen auf dieses ganze Folterzeug? Was ist bei Milan und Finn schiefgelaufen? Haben die von ihren Eltern zu wenig Liebe bekommen?", frage ich ihn und man hört deutlich die Verachtung in meiner Stimme heraus, doch Iven zuckt nur mit den Schultern: „Finns Vater ist Generalinspekteur der Bundeswehr, seine Mutter oberste Richterin. Sie haben einen respektvollen Umgang miteinander. Seine Eltern decken den Frauenhandel, den wir gemeinsam mit Finn betreiben und sind somit involviert. Dasselbe gilt für meine und Milans Eltern. Es geht das Gerücht, dass Milans Familie enge Verbindungen zur Mafia hat... Vielleicht kennt Milan es nicht anders, als Frauen zu seinem Vergnügen zu benutzen. Soweit ich weiß, hatte er selbst sehr strenge Eltern. Womöglich gefällt es ihm, auf diese Art seine Macht zu demonstrieren."

„Und was ist dein Grund?", will ich nun unbedingt wissen. Je mehr Informationen ich erfahre, desto schlechter wird mir und ich wünsche, ich hätte nicht gefragt. Es fühlt sich an, als würde die Schlinge um meinen Hals immer enger, wenn solche hochrangigen Personen offensichtlich an diesem kranken Zeitvertreib beteiligt sind. Niemals hätte ich es für möglich gehalten, dass mir Iven darauf tatsächlich eine Antwort gibt. „Mich hat eine Frau getäuscht, die... mir wichtig war. Sie hat meinen besten Kumpel gefickt. So etwas wird mir nie wieder passieren."

Nun bin ich wortwörtlich sprachlos, dass der unnahbare Iven so viel über sein Innenleben preisgibt, und ich starre ihn schockiert an. Iven allerdings beginnt schelmisch zu grinsen und dreht uns einmal so, dass er über mich gebeugt liegt: „Genug mit der Fragerunde. Jetzt schuldest DU mir eine Antwort."

Sein nackter Körper schmiegt sich an meinen und ich spüre deutlich die Hitze, die von ihm ausgeht. Seine plötzliche Nähe treibt meinen Puls in die Höhe. Unter normalen Bedingungen würde ich behaupten, dass Iven auf mich eine extreme körperliche Anziehung auswirkt. Noch niemals zuvor hat ein Mann solche Gefühle in mir ausgelöst. Sei es durch eine einzige Berührung oder beim Sex. Doch ich kann ihm nicht die Wahrheit sagen. Nicht ihm, dem Mann, der mich hier gefangen hält und dabei zusieht, wie mich ein anderer missbraucht. Also entscheide ich mich zu lügen.

„Ich... Das bildest du dir ein! Ich empfinde nicht das Geringste für dich!", hauche ich unsicher und hoffe, dass er die Lüge nicht in meinen Augen lesen kann. Gleichzeitig weiche ich seinem Blick aus, da ich mich auf eine verdrehte Art und Weise wirklich zu ihm hingezogen fühle und er eine verbotene Begierde in mir entfacht.

Iven beugt sich zu mir herunter und verteilt eine Spur Küsse an meinen Hals. Ich erschaudere wohlig und stöhne leise auf, als er seine Erektion gegen meine Mitte presst. Ich kann es nicht glauben, dass er schon wieder hart ist. Zu allem Überfluss spüre ich, wie mein Geschlecht erwartungsvoll zu pulsieren beginnt. Unbewusst schlinge ich meine Arme um seinen Nacken, weil sich seine zärtliche Berührung so gut anfühlt. Da wir beide noch immer nackt sind, wäre es ihm ein Leichtes, mich zu ficken. Doch er scheint andere Pläne mit mir zu haben.

„Lügnerin!" flüstert er mir ins Ohr, und küsst sich langsam mein Schlüsselbein hinunter zu meiner Brust. Er schließt seine Lippen um meinen Nippel und saugt kurz an ihm, bringt mich dazu, erschrocken aufzustöhnen, ehe er seinen Weg fortführt, weitere Küsse über meinen Bauch verteilt, bis er zwischen meinen Beinen ankommt. Ich widersetze mich nicht und sage auch nichts dazu. Schließlich habe ich mich dazu bereiterklärt, sein Spielzeug zu sein, wann immer er es will.

„Gib es zu!", haucht er gegen meine Scham, dann spüre ich seine warme, feuchte Zunge an meiner empfindlichsten Stelle und ich erschaudere. Hörbar schnappe ich nach Luft. Ich bin völlig regungslos. Alles wozu ich imstande bin, ist, meine Nägel in das Bettlaken zu krallen und mich diesem unbeschreiblichen Gefühl hinzugeben.

Wie er immer wieder mit seiner Zunge sanfte Kreise um meine Knospe zieht, oder er leicht daran saugt. Ich fühle eine unglaubliche Spannung in meinem Unterleib, die immer weiter wächst. So gut wie er hat mich noch niemals zuvor jemand geleckt. Stöhnend schiebe ich ihm meine Hüfte entgegen. Ich kann einfach nicht länger gegen diesen gewaltigen Druck ankämpfen, und komme mit einem erstickten Schrei.

„Sag es mir!", befiehlt er und lässt seine Zunge weiterhin unnachgiebig um meine Perle kreisen. Gleichzeitig dringt er mit seinen Fingern in mich ein und drückt von innen unnachgiebig gegen meinen Lustpunkt. Seine Zunge neckt und spielt mit meiner Klitoris, während seine geschickten Finger mich gleichzeitig penetrieren. Ich zerberste, in Ekstase biege ich meinen Rücken zu einem Hohlkreuz und vergrabe meine Zehen in der Matratze. Das. Ist. Zu. Viel. Der Mistkerl weiß genau, was er tut. Es dauert nicht lange und mein zweiter Orgasmus überrollt mich mit einer Heftigkeit, dass ich beinahe Sterne sehe und ich lauthals seinen Namen schreie.

Mein Körper zuckt und bebt, stöhnend greifen meine Finger in sein Haar, doch er ist noch lange nicht fertig mit mir. Er hat offensichtlich vor, mich so lange zu foltern, bis ich ihm gestehe, dass ich mich auf eine verstörende Art und Weise zu ihm hingezogen fühle.

Ich weiß, dass ich gerade am Rande eines Abgrunds stehe und ich kurz davor bin, hinunterzustürzen. Das Schlimmste an meiner Situation, hier eingesperrt zu sein, ist nicht die Gefangenschaft. Sondern die Tatsache, dass ich Iven begehre. Doch es wirklich auszusprechen, macht es real und unwiderruflich.

„Sag mir, dass du mich willst!", fordert er erneut und lässt seine Zunge erneut unerbittlich um meine empfindlichste Stelle kreisen, sodass ein hilfloser Laut, eine Mischung aus einem Stöhnen und Winseln, meine Kehle verlässt. Die Lust ist so stark, dass sie schon beinahe schmerzt. Meine Beine zittern vor Anstrengung. Mein ganzer Körper besteht nur noch aus angespannten Muskeln und überreizten Nerven. Ich kann es selbst nicht glauben, dass meine Lippen die

Worte formen und ich unkontrolliert aufstöhne: „ICH WILL DICH!"

„Gib es zu, Maya!", wiederholt er und saugt erneut an meiner Perle. Jeder Muskel meines Körpers zittert. Ich kann nicht anders als zuzugeben: „Ich begehre dich!"

Ein letztes Mal lässt er seine Zunge um meine Klitoris kreisen und saugt kurz daran, ehe er seinen Oberkörper leicht aufrichtet und sich zu mir nach oben schiebt. Erneut spüre ich seine steinharte Erektion zwischen meinen Schamlippen, während er seine Hand in meinem Haar vergräbt und er mich erneut auf die Lippen küsst. Ich kann meine eigene Erregung auf seiner Zunge schmecken und spüre, wie sich eine Welle warmer Flüssigkeit zwischen meinen Beinen sammelt.

Seine Eichel verweilt direkt an meiner Öffnung und ich weiß, dass er es spüren kann, wie feucht es an dieser Stelle meines Körpers ist. Er könnte problemlos in mich gleiten, doch er tut es nicht, sondern verharrt zwischen meinen Beinen, und sieht mir tief in die Augen, so tief, als könnte er in meine Seele sehen. „Du gehörst mir, Maya!"

„Was ist, wenn ich dich irgendwann langweile?", flüstere ich unsicher. Es ist mir ein Rätsel, wie er mir dieses Geständnis entlocken konnte. Es war so viel erträglicher für mich, Iven im Glauben zu lassen, dass ich ihn für alle seine Taten verachte. Ich fühle mich verletzlicher als jemals zuvor. Wie ein dummes, naives Mädchen, das sich in ihren Entführer verliebt.

„Das scheint dich wirklich zu belasten!", raunt er dicht an meinen Lippen. Millimeter um Millimeter gleitet sein steifer Schwanz in mich, weitet mich, füllt mich aus. Stöhnend vergrabe ich meine Nägel in seinen muskulösen Rücken, als er tief in mir verharrt.

„Der Klang deiner Stimme wird mich niemals langweilen!", meint er mit einem schelmischen Grinsen auf den Lippen. Ganz langsam zieht er sich aus mir zurück und fordert dabei: „Und jetzt will ich, dass du nochmal für mich kommst!"

„Ich kann nicht!", stöhne ich und kralle meine Nägel tiefer in seine breiten Schultern. Mein Geschlecht fühlt sich geschwollen an und ist völlig überreizt. Es schmerzt schon, als sein Schambein gegen meine Klitoris reibt, während er erneut tief in mich stößt. Ich hätte es niemals für möglich gehalten, dass ich zweimal hintereinander zum Orgasmus kommen kann. Aber ein drittes Mal?

Sein Kopf sinkt gegen meine Schulter, sodass ich seinen männlichen Duft einatme. Er umfasst meine Taille, zieht sich erneut halb aus mir zurück, um dann erneut zuzustoßen. Iven fickt mich langsam und irgendwie gefühlvoll, so als würde er mit mir Liebe machen. Mit der Zeit wird er in seiner Bewegung härter und sein Schambein drückt stärker gegen meinen Lustpunkt. Mein Atem wird immer schwerer, unregelmäßiger, während ich auf meinen nächsten Orgasmus zusteuere.

Das Feuer in meinem Unterleib wird mit jeder seiner Bewegungen immer stärker. Meine inneren Muskeln ziehen sich um seinen steifen Schwanz zusammen, und ich komme erneut. Als hätte Iven darauf gewartet, wird er schneller, bis er selbst seinen Höhepunkt erreicht.

Schwer atmend lässt er sich neben mich fallen und zieht mich fest an seinen starken Körper. Meine Gedanken sind seltsam verwirrt. Wie konnte ich erneut einen Orgasmus bekommen? Bin das überhaupt noch ich selbst? Oder ändert sich inzwischen meine gesamte Verhaltensweise? Schlimmer noch, meine gesamte Denkweise?

Als wüsste Iven, dass ich in Gedanken völlig abwesend bin, streichelt er mir federleicht durch mein Haar, anschließend fahren seine Finger meine Wirbelsäule entlang.

„Hör auf, dir dein hübsches Köpfchen zu zerbrechen. Solange du dich mir hingibst, wirst du mich garantiert nicht langweilen!"

„Ich habe Angst, Iven... Ich habe Angst vor diesen Gefühlen!", gestehe ich, meine Stimme ist belegt und zittert. Es ist mir ein Rätsel, warum ich ihm so viel über mein Inneres preisgebe und ihm somit noch mehr Angriffsfläche biete, mich zu verletzen.

„Ich weiß."

Mehr sagt er nicht dazu, sondern verstärkt die Umarmung und streichelt mich liebevoll, als wolle er mich beruhigen. Es ist völlig verkorkst, dass ich hier mit dem Mann liege, der mich entführt und vergewaltigt hat, ohne dabei an Flucht zu denken. Stattdessen kuschle ich mich stärker an seinen warmen Körper und genieße, wie er mich zärtlich streichelt. Meine Augen werden immer schwerer, bis ich sie nicht mehr offenhalten kann, und ich umgeben von diesem trügerischen Gefühl der Sicherheit einschlafe.

KAPITEL 8

Eifersucht

Als ich am nächsten Morgen aufwache, bin ich zu meinem Erstaunen allein in Ivens Zimmer. Ich kann niemand vor der Türe hören, somit scheint Iven nicht in unmittelbarer Nähe zu sein. Sofort bin ich hellwach und mein Fluchtinstinkt übernimmt die Führung. Auf Zehenspitzen stehe ich auf und tapse um das Bett herum. Meine plötzliche Bewegung macht mich auf mein inneres Wundsein aufmerksam und ich erinnere mich zurück, dass ich gestern definitiv mehr Sex hatte, als gut für mich ist.

Leise öffne ich seinen Nachttisch, um diesen nach einem Handy oder sonst etwas Nützlichem zu durchsuchen. Allerdings befinden sich darin ausschließlich Socken und Boxershorts. Als nächstes schleiche ich zu seiner Kommode und anschließend zu seinem Kleiderschrank. Doch auch darin befindet sich nichts Brauchbares, um von hier zu entkommen.

Frustriert atme ich aus und werfe mich zurück auf das Bett. Ziehe grummelnd die Decke über den Kopf und drehe mich gefühlt hundertmal von links nach rechts. Wenn mir nicht bald etwas einfällt, wie ich von hier entkomme, verliebe ich mich am Ende noch stärker in meinen Entführer. Es ist zum Haare ausreißen, wie kann man Gefühle für einen Menschen empfinden, der einem so viel Leid und Schmerzen zugefügt hat? Ich brauche keinen Psychiater, um zu verstehen, dass ich am Stockholm-Syndrom leide. Doch dieses warme Gefühl in meiner Brust ist so real. So als sei ich ein Teenager, der seine große Liebe getroffen hat und hofft, dass dieser Mann diese Gefühle erwidert.

Da Iven mein Gefängnis entworfen hat, ist er gleichzeitig mein Schlüssel von hier raus. Doch wie soll ich es bitte schaffen, dass er Gefühle für mich entwickelt?

Es vergeht eine gefühlte Ewigkeit, doch Iven kommt nicht zurück in sein Zimmer. Da ich ohnehin ratlos bin, was ich sonst allein in diesem Zimmer machen soll, und Ivens getrocknete Samenflüssigkeit noch immer zwischen meinen Beinen klebt, entscheide ich mich, duschen zu gehen. Um diesen Typen nicht völlig nackt und schutzlos ausgeliefert zu sein, schnappe ich mir ein Shirt von Iven, das achtlos auf dem Boden liegt und ziehe es an. Anschließend verlasse ich Ivens Zimmer.

Kaum öffne ich die Badezimmertüre, stehe ich zu meinem Leidtragen Finn gegenüber. Er steht vor dem Spiegel und ist gerade dabei, sich zu rasieren. Er trägt eine Anzughose und ein aufgeknöpftes, weißes Hemd, sodass mein Blick seinen entblößten Oberkörper streift. Sobald er mich bemerkt, mustert er mich von oben bis unten. Ich entscheide, ihn zu ignorieren und duschen zu gehen. Da er mich ohnehin nicht berühren darf, geht von ihm keine Gefahr aus.

Kommentarlos laufe ich an ihm vorbei und stelle das Wasser unter der Dusche an. Noch immer liegt sein Blick unentwegt auf mir, zu allem Überfluss beginnt er auch noch ein Gespräch: „Du solltest nicht so ein Gesicht ziehen und mir stattdessen dankbar sein, dass ich dir eine Chance verschafft habe, zu überleben!"

Nun sehe ich ihn doch fassungslos an und sofort verlässt ein abfälliger Laut meine Lippen: „Ich soll dir dankbar sein, dass du mich an einen Sadisten, noch schlimmer als Milan, verkauft hast? Du bist eindeutig geisteskrank!"

Offenbar scheint er fertig damit zu sein, sich zu rasieren, denn er räumt alle Utensilien zurück in den Schrank. In aller Seelenruhe läuft Finn auf mich zu, doch ich verharre an Ort und Stelle. Ich habe keine Angst vor ihm.

„Was denkst du was passiert, wenn du anfängst, Iven zu langweilen?", fragt er mich ruhig, als er direkt vor mir steht und spricht damit meine größte Angst an.

Ich bin noch lange nicht verrückt genug, wirklich daran zu glauben, dass Iven das Geringste für mich empfindet.

Finn streckt seine Hand nach mir aus und streichelt mit seinen Fingern sanft über meine Wange. Ich lasse ihn gewähren und blicke ihn nur bitterböse an. Auch wenn er mit seiner Aussage ins Schwarze getroffen hat, so lasse ich mich von ihm definitiv nicht nochmals manipulieren. Allerdings lässt mich seine nächste Behauptung schlucken.

„Iven wird dich umbringen und austauschen, so wie alle Frauen vor dir!"

„Du lügst!" Meine Stimme ist fest und ich halte stur seinem durchdringenden Blick stand. Jedoch ist nun Finn derjenige, der verächtlich schnaubt: „Du bist dümmer als ich angenommen habe, wenn du glaubst, Iven würde nur das Geringste für dich empfinden! Es ist sein Spiel, Maya. Ich hingegen mochte von Anfang an deinen Kampfgeist, darum wollte ich dich in Sicherheit wissen!"

„Wenn das so ist, verkauf mich einfach nicht! Du und deine Familie... Ihr seid einflussreich und habt doch genug Geld, um zu bezahlen, was mein Leben wert ist", stelle ich ihn vor die Wahl. Um ehrlich zu sein, ist es mir inzwischen vollkommen egal, ob er auf diesen Handel eingeht. Nicht die geringste Reaktion widerspiegelt sich in seinen Gesichtszügen. Warum zum Teufel überrascht es ihn nicht, dass ich diese Informationen über ihn kenne?

Allerdings macht mich seine nächste Aussage noch unsicherer als jemals zuvor. „Du bist wirklich ein schlaues Kätzchen... Deswegen faszinierst du mich so. Aber du hast es immer noch nicht verstanden, Maya! Sieh den Verkauf an von Arentin als Chance. Solange du bei mir wärst, wärst du niemals frei von Iven und Milan."

„Das sind doch alles Ausreden! Du und deine leeren Worte bringen mir absolut keinen Vorteil! Also verpiss dich!" Wütend schlage ich seine Hand weg. Jedoch presst mich Finn einfach gegen die Wand der Duschkabine. Er beugt sich zu mir herunter und flüstert mir leise ins Ohr: „Ich hörte, du wolltest von Milan gefickt werden, wie es von Arentin tun würde. Was bezweckst du damit, Maya? Warum willst du, dass Milan dich verletzt? Ich hatte es dir schon einmal angeboten, dir beizubringen, die sexuellen Vorlieben deines Käufers als erregend zu empfinden!"

„Was macht es für einen Unterschied, ob mich Milan schlägt oder du mich schlägst?!" Bewegungslos verharre ich an Ort und Stelle, als Finn seine Hand um meinen Hals schließt. Seine andere Hand schiebt er unter mein Shirt und findet ohne Umwege meinen Kitzler. Alles was ich tu ist, zittrig die Luft einzuziehen, als er den Druck seiner Finger um meinen Hals verstärkt und damit meine Atemzufuhr verringert. Bevor ich frischen Sauerstoff in meine Lungen einatmen kann, beginnt er mich klitoral zu stimulieren.

Mir bricht der Schweiß aus und tief in mir sammelt sich eine Hitze, die ich nicht verstehen kann. Gleichzeitig vernehme ich erneut seine dominante Stimme an meinem Ohr: „Keiner der anderen beiden ist in der Lage, dich zu konditionieren, um Lustschmerzen zu genießen. Durch die körpereigene Endorphin-Ausschüttung gerätst du in Ekstase und kannst noch viel intensivere Höhepunkte erleben. Es liegt allein an dir, ob es dir Qualen bereitet, die Begierden deines Besitzers zu befriedigen. Oder ob du diese Schmerzen als lustvoll empfinden wirst."

Meine Hände greifen nach seinen Händen und ich versuche vergeblich, seine Finger aus dem Würgegriff um meinen Hals zu lösen. Ich kann nichts anderes tun, außer dazustehen und dieses unbeschreibliche Gefühl zu genießen. Die Lust wird immer stärker, immer intensiver. Umso mehr er mir die Luft verwehrt, habe ich das Gefühl, unter seiner gleichzeitigen Stimulierung zu explodieren.

Mein gesamter Körper zittert und ich spüre, wie er mich mit jeder seiner gezielten Berührungen immer weiter in einen Sinnesrausch bringt. Gleichzeitig sehe ich schwarze Punkte vor meinen Augen. Es ist zu viel und doch nicht genug, sodass ich ihm mein Becken entgegendränge, um den Druck seiner Finger auf meine Klitoris zu erhöhen.

Doch statt mich endlich zu erlösen, lässt er von mir ab und tritt einen Schritt von mir zurück.

„Du musst mich schon darum bitten, wenn du willst, dass ich dich zum Höhepunkt bringe!"

Nun starre ich ihn fassungslos an, derweil ich langsam wieder zu Atem komme. Das unerträgliche Pulsieren zwischen meinen Beinen ist so stark, dass ich meine Oberschenkel fest zusammenpresse, um es loszuwerden. Doch es verstärkt sich nur noch mehr. Der Mistkerl scheint das zu erahnen, denn er lächelt düster und wiederholt mit unglaublicher Dominanz: „Bitte mich darum, Maya!"

Ich habe das schon verstanden, das ist so ein SM-Ding. Er ist in dieser Position mein Dom und ich bin seine Sub. Irgendwie reizt es mich ja schon, etwas so Derartiges auszuprobieren. Auch wenn Finn mein Entführer ist, und es in diesem Fall kein Safe-Word gibt, so hat er dennoch niemals ohne meine Zustimmung Hand an mich gelegt.

Natürlich spüre ich immer mehr diese finstere Seite in mir, die sich danach sehnt, unterworfen zu werden. Wahrscheinlich habe ich tatsächlich masochistische Züge, die immer deutlicher zum Vorschein kommen. Mit jedem Tag, der vergeht, spüre ich, wie es mich stärker erregt, diesen Typen ausgeliefert zu sein. Das alles ist total verkorkst und wahrscheinlich existiert mein gesunder Menschenverstand inzwischen nicht mehr. Irgendwie haben es diese Typen jetzt schon geschafft, meinen Körper so zu formen, dass er während einer Vergewaltigung zum Höhepunkt kommen kann.

Die einzige bleibende Angst ist, dass Finn wirklich die Wahrheit sagt und er mich verkauft hat, um mich zu beschützen. Am Ende werde ich doch an diesen Leon ausgeliefert und muss ohne diese Konditionierung Nacht für Nacht eine für mich qualvolle Vergewaltigung ertragen. Auch wenn es ein Widerspruch in sich ist, würde ich die Lust immer dem Schmerz vorziehen. Auch wenn das bedeutet, dass mich Finn zu einer Sexsklavin erzieht.

Zögerlich greife ich zum Bund meines Shirts, ziehe es aus und werfe es achtlos zu Boden. Während ich ihm fest in die Augen blicke, trete ich Finn entgegen und lege meine Hand auf seine Brust.

„Einverstanden... Ich will, dass du mich fickst! Zeig mir, was es bedeutet, Leons Sexsklavin zu sein!"

Kaum habe ich den Satz ausgesprochen, presst er mich brutal gegen die Wand. Ich stöhne erschrocken auf, als sich seine Finger wiederholt erbarmungslos um meinen Hals schließen. Erneut schiebt er seine Hand zwischen meine Beine, neckt und spielt mit meinem Lustpunkt.

„Zuallererst wirst du deinen Besitzer niemals bei seinem Namen nennen! Du redest nur, wenn er dich dazu auffordert, und sprichst ihn ausschließlich mit Sir an! Es sei denn, er verlangt ausdrücklich etwas anderes von dir!"
Soweit ich dazu imstande bin, nicke ich. Allmählich verschwimmt der Raum vor meinen Augen, und ich versuche nach Luft zu schnappen. Meine Fingernägel krallen sich in seine Hände, versuchen seinen gnadenlosen Griff zu lockern. Verzweifelt japse ich nach Luft, mein Puls rast vor Todesangst. Doch gleichzeitig stimulieren mich noch immer seine geschickten Finger. Dadurch wird der geballte Druck in meinem Unterleib immer stärker.

„Und jetzt sag mir, was du willst!", fordert er bestimmend und lockert leicht seinen eisernen Griff an meiner Kehle. Panisch schnappe ich nach Luft. Ich schwebe zwischen Himmel und Hölle. Als hätten sich alle meine brauchbaren Hirnzellen ins Nirwana verabschiedet, krächze ich heiser: „Bitte, lass mich kommen!"

„Braves Kätzchen!"

Mit diesen Worten bringt er mich immer näher an einen unbeschreiblichen Höhepunkt. Er erhöht den Druck auf meine Perle und verwehrt mir erneut den so dringend benötigten Sauerstoff. Mein gesamter Körper spannt sich an, als ich explodiere. Unkontrolliert bebe und zucke ich. Doch er hört erst dann auf, als meine Kontraktionen vorüber sind.

Kraftlos sinke ich gegen ihn. Er nimmt mich in den Arm, nachdem er aufhört, mich zu würgen. Er haucht mir einen federleichten Kuss auf den Scheitel und wirkt wie ausgewechselt.

„Für den Moment erwarte ich dafür keine Gegenleistung!", raunt er dicht an meinem Ohr und streichelt mit seinem Finger durch meine feuchte Spalte, dabei fügt er hinzu: „Zukünftig wirst du mich darum anbetteln, dass ich dich ficke! Hast du verstanden?"

Mich überkommt der eigenartige Drang, mich ihm zu unterwerfen und ich nicke. Allerdings scheint ihm das als Antwort nicht auszureichen, denn er zwirbelt meine Knospe zwischen seinem Daumen und Zeigefinger und wiederholt dieses Mal bestimmend: „Hast du das verstanden?"

„JA!" keuche ich, während seine Finger abermals meine geschwollene Klitoris reiben. Meine Finger krallen sich in sein Hemd, durch den Orgasmus bin ich an dieser Stelle noch immer extrem empfindlich.

„Ich werde deinen süßen Po benutzen und dir beibringen, auch das zu genießen!"

Seine Stimme hat einen dunklen Unterton, und als mir seine Worte bewusstwerden, rieselt ein eiskalter Schauer meine Wirbelsäule hinab. Allerdings zieht sich gleichzeitig mein Unterleib in einer eigenartigen Vorfreude zusammen. Wenn Finn in der Lage ist, mir auf diese Weise Lust zu verschaffen, warum sollte ich mich nicht darauf einlassen?

„Ich denke, das reicht für den Anfang."

Finn löst sich von mir und klingt plötzlich wieder so, wie er immer mit mir spricht. Als wäre das Spiel für ihn vorbei, und die Dunkelheit in ihm ist nicht mehr erkennbar. Verwirrt blinzle ich und beobachte, wie er zum Waschbecken läuft und sich die Hände wäscht. Anschließend knöpft er sich das Hemd vor dem Spiegel zu und unsere Blicke treffen sich darin. Eigentlich ist Finn extrem gutaussehend. Am anziehendsten sind seine bernsteinfarbenen Augen, die etwas Kühles und irgendwie Gefährliches ausstrahlen. Umso länger ich ihn anstarre, breitet sich ein seltsames, flaues Gefühl in mir aus.

„Möchtest du noch etwas?", fragt er monoton und ich beiße mir ertappt auf die Unterlippe. Es kommt mir vor, als hätte ich Iven mit ihm betrogen. Als wäre es falsch, Lust bei Finn zu empfinden. Dabei hat mir Iven doch deutlich klar gemacht, dass das mit uns keine Liebesbeziehung ist. Zaghaft schüttle ich den Kopf und beobachte, wie Finn das Badezimmer verlässt.

„Gut. Wir erwarten dich in der Küche. Zeit für deine häuslichen Verpflichtungen!"
Mit dieser Anweisung lässt er mich im Raum zurück und ich bleibe allein mit meinen verwirrten Gedanken. Mit langsamen Schritten trete ich vor den Spiegel und mustere die Frau darin. Seit ich hier eingesperrt bin, habe ich mich verändert. Die starke Frau, die ich einmal war, existiert schon lange nicht mehr. Als wäre sie eine schemenhafte Erinnerung, die immer mehr verblasst. Ich spüre, wie ich mit jedem Tag der vergeht, immer mehr den Spielen meiner Peiniger verfalle.

Vorsichtig gleiten meine Finger über die deutlichen Würgemale an meinem Hals, meine Kehle schmerzt und ich kann kaum schlucken. Ein leichtes Grinsen schleicht sich auf meine Lippen, denn diese Art von Sex ist definitiv das Erotischste, was mir in meinem bisherigen Leben widerfahren ist.

Tief durchatmend löse ich mich von meinem Spiegelbild und gehe unter die Dusche.

Mehrere Minuten genieße ich das warme Wasser, wie es in Bahnen über meinen Körper fließt. Gleichzeitig versuche ich, alle negativen Gedanken weitestgehend auszublenden. Es wäre falsch, mich selbst zu verurteilen, weil ich mich erneut auf Finn eingelassen habe. Was bleibt mir auch in diesem Haus voller Irren anderes übrig, als mich ihnen hinzugeben?!

Die Erfahrung der letzten Zeit hat mich gelehrt, dass zu kämpfen mir nur unnötige Schmerzen bereitet. Vielleicht bin ich doch nicht so stark wie ich es immer dachte. Seufzend drehe ich das Wasser ab und trete aus der Duschkabine, um mich abzutrocknen. Anschließend erledige ich meine Körperpflege und nehme mir aus dem Schrank einen der kurzen Stofffetzen, den diese Typen als Kleid bezeichnen würden. Zwischen nackt und diesen Dingern ist nicht gerade viel Unterschied.

Nach einem letzten Blick in den Spiegel begebe ich mich tief durchatmend in die Küche. Zwar fühle ich noch immer Unbehagen, Iven unter die Augen zu treten, doch da ich ohnehin hier eingesperrt bin, bleibt mir allerdings nichts anderes übrig. Schon von Weitem höre ich die drei, die sich wohl über politische Themen unterhalten. Doch als ich die Treppen nach unten laufe, verstummt ihre Unterhaltung und Iven erhebt sich von seinem Platz am Küchentisch.

Es fühlt sich an, als wäre eine Schlinge um meinen Hals, die immer enger wird, mit jedem Schritt, den er sich auf mich zubewegt. Mein Herz schlägt ungewöhnlich schnell in meiner Brust. Weiß Iven von Finn und mir und es macht ihm nichts aus? Oder wie wird er reagieren, wenn er davon erfährt? Sind die beiden nun Rivalen oder Komplizen? Finn sieht mich einfach nur ausdruckslos an, somit kann ich nicht deuten, inwieweit er die anderen involviert hat.

Kaum bin ich in Ivens greifbarer Nähe, vergräbt er seine Hand in meinem Haar und beugt sich zu mir herunter, um mich zu küssen. Zögerlich schließe ich die Augen und erwidere den sanften Kuss, dabei schlinge ich meine Arme um seinen Nacken. Auch er legt seine Hände auf meine Hüften, um den Kuss zu vertiefen. Es fühlt sich an, als würde mir mein erhöhter Puls beinahe die Rippen durchbrechen. Die Ungewissheit, wie Iven auf das Geschehene zwischen Finn und mir reagiert, lässt mich vor Aufregung kaum einen klaren Gedanken fassen.

Als Iven sich von mir löst, lässt er seine Fingerspitzen federleicht an den deutlichen Würgemalen an meinem Hals entlanggleiten. Er legt seinen Kopf leicht schief und beugt sich erneut zu mir herunter, um dicht an meinem Ohr zu raunen: „Wie ich hörte, hattest du bereits deinen ersten Orgasmus vor dem Frühstück."

Ich kann spüren, wie meine Wangen zu glühen beginnen, als sich die Blicke der anderen beiden ebenfalls auf mich richten. Beide haben dieses seltsame, dunkle Funkeln in den Augen. War ja klar, dass diese Typen darüber sprechen. So wie sie es immer tun. Warum sollte es Iven auch stören, wenn ich mit einem der anderen sexuell aktiv bin? Ich muss ein Schnauben über meine eigene Dummheit unterdrücken.

Zu allem Überfluss erhebt sich nun auch Milan von seinem Platz. In selbstsicheren Schritten geht er auf mich zu, und hat dabei dieses schmutzige Grinsen auf den Lippen. Als er direkt vor mir steht, legt er seine Finger unter mein Kinn und hebt meinen Kopf leicht an. Prüfend mustert er mich, ehe er trocken vorschlägt: „Was hältst du von einem Vierer, Honey? Jeder von uns hatte dich, es gibt nichts an dir, was wir nicht kennen. Du würdest dabei definitiv auf deine Kosten kommen. Wir wissen jetzt, auf was du stehst und wie wir dich zum Schreien bringen."

Die Bilder vom letzten Mal, als er mich zum Analsex genötigt hat, flackern vor meinem inneren Auge auf und ein eiskalter Schauer durchfährt meinen Körper. Auch wenn es mir inzwischen immer leichter fällt, mich auf meine Peiniger einzulassen, so bin ich noch lange nicht bereit, mich von ihnen gleichzeitig ficken zu lassen. Am liebsten würde ich ihn anschreien und ihm sagen, dass er sich verpissen soll, doch ich bleibe stumm. Denn nichtsdestotrotz bin ich diejenige, die auf Milans Hilfe angewiesen ist. Also überbrücke ich die letzte Distanz zwischen uns und stelle ihm dicht an seinen Lippen die Gegenfrage: „Hast du dich an deinen Teil des Deals gehalten?"

„Sieh mal einer an… Meine kleine Schlampe ist inzwischen richtig mutig."

Auf Milans Lippen bildet sich ein schelmisches Grinsen. Seine grünblauen Augen glänzen gefährlich, während er mein Kinn zwischen Daumen und Zeigefinger zusammenquetscht.

„Erstmal möchte ich, dass du mir beweist, dass du es auch wert bist, dass ich mich mit meinem Onkel anlege. Er ist... sagen wir... ein wenig besessen von dir. Meine Begeisterung hält sich jedoch in Grenzen. Wenn ich dich bisher gefickt habe, warst du eher steif wie ein Brett. Der Deal war, dass du dich von mir genauso hingebungsvoll ficken lässt wie von meinen beiden Kumpels. Halte dich an deinen Teil der Abmachung, dann halte ich mich an meinen!"

Nun muss ich deutlich schlucken. Meine Zurückhaltung Milan gegenüber liegt viel mehr daran, dass ich eine scheiß Angst vor ihm habe. Allmählich weiß ich nicht mehr, was richtig und falsch ist. Sollte ich mich von Finn konditionieren lassen, Lustschmerzen zu genießen, um an von Arentin verkauft zu werden? Oder sollte ich weiterhin hierbleiben, um ironischerweise auf einen Fehler meiner Peiniger zu hoffen? Um aus einem Hochsicherheitstrakt auszubrechen, der dafür gebaut wurde, Frauen gefangen zu halten. Wahrscheinlich ist es die beste Lösung, mir beide Optionen offen zu halten.

„Ich..." beginne ich, doch muss erneut schlucken, um meine staubtrockene Kehle zu befeuchten. Es fühlt sich so erniedrigend an, ihm in die Augen zu sehen und ihn zu bitten: „Es wird nicht wieder vorkommen. Gib mir die Chance, es dir zu beweisen."

„Wie könnte ich meinem Engel diesen Wunsch abschlagen, wenn sie mich so lieb darum bittet?" Er zwinkert mir zu und ich fühle Übelkeit in mir aufsteigen. Iven unterbricht die für mich grauenhafte Unterhaltung, jedoch erinnert mich seine spöttische Aussage, in welcher Hölle ich tatsächlich gefangen bin.

„Scheiß auf von Arentin. Wir besorgen ihm einfach irgendeine andere Bitch. Wir können ihm doch nicht diese Wildkatze übergeben, die sich mittlerweile freiwillig von uns dreien ficken lässt." Iven streichelt mir zärtlich über die Wange und reißt mir mit seiner Forderung nun wirklich den Boden unter den Füßen weg. „Und du wirst uns dabei helfen, diese Tussi gefügig zu machen!"

Nun starre ich ihn wirklich mit offenem Mund an. Er verlangt allen Ernstes von mir, dass ich vom Opfer zum Mittäter werde? Ich spüre noch mehr aufsteigenden Brechreiz beim Gedanken daran, dass jemand anderes erleiden soll, was ich erlitten habe. Niemals bin ich abgebrüht genug, mein Leben über das eines anderen zu stellen.

„Hast du dich etwa immer noch nicht um von Arentin gekümmert und ihn kontaktiert?", will Finn plötzlich wissen und reißt mich aus meinen düsteren Gedanken. Ich beobachte, wie Iven sichtlich genervt mit den Augen rollt: „Der Spießer soll warten, das hat Zeit... Soll ich mich etwa bei ihm melden ohne irgendeine willige Schlampe?"

„Du hast doch nicht ernsthaft vor, dich mit ihm anzulegen, indem du ihn ignorierst?", lacht Milan laut auf, doch Iven legt die Hand auf seine Schulter und wimmelt ihn ab, indem er mit Nachdruck knurrt: „Lass das mal meine Sorge sein! Der bekommt schon noch sein Frischfleisch."

„Jetzt mal ernsthaft, Iven. Der Typ geht über Leichen. Er wird dich lebendig häuten!", versucht nun ebenfalls Finn auf ihn einzureden, und auch Milan schließt sich ihm an: „Alter… Iven, du bist lebensmüde! Er wird dir nur zu seinem Vergnügen die Zunge herausschneiden!"

Die Stimmung ist beinahe erdrückend, man kann die Anspannung fühlen. Zusätzlich reagiert Iven mehr als gereizt und brüllt plötzlich durch den Raum: „Ende der Diskussion!"

„Sag nicht, ich hätte dich nicht vor ihm gewarnt!", stöhnt Milan frustriert auf und zwinkert mir anschließend zu: „Wir sehen uns später, Prinzessin! Heute Nacht gehörst du mir."

Dann macht er sich auf den Weg ins Obergeschoss, dabei ruft er Iven nochmal spöttisch zu: „Mein Onkel hat Leute schon für Weniger umgebracht!"

„Glaub bloß nicht, dass ich jetzt Schiss habe! Kümmere dich einfach um deinen Scheiß!", brüllt Iven ihm hinterher und ich zucke ängstlich zusammen. Nun wird mir wirklich anders zumute. Und das nicht, weil ich heute Nacht Milans Launenhaftigkeit ausgeliefert bin. Oder weil Iven ganz offensichtlich leichtfertig mit dieser Situation umgeht. Sondern vielmehr, weil ich eine entführte Frau manipulieren soll.

Iven scheint meinen entgeisterten Blick zu bemerken, denn er streckt seine Hand nach mir aus und tätschelt mir leicht die Wange.

„Nun schau nicht so entsetzt drein! Du solltest dein Gesicht sehen. Das war nur ein kleiner Spaß. Du denkst hoffentlich nicht ernsthaft darüber nach, dass ich dich mit einer weiteren Schlampe Fluchtpläne aushecken lasse?"

Ich sage nichts mehr dazu, sondern blicke ihn nur stillschweigend an, wodurch Iven eine Augenbraue hochzieht und meint: „Das dachtest du wirklich, oder?" Nachdem ich weiterhin schweige, bricht er in schallendes Gelächter aus und lässt mich einfach stehen.

„Mach uns was Schönes zu essen. Wir sterben vor Hunger", weist mich Finn plötzlich an. Iven scheint sich noch immer köstlich über mich zu amüsieren, während er bei Finn am Küchentisch Platz nimmt. Ich jedoch finde das alles überhaupt nicht witzig. Andererseits muss ich den Kopf über mich selbst schütteln. War ich wirklich naiv genug zu glauben, dass mir Iven so weit vertraut? Peinlich berührt begebe ich mich, wie schon die Tage zuvor, zu den Küchenschränken. Mit allen mir verfügbaren Zutaten bereite ich stillschweigend Rigatoni alla Napolitana zu.

Iven und Finn, die sich über irgendwelche Frauen unterhalten, scheinen noch immer bei bester Laune. Dabei fallen immer wieder die Begriffe Titten, Arsch oder geiler Körperbau. Nachdem ich mit dem Kochen fertig bin, serviere ich ihnen das Essen. Anschließend setze ich mich ebenfalls zu ihnen an den Tisch und beginne zu essen. Bislang hatte ich die Details ihrer Gespräche weitestgehend ausgeblendet, doch als ich höre, worüber sich die beiden da unterhalten, und was Iven genau von sich gibt, werde ich doch hellhörig: „Wenn Milan freiwillig den Babysitter spielt, würde ich vorschlagen, wir ziehen mal wieder gemeinsam durch die Clubs."

„Von mir aus", willigt Finn ein und lenkt dadurch meine ungeteilte Aufmerksamkeit auf sich. Beinahe verschlucke ich mich an einer Nudel und muss mich mehrmals räuspern, wodurch Iven seine Hand auf meine legt: „Nimm es mir nicht übel, Püppchen, aber ein bisschen Abwechslung hätte ich dringend nötig. Immer nur ein und dieselbe Frau zu ficken, ist ganz schön eintönig."

Mir klappt beinahe die Kinnlade herunter. Die haben ernsthaft vor, mich mit Milan allein zu lassen und feiern zu gehen. Es ist unglaublich erniedrigend und gleichzeitig eklig, dass die beiden sich durch die Clubs ficken, während ich hier gegen meinen Willen festgehalten werde. Schlimmer noch. Sie ficken mich, nachdem deren Schwanz in einer anderen war.

Ich kann mir die beiden gut in einen dieser Schickimicki-Clubs vorstellen, und dass ihnen die Frauen reihenweise zu Füßen liegen. Jetzt mal im Ernst. Unter gewöhnlichen Umständen habe ich noch niemals zuvor in meinem Leben derart gutaussehende und vor allem reiche Männer getroffen. Es ist so, als wären sie von der Titelseite einer Model-Zeitschrift. Wahrscheinlich wäre ich ihnen selbst längst verfallen, wären da nicht ihre sadistischen Züge und ihre krankhaften, sexuellen Vorlieben.

„Mach doch, was du willst!"

Ich versuche so zu klingen, als ob es mir vollkommen gleichgültig ist, was er tut. Dass ich ein beklemmendes Gefühl in meiner Brust verspüre, werde ich ihm garantiert nicht verraten. Iven jedoch bringt mein distanziertes Verhalten noch mehr zum Schmunzeln: „Die Kleine ist eifersüchtig."

„Bilde dir bloß nicht zu viel ein, Romeo!", kommt es von mir schnippisch. Dabei versuche ich weitestgehend zu ignorieren, dass das Gefühl der Übelkeit zurückkehrt und stärker denn je ist. Ich verstehe meine Gemütslage selbst nicht.

Ich kann unmöglich eifersüchtig sein, dass mein Entführer sich ein zusätzliches Opfer sucht. Eigentlich sollte ich vor Freude kreischen, einen Tag mal nicht sein Betthäschen sein zu müssen.

Finn, der bereits die Hälfte seiner Portion gegessen hat, legt sein Besteck beiseite und tupft sich mit der Serviette über den Mund.

„Aber wie willst du in einem Club einen passenden Ersatz finden? Du solltest es doch am besten wissen, wie sich die Weiber benehmen, wenn sie hier das erste Mal zu sich kommen. Das schaffst du zeitlich niemals, eine Neue so zu erziehen, dass sie sich auch noch auf von Arentin einlässt!"

„Dann melde dich auf einer dieser Internetseiten an und suche uns irgendeine unterwürfige Sub. Solche Schlampen erregt es doch ohnehin, gequält zu werden", schlägt ihm Iven im Gegenzug vor, doch Finn widerspricht ihm erneut: „Von Arentin ist nicht interessiert an einer devoten Sexsklavin. Mayas Temperament macht sie für ihn so besonders. Dass sie in ihrer aussichtslosen Situation noch immer kämpft, und sich uns dennoch hingibt und dabei körperlich reagiert. Sie ist für ihn außergewöhnlich und nicht einfach zu ersetzen!"

„Stimmt... Das macht sie besonders!", sinnt Iven nachdenklich vor sich hin und sieht mir dabei direkt in die Augen: „Wer hätte gedacht, dass du sie zum Höhepunkt bringst, während sie kurz davor ist, das Bewusstsein zu verlieren?"

„Ich sagte dir doch, dass sie masochistisch veranlagt ist", erwidert ihm Finn, ohne mich dabei anzusehen. Die beiden scheinen mich in ihrer Unterhaltung vollkommen auszublenden und sprechen miteinander, als wenn ich überhaupt nicht anwesend bin. Es fühlt sich an, als wäre ich für Iven nur ein Haustier oder irgendeine willenlose Puppe. Eine Ware ohne jegliche Gefühle, die zudem nicht berücksichtigt werden. Er verhält sich so, als hätte er das Recht, so einfach über mein Leben zu bestimmen.

Da mir bei deren Unterhaltung ohnehin der Appetit vergangen ist, stehe ich auf und kümmere mich mit einem kurzen und knappen „Ihr entschuldigt mich?!" um den Abwasch. Die beiden beachten mich nicht weiter. Im Augenwinkel beobachte ich Iven und Finn, die sich weiter angeregt über dieses Thema unterhalten, so als wäre ich überhaupt nicht da. Zwar treffen sich unsere Blicke immer wieder kurz, doch ich fokussiere mich sofort wieder auf meine Hausarbeit. Es wirkt fast so, als würden die zwei etwas Neues aushecken. Zumindest lässt sich von den anfänglichen Unstimmigkeiten nichts mehr erkennen.

Als ich fast mit der Hausarbeit fertig bin, steht Finn plötzlich von seinem Stuhl auf und läuft in selbstsicheren Schritten auf mich zu. Seine Gesichtszüge geben keine Gefühlsregung von sich preis. Er zieht einen schwarzen, seidigen Stoff aus der Hosentasche und hält diesen in seiner rechten Hand. Das Ganze beunruhigt mich noch mehr und bestätigt meine ursprüngliche Vermutung, dass er irgendetwas plant.

„Was hast du vor?", frage ich unsicher. Ich muss schlucken, um meine trockene Kehle zu befeuchten, die Worte wollen mir einfach nicht über die Lippen: „Wirst du mir wehtun?"Finn tritt dicht hinter mich und streicht mir das Haar von den Schultern, um mir einen Kuss in den Nacken zu hauchen. Durch seine plötzliche Nähe erschaudere ich wohlig und spüre, wie sich mein Herzschlag erhöht. Iven sitzt unterdessen weiterhin mit verschränkten Armen am Küchentisch und beobachtet mit einem schmutzigen

Grinsen, was sich ihm darbietet. Es wirkt überhaupt nicht, als wäre er in irgendeiner Weise abgeneigt, dass Finn Hand an mich legt.„Ja, ich werde dir wehtun, Maya!", raunt er mir mit dunkler Stimme ins Ohr. Im selben Atemzug nimmt er mir das Augenlicht, indem er mir eine Augenbinde umlegt. „So wird es dir leichterfallen, dich dem hinzugeben, was wir von dir erwarten."

„Bitte..." flüstere ich abgehakt. Panische Angst breitet sich in jedem meiner Glieder aus und ich greife automatisch zu der Augenbinde. Jedoch hindert mich Finn sofort daran, sie abzunehmen, indem er meine Handgelenke mit seinen Händen umschließt. Als Nächstes spüre ich, wie er mir diese mit einem weiteren weichen Gegenstand zusammenbindet „Finn, bitte... Was hast du mit mir vor?"

„Ich mag es, wenn du bettelst. Damit erreichst du bei mir genau das Gegenteil. Dieses Flehen bewirkt in mir, dass ich dich noch viel mehr leiden lassen möchte", vernehme ich erneut seine tiefe Stimme an meinem Ohr. „Du musst keine Angst haben, ich werde dir heute keine Gewalt antun. Ich werde lediglich damit beginnen, dich zu formen." Bevor ich weiter protestieren kann, vergräbt er seine Hand in meinem Haar und versiegelt meine Lippen mit seinen Lippen.

Ergeben erwidere ich den Kuss. Jedoch löst sich Finn ziemlich schnell von meinen Lippen und ich spüre, wie ich den Boden unter meinen Füßen verliere. Mit unglaublicher Leichtigkeit nimmt er mich auf seine Arme und setzt sich in Bewegung. Kurz darauf kann ich die Erschütterung spüren, als er die Treppen benutzt. Ob er rauf oder runter läuft, kann ich allerdings nicht zuordnen.

KAPITEL 9

Spielchen

Finn macht ohnehin was er will, also lege ich meinen Kopf an seine Schulter. Es fühlt sich so an, als würde er eine Tür mit dem Ellenbogen öffnen, dann läuft er erneut mehrere Schritte, bevor er mich auf einem weichen Untergrund ablegt. Vermutlich ein Bett.

Er greift nach meinen Händen und befestigt meine Handgelenke über meinen Kopf, sodass ich mich nicht mehr bewegen kann, und ihm völlig schutzlos ausgeliefert bin.

Allerdings legt er sich nicht zu mir, sondern ich vernehme irgendein raschelndes Geräusch. In dieser geknebelten Position und vor allem blind, fühle ich mich unheimlich verletzlich. Zusätzlich macht mir Finns düsteres Versprechen eine furchtbare Angst.

Plötzlich spüre ich, wie die Matratze nachgibt und fühle anschließend seine Hand auf meinem Oberschenkel, als er anfängt, mich sanft zu streicheln. Seine Hand massiert meine Innenschenkel, dabei kommt er meiner Intimregion immer näher. Er berührt mich federleicht, ohne die Stelle anzufassen, die sofort mit einem Pulsieren auf seine Berührung reagiert. Ich bemerke eine Welle warmer Feuchtigkeit zwischen meinen Beinen und spüre, wie meine Wangen zu glühen beginnen. Es ist mir peinlich, wie schnell er mich erregen kann. Er scheint bereits einige Erfahrungen mit anderen Frauen gesammelt zu haben, so gezielt wie er mich berührt und mir dabei Lust verschafft.

„Und jetzt sag es!", fordert er und kommt dabei erneut meiner Körpermitte näher. Natürlich weiß ich sofort, was er von mir erwartet. Meine Lippen öffnen sich und ich merke, wie meine Wangen noch stärker glühen. Da ich ihm nicht schnell genug antworte, lässt er seine geschickten Finger einmal kurz über den pochenden Punkt kreisen, der mich aufstöhnen lässt. Es scheint ihm unglaubliche Freude zu bereiten, dass ich ihm so schutzlos ausgeliefert bin.

„Sag, dass du von mir gefickt werden willst!", wiederholt er und ich beiße mir auf die Unterlippe. Seine Stimme ist rau und ich höre die Lust, die darin mitschwingt. Ich weiß, dass es falsch ist, mich auf dieses Spiel einzulassen und doch bin ich viel zu neugierig, was sich in dieser Dunkelheit verbirgt, die ihn umgibt. Meine Handflächen sind schweißnass und ich kralle meine Nägel in die Fesseln, die mich bewegungsunfähig halten.

„Bitte... Ich will dich spüren", presse ich hervor und vernehme sofort sein tiefes Lachen. „Braves Kätzchen." Doch er scheint etwas anderes mit mir vorzuhaben, denn ich vernehme erneut, wie sich die Matratze bewegt.

Wieder höre ich ein Geräusch, dann fühle ich, wie er eine kühle Flüssigkeit zwischen meinen Pobacken verteilt und bekomme eine furchtbare Vorahnung, was er als Nächstes mit mir machen wird. Da ich mich kaum traue, ihm zu widersprechen, kommt nur ein leises Flüstern über meine Lippen: „Bitte! Tu mir das nicht an!"

„Ich werde dir beibringen, auch das als erregend zu empfinden!", raunt er dicht an meinem Ohr. Dann spüre ich, wie er irgendetwas in diese Körperöffnung hineindrückt. Der Gegenstand ist hart und dennoch leicht biegsam. Ein Sexspielzeug, wird mir klar. Es fühlt sich schlichtweg falsch an, wie etwas in diese Körperöffnung hineingedrückt wird. Dennoch versuche ich, mich weitestgehend zu entspannen. Erfahrungsgemäß weiß ich, dass es noch viel schmerzhafter wird, wenn ich mich anspanne.

Das Ding dringt tiefer in mich ein, hinterlässt ein brennendes Gefühl und ich wimmere frustriert, weil ich mich missbraucht fühle. Nachdem es sich tief in mir befindet, lässt er seine Finger erneut um meine Klitoris kreisen. Er verteilt meine eigene Feuchtigkeit und lässt zwei seiner Finger in mich gleiten, um von innen meinen Lustpunkt zu stimulieren. Mein Atem wird schwerer, als ich seinen warmen Atem zwischen meinen Beinen spüre und er seine Zunge ansetzt und mit meiner Perle spielt.

Durch die Reizüberflutung rückt das drückende Gefühl des Spielzeugs in den Hintergrund und ich dränge ihm mein Becken entgegen. Als hätte er darauf gewartet, fängt er gleichzeitig damit an, mich mit dem Spielzeug zu ficken. Das ungewohnte Gefühl, auf diese Weise penetriert zu werden und die gleichzeitige Stimulierung mit seiner Zunge, verstärkt meine Erregung. Als ich kurz vor dem Höhepunkt stehe, verlässt ein leises, lustvolles Stöhnen meine Lippen und ich biege meinen Rücken leicht zu einem Hohlkreuz.

Doch Finn lässt mich nicht kommen. Sondern er löst sich von mir und entfernt das Spielzeug. Er packt mich an den Hüften und zieht mich hoch, positioniert mich so, dass ich auf allen Vieren vor ihm knie, und mein Hintern vor ihm in die Höhe ragt.

Nun höre ich das Klicken seines Gürtels und anschließend, wie er seinen Reißverschluss öffnet. Ich atme flach und spüre eine Gänsehaut über meinen Körper rieseln, als er ein größeres Teil gegen meinen Schließmuskel drückt. Trotz des Gleitgels und der Vorbereitung schreie ich auf, als er in mich eindringt. Doch er hört nicht auf. Erst als er vollständig in mir ist, hält er nur einen kurzen Moment inne, bevor er sich wieder zurückzieht, um erneut vorzustoßen.

Es ist zwar nicht so schlimm wie die Male zuvor, dennoch ist es ein unangenehmes, brennendes Gefühl. Sein Schwanz ist einfach viel zu groß. Zu dick. Und am liebsten würde ich losheulen, als er anfängt, mich auf diese Weise härter zu ficken. Gerade als ich denke, dass der Schmerz kaum zu ertragen ist, finden seine Finger erneut meine Lustperle und er beginnt, mich dort zu massieren.

In dieser Kombination stimuliert und gleichzeitig gefickt zu werden, lässt das unangenehme Druckgefühl in den Hintergrund rücken. Mein Geschlecht pocht und pulsiert, das warme, wellenartige Gefühl wird stetig intensiver. Der

Druck in meinem Unterleib wird explosiver. So pervers es auch ist, es gefällt mir immer mehr, auf diese verdrehte Art und Weise von ihm benutzt zu werden.

„Komm für mich!", befiehlt er mit dieser unglaublichen Dominanz in seiner Stimme. Und als hätte mein Unterleib darauf gewartet, komme ich für ihn. Auch er stöhnt tief, während ich von der Intensität meines Orgasmus Sterne sehe.

Gerade als er von mir ablässt und ich denke, dass ich es endlich hinter mir habe, werde ich erneut auf der Matratze herumgewirbelt. Erschrocken stöhne ich auf, als mich zwei starke Hände an der Taille fixieren. Nun liege ich auf dem Rücken und ich spüre, wie er kräftig meine Hüfte gepackt hält. Dann versenkt er sich mit einem kraftvollen Stoß vaginal in mir. Sein Schwanz ist steinhart und zum Zerreißen gespannt. Er fühlt sich in dieser Stellung noch viel größer in mir an. Im unnachgiebigen Rhythmus fickt er mich eine gefühlte Ewigkeit in dieser Position, was meinen eigenen Höhepunkt verlängert.

Ein angestrengtes Keuchen verlässt seine Lippen und ich spüre, wie er tief in mich gedrückt zuckend in mir verharrt. Mein Herz klopft so heftig und mein Brustkorb hebt und senkt sich unkontrolliert, da spüre ich erneut seine weichen Lippen auf den meinen. Er küsst mich so anders. So voller Leidenschaft. Er kostet den Moment vollkommen aus und lässt sich alle Zeit der Welt, bevor er sich aus dem Kuss löst. Als er die Augenbinde abzieht, sehe ich in dunkelbraune Augen und mein Herz setzt einige Takte aus.

Ich blinzle mehrfach und blicke orientierungslos durch den Raum. Ich bin in diesem Folterzimmer, in dem ich schon einmal missbraucht wurde. Finn steht entkleidet in der Ecke des Raumes vor einem Waschbecken und säubert sich, sodass ich erneut in diese dunkelbraunen, fast schwarzen Augen blicke. „Du wirkst überrascht!", grinst Iven und legt dabei den Kopf leicht schief. „Du hast wohl nicht erwartet, dass du heute von zwei verschiedenen Schwänzen gefickt wirst."

Nun bin ich wortwörtlich sprachlos. Ich kann nichts anderes tun, als dazuliegen und ihn anzustarren. Zwischenzeitlich zieht sich Iven aus mir zurück und steht vom Bett auf, um vorsichtig den Knoten meiner gefesselten Handgelenke zu öffnen. Sofort setze ich mich auf, ziehe meine Füße fest an meinen Körper und lege meine Arme drumherum, um meine nackte Haut zu verdecken. Jedoch setzt sich Iven an den Rand der Matratze und nimmt meine Handgelenke in seine Hände, anschließend reibt er behutsam über die schmerzhaften Druckstellen.

Wie konnte ich nicht bemerken, dass ich Sex mit zwei verschiedenen Männern hatte. Vertraue ich inzwischen Finn blindlings, um nicht zu merken, wie weit er mit mir geht?

Da ich Iven noch immer wortlos anblicke, beginnt er mich sanft zu streicheln. Erst jetzt merke ich, dass ich am ganzen Körper zittere und wie die Ejakulationen beider Männer aus meinen Körperöffnungen hinausfließen. Das alles ist so widerlich. Ich fühle mich eklig und schmutzig. Die Scham, wie leichtfertig ich mich inzwischen diesen Typen darbiete, kehrt zurück und ich spüre, wie meine Augen glasig werden. Ich stehe kurz vor einem Heulkrampf und kann nur mit größter Mühe die Tränen zurückhalten.

Zusätzlich fühle ich mich noch viel mehr erniedrigt, weil Iven mir noch vor Kurzem an den Kopf geworfen hat, dass es für ihn "eintönig" ist, nur mit mir zu ficken. Dabei hat es mich alle Überwindung gekostet, mich dem Mann hinzugeben, der mich vergewaltigt und zu Unaussprechlichem genötigt hat. Nach allem Gesagten von vorhin war ich einfach noch nicht bereit dafür, ihn so nah an mich heranzulassen. Es ist so furchtbar entwürdigend, dass diese Männer mit mir machen, was immer sie wollen und ich nicht das Geringste dagegen tun kann.

„Du musst dich für nichts schämen, Maya! Du bist nicht die einzige Frau, die beim Arschfick zum Höhepunkt kommt", reißt mich Ivens Stimme aus meinen düsteren

Gedanken. Als wüsste er nur im Geringsten, wie es sich anfühlt, das Sexspielzeug dieser Perversen zu sein. Wut und Frust über meine momentane Situation übernehmen die Oberhand. Im Affekt überbrücke ich die Distanz zwischen uns und hole mit der flachen Hand aus, um Iven eine klatschende Ohrfeige zu verpassen.

„Wofür war die?", fragt er verdutzt und reibt sich reflexartig seine gerötete Wange. Mein Blick verfinstert sich und unabhängig von den Konsequenzen fauche ich zickig: „Fick dich, Iven! Oder irgendeine dahergelaufene Hure!"

Sobald ich die Worte ausspreche, bereue ich es sofort, denn Iven legt den Kopf erneut schief und dieses hämische Grinsen legt sich auf seine Lippen. So als hätte er mich nun völlig durchschaut. Die dumme, naive Frau, die ernsthaft Gefühle für ihren Entführer empfindet.

„Sie ist eifersüchtig", bemerkt Finn, der inzwischen sein Hemd zuknöpft. Auch sein Gesichtsausdruck wirkt amüsiert, während er mich nicht aus den Augen lässt. „Der Blick, mit dem sie dich ansieht. Sie ist in dich verliebt. Das sind die wütenden Augen einer eifersüchtigen Frau."

„Es gibt nichts Schöneres, als in diese wütenden Augen zu sehen. Denn dies ist der Beweis, dass du längst mir gehörst." Noch immer sind Ivens Lippen zu diesem selbstverliebten Lächeln verzogen. Finn, der inzwischen wieder vollständig angezogen ist, meint jedoch abfällig: „Es ist höchstens der Beweis, dass sie dich schon sehr bald langweilen wird."

Nun kann ich meine Tränen wirklich nicht mehr zurückhalten und spüre, wie mir die erste warme Träne über die Wange rinnt. Dass Finn über mich redet, als sei ich gar nicht da, gibt mir endgültig den Rest. Ein abfälliger Laut verlässt Ivens Kehle und er streckt erneut seine Hand nach mir aus, um mir die Träne von der Wange zu wischen. „Du verletzt ihre Gefühle und bringst sie zum Weinen, wenn du solche gemeinen Aussagen von dir gibst."

Nun ist es Finn, der abfällig schnaubt und seine Hände in die Hosentaschen schiebt, derweil er uns aufmerksam beobachtet.

„Als ob das ausgerechnet dich interessiert?!"

Genug ist genug! Da ich deren Unterhaltung nicht länger ertrage, stehe ich vom Bett auf und renne aus dem Kellerraum. Zu meinem Glück ist die Tür nicht verschlossen und lässt sich öffnen. Ich höre zwar noch, wie mir Iven „MAYA!" hinterherbrüllt, doch ich denke gar nicht daran, stehenzubleiben. In schnellen Schritten laufe ich die Treppen hoch und sehe mich im Wohn-Essbereich um. Hier gibt es für mich keinen Rückzugsort und da die Alarmanlage rot leuchtet, kann ich es mir gleich ersparen, an der Türklinke zu rütteln.

Also gehe ich noch weitere Treppen nach oben und entscheide mich kurzerhand, duschen zu gehen, um die Körperflüssigkeiten von mir zu waschen. Dieser Raum ist der einzige Ort in diesem Haus, in dem ich ein kleines bisschen Privilegien habe. Dass ich zum jetzigen Zeitpunkt splitterfasernackt durch das Haus laufe, interessiert mich herzlich wenig. Bisher musste ich Schlimmeres ertragen.

Sowie ich allerdings die Badezimmertüre öffne, stehe ich Milan gegenüber. Er ist ebenfalls komplett nackt, kommt gerade selbst aus der Duschkabine und ist dabei, sich abzutrocknen. Skeptisch zieht er eine Augenbraue nach oben und mustert mich kritisch: „Du siehst frisch durchgefickt aus, Herzchen."

„Lass mich einfach in Ruhe!"

Mehr sage ich nicht, sondern laufe an ihm vorbei und dränge mich in die Duschkabine, um ebenfalls duschen zu gehen. Blitzschnell hat er mein Handgelenk gepackt, sodass ich ihn wütend anfunkle: „Nur zu... Vergewaltige mich ruhig! Ihr macht doch ohnehin, was ihr wollt!"

Seine andere Hand schnellt nach vorne und umgreift meinen Hals, nur Sekunden später drückt er mich mit dem Rücken gegen die Fliesen. Durch die plötzliche Kälte an meinem Rücken stöhne ich erschrocken auf. Milan sieht mich jedoch nur emotionslos an, sodass ich protestiere: „Was?!"

Erneut glänzen Tränen in meinen Augen, die beim nächsten Blinzeln über meine Wangen rinnen. Anstatt mich zu schlagen, überbrückt Milan die letzte Distanz zwischen uns und bringt mich zum Schweigen, indem er seine Lippen auf meine Lippen presst. Seine Handlung verwirrt mich und ich reiße die Augen auf.

„Es macht mich an, wenn du dich gegen mich auflehnst. Du gibst mir damit die Möglichkeit, dich für dein Verhalten zu bestrafen und dich an die Regeln zu erinnern."

„Mach schon! Bestraf mich oder fick mich doch am besten gleich hier! Mach mit mir, was immer du willst! Meine Gefühle interessieren euch doch sowieso nicht!", fordere ich ihn auf und bin überrascht, wie selbstsicher ich dabei klinge. Milan mustert mich erneut und scheint kurz zu überlegen.

„Du wurdest von beiden gefickt. Habe ich recht? Jetzt bist du schockiert, weil die beiden gar keine Differenzen untereinander haben?" Es wirkt, als würde ihm nun ein Licht aufgehen.

„Ich hatte dich vor ihren Spielen gewarnt!", meint er beiläufig. Da ich ihm nicht antworte, sondern ihn trotzig anfunkle, beugt er sich zu meinem Ohr herunter und raunt belustigt: „Ich habe mir etwas Besonderes einfallen lassen. Wir beide werden später eine Menge Spaß miteinander haben! Deswegen werde ich dich jetzt nicht verletzen."

Mit diesen Worten löst er sich von mir und ich bleibe verwirrt blinzelnd in der Duschkabine zurück. Mit einem „Beeil dich, Raubkatze! Ich erwarte dich!" schlendert er lässig aus dem Raum und lässt mich allein. Kopfschüttelnd blicke ich ihm hinterher, bis er außer Sichtweite ist. Was hat dieser Psychopath nun wieder vor? Mit diesen Gedanken drehe ich das Wasser auf und bringe meine Körperpflege hinter mich. Nachdem ich mich abgetrocknet und zurechtgemacht habe, gehe ich mit kleinen Schritten vor das Badezimmer. Auf dem

Gang ist niemand zu sehen und ich kann auch keine Stimmen vernehmen.

Die Gedanken über Iven und Finn rücken in den Hintergrund. Mein größeres Problem ist, dass ich Milan beweisen muss, dass ich mehr als nur eine starre Stoffpuppe im Bett bin. Und das, obwohl ich gerade erst von den beiden anderen missbraucht wurde. Wie viel erträgt eine menschliche Psyche?

Langsam schleiche ich mich zu Milans Zimmer und öffne die angelehnte Türe. Er liegt nur in seiner Boxershorts bekleidet auf dem Bett und tippt dabei irgendetwas in seinem Handy. Als er mich bemerkt, steht er auf und ich bleibe wie angewurzelt stehen.

„Mach's dir bequem. Ich muss noch was mit den anderen klären. Hab gerade erfahren, dass wir das Haus heute Nacht für uns haben", erklärt er mir und verpasst mir im Vorbeilaufen einen Klaps auf den Hintern.

Am liebsten würde ich ihm eine klatschen. Doch ich bleibe stumm und beobachte, wie er aus dem Zimmer geht. Da ich zu viel Angst habe, verkneife ich es mir, seine Schubladen zu durchsuchen und werfe mich frustriert auf sein Bett. Es widert mich an, dass ich in ein paar Minuten freiwillig mit diesem Verrückten schlafen muss, und ihn von meinen Qualitäten überzeugen soll. Zumindest war so der Deal. Oder ich werde zum Spielzeug seines Onkels. Der womöglich ein Gesicht besitzt, das nur eine Mutter lieben kann.

Ich muss ein frustriertes Schnauben in vielerlei Hinsicht unterdrücken. Es vergeht eine Ewigkeit, in der ich auf dem Bett liege und auf Milan warte. Als ich kurz vor dem Einschlafen bin, öffnet sich endlich die Türe. Milan steht grinsend im Türrahmen. Zu meiner Verwunderung trägt er eine Jeanshose und ist oberkörperfrei. Er schließt die Tür hinter sich und kommt lässig auf mich zugeschlendert. Als er vor dem Bett steht, setzt er sich an den Rand der Matratze, sodass ich mich aufsetze.

„Wird Zeit, dass du endlich ein bisschen locker wirst, Baby-Girl", meint er, und zieht dabei ein durchsichtiges Tütchen aus seiner Hosentasche, in dem sich zwei weiße Pillen befinden. Er öffnet das Tütchen und nimmt eine der Pillen heraus. Während er mich mit seinen grünblauen Augen fixiert, schiebt er mir diese vorsichtig zwischen die Lippen. „Das hier ist reines MDMA, nur Leute wie mein Onkel kommen an Drogen mit solch einem außergewöhnlichen Reinheitsgrad. Ich verspreche dir, Schönheit, heute Nacht wirst du den besten hemmungslosen Sex deines Lebens erleben."

Reflexartig muss ich würgen, als der bittere chemische Geschmack mit meiner Zunge in Berührung kommt. Doch ein Blick in Milans warnende Miene und ich presse mir selbst die Hand auf den Mund, um sicherzugehen, dass ich das widerliche Zeug schlucke. Tränen schießen mir in die Augen und ich muss mehrfach würgen. Doch nach einem für mich gefühlt ewigen Kampf rutscht die Tablette endlich meine Kehle hinunter.

Bisher habe ich die wildesten Gerüchte über Ecstasy gehört und dadurch unheimlichen Respekt vor Drogen. Zwar will ich nicht sterben, doch ein Tod durch eine Überdosis kommt mir inzwischen erträglicher vor, als auf sadistische Weise bei irgendeiner Jagd durch einen Wald von der Elite hingerichtet zu werden. Vielleicht ist ein Herzstillstand in meiner Situation eine erträgliche Erlösung.

Nachdem ich sicher bin, dass ich das Ding unten behalte, beobachte ich Milan, wie er selbst die andere Pille aus dem Tütchen holt und locker und lässig hinunterschluckt. Er hat damit keine Probleme und scheint wohl einiges mehr an Erfahrung zu haben als ich. Unsicher wandert mein Blick von seinen schwarzen Haaren über seine perfekten Gesichtszüge zu seinen Lippen. Ich erlaube mir nicht, über meine Gefühle nachzudenken, sondern erhebe mich und überbrücke die Distanz zwischen uns. Auch wenn ich vor Aufregung kaum Luft bekomme, kralle ich meine Finger in seine Schultern und drücke meine Lippen auf seine Lippen.

Obwohl meine Aktion für Milan sichtlich überraschend kommt, steigt er dennoch darauf ein und er übernimmt die Führung des Kusses. Seine Hand wandert zwischen meine Schulterblätter und er drückt mich rückwärts auf die Matratze, um sich über mich zu beugen. Ich kann mich nicht erinnern, Milan jemals so hingebungsvoll geküsst zu haben. Zumindest fällt es mir heute zum ersten Mal auf, wie gut er eigentlich küssen kann.

Zögerlich schließe ich meine Augen und gebe mich dem Moment vollkommen hin. Meine Hände gehen auf Wanderschaft und ich zeichne mit meinen Fingerspitzen die Muskelpartien seines wohlgeformten Männerkörpers nach. Von seinen breiten Schultern entlang zu seinen muskulösen Oberarmen. Vorsichtig berühre ich seine perfekt trainierten Brustmuskeln und seine definierten Bauchmuskeln, bis ich an dem Gürtel seiner Jeanshose ankomme. Ich kann spüren, wie mir der Schweiß ausbricht, während ich unsicher an seinem Hosenbund fummle.

Jedoch stoppt er mich in meinem Vorhaben und löst sich aus dem Kuss.

Verwirrt blinzle ich, denn ich kann deutlich spüren, dass es in seiner Boxershorts gefährlich eng geworden ist. Der Kuss hat ihn erregt, doch warum hört er nun auf? Er lässt mich nicht aus den Augen, was mich noch unsicherer macht. Wenn das überhaupt möglich ist.

„Das war nicht schlecht, Baby-Girl, aber du bist viel zu verkrampft. Das Zeug, was du eben geschluckt hast, wird dir deine Ängste und Hemmungen nehmen."
Während er das sagt, streicht er mir eine verirrte Haarsträhne hinter mein Ohr. Anschließend richtet er sich auf und läuft zu seinem Kleiderschrank. Er wühlt kurz darin und zieht eines seiner Kleidungsstücke heraus.

„Na los, steh auf! Ich zeig dir, wie man Spaß hat."
Mit diesen Worten wirft er mir ein Tank-Top zu, das ich auffange und sofort überziehe, um meine nackte Haut zu

verhüllen. Das Ding geht mir gerade mal bis zur Hälfte meines Hinterns. Doch alles ist besser als nackt.

Ein bisschen wundert es mich schon, dass Milan mich nicht ficken, sondern mit mir abhängen will. Er läuft aus seinem Zimmer und ich folge ihm etwas unbeholfen. Im Wohnzimmer angekommen, schaltet er die Musikanlage ein. Irgendein Mix aus Techno und RnB-Music. Der Typ hat auf jeden Fall Musikgeschmack.

Außerdem holt er aus einem der Schränke zwei Flaschen Desperados, die er öffnet und mir eine reicht. Als er meinen misstrauischen Blick bemerkt, meint er locker: „Jetzt schau nicht so. Auf dem Trip, den du gleich fährst, kann dir Alkohol nichts anhaben!"

„Ich war kein Engel und hab auch schon mal Alkohol getrunken. Allerdings bin ich mir nicht sicher, ob du mir diesen Cocktail verpasst, um mich umzubringen. Vielleicht stehst du ja insgeheim auf Nekrophilie?!", erwidere ich ihm mit hochgezogener Augenbraue. Milan bricht sofort in schallendes Gelächter aus und kommt mir so nahe, dass sich unsere Nasenspitzen fast berühren.

„Glaub mir, ich würde niemals eine Leiche ficken. Ich bevorzuge es, eine Frau leiden zu sehen."

„Dein Schreien und dein Flehen ist das, was mich erregt!", raunt er mir ins Ohr und eine Gänsehaut rieselt mir die Wirbelsäule entlang. Jedoch löst er sich sofort wieder von mir und meint: „Na los, steh nicht so dämlich rum und setz dich!"

Ohne Widerworte gehorche ich seiner Aufforderung und setze mich auf das Sofa. Auch er tut es mir gleich und setzt sich neben mich. Ich nehme eine der Flaschen und trinke sofort einen großzügigen Schluck, um meine staubtrockene Kehle zu befeuchten. Auch er tut es mir gleich. Anschließend stellen wir die Flaschen auf den Tisch.

Es ist seltsam, mit meinem Entführer hier zu sitzen und einen auf Buddy zu machen. Um die unangenehme Stille zu vertreiben, frage ich Milan zögerlich: „Wie ist er so... dein Onkel? Ist er ein richtiger Mafiaboss wie aus einem Film?"

„Gehörst du etwa auch zu den Frauen, die sich eine Romanze mit einem Mafiaboss wünschen?", lacht er amüsiert. „Dann muss ich dich leider enttäuschen, Herzchen. Mein Vater ist das Oberhaupt der Familie und schon über 60. Er leitet die Geschäfte im Milieu. Mit meinem Onkel hast du eigentlich einen ganz guten Fang gemacht. Er sieht gut aus, außerdem laufen ihm die Weiber reihenweise hinterher. Doch er hat immer eine ganz bestimmte Frau gesucht und war besessen davon, sie zu finden."

„Und diese Frau bin ich?", frage ich spöttisch. Ich bin nicht so dumm, der Illusion zu unterliegen, irgendetwas Besonderes für diesen Typen zu sein. Oder es jemals zu werden. Ich bin nur ein weiteres Spielzeug, ein Zeitvertreib. So wie ich es für Iven und Finn und Milan bin.

„Sieh es positiv. Wenn du an ihn verkauft wirst, werden wir uns sicher ab und an begegnen."

Milan sieht mir tief in die Augen und legt seine Hand auf meinen Oberschenkel, was eine plötzliche Gefühlsexplosion an dieser Stelle auslöst.

„Oder du überzeugst mich heute Nacht, dass es ein Fehler wäre, dich gehen zu lassen."

Meine Haut beginnt durch seine Berührung zu glühen und ich schnappe nach Luft. Mir ist plötzlich so heiß und dennoch habe ich am ganzen Körper Gänsehaut. Ich kann spüren, wie sich mein Puls leicht erhöht, aber auf eine wohlige, angenehme Weise. Die Musik im Hintergrund geht mir beinahe unter die Haut, alles um mich herum ist so viel intensiver. Ich schaffe es kaum, den geballten Gefühlscocktail zu verarbeiten.

Milan scheint sofort zu erahnen, welche Wirkung seine Berührung auf mich hat und dass die Droge ihren gewünschten Einfluss zeigt.

„Show-Time, Schönheit, und jetzt lehn dich zurück und genieße das Feeling."
Sobald Milan die Worte ausspricht, überbrückt er die Distanz zwischen uns und küsst mich. Seine Hand fährt dabei ganz langsam meinen Oberschenkel hinauf. Alles in mir beginnt zu kribbeln, als würden Millionen Schmetterlinge in meinem Bauch tanzen.

Um den Kuss zu vertiefen, umfasst er meinen Hinterkopf und vergräbt seine andere Hand in meinem Haar. Es kommt mir vor, als würde die Zeit stehenbleiben. Es ist so ein unbeschreiblich prickelndes Gefühl in meinem Inneren. Und dieses wohlig warme Gefühl wird durch den Kuss um ein Vielfaches intensiviert.

Die Empfindungen sind so intensiv, dass ich an seinen Lippen wohlig stöhne, als er kurz davor ist, meine Intimzone zu berühren. Er gleitet mit seinen Fingerspitzen immer höher, doch er berührt mich an dieser Stelle nicht. Mein Körper reagiert mit einem starken Pochen zwischen meinen Beinen. Ich kann spüren, wie meine Nippel unter meinem Tank-Top hart werden und wie sich eine Spannung in meinem Unterleib aufbaut. Mein Körper biegt sich instinktiv seiner Hand entgegen und ich seufze frustriert, weil er mich offensichtlich quälen will.

„Du bist so süß, wenn du dich fallen lässt", säuselt er an meinen Lippen, greift mit seiner Hand fest in mein Haar und küsst mich hart. Eine Hitzewelle jagt durch meinen Körper, als seine Finger hauchzart durch meine Spalte gleiten.

Der Kuss wird stürmischer und ich habe das Gefühl, unter seiner Berührung zu verbrennen. Es ist, als wäre mein gesamtes Blut in Wallung geraten. Mein Atmen wird immer schwerer und mein Puls immer höher.

„Fuck... Was ist das für ein Gefühl?", stöhne ich zwischen den Küssen. Mein Unterleib zieht sich auf angenehme Weise zusammen, ich kann spüren, wie ich immer feuchter werde. Milan beginnt erneut schelmisch zu grinsen und versenkt problemlos zwei seiner Finger in mir.

„Ecstasy in seiner reinsten Form, Liebes."
Milan krümmt seine Finger in mir leicht und drückt gegen meinen inneren Lustpunkt. Noch niemals zuvor habe ich derart heftige Gefühle empfunden. Es ist zu viel und dennoch nicht genug. Jedoch quält er mich weiter, indem er seine Finger aus mir zurückzieht. Protestierend halte ich seine Hand fest und flüstere völlig stoned: „Bitte höre nicht auf!"

„Ich will, dass du für mich tanzt, Maya, und dich dabei ausziehst!", raunt er dicht an meinem Ohr. Ich fühle mich total benebelt. Der Klang seiner Stimme törnt mich noch mehr an, sodass ich seiner Aufforderung nachkomme. Mein Körper fühlt sich so unbeschwert und leicht an, als ich mich vom Sofa aufrichte. Ich kann die Musik in jedem meiner Glieder spüren. Ich bin so high, dass ich wirklich den Drang verspüre, für ihn zu tanzen.

Berauscht lehne ich mich über den Tisch und greife mir die Flasche, die ich mit einem Zug austrinke. Milan beobachtet mich weiterhin aufmerksam, dabei sitzt er noch immer lässig auf der Couch und macht es sich bequem.

„Wo war noch gleich der Alkohol?", frage ich ihn herausfordernd. Milan sieht mich mit diesem verführerischen Draufgängerlächeln an und verschränkt lässig die Arme hinter dem Kopf.

„Dort drüben in dem Schrank. Was hältst du von Bacardi?"

„Einverstanden" zwinkere ich ihm zu und laufe zu dem Schrank, aus dem Milan zuvor die Alcopops geholt hat. Mit der Flasche bepackt gehe ich zur Musikanlage und drehe diese lauter. Sobald ich wieder vor Milan stehe, öffne ich die Flasche und trinke direkt aus dieser. Anschließend reiche ich sie Milan. Auch er tut es mir gleich und trinkt direkt aus der Flasche, bevor er diese neben sich auf dem Tisch abstellt, dabei fordert er erneut: „Und jetzt zeig mir, was du draufhast, Kleines!"

Automatisch bewegen sich meine Hüften zum Klang der Musik und ich lasse meine Hände zum Bund meines Tops gleiten, anschließend ziehe ich es ganz langsam aus. Sein Blick folgt dem Stoff Zentimeter um Zentimeter, bis er zu Boden fällt. Ich bin mir nicht sicher, ob ich dabei verführerisch wirke oder einfach nur verpeilt. Doch es ist mir egal. Ich verspüre das innerliche Verlangen, mich zum Beat der Musik zu bewegen. Ich habe weder Selbstzweifel noch bin ich unsicher.

Sobald ich nackt vor ihm stehe, greife ich nach seinen Händen und ziehe ihn zu mir nach oben. Ich schmiege meinen Körper an seinen und bewege mich weiterhin zum Takt der Musik. Milan scheint vollends begeistert, denn er presst sich fester gegen mich und folgt geschmeidig meinen Bewegungen. Dabei legt er seine Hände um meine Hüften, um mich noch enger an sich zu ziehen. Diese Droge lässt mich alle Hemmungen verlieren. Ich habe mich noch nie zuvor in meinem Leben so frei und unbeschwert gefühlt wie in diesem Moment.

Milan schiebt mein Haar zur Seite und beginnt gierig, meinen Hals zu küssen. Gleichzeitig erkunden seine Hände erneut meinen Körper, was mich immer mehr zum Stöhnen bringt. Es ist wie ein Trancezustand, ein Sinnesrausch voller angenehmer Empfindungen. Aus dem Nichts lege ich meine Arme um seinen Hals, ziehe ihn zu mir herunter und küsse ihn erneut.

Wir tanzen so eng, dass ich spüren kann, wie es ihn erregt. Stetig wächst in mir das Verlangen, ihn zu ficken, sodass er mich niemals vergessen wird. Ich will ihm beweisen, dass ich nicht „eine von Vielen" bin. Und nichts ist dafür besser geeignet als ein Blowjob. So ziemlich jeder Mann steht darauf, wenn ihn eine Frau mit dem Mund verwöhnt.

Während wir weiter tanzen, berühren auch meine Hände seinen Oberkörper. Erneut bringt mich sein trainierter Body ins Schwärmen. Er ist so verdammt muskulös und seine Bauchmuskeln perfekt definiert. Meine Hände wandern immer tiefer zu seinem Gürtel, gleichzeitig gehe ich vor ihm in die Hocke. Mit einem schelmischen Grinsen sieht er auf mich herab, doch irgendwie hat diese Gier in seinen grünblauen Augen etwas Anziehendes.

Nur Sekunden später habe ich ihm die Hose mitsamt Boxershorts bis zu den Knien gezogen. Sein Schwanz ist bereits steif, sodass ich ihn mit meiner Hand umfasse und gleichzeitig meine Lippen um seine Männlichkeit schließe. Ein Stöhnen dringt aus seiner Kehle, als ich meine Zunge ganz langsam um seine Eichel kreisen lasse und gleichzeitig beginne, meine Hand an seinem Schaft auf- und abgleiten zu lassen.

„Scheiße... Hör nicht auf!"

Milan greift mir in die Haare und legt genussvoll seinen Kopf in den Nacken. Innerlich muss ich schmunzeln. Ich weiß, was ich tun muss, um einen Mann auf diese Weise um den Verstand zu bringen.

Immer wieder lasse ich seine Erektion tief in meinen Mund gleiten, sauge daran und umspiele seine Spitze mit meiner Zunge, sodass ich spüre, wie er in meiner Hand pulsiert und beinahe zum Zerreißen gespannt ist. Sein Atem wird immer schwerer, gerade als ich denke, dass er jeden Moment kommen wird, zieht er mich an den Haaren zurück auf die Beine.

Erneut schreie ich schmerzhaft auf und sehe, wie sich dadurch ein Grinsen auf seine Lippen schleicht. Es macht ihm wirklich Spaß, mich auf jede erdenkliche Weise zu verletzen.

Doch viel Zeit bleibt mir nicht, mir darüber Gedanken zu machen, denn er streift sich die Hose mitsamt Shorts vom Körper, umgreift meine Oberschenkel und nimmt mich mit nur einem Ruck auf seine Arme.

„Ich werde dich so heftig gegen die Wand ficken, dass du morgen bei jedem Schritt an mich denkst."

Reflexartig schlinge ich meine Beine um seine Hüfte und spüre seine Erektion. Mein Unterleib reagiert mit einem heftigen Pochen auf seine Worte. Diese dunkle Dominanz, die ihn umgibt, macht mich unbeschreiblich an. Er läuft ein paar Schritte vorwärts, bis mein nackter Rücken die Wand berührt. Erschrocken stöhne ich auf, doch Milan erstickt jeden Laut, indem er meine Lippen mit den seinen versiegelt.

Meine Finger greifen in seine Haare und ich stöhne an seinen Lippen, als er mit seinen Händen meine Pobacken umgreift und ich fühlen kann, wie er seine Erregung gegen meinen Unterleib presst. Unsere Berührungen und Küsse werden wilder. Mir wird auf einmal glühend heiß und mein Herz hämmert wie wild gegen meine Brust. Ich weiß nicht genau, an was es liegt, die Tatsache, dass er mich unter Drogen gesetzt hat, sein Aussehen, die Dominanz in seiner tiefen Stimme, oder der Reiz, etwas Verbotenes zu tun. Doch die Vorstellung an Sex mit ihm erregt mich ungemein.

„Bitte fick mich endlich!", säusele ich an seinen Lippen, doch er nimmt sofort erneut die Verführungskünste meiner Lippen auf. Mit einem selbstüberzeugten Grinsen kommt er meiner Aufforderung nach. Er drängt mich fester gegen die Wand und fixiert mich, indem er mich zwischen der Wand mit seinem Oberkörper einklemmt. Dann positioniert er sein Glied mit Hilfe seiner Hand zwischen meinen Beinen. Ich bin so feucht, dass er problemlos bis zum Anschlag in mich eindringen kann.

Er nimmt mich mit harten Stößen, wodurch mein nackter Rücken immer wieder an der Rauputzwand scheuert. Es tut furchtbar weh, doch es ist mir egal. Denn gleichzeitig macht es mich unheimlich an, von ihm benutzt zu werden. Er weiß scheinbar, dass er mir Schmerzen zufügt, denn als er meinen schmerzverzerrten Gesichtsausdruck bemerkt, wird sein Schwanz noch viel härter und größer in mir. Er scheint zu erahnen, dass ich viel zu heiß auf ihn bin, um zu protestieren. Unerwartet trägt er mich zum Sofa, ohne dabei den Kuss zu unterbrechen. Sekunden später wirft er mich auf das Sofa, beugt sich über mich und packt mich fest am Haar. Lustvoll keuche ich auf, als er wiederholt beginnt, mich mit seinen Fingern zu stimulieren. Ich bin so klatschnass und erregt, dass ich mich stöhnend unter ihm winde. Alles in mir verzehrt sich nach ihm und ich bin nicht imstande, noch klar zu denken. Geschweige denn, jetzt noch auf die Idee zu kommen, aufzuhören oder mich ihm zu widersetzen.

Sobald er seine Finger aus mir zurückzieht, ersetzt er diese mit seinem Glied. Mit einem Stoß dringt er in mich ein und entlockt mir einen spitzen Schrei, den er dämpft, indem er seine Lippen auf meine legt. Stöhnend vergrabe ich meine Nägel in seinem Fleisch, als seine Stöße härter, fast schon brutal, werden.

Der Druck in meinem Inneren erhöht sich, während er immer wieder tief in mich stößt. Ich spüre unentwegt dieses extreme Pulsieren zwischen meinen Beinen, und meine Beine zittern von der Intensität. Die Hitze in meinem Schoß wird immer stärker und ich komme lautstark zum Höhepunkt.

Langsam lasse ich meine Finger über seinen verschwitzten Rücken wandern. Sobald ich wieder zu Atem komme, drücke ich ihn von mir. Jedoch nur, um mich rittlings auf ihn zu setzen. Milan scheint vollkommen begeistert, denn er hebt mich an der Hüfte an, sodass er erneut in mich eindringen kann. Seine grünblauen Augen fesseln mich und ich wende den Blick nicht ab, als ich beginne, mich rhythmisch auf ihm zu bewegen. Erst langsam, doch unsere Bewegungen werden sehr schnell ungehalten. Ich stütze mich auf seiner Brust ab, während er mir sein Becken in dem Rhythmus, den ich vorgebe, entgegenbewegt.

In meinem Inneren brennt ein gewaltiges Feuer und es wird mit jedem seiner Stöße immer heißer. Das Gefühl wird immer stärker und mein ganzer Körper verkrampft und zuckt zusammen, als mich mein nächster Orgasmus überrollt. Auch seine Lippen verlässt ein leises Keuchen, als auch er zum Höhepunkt kommt. Ich kann spüren, wie sein Schwanz tief in mir zuckt und pulsiert. Vollkommen nass und verschwitzt verharren wir noch kurze Zeit in dieser Position, bis er seine Hand in meinen Haaren vergräbt, um mich zu sich herunterzuziehen. Dann küsst er mich erneut. Ohne den Kuss zu unterbrechen, lasse ich mich neben ihm auf das Sofa sinken. Während wir uns voller Hingabe küssen, wandern meine Hände auf seiner Brust herum und fühlen die starken Muskeln.

„Du überraschst mich, Maya. Mir gefällt diese wilde Seite an dir", gesteht er und löst sich von mir. Er legt sich hin und positioniert meinen Kopf auf seiner Brust. Sein Atem geht noch immer schnell, genauso wie meiner, und wir kommen in dieser Position langsam wieder zu Atem. „Gib mir eine Minute und ich beweise dir, dass es ein Fehler wäre, mich zu verkaufen."

Noch immer empfinde ich dieses extreme Verlangen, mit ihm zu ficken. Noch niemals zuvor habe ich solch einen extremen Drang meiner Libido verspürt. Jede einzelne seiner Berührungen nehme ich um ein Vielfaches intensiver wahr. Ich bin süchtig nach seinen Küssen und spüre das Bedürfnis, ihm nahe zu sein. Es ist, als gäbe es keine Hemmschwelle mehr zwischen uns. Ich fühle mich von ihm extrem körperlich angezogen und diese Gefühle, die ich momentan erlebe, machen süchtig nach Mehr.

„Kleines, du bist morgen komplett wund, wenn ich dich heute nochmal ficke", meint Milan belustigt, der mir durch das Haar streicht und ich bin sicher, dass er dabei grinst. Seine Berührung lässt meinen ganzen Körper vor Hochgefühl kribbeln. Da mir mit diesem überschwänglichen Glücksgefühl in meiner Brust scheißegal ist, was morgen ist, krabble ich erneut über ihn. Ich küsse seinen Hals entlang, hinunter zu seinem Bauch, bis ich zwischen seinen Beinen ankomme.

„Wen interessiert schon, was morgen ist?", zwinkere ich ihm zu und schließe erneut meine Lippen um seinen schlaffen Schwanz. Mit einem „Fuck!" greift er mir stöhnend in die Haare und lässt sich erneut von mir verwöhnen. Es dauert nicht lange und sein Glied wird erneut steinhart in meinem Mund. Auf jeden Fall besitzt er eine überdurchschnittliche

Potenz. Nicht viele Männer schaffen eine zweite Runde direkt nach der ersten.

Plötzlich hallt das Klingeln eines Handys durch den Raum, sodass ich leicht aufschrecke und in meiner Bewegung innehalte. „Sorry, Süße." Milan erhebt sich kurz und ein angepisstes Knurren vermutlich über den Anruf entweicht ihm, dabei greift er sich seine Jeanshose vom Boden, aus der er sein Handy zieht. Dann legt er sich erneut auf das Sofa und zieht mich an seine verschwitzte Brust.

Als ich im Augenwinkel den Namen des Anrufers lese, beginnt mein Herz zu rasen. Denn auf dem Display steht >LEON<. Milan geht jedoch nicht ran, sondern stellt den Anrufer auf stumm. Da mich sein Verhalten irritiert, frage ich zögerlich: „Willst du nicht rangehen?"

Milans Lippen verlässt erneut ein genervter Laut und er erklärt: „Solange Iven und Finn keinen würdigen Ersatz für dich finden, werde ich ihn wohl ebenfalls ignorieren. Leon kann ziemlich ungeduldig und vor allem gefährlich werden. Sein Wort ist so eine Art Gesetz. Darum entziehe ich mich lieber einer Diskussion."

„Was heißt das für mich?", will ich nun von ihm wissen. Dieses schelmische Grinsen bildet sich erneut auf seinen Lippen und er rollt sich über mich, sodass er mich mit seinem Gewicht auf dem Sofa fixiert. Ich kann seine steinharte Männlichkeit zwischen meinen Beinen spüren, diese Tatsache löst ein starkes Pochen an dieser Stelle aus. „Ich habe schon viele Frauen gefickt, Maya. Doch du fickst besser als jede Hure! Vielleicht werde ich dich einfach als mein Betthäschen behalten."

„Also bringst du mich von hier weg?", frage ich vorsichtig nach. Milan streicht mir eine verirrte Haarsträhne aus dem Gesicht hinter das Ohr und sieht mir direkt in die Augen, dabei raunt er mit tiefer Stimme: „Vielleicht..."

Ein gewaltiger Schwarm Schmetterlinge fliegt noch immer durch meinen Bauch. Die Wirkung der Droge ist so intensiv, dass ich mir wünschte, dass sie niemals vorbeigeht.

Es ist so ein seltsamer, gefühlvoller Moment zwischen uns. Möglich, dass mein Empfinden an der Pille liegt. Doch es ist mir völlig egal. Es tut so unglaublich gut, dieses warme Gefühl in meiner Brust zu spüren.

„Vielleicht werde ich das wirklich tun, Maya", fügt er nach einem kurzen Zögern hinzu, und ich lege gedankenverloren meine Hand an seine Wange. Noch immer spüre ich seine Erektion zwischen meinen Beinen und ich empfinde dieses unaufhörliche Pulsieren an dieser Stelle. Ein Grinsen schleicht sich in seine Mundwinkel, bevor er sich zu mir herunterbeugt und mir ins Ohr raunt: „Doch ich kann mir nicht vorstellen, dass dich Leon so einfach gehen lässt."

„Stimmt... Das hatte ich ja beinahe vergessen. Ich bin ja sowas wie die Auserwählte, nach der Leon sein ganzes Leben auf der Suche war!" Meine Tonlage tropft vor Zynismus, was Milan ein raues Lachen entlockt. Er sieht kurz aus, als würde er überlegen, dabei sinnt er nachdenklich vor sich hin: „Ich könnte dich in mein Haus nach Sizilien bringen, weit weg von Leon. Dann würden wir ein Leben auf der Flucht führen."

Ich bin nicht sicher, ob er mich verarscht oder einfach seine Aussage sarkastisch meint. Dafür kenne ich ihn einfach nicht gut genug, und kann ihn auch nicht deuten. Perplex sehe ich ihn an, ohne auf seine Aussage zu antworten.

Milans Handy-Display auf dem Wohnzimmertisch leuchtet erneut auf, was mir verdeutlicht, dass Leon wiederholt versucht, Milan zu erreichen. Ich versuche nicht so viel in seine Äußerungen reinzuinterpretieren. Sobald ich meine Stimme finde, entscheide ich mich für eine ironische Antwort: „Und dann bringst du mich um und vergräbst mich im Wald?"

„Wenn du mich irgendwann nervst, ganz bestimmt", erwidert er monoton. Gleichzeitig gleitet er ganz langsam mit seinem steifen Schwanz erneut in mich. Stöhnend vergrabe ich meine Nägel in seinem Rücken und presse ihm mein Becken entgegen, um ihn noch tiefer in mir aufzunehmen.

Ganz langsam zieht er sich aus mir zurück, nur um erneut tief in mich vorzustoßen. Er fickt mich in diesem gefühlvollen Takt, als wären wir ein Liebespaar. Er scheint selbst völlig high von der Droge zu sein. Zumindest was seinen Rhythmus beim Sex betrifft. Da ist nichts von der Brutalität, die ihn sonst umgibt.

Wir werden unterbrochen, als plötzlich ein seltsamer Piepton ertönt und sich Sekunden später die Haustüre öffnet. Iven ist der erste, der den Raum betritt, dicht gefolgt von Finn, der zu meinem Entsetzen eine bewusstlose Frau auf seinen Armen trägt. Beide Männer sind perfekt gestylt und in schwarzen Anzügen mit weißem Hemd darunter bekleidet. Man sieht ihnen an, dass sie beim Feiern waren.

Iven hält Finn die Eingangstüre auf, sodass Finn mit der Dunkelbraunhaarigen bepackt in den Keller läuft. Sie hat eine zierliche, weibliche Figur und trägt ein rubinrotes Kleid. Mehr kann ich jedoch auf die Schnelle nicht erkennen.

Bei diesem Anblick hat sich mein Herzschlag sofort gefühlt verdreifacht. Das Gefühl der Euphorie, das ich bis eben noch empfunden habe, verwandelt sich in eine Art Schockzustand. Sobald die beiden außer Sichtweite sind und ich erneut zu Iven sehe, beobachte ich, wie Iven einen Code in das Zahlenfeld an der Eingangstüre eintippt und sich die Alarmanlage aktiviert, indem das Licht auf Rot schaltet. Dabei redet er in diesem Befehlston auf Milan ein: „Genug gevögelt, die Schlampe kommt gleich zu sich, und dann brauche ich dich unten!"

Widerwillig zieht Milan sich aus mir zurück und steht vom Sofa auf. Auch ich tu es ihm gleich und ziehe mir mit zittrigen Händen das Tank-Top über, das ich zuvor anhatte. Milan fährt sich mit der Hand stöhnend durch sein Haar und hebt ebenfalls seine Jeanshose und Shorts vom Boden auf, die er sich anzieht. Dabei knurrt er genervt: „Fuck... Ich bin viel zu stoned für so eine Scheiße!"

„Finn untersucht die Tussi auf Geschlechtskrankheiten und injiziert ihr das Medikament, das ihren Hormonzyklus

unterdrückt. Möglich, dass sie jeden Moment aufwacht, also wirst du ihn unterstützen. Prügel ihr zur Not die Regeln in ihr scheiß Hirn. Ich habe absolut keinen Nerv für zwei aufsässige Weiber!"
Iven klingt abgebrüht, so als wäre es eine Art Routine. Da ist gar keine Empathie in seinem Auftreten. Mir wird kotzübel beim Gedanken daran, wie ich selbst das erste Mal in diesem Keller zu mir gekommen bin.

Wie angewurzelt stehe ich mitten im Wohnzimmer und beobachte, wie Iven aus eine seiner Sakkotaschen eine Ampulle holt. Aus der anderen zieht er eine kleine Verpackung, die sich nach dem Öffnen als Spritze entpuppt.

„Ich spritze Maya eine Ladung Propofol, ich habe keinen Bock, dass sie auf dumme Gedanken kommt, während wir uns um die Bitch kümmern."

Am liebsten würde ich schreien oder ihn anflehen, es nicht zu tun. Doch keine Silbe kommt mir über die Lippen. Der gewaltige Kloß in meinem Hals verhindert, dass ich es schaffe, zu widersprechen. Mein Puls beginnt zu rasen und ich habe das Gefühl, den Horrortrip meines Lebens zu schieben. Es fühlt sich an, als würde ich ersticken. Als könnte ich keinen frischen Sauerstoff in meine Lungen einatmen. Es ist, als hätte ich eine Panikattacke, denn zwischenzeitlich hyperventiliere ich. Milan greift mich derb am Handgelenk, zieht mich dicht an sich, während er Iven ziemlich angepisst antwortet: „Das werdet ihr doch wohl ohne mich schaffen! Es ist nicht nötig, Maya zu betäuben, ich kümmere mich um sie!"

„Was ist dein scheiß Problem?! Ich sagte, dass ich dich unten brauche, also gehst du verdammt noch mal nach unten!", fährt ihn Iven harsch an, der zwischenzeitlich die Spritze vermutlich mit dem Propofol aufzieht.

„Die Kleine ist voll auf Ecstasy. Wenn du nicht willst, dass sie an einem Herzstillstand stirbt, schlage ich vor, sie bei Bewusstsein in mein Zimmer einzusperren."

Milan zieht mich hinter sich her in Richtung Obergeschoss, doch im Vorbeilaufen hält mich Iven auf, indem er mich grob am Kinn packt. Vor Schock verlässt ein klägliches Wimmern meine Lippen und meine Hände greifen nach den seinen. Er dreht mein Gesicht von links nach rechts und flucht aufgebracht: „Scheiße, die ist völlig zugedröhnt! Warum zur Hölle gibst du ihr Drogen?"

Milan kommt Iven so nahe, dass sich fast deren Nasenspitzen berühren. Es passt kaum ein Blatt dazwischen. Dabei knurrt er mit finsterer Stimme: „Misch dich gefälligst nicht in meine Belange ein, wenn du erwartest, dass ich mich nicht in deine einmischen soll! Vergiss niemals, wer ich bin!"

Dann zerrt mich Milan an der Hand hinter sich her. Ich widersetze mich nicht. Denn ich weiß, dass ich dem Tod nie näher war als heute Nacht.

Mein Herzschlag rast und meine Gedanken überschlagen sich. Werden meine Peiniger diese Frau ebenfalls als Sexobjekt benutzen? Was passiert mit mir, wenn ich meine Entführer langweile oder sich dieser Leon nicht auf den Deal einlässt? Werden sie mich dann umbringen? Obwohl ich am liebsten schreien würde, bleibe ich stumm und folge Milan. Ich bin einfach nur froh, größtmögliche Distanz zwischen Iven und mich zu bringen, bevor er mich mit diesem Ding betäubt und ich womöglich an einem Herzstillstand sterbe. Anderseits wäre es vielleicht sogar besser, als alles Bevorstehende zu erleiden.

Doch ich habe aktuell ein größeres Problem. Meine Blase drückt höllisch und ich würde mich wahrscheinlich einnässen, wenn Milan mich nicht auf die Toilette lässt, bevor er mich einsperrt. Es ist mir mehr als unangenehm, dass er diese Macht über mich hat.

„Ich muss pinkeln", sage ich zögerlich, als wir im Obergeschoss ankommen. Ohne mir auf meine Aussage zu antworten, bringt er mich ins Badezimmer. Sobald wir den Raum erreichen und aus der Sichtweite von Iven sind, presst mich Milan an die Wand. Erschrocken stöhne ich auf, jedoch erstickt er jeden Laut, indem er seine Lippen auf meine presst. Ich bin völlig durcheinander und weiß gar nicht, wo mir der Kopf steht, und wie ich all das auf die Schnelle verarbeiten soll.

Dennoch erwidere ich zögerlich seinen Kuss und gebe mich ihm voll und ganz hin. Das Letzte, was ich jetzt gebrauchen kann, ist, Milan gegen mich aufzubringen. Milan küsst mich voller Leidenschaft und aus irgendeinem mir unerklärlichen Grund nimmt es mir die Angst. Langsam normalisiert sich mein Puls und ich habe auch nicht mehr das Gefühl, jeden Moment an meiner Panik zu ersticken.

Es muss die Wirkung der Droge sein. Oder die Tatsache, dass Milan mich auf seine Weise beschützt hat. Milan greift mir ins Haar und seine andere Hand geht auf Wanderschaft. Erkundet meinen Körper und bringt mich dazu, die Luft scharf einzuziehen, als er sein Ziel erreicht.

„Iven wird dich umbringen!", keuche ich an seinen Lippen, als seine Finger hinunter zwischen meine noch immer feuchten Schamlippen gleiten. Meine negativen Gedanken schalten auf Standby und ich lasse ihn einfach machen. „Scheiß auf Iven. Diese verfluchten Spielverderber. Dabei warst du heute zum ersten Mal nicht verklemmt und wir hatten beide richtig Spaß zusammen."

„Dann bring mich hier weg und du hast mich ganz für dich allein!", flüstere ich an seinen Lippen. Da muss doch irgendetwas sein. Sonst hätte er sich nicht vor Iven für mich eingesetzt. Doch Milan reißt mich mit seinen Worten aus meinem Wunschdenken.

„Oh Maya, glaub mir, du bist hier sicher bei Iven und Finn. Ich habe weder die Nerven noch die Geduld für dein Temperament. Du wärst schneller in einem Sack unter der Erde, als dir lieb ist."

Seine Worte sind schlimmer als ein Schlag ins Gesicht. Mir wird jetzt erst bewusst, wie verwundbar mich meine Aufforderung ihm gegenüber gemacht hat. Bin ich wirklich dumm genug zu glauben, dass ich für Milan irgendeinen Stellenwert haben könnte?

„Ich muss pinkeln!", wiederhole ich mich und wechsle gleichzeitig das Thema, um meine verletzten Gefühle über seine Reaktion zu verbergen. Wie konnte ich nur so dämlich sein und zu viel in diese Nacht interpretieren? Er hat mich tatsächlich nur verarscht. Milan hält die Hände in die Höhe und tritt mit einem Augenrollen tatsächlich einen Schritt zurück. Anschließend verlässt er sogar mit einem „Mach schnell!" das Badezimmer.

Nachdem ich mit meinem Toilettengang fertig bin, wasche ich mir am Waschbecken die Hände und komme nicht umhin, mich geschockt im Spiegel zu mustern. Meine Pupillen sind extrem geweitet und tiefschwarz, sodass man nur eine hauchdünne olivfarbene Iris erkennt. Immer wieder verschwimmt meine Sicht leicht, weil ich immer noch so extrem unter dieser Droge stehe. Dieses wohlig warme Gefühl in meiner Brust ist wellenartig, es kommt immer wieder, seitdem Milan mich geküsst hat.

„Bist du fertig?", höre ich Milan, der plötzlich im Türrahmen steht. Zwischenzeitlich hat sich Milan ein schwarzes Shirt angezogen, das eng an seinem Körper anliegt und seinen durchtrainierten Körperbau betont. Ich erwidere ihm ein schlichtes „Ja", daraufhin bringt er mich in sein Zimmer und gibt mir kühl und distanziert die Anweisung: „Leg dich auf das Bett."

Die Stimmung zwischen uns ist irgendwie abgekühlt.

Es ist seltsam, plötzlich so kaltblütig von ihm behandelt zu werden, nachdem er bis vor ein paar Minuten noch so zärtlich war. Ohne zu zögern, komme ich mit einem Seufzen seiner Aufforderung nach und werde kurz darauf mit Handschellen an sein Bettgestell gefesselt. Dazu setzt sich Milan auf meine Hüften, jedoch ohne mich mit seinem Gewicht zu erdrücken.

Nachdem er fertig ist, betrachtet er stolz sein Werk und hat dabei dieses Draufgängerlächeln auf seinen Lippen. „Du siehst richtig sexy aus. Wie gerne ich dich jetzt stundenlang in dieser Position ficken würde."

Sein lüsterner Blick verursacht ein heftiges Pulsieren zwischen meinen Beinen. Die Wirkung der Droge ist immer noch so intensiv, dass ich fest die Beine zusammenpresse, um das starke Pochen loszuwerden.

Plötzlich bringt mich die Tatsache, dass zwischen Iven und Milan offensichtlich eine Unstimmigkeit herrscht, auf die Idee, einen Streit zwischen den beiden zu provozieren. Schließlich war das mein ursprünglicher Plan und auf mysteriöse Weise hat er irgendwie funktioniert. Auch wenn es nicht ganz so geplant war. Ohne ihn aus den Augen zu lassen, beiße ich mir auf die Unterlippe und fordere ihn auf: „Scheiß auf Iven und fick mich!"

Seine Hand wandert hinunter zu meiner empfindlichsten Stelle und er beginnt mich dort zu streicheln. Sofort reagiert mein Körper mit einer Welle warmer Flüssigkeit und ich presse mein Becken seinen Fingern entgegen. Er treibt mich mit seinen geschickten Fingern immer weiter an einen unbeschreiblichen Abgrund. Mein Atem wird immer schwerer, da es sich so unglaublich gut anfühlt. Die kreisenden Bewegungen seiner Finger an meiner Klitoris werden gezielter und verstärken den Druck, der sich stetig in mir aufbaut, bis er kaum noch auszuhalten ist. Jedoch lässt er mich nicht stürzen, als ich kurz vor dem Höhepunkt stehe, zieht er seine Hand zurück und beugt sich zu meinem Ohr.

„Ich habe dich durchschaut, Herzchen. So gerne ich dich ficken würde, muss ich jetzt leider ein wenig arbeiten." Mit diesen Worten löst er sich endgültig von mir und richtet sich vom Bett auf. Bei seiner Aussage ist mein Puls sofort auf hundertachtzig. Jedoch belächelt er diese Erkenntnis nur und verschwindet in schnellen Schritten aus seinem Zimmer. Der Druck zwischen meinen Beinen ist unerträglich, doch ich kann nichts tun, außer dazuliegen und dieses Gefühl zu ertragen.

KAPITEL 10

Chaotische Gefühle

Danach bin ich ewig allein und fühle, wie ich immer mehr ich selbst werde. Doch je mehr die Droge abklingt, spüre ich, wie ich in ein tiefes Loch falle. Mir wird zunehmend klar, wie sehr die Pille mein Handeln und meine Gefühle beeinflusst hat.

Nach einer gar endlosen Zeit höre ich Schritte, die die Treppen herauflaufen. Kurz darauf erscheint Finn im Türrahmen. Er bewegt sich in schnellen Schritten auf mich zu und setzt sich anschließend neben mich auf das Bett. Er zieht eine kleine Lampe aus seiner Hemdtasche, mit der er die Reaktionen meiner Pupillen untersucht. „Dieser Schwachkopf hat dich wirklich unter Drogen gesetzt."

„Dieser Schwachkopf hat dafür gesorgt, dass ich das Hochgefühl meines Lebens spüre, während ich von einem meiner Entführer gefickt werde", kontere ich mit einem spöttischen Unterton. Keine Ahnung, warum ich plötzlich so gereizt klinge. Finn zieht skeptisch seine Augenbraue nach oben und murmelt: „MDMA in dieser hochkonzentrierten Form kann lebensgefährlich sein. Mal sehen, ob du das morgen noch genauso siehst, wenn du runterkommst und unter den Nachwirkungen leidest!"

Finn zieht einen kleinen Schlüssel aus seiner Hemdtasche und beugt sich über mich, um die Handschellen zu öffnen, mit denen ich am Bettgestell gefesselt bin. Nachdem ich meine Hände wieder frei bewegen kann, reibe ich meine schmerzhaften Handgelenke.

„Als ob die Nachwirkungen mein einziges Problem sind. Ihr habt noch eine Frau entführt! Ihr seid wirklich krank!"

Finn richtet sich nun wieder vom Bett auf und läuft in Richtung Gang, dabei klingt er irgendwie desinteressiert. „Wundert dich das etwa? Du wusstest, dass Iven diesen Plan hatte. Warum tust du nun so überrascht?"

Natürlich wusste ich, dass Iven diesen Plan hatte. Doch etwas zu sagen und es wirklich zu tun, ist nochmal etwas völlig anderes. Außerdem war ich die letzten Stunden nicht wirklich in der Realität, sondern auf einem unglaublichen Trip.

„Wo sind Milan und Iven?", will ich von ihm wissen, während ich ihm in sein Zimmer folge. Nachdem wir darin ankommen, verschließt er die Tür hinter uns und entgegnet kühl: „Die beiden haben ihren Spaß und toben sich mit ihrem neuen Spielzeug aus."

„Solltest du nicht bei ihr sein und dafür sorgen, dass sie am Leben bleibt?", frage ich ihn rein aus Erfahrung und beobachte, wie er sein Sakko auszieht und über den Stuhl hängt. Nun trägt er nur noch die Anzughose und sein weißes Hemd. Finn kommt mir nahe bis auf wenige Zentimeter. Erst denke ich, er will mich küssen. Er tut es aber nicht, sondern flüstert mir stattdessen ins Ohr: „Es war nicht meine Idee, diese Frau zu entführen und im Austausch für dich an von Arentin auszuliefern. Daher ist es mir völlig egal, in welchem gesundheitlichen Zustand sie sich befindet, nachdem die beiden mit ihr fertig sind. Du bist das Einzige, was mich interessiert!"

Bei seinem letzten Satz rieselt eine Gänsehaut meine Wirbelsäule herunter. Mir wird kotzübel beim Gedanken daran, wie ich das erste Mal vergewaltigt wurde. Ich bin mir nicht einmal sicher, ob ich ohne Finn überlebt hätte, so oft, wie er mich vor Ivens und Milans Aggressionen bewahrt hat. Da ich Finn gedankenverloren anstarre, löst er sich von mir und setzt sich auf den Stuhl, an dessen Lehne er zuvor sein Sakko gehängt hat.

„Zieh dich aus!", weist er mich harsch an und ich blinzle verwirrt. Will er mich jetzt etwa ficken? Warum interessiert er sich nicht für das neue "Spielzeug"? Warum bevorzugt er mich? Nachdem ich ihn weiterhin nur mit großen Augen starr anblicke und mich nicht bewege, wiederholt er seine Aufforderung erneut. Jedoch weicht jede Freundlichkeit aus seinen Gesichtszügen.

„Ich sagte, zieh dich aus!"

Er hat wieder diese Dunkelheit in seiner Stimme, die mich einschüchtert, aber auch irgendwie erregt. Auch sein Blick, mit dem er mich ansieht, verkörpert pure Macht und Überlegenheit. Es macht mich unsicher, wenn er mir so machtvoll gegenübertritt.

„Warum?!", frage ich kaum hörbar, aber dennoch verständlich. Finn erhebt sich, jedoch bereitet mir seine Erscheinung irgendwie Respekt. Gleichzeitig macht es mich auf eine seltsame Weise an. Er tritt erneut vor mich und streicht mir eine Haarsträhne hinter das Ohr.

„Weil ich damit beginnen werde, dich zu formen. Ich habe ein Geschäft mit von Arentin geschlossen und das besagt, dass ich dich zu einer devoten Sexsklavin erziehe. Dabei verlasse ich mich nicht auf Ivens Hirngespinst!"

Anschließend löst er sich von mir und tritt einen Schritt zurück. Er sieht mich abwartend an, bis ich zum Bund des Tank-Tops greife und es ausziehe. Dann erteilt er mir den nächsten Befehl: „Knie dich hin!"

Nun muss ich deutlich schlucken, folge aber dennoch zögerlich seiner Aufforderung.

„Verschränke die Arme hinter dem Rücken und spreiz deine Beine weiter. Achte darauf, dass dein Oberkörper gerade bleibt und lass dich nicht zusammensinken!"

Wieder führe ich seinen Befehl aus und hoffe, dass es ganz schnell vorbei ist, was auch immer er mit mir vorhat. Meine Knie schmerzen schon jetzt in dieser unbequemen Haltung. Wie soll ich da auch noch darauf achten, dass mein Rücken gerade bleibt?

„Du senkst den Kopf und schaust mit dem Blick zu Boden. Nur wenn du dazu aufgefordert wirst, erhebst du den

Blick!" Während mir Finn die Regeln erklärt, läuft er in langsamen Schritten um mich herum. „Eine Sklavin hält immer den Blick gesenkt, während ihr Herr mit ihr spricht. Nur wenn er sie ausdrücklich dazu auffordert, darf sie ihn ansehen", erläutert er weiter, ehe er mit strenger Stimme hinzufügt: „Hast du das verstanden?"

„Ja...", hauche ich unsicher, doch plötzlich bleibt Finn abrupt stehen und knurrt mit dieser einschüchternden Dominanz: „Ja, was?!"

Das Klicken seines Gürtels ist zu hören und irgendwie beunruhigt mich das. Es kostet mich unglaubliche Anstrengung, mit gesenktem Blick unterwürfig vor ihm kniend auf dem Boden zu bleiben. Instinktiv weiß ich, was er von mir erwartet, die Worte wollen mir nur nicht über die Lippen.

Ich spüre, wie ich beinahe in Schweiß ausbreche, weil ich nicht weiß, was als Nächstes kommt. Unsicher blicke ich entgegen seinem Befehl zu ihm auf, und höre im selben Moment plötzlich ein Schnalzen, das in der Luft ertönt. Nur wenige Sekunden später spüre ich einen furchtbaren, brennenden Schmerz auf meinem Hintern und ich schreie erschrocken auf.

„Ja, was?!", wiederholt er seine Frage und drückt dabei wieder meinen Kopf nach unten. Mit sturem Blick zum Boden antworte ich instinktiv: „Ja... Herr!", und komme mir dabei furchtbar dämlich vor.

„Mit dieser devoten Sklavenhaltung drückst du vor deinem Herrn deinen Grundgehorsam aus. Es ist dir als Sklavin verboten, eigene Entscheidungen zu treffen. Du wirst in der Nähe deines Herrn also immer diese Position ohne Aufforderung einnehmen", erklärt er mit fester Stimme, dabei blicke ich ergeben auf seine Schuhe.

Diese Regeln sind gar nicht so abwegig, wird mir bitter bewusst. Denn genau das bin ich für meine Entführer. Eine Sexsklavin. Nicht mehr und nicht weniger. Doch seine nächste Aussage lässt einen eiskalten Schauer über meinen gesamten Körper ziehen. „Du warst mir gegenüber vorhin extrem unverschämt. Dafür wirst du deine Strafe nun wie ein braves Kätzchen hinnehmen!"

„Finn bitte...", flehe ich mit zittriger Stimme und sehe nun erneut zu ihm auf. Das erweist sich als riesengroßer Fehler, denn sofort spüre ich ein fürchterliches Brennen an meinem rechten Oberschenkel. „Du solltest lieber gehorsam sein!"

Ein spitzer Schrei entweicht mir, als er einen weiteren Hieb auf meine Kehrseite platziert. Er hat mich einfach mit seinem Gürtel geschlagen. Sobald mir mein Fehler bewusstwird, senke ich ergeben meinen Blick und versuche mich zu entspannen, während sein Gürtel erneut meine Haut trifft. Lediglich ein leises Wimmern dringt über meine Lippen. Auf eine perverse Weise ist der Schmerz interessant. Es gefällt mir, von ihm unterworfen zu werden und das macht mir wiederum noch mehr Angst. Die Umstände, dass ich hier in diesem Haus gefangen gehalten werde, rücken in den Hintergrund. Zumindest fühlt es sich bei Finn so an, als hätte ich es selbst unter Kontrolle, wie weit er gehen kann.

„Du lernst schnell."

In seiner Stimme ist die dunkle Erregung herauszuhören. Ich halte weiter den Blick stur auf den Boden gerichtet und antworte auch nicht. Schließlich hat er mich nicht dazu aufgefordert.

Beinahe zärtlich legt er seine Finger unter mein Kinn und zwingt mich, in seine bernsteinfarbenen Augen zu sehen. „Es macht mich an, dich zu verletzen und die roten Striemen zu sehen, die sich auf deiner Haut abzeichnen!" In seiner Stimme schwingt solch eine Dominanz mit, dass mein Unterleib mit einem heftigen Pulsieren reagiert.

Finn geht vor mir in die Hocke, dabei lässt er seine Finger federleicht zu meinem Hals gleiten, hinunter zu meinem Schlüsselbein, bis er an meinem Brustansatz ankommt. Seine Fingerspitzen drücken meinen Nippel zusammen, der sofort durch seine Berührung hart wird. Doch ich verkneife mir jedes Geräusch. Meine Mitte pocht unaufhörlich vor

Verlangen. Ich kann es nicht glauben, dass mein Körper mit solch einer Hitzewelle auf sein Spiel reagiert.

„Knie dich im Bett auf allen vieren!", befiehlt er mir schroff. Ohne Widerworte tu ich, was er von mir verlangt. In seinen Augen erkenne ich pure Lust und Begierde und das erregt mich noch mehr. Dieser Mann strahlt eine unglaubliche Anziehungskraft auf mich aus. Also stehe ich vom Boden auf und knie mich auf das Bett.

Auch Finn tut es mir gleich und stellt sich dicht hinter mich. Dann fühle ich, wie er seinen Gürtel ganz langsam über die Rundungen meines Pos streichelt. Ich kann die Drohung spüren, die von dieser Geste ausgeht, bevor er einmal heftig zuschlägt und mir einen weiteren Schrei entlockt. Doch, auch wenn es furchtbar wehtut, törnt es mich gleichzeitig an.

Keinen Wimpernschlag später finden seine Finger ohne Umwege meine Klitoris, die er sanft zu massieren beginnt. Lustvoll stöhne ich auf, als er mit zwei seiner Finger in mich eindringt.

„So feucht... und bereit für mich. Du kannst mir nichts vorspielen, mein Kätzchen. Ich weiß, dass du nicht abgeneigt bist, mit mir dieses Spiel zu treiben. Dafür gehst du viel zu sehr darauf ein, was ich tu. Du willst mich genauso sehr wie ich dich!"

Inzwischen ist mein Körper so konditioniert, dass sich sofort eine Welle warmer Feuchtigkeit an meinem Geschlecht ausbreitet. Mit festen Stößen und leichten Kreisen penetriert er mich mit seinen Fingern, als er fordert: „Sag mir, dass du willst, dass ich dich zum Schreien bringe!"

„Ja, das möchte ich!", hauche ich leise und kaum verständlich. Innerlich kostet es mich alle Überwindung, diese Worte auszusprechen. Doch das Geheimnisvolle und die Dunkelheit, die Finn umgeben, wirken extrem anziehend auf mich.

Mein Kopf ist leer, völlig frei von Gedanken, sodass ich mich ihm voll und ganz hingebe. Er stimuliert mich so lange, bis ich kurz vor dem Höhepunkt stehe. Doch er lässt mich nicht kommen und zieht seine Finger zurück. Dabei hinterlässt er zwischen meinen Beinen eine pulsierende Hitze.

„Öffne meine Hose!", verlangt er als Nächstes von mir. Ich tu, wie mir befohlen und drehe mich zu ihm herum. Durch die deutliche Beule in seiner Hose zeichnet sich ab, wie erregt er ist. Also öffne ich zuerst den Knopf seiner Hose und anschließend seinen Reißverschluss. Kaum habe ich seine Erektion befreit, packt er mich brutal in die Haare, sodass ich erschrocken wimmere. Dann presst er mir seinen Schwanz in den Mund. Immer wieder habe ich das Gefühl, an seiner Länge zu ersticken, während er mich ohne Zurückhaltung oral fickt.

Als er mich endlich loslässt, schnappe ich sofort nach Luft. Doch viel Zeit bleibt mir nicht, denn er drückt meinen Oberkörper mit sanfter Gewalt auf das Bett, sodass meine Kehrseite vor ihm in die Höhe ragt.

Meine Finger krallen sich in das Laken, als er in mich eindringt. Fest packt er mich mit einer Hand in mein langes Haar und wickelt es um seine Faust, dabei fickt er mich hart und ungehalten. Seine andere Hand gleitet dabei zwischen meine Beine und reibt im selben Takt zu seinen Stößen meine Lustperle.

Es dauert nicht lange und mein Körper verkrampft. Die wunderbar warmen, pulsierenden Gefühle durchfluten meinen Körper. So sehr mich die Reaktion meines Körpers verstört, stöhne ich laut auf und komme zum Höhepunkt. Finn erregt dies umso mehr, denn sein Glied wird in mir länger und härter. Er stößt nur noch wenige Male fest in mich, bis er zum Orgasmus kommt und ich seinen Schwanz tief pumpend in mir spüre.

Nachdem er sich aus mir zurückzieht, streichelt er mir sanft die Wirbelsäule entlang. Jedoch zieht er mich mit der anderen Hand an den Haaren zurück, sodass sein Gesicht direkt vor meinem ist. „Das war gar nicht schlecht, mein Kätzchen. Du bist geradezu perfekt für das Leben als

Sexsklavin geschaffen", raunt er mit dunkler Stimme, dann küsst er mich. Leidenschaftlich und wild.

Plötzlich öffnet sich die Zimmertür und Iven betritt in schnellen Schritten den Raum, sodass Finn und ich uns voneinander lösen. „Was soll der Scheiß, Finn?! Du hältst dich nicht an die verfluchte Vereinbarung!", brüllt er durch den Raum, er sieht stinksauer aus. In seinem Gesicht sind deutliche, frische Kratzspuren zu sehen, die sicher von der entführten Frau stammen. Auf seinem weißen Hemd ist Blut und auch die oberen Knöpfe an seinem Hemd sind zerrissen. Das Gesehene katapultiert mich zurück in den Alptraum, in dem ich gefangen bin und ich frage mich, wie ich mich Finn nach allem so einfach darbieten konnte. Ich muss inzwischen völlig verrückt geworden sein. Anders kann ich mir mein Handeln nicht erklären.

„Du siehst scheiße aus!" Finn lacht düster und reißt mich damit aus meinen Gedanken. „Zu einer Vereinbarung gehören immer zwei. Ich habe nicht zugestimmt, dass ich darauf verzichte, sie zu ficken!"

Iven läuft in großen Schritten auf mich zu und packt mich am Handgelenk. Er zieht mich grob vom Bett hoch und zerrt mich hinter sich her, dabei fährt er Finn barsch an: „Halt die Fresse, Finn, und kümmere dich um deinen Scheiß! Fordere mich bloß nicht heraus!"

„Du scheinst dich mit deiner Situation abgefunden zu haben. Es kommt mir fast so vor, als würdest du es inzwischen richtig genießen!", redet Iven vor sich hin, während er mich über den Gang hinter sich herschleift. Er hört sich irgendwie vorwurfsvoll an.

Splitternackt tapse ich ihm völlig unbeholfen hinterher und kann kaum mit ihm Schritt halten. Er zerrt mich ins Badezimmer, unterdessen frage ich verdutzt: „War das nicht euer Ziel? Dass ich mich unterwerfe und eure ergebene Sexsklavin bin?"

„Du redest ja schon wie *er*?!" Iven klingt extrem abwertend. Er lässt endlich von mir ab und dreht das Wasser in der Dusche auf, dann fordert er schroff: „Geh duschen und wasch seine Spuren von dir!"

Soll einer diesen Typ und seine Launenhaftigkeit verstehen?! Wenn ich es nicht besser wüsste, würde ich denken, dass Iven eifersüchtig ist. Innerlich schüttle ich den Kopf und verpasse mir selbst eine Ohrfeige. Iven und eifersüchtig – was für ein lächerlicher Gedanke.

„Worauf wartest du?", kommt es von ihm harsch, da ich ihn nur mit großen Augen anstarre. Mit schnellen Schritten folge ich seiner Aufforderung und stelle mich unter das warme Wasser. Auch Iven zieht sein Hemd aus und anschließend seine Hose. Mein Herz schlägt automatisch schneller, als mir bewusstwird, dass Iven vorhat, gemeinsam mit mir duschen zu gehen.

Sobald er ausgezogen ist, kommt er ebenfalls unter die Dusche. Einen Moment beobachte ich Iven, wie er die Augen schließt und das Wasser in Bahnen über seinen wohlgeformten Männerkörper fließt. Wieder stellt sich mir die Frage, wie ein derart perfekter Mann nur derart krank im Kopf sein kann.

Erneut schweifen meine Gedanken zu der anderen Frau und ich frage mich, was er mit ihr gemacht hat. Hat er sie vergewaltigt, so wie er es in der ersten Nacht mit mir machen wollte? Schließlich war Finn nicht da, um ihn davon abzuhalten. Iven hat nicht nur Kratzspuren im Gesicht, sondern auch oberhalb seiner Brust. Diese Verletzungen kommen definitiv von einem Kampf.

Mir dreht sich der Magen von innen nach außen, bei der Vorstellung, wie Iven mit einer anderen Frau das macht, was wir die vergangenen Tage miteinander hatten. Allein der Gedanke, dass er eine andere berührt, lässt ein fürchterlich beklemmendes Gefühl in meiner Brust entstehen. Gleichzeitig kann ich kaum schlucken, da sich ein gewaltiger Kloß in meinem Hals bildet. Es macht mich verrückt, nicht zu wissen, was zwischen den Beiden passiert ist. Nachdem mir bewusstwird, dass ich Iven ununterbrochen anstarre, löse ich meinen Blick von ihm und nehme mir das Duschgel, um mich einzuseifen. Doch ich kann diesen Gedanken nicht abschütteln. Es zerfrisst mich innerlich, dass er mich mit dieser anderen Frau austauscht.

„Hast du mit ihr... Hast du sie vergewaltigt?", spreche ich meine Gedanken laut aus, und Iven öffnet langsam seine Augen.

„Na, das scheint dich ja brennend zu interessieren! Ich wüsste nicht, was dich das angeht, schließlich lässt du es dir ebenfalls von Milan und Finn besorgen", meint er zynisch und zieht dabei eine Augenbraue nach oben. Jetzt kann ich mir ein Schnauben nicht mehr verkneifen und komme ihm nahe bis auf wenige Zentimeter, als ich ihn in einem provokanten Unterton auffordere: „Wenn es dich so sehr stört, dann bring mich doch einfach von hier weg und du hast mich ganz für dich allein!"

Ein schelmisches Grinsen schleicht sich in seine Mundwinkel und nur Sekunden später drückt er mich gegen die Fliesen. Seine Lippen verschmelzen mit meinen Lippen, und ich kann ein Seufzen nicht unterdrücken. Es fühlt sich unbeschreiblich gut an, von ihm so begehrlich geküsst zu werden. Fast so, als hätten wir keine Differenzen. Zumindest für diesen kleinen Moment bleibt die Zeit stehen und ich genieße es, wie er mir in die Haare greift, um den Kuss zu vertiefen. Sobald er sich aus dem Kuss löst, raunt er mit tiefer Stimme an meinem Ohr:

„Hast du dasselbe nicht noch vor Kurzem zu Milan gesagt?"

Meine Augen weiten sich schreckhaft und mir wird wieder einmal bewusst, dass die drei sich untereinander austauschen. Es ist mir unangenehm, denn dieses Mal habe ich die Worte wirklich ernst gemeint.

„Ich wüsste nicht, was dich das angeht!", imitiere ich seine Aussage, um meine Unsicherheit zu verbergen. Dabei schlage ich mehrere Male gegen seine Brust, um Distanz zwischen uns zu bringen. Nun wird Ivens Grinsen noch breiter und er drängt mich noch fester gegen die Fliesen. Er greift nach meinem rechten Bein und hebt es an. Gleichzeitig kesselt er mich mit seinem Körper ein, sodass ich ihm nicht ausweichen kann.

„Hattest du nicht eben deinen Spaß mit dieser Tussi?", funkle ich ihn wütend an, als mir klar wird, dass Iven ernsthaft vorhat, mit mir eine Nummer zu schieben. Durch meinen unterschwelligen Ton scheint Iven mich endgültig zu durchschauen. Natürlich tut er das. Schließlich höre ich mich an wie seine eifersüchtige Möchtegern-Freundin. Er ignoriert meine offensichtliche Abneigung und presst mich härter gegen die Wand. Es ist offensichtlich, worauf diese Pose hinausläuft.

„Ich sagte doch, dass du mein Lieblingsspielzeug bist. Mehr hat dich nicht zu interessieren", ist alles was er mir darauf antwortet, doch ich habe nicht vor, es ihm so einfach zu machen und ihn sein Vorhaben in die Tat umsetzen zu lassen. Dafür hat er mich mit seiner Aktion viel zu sehr verletzt. Ich will nicht irgendeine von Vielen für ihn sein. Ich will mehr für ihn sein.

Und da wird es mir zum ersten Mal richtig klar, dass es längst zu spät ist. Ich bin diejenige, die eifersüchtig ist und Gefühle für meinen Peiniger entwickelt hat.

Diese Erkenntnis frustriert mich noch mehr, sodass ich mich nun wirklich zur Wehr setze und ihn mit aller Kraft von mir drücke. „Fick dich selbst, Iven! Du musst mich schon dazu zwingen, wenn du mich ficken willst!"

„Du bist so süß, wenn du eifersüchtig bist!", lacht er laut auf und ich beobachte, wie das Wasser von seinen Haaren perlt. „Ich muss eine Frau nicht ficken, um meinen Spaß zu haben. Manchmal bereitet es mir mehr Freude, sie zu quälen und leiden zu sehen. Ihr dabei zuzusehen, wie sie Stück für Stück zerbricht."

Bei seinen Worten wird mir kotzübel, denn in gewisser Weise trifft seine Aussage auf mich zu. Vor nicht allzu langer Zeit habe ich mich noch dagegen gesträubt, mich meinem

Vergewaltiger hinzugeben. Nun ist es schon so weit gekommen, dass ich mich nach seiner Nähe sehne.

„Ich hasse dich...", ist alles was ich dazu sage.

Anders als erwartet, lässt er von mir ab und geht seiner Körperpflege nach, dabei meint er beiläufig: „Rede dir das ruhig weiter ein. Ich sehe, wie du mich ansiehst, ich vernehme deine Nervosität, wenn ich dir nahe bin. Du willst mich genauso sehr, wie ich dich will!"

Seine Antwort verschlägt mir nun wirklich die Sprache. Wie ein begossener Pudel sehe ich ihm dabei zu, wie er das Duschgel auf seinem Körper verteilt. Er scheint kein Interesse mehr daran zu haben, mich zu ficken, denn sobald er sich den Schaum vom Körper gewaschen hat, verlässt er die Dusche. Natürlich tut er das, welcher Mann hat schon Lust auf eine Eifersuchtstragödie? Also tu auch ich es ihm gleich und trockne mich ab. Anschließend folge ich ihm in sein Schlafzimmer.

„Hat die Wirkung der Droge nachgelassen?", will er von mir wissen und hebt dabei die Decke an, sodass ich unter diese krabble.

„Ich denke schon. Zumindest fühle ich mich ganz normal."

„Die Nachwirkungen folgen meist am Morgen danach", erklärt er und legt sich ebenfalls unter die Decke. Er dreht mir den Rücken zu, während ich stocksteif liegenbleibe und an die Zimmerdecke starre. Es stört mich, dass er plötzlich so distanziert ist und irgendwie bereue ich es, dass ich ihn vorhin unter der Dusche abgewiesen habe.

Oder ist es sein Plan, dass ich mich so fühle? Es macht mich verrückt, wenn er sich so unnahbar benimmt. Diese Ungewissheit. Diese quälenden Gefühle, dass er diese andere Frau mir womöglich vorzieht. Wie sehr ich ihn begehre, wird mir nun wieder einmal mehr bewusst. Ich bin wirklich mehr als dämlich, Gefühle für meinen Entführer zu entwickeln. Verspottet mich meine innere Stimme.

Tief durchatmend drehe ich mich zu Iven und lege vorsichtig meinen Arm um ihn. Seltsamerweise brauche ich diese Nähe, es vermittelt mir irgendwie ein Gefühl von Geborgenheit.

Als hätte Iven darauf gewartet, dreht er uns genau in diesem Moment herum und nagelt mich somit mit seinem Körpergewicht auf der Matratze fest. Er greift nach meinen Händen, die er mit einer lässigen Bewegung über meinem Kopf zusammenhält und mich somit bewegungsunfähig macht. Ich kann seinen entblößten Körper auf meinem Körper spüren und die Tatsache, dass sein Glied gegen meine Scham presst, löst ein Pulsieren an dieser Stelle aus.

„Ich habe dich durchschaut, mein Püppchen. Du schaffst es nicht länger, mir zu widerstehen und gegen deine Gefühle anzukämpfen."

Seine sinnlichen Lippen verziehen sich zu einem hinterhältigen Grinsen und ich hasse mich dafür, dass er mich so einfach durchschauen kann. Das warme Gefühl in meiner Brust, wenn er in meiner Nähe ist, will einfach nicht mehr verschwinden.

Doch gleichzeitig macht mich seine Anspielung wütend, dass ausgerechnet er mir meine Gefühle seinerseits vorhält. Wo ich doch selbst am besten weiß, was er mir bedeutet und wie sehr ich mich dafür schäme.

Am allerschlimmsten ist, dass ich fühlen kann, wie es ihn erregt, mich in dieser Position unter sich zu begraben. Sein Schwanz ist inzwischen steinhart und gleitet ein Stück in mich, als er mir sein Becken entgegen bewegt. Wodurch ich mich nun wirklich zu wehren beginne. Iven lässt sich allerdings nicht so einfach aufhalten und hört erst auf, sich zu bewegen, als er mich komplett ausfüllt.

„Ich mag es, wenn du dich wehrst..."

Nun starre ich ihn kurz mit offenem Mund an. All die unterdrückten Gefühle der letzten Tage lodern in mir auf wie ein Feuer. Vergeblich versuche ich mit den Füßen nach ihm zu treten, und mich mit ganzer Kraft aus seinem Griff zu befreien. Versuche ihn, von mir zu drücken und mich zu widersetzen.

Doch Iven ist viel stärker als ich und ich kann nichts weiter tun, als unter ihm zu liegen. Zärtlich streicht er mit seinem Daumen meine Unterlippe entlang. Seine Augen funkeln belustigt und sein Blick ist leicht eingebildet.

„Ich dachte, das hätten wir hinter uns gelassen, Maya. Gib es doch endlich zu, dass du mich willst!"

„Das bildest du dir ein!", kontere ich und funkle ihn abgrundtief böse an. Ich kann es nicht fassen, dass er mich schon wieder gegen meine Zustimmung vögelt.

„Du hast dich genauso nach mir gesehnt, wie ich mich nach dir!" Seine Stimme ist leise und verführerisch. Irgendetwas an der Stimmung zwischen uns ändert sich. Er lässt mich auch nicht aus den Augen. Wieder spüre ich dieses warme Gefühl in meiner Brust, das ich versuche zu ignorieren. Mit jedem meiner Atemzüge verliere ich immer mehr meinen Verstand, und will ihm nur noch so nahe sein wie möglich.

„Ein bisschen vielleicht...", gestehe ich zögerlich und er lächelt mich verstohlen an: „Gesteh es dir endlich ein, Maya! Du liebst mich!"

Er presst seinen Körper fester an mich und ich beiße mir auf die Lippe. Alles in mir verzehrt sich nach ihm, seine Nähe lässt meinen ganzen Körper kribbeln. Ich will ihn, und ich kämpfe um meinen Verstand. Das ist absolut falsch. Wahrscheinlich hat er wirklich recht, und ich habe mich in meinen Entführer verliebt, doch das werde ich ihm garantiert nicht sagen.

Diese Genugtuung werde ich ihm nicht gönnen. Beschämt weiche ich seinem Blick aus und flüstere verlegen: „Das ist doch alles nicht richtig!"

„Und trotzdem genießt du es, von mir berührt zu werden?", fragt er mich, während er sich ein Stück aus mir zurückzieht, nur um erneut in mich vorzustoßen. Da er in gewisser Weise mit seinen Worten recht behält, höre ich auf, mich zu wehren und lasse ihn einfach machen.

„Vielleicht ein klein wenig...", hauche ich erneut und er beginnt spitzbübisch zu grinsen. Er packt mich an der Hüfte, während er immer wieder tief und fest in mich stößt. Dieser Geschlechtsakt erregt mich ungemein und ich spüre, wie ich feucht werde. So sehr ich es auch versuche, kann ich ein leises Stöhnen nicht unterdrücken.

Umso länger er mich in dieser Position fickt, geht mein Atem immer schneller und ungleichmäßiger. Ich kann spüren, wie sich der gewaltige Druck immer intensiver in meinem Unterleib aufbaut, während er weiterhin fest und ungehalten in mich stößt. Als ich meinen Höhepunkt erreiche, lasse ich mich komplett fallen und stöhne laut auf. Der Rest dauert nicht lange, bis Ivens Oberkörper leicht auf mich sackt, und ich seinen Schwanz zuckend in mir spüre.

Schwer atmend sieht er mich mit seinen dunkelbraunen, fast schwarzen Augen durchdringend an. Er streichelt mit seiner Hand liebevoll durch mein Haar, dabei raunt er mit tiefer Stimme: „Du gehörst allein mir, Maya. Wenn du irgendwann nicht mehr bei mir sein willst, werde ich dich mit meinen eigenen Händen töten."

Sein finsteres Versprechen sollte mir unbeschreibliche Angst bereiten, doch stattdessen fühlt es sich an, als würden tausende Schmetterlinge in meinem Bauch Amokflüge machen. Wie in Trance lege ich meine Hand an Ivens Wange und flüstere: „Dann lass mich allein dein Spielzeug sein und bring mich von hier weg. Ich werde nicht abhauen, Iven. Ich will wirklich bei dir sein."

„Netter Versuch", schmunzelt er und rollt sich neben mich auf das Bett. Ich bleibe steif auf dem Rücken liegen und starre ihn ungläubig an. Irgendwie tut mir seine Ablehnung schrecklich weh. Es verletzt mich, dass er mich abweist, wo es mich doch all meine Überwindung gekostet hat, diese Worte auszusprechen. Es fühlt sich tief in mir an, als wäre das mein einziger Ausweg. Als wäre das meine einzige Chance auf ein kleines bisschen Normalität.

„Oh bitte, Iven! Ich meine es wirklich ernst! Bitte bringe mich von hier einfach weg und ich gehöre nur dir allein!" Meine Stimme ist belegt und ich höre mich einfach nur verzweifelt, ja fast schon erbärmlich an. Iven verschränkt die Arme hinter dem Kopf und macht es sich gemütlich, während er eiskalt meint: „Das hast du bis jetzt zu jedem von uns gesagt!"

„Aber bei dir meine ich es wirklich ehrlich!", offenbare ich und setzte mich auf, um Iven direkt in die Augen zu sehen. Dabei füge ich mit fester Stimme hinzu: „Ich glaube, dass ich wirklich Gefühle für dich empfinde!"

Nun scheine ich Ivens ungeteilte Aufmerksamkeit zu haben. Er greift mir mit einer Hand hinten an den Hals, um mich zu sich herunterzuziehen, dann presst er seine Lippen auf meine Lippen. Leidenschaftlich und voller Gefühl. Dieser Kuss lässt meinen ganzen Körper vor Hochgefühl kribbeln.

„Wir werden sehen, Maya, wie viel deine Worte bedeuten!", ist alles was er zu diesem Thema noch sagt. Anschließend zieht er mich an seine Brust: „Ende der Diskussion! Schlaf jetzt, die Sonne geht bald auf, und wir sollten wenigstens ein paar Stunden schlafen."

Da Widerrede ohnehin zwecklos ist, schließe ich meine Augen und genieße seine Umarmung, seine Nähe und seinen Duft, während ich langsam ins Land der Träume abdrifte.

KAPITEL 11

Neue Gespielin

„Na los, steh auf!", weckt mich Ivens herrischer Tonfall. Verschlafen öffne ich meine Augen und erkenne nach mehrfachem Blinzeln Iven, der schon perfekt gestylt im Türrahmen steht. Er trägt einen schicken Anzug mit dunkelblauer Krawatte, darunter ein weißes Hemd. Grummelnd ziehe ich mir die Decke über den Kopf, jedoch wird sie mir nur Sekunden später vom Körper gerissen.

„Steh endlich auf, Maya, und geh unter die Dusche!", wiederholt er dieses Mal bedrohlich, sodass ich einen frustrierenden Laut ausstoße und seiner Aufforderung nachkomme. Sobald ich mich bewege, spüre ich, dass ich komplett wund zwischen den Beinen bin. Natürlich bin ich das. Schließlich habe ich gestern stundenlang mit allen drei Psychopathen gevögelt. Stöhnend fasse ich mir an die Stirn, da ich zusätzlich höllische Kopfschmerzen habe. Außerdem ist mir leicht schwindlig.

„In zehn Minuten bist du fertig und in der Küche, verstanden?", kommandiert er mich erneut, wodurch ich mich nun wirklich zusammennehme und mich irgendwie in Richtung Badezimmer schleppe. Ich fühle mich wie vom Zug überfahren und hoffe, dass mich wenigstens eine Dusche zum Leben erweckt.

So schnell ich kann, erledige ich meine Körperpflege und nehme mir anschließend eines der Kleider aus dem Schrank. Es ist schwarz und verdeckt so wie die anderen gerade mal das Nötigste. Als ich mir zuletzt meine Haare kämme, kommt Milan zu mir ins Badezimmer geschlichen. Er ist oberkörperfrei und trägt nur eine tiefsitzende Jogginghose. Kurzerhand verschließt er leise hinter sich die Tür und flüstert mir zu: „Pssst… Sei leise!" Beim Gedanken daran, dass er mit mir einen Morgen-Quickie schieben will, zieht sich bei mir alles zusammen. Zwischen meinen Beinen brennt es wie Feuer, da ich durch den stundenlangen Sex heute Nacht extrem wund bin. Psychisch und körperlich würde ich das in diesem Zustand niemals durchhalten.

„Ich habe dir Katerfrühstück mitgebracht", meint er und greift sich einen kleinen Spiegel, den er auf den Waschschrank legt. Als Nächstes zieht er ein kleines Päckchen, gefüllt mit weißem Pulver, aus seiner Hosentasche. Milan schüttet den Inhalt auf den Spiegel und ich beobachte, wie er als Nächstes sein Portemonnaie aus der Hosentasche holt. Aufmerksam verfolge ich, wie er mit seiner Kreditkarte zwei dünne Linien zieht. Als er die Kreditkarte neben den Spiegel legt, lese ich den Namen >Milan von Arentin<, Milan ist also wirklich mit Leon verwandt.

„Das hilft gegen die Nachwirkungen", erklärt er und rollt eine Hunderter-Banknote aus seinem Geldbeutel, die er mir anschließend reicht. Skeptisch ziehe ich eine Augenbraue nach oben, dabei wandert mein Blick zwischen ihm und dem weißen Pulver.

„Was zur Hölle ist das?"

„Das ist Kokain. Es wirkt stimmungsaufhellend, betäubend und lässt dich im Kopf klarer werden. Du musst es durch die Nase ziehen", erläutert er mir. Er beugt sich herunter und schiebt sich einen Teil des improvisierten Röhrchens in die Nase, anschließend zieht er eine der beiden Lines durch die Nase. Nachdem er fertig ist, deutet er mir erneut an, den gerollten Schein zu nehmen. Lässig verschränke ich die Arme vor der Brust und will von ihm wissen: „Weiß Leon davon? Dass du seinem Spielzug Drogen gibst? Möchte er eine Drogenabhängige zu seinem Zeitvertreib?" Nun lacht Milan dreckig und nimmt eine Haltung ein, die an Arroganz nicht zu übertreffen ist: „Leon würde mich wahrscheinlich umbringen." Er kommt mir so nahe, dass kaum ein Blatt zwischen unsere Lippen passt. „Ich verrate dir ein Geheimnis, Kleines. Leon hat uns allen sogar untersagt, dich zu ficken!"

„Vielleicht verrate ich es ihm ja, dass du dich nicht an seine Regeln hältst", provoziere ich ihn dicht an seinen Lippen und lasse ihn nicht aus den Augen. Mein Herz klopft wie verrückt in meiner Brust. Natürlich weiß ich, dass Milan gefährlich ist. Doch dieses Spiel mit der Gefahr ist definitiv das erotischste, was mir in meinem bisherigen Leben widerfahren ist.

Milan verringert die letzte Distanz und presst seine Lippen fast schon schmerzhaft fest auf meine Lippen. Mit einem Ruck umgreift er meine Oberschenkel, um mich auf seine Hüften zu heben, gleichzeitig drängt er meinen Rücken gegen die Wand. Meine Hände greifen in seine Haare und ich stöhne in den Kuss hinein.

Es gefällt mir, mit ihm auf diese Art und Weise um die Dominanz zu kämpfen, wohlwissend, dass er immer gewinnt. Niemals hätte ich geglaubt, dass Milan eine derartige körperliche Anziehungskraft auf mich auswirken könnte. Es fühlt sich gut an, wie seine Hände meinen Körper erkunden, so wie auch meine Hände dessen Körper.

„Na, ihr beiden scheint ja richtigen Spaß zu haben!", reißt uns Finn auseinander, der plötzlich in der Badezimmertüre steht. Sein Blick fällt auf den Spiegel und anschließend auf Milan, der mich zwischenzeitlich genervt stöhnend zurück auf den Boden lässt.

„Wenn du ihr nochmal Drogen gibst, wirst du den Tag nicht überleben!" Finns Tonlage klingt extrem einschüchternd, während er den Spiegel mit einer schnellen Bewegung zu Boden wirft. Das laute Klirren und wie die Scherben durch das Zimmer fliegen, lässt mich schreckhaft zusammenzucken.

„Ihr entschuldigt mich...", mit diesen Worten dränge ich mich irgendwie an Milan und Finn vorbei in Richtung Untergeschoss. Schließlich gehen mich deren Streitigkeiten ohnehin nichts an, und ich habe von Iven nur eine Timeline von zehn Minuten bekommen. Mit schweren Füßen tapse ich ins Untergeschoss, ich fühle mich wirklich wie vom Zug überfahren und wünschte für einen kurzen Moment, Milans Angebot angenommen zu haben. Sobald ich aus dem Fenster blicke, bleibe ich wie erstarrt stehen. Die Welt da draußen ist getaucht in reines Weiß. Auf den Baumkronen haftet der Schnee, es ist eine wunderschöne Winterlandschaft. Kurz frage ich mich, wie viele Wochen ich schon in Gefangenschaft lebe, es war Ende Herbst, als ich entführt wurde.

Zwei starke Arme schlingen sich von hinten um mich und reißen mich aus meiner Beobachtung, dabei raunt mir Milan ins Ohr: „Ich bin noch immer ganz hart, wenn ich an die Nacht mit dir denke. Am liebsten würde ich dich gleich hier vor den beiden auf dem Küchentisch ficken!"

„Gönne mir eine Pause!", murmel ich und versuche mich aus seiner Umarmung zu befreien. Iven, der am Küchentisch sitzt und bisher irgendwas in sein Handy tippt, richtet nun seinen Blick auf uns. „Geh doch einfach zu Fiona und vertreib dir die Zeit mit ihr. Sie braucht es ohnehin etwas härter."

Nun ertönt Finns raues Lachen, der langsam die Treppen zu uns herunterläuft.

„Du hättest sie sehen sollen, bevor sie das Propofol gespritzt bekommen hat. Sie war klatschnass zwischen den Beinen und ist auf Ivens Schoß gesessen, dabei war sie ziemlich heiß darauf, von zwei Schwänzen gleichzeitig penetriert zu werden."

„Sie ist einfach perfekt für von Arentin!", klatscht Iven mit überschwänglicher Freude in die Hände. Mir wird kotzübel beim Gedanken daran, wie Iven und Finn mit dieser Frau heute Nacht zugange waren und ihre "Ware" selbst ausprobiert haben. Zu gerne wüsste ich, ob sie ihre Schwänze in dieser Fiona hatten, bevor sie in mir waren.

„Tut euch keinen Zwang an, ihr könnt euch die Tussi im Keller ruhig teilen. Ich vergnüge mich lieber mit meiner heißen Wildkatze", vernehme ich Milans raue Stimme an meinem Ohr. Er hält mich immer noch fest umschlungen, sodass ich mich nicht einen Millimeter bewegen kann. Iven erhebt sich von seinem Platz und läuft lässig auf mich zu. Nachdem er vor mir steht, streckt er seine Hand aus und streichelt mir zärtlich über die Wange.

„Was will ich denn mit der, wenn ich Maya haben kann?" Ivens Hand wandert hinunter zu meinem Schlüsselbein, über meinen Bauch, bis er zwischen meinen Beinen ankommt. Da ich kein Höschen trage, erreicht er spielend einfach sein Ziel. Als seine Finger meine Intimzone berühren, zucke ich sofort unweigerlich zusammen und greife nach seiner Hand.

„Bitte Iven. Ich kann heute wirklich nicht!"

„Sie ist wund!", erläutert Finn und löst damit meine flehende Reaktion auf. Er steht inzwischen direkt hinter mir und vergräbt seine Hand in meinen Haaren. Ruckartig zieht er meinen Kopf in den Nacken, sodass ich ihm in seine bernsteinfarbenen Augen sehen muss.

Mein Puls fühlt sich an, als würde er mir jeden Moment meine Rippen durchbrechen. Da liegt definitiv eine erotische Spannung in der Luft, dieses Glänzen in seinen Augen spricht seine eigene Sprache. Finn ist heiß auf mich, genauso wie Iven und Milan. Und genau das bereitet mir unglaubliche Angst.

„Scheiß drauf... Sie war schon oft wund!", lacht Iven auf, während seine Hand nun vorsichtig zwischen meine Schamlippen gleitet. Ich spanne mich am gesamten Körper an. Undenkbar, wie meine Mitte eine weitere Nummer mit diesem Irren übersteht. Geschweige denn mit allen dreien. Doch eine andere Wahl habe ich schließlich nicht. Diese Verrückten werden sich ohnehin nehmen, was auch immer sie von mir wollen, also winde ich mich in Milans Armen, soweit ich dazu imstande bin und hauche an seinem Ohr: „Gib mir etwas von diesem Zeug!"

„Ihr habt die Kleine gehört. Sie ist bereit für einen Vierer, wenn wir ihr eine kleine Starthilfe geben", meint Milan und greift zum Bund meines Kleides. Er zieht es mir über den Kopf, sodass ich nackt vor ihm stehe.

„Von mir aus!", winkt ihn Iven ab, der sich zu mir herunterbeugt, um mich zu küssen. Finn jedoch schnaubt abfällig an die beiden gewandt: „Ihr seid so armselig! Seid ihr wirklich nicht einmal zu zweit in der Lage, eine Frau feucht zu bekommen, ohne dabei auf diese jämmerlichen Hilfsmittel zurückzugreifen?" Sobald er die Provokation ausgesprochen hat, übernimmt Finn die Führung.

Nun ist er derjenige, der mich küsst. Dabei drängt er mich Schritt für Schritt rückwärts, bis meine Waden die Kante des Sofas berühren. Er lässt mir keine Zeit darüber nachzudenken, dass diese drei Verrückten ernsthaft vorhaben, gleichzeitig mit mir zu vögeln.

Auch Iven und Milan positionieren sich keinen Wimpernschlag später direkt neben mir. Während Iven mich im Intimbereich zu streicheln beginnt, knetet Milan sanft meine Brüste. Das alles ist total „strange" und zuerst habe ich wirklich Probleme damit, mich auf diese Vierer-Geschichte mit dem Psychopathen-Trio einzulassen. Doch als Finn plötzlich vor mir auf die Knie geht und seinen Kopf zwischen meinen Beinen vergräbt, sind meine Zweifel wie weggefegt. Stöhnend greife ich ihm in die Haare, während nun Milan die Aufgabe übernimmt, mich leidenschaftlich zu küssen.

Iven, der sich mittlerweile seiner Kleidung entledigt hat, nimmt nun vor mir auf dem Sofa Platz und zieht mich anschließend auf seinen Schoß. Auch wenn ich nun rittlings auf Iven sitze, greift mir Finn grob in mein Haar, zieht meinen Kopf in den Nacken, um mich erneut hart auf meine Lippen zu küssen. Gleichzeitig spüre ich, wie Finn hinter mir zwei seiner Finger in meiner Mitte versenkt, dann verteilt er meine Feuchte an meiner Hinterseite. Bevor ich protestieren kann, werde ich von Milan in die Haare gepackt, der meinen Kopf in seine Richtung reißt. Ich habe nicht einmal mitbekommen, dass er sich inzwischen ebenfalls ausgezogen hat.

Er drückt mir seinen steifen Schwanz zwischen die Lippen und beginnt, mich tief stöhnend oral zu ficken.

Irgendwo am Rande bekomme ich mit, wie mich Iven derweil an der Hüfte umfasst, um mich anzuheben, um kurz darauf vaginal in mich einzudringen. Derweil schiebt mir Milan immer wieder seinen Schwanz tief in meinen Rachen, während ich irgendwie versuche, mich auf Iven auf und abzubewegen. Da spüre ich plötzlich, wie Finn seinen Finger anal in mich hineindrückt, den er immer wieder vor- und zurückschiebt. Zwar wimmere ich vor Widerwillen, doch Milan unterdrückt mit seinem riesigen Ding in meinem Hals jegliche meiner Laute.

„Komm schon, Maya, lass dich fallen!", raunt Iven, der im Takt zu seinen Stößen beginnt, meine Lustperle in kreisenden Bewegungen zu reiben. Er schafft es sogar fast, es für mich erträglicher zu machen, als Finn seinen zweiten Finger in mir versenkt.

Kaum habe ich mich einigermaßen an die Fülle in meinem Hintern gewöhnt, zieht Finn seine Finger aus mir zurück. Jedoch nur, um sie durch etwas viel Größeres zu ersetzen.

Als ich seine dicke Eichel an meiner Kehrseite spüre und er mit roher Gewalt den Widerstand durchbricht, kralle ich meine Nägel in Ivens Schultern. Finn hört erst auf, in mich vorzustoßen, als er mit seiner vollen Länge in mich eingedrungen ist.

Das alles ist zu viel. Milan, der seinen Schwanz unablässig in meinen Hals rammt und gleichzeitig kann ich Finn und Iven tief in mir vergraben spüren.

Es fühlt sich an, als würden sie mich mit ihrer enormen Größe zerreißen. Die Gefühle sind zu intensiv, und zu allem Überfluss umspielen Ivens Finger noch immer im unnachgiebigen Druck meine inzwischen heiß pochende Knospe.

Völlig willenlos schalte ich einfach ab und konzentriere mich einzig und allein auf meine Empfindungen. Wie ich von allen Männern unablässig benutzt und in jegliche Körperöffnungen penetriert werde.

Die dunkle Lust in mir übernimmt die Führung, und ich schreie zuckend und bebend meinen Orgasmus heraus. Mein lautes Stöhnen und die Kontraktionen in meinem Inneren scheinen Finn gewaltig zu erregen, denn es dauert nicht lange, bis er tief in mich gedrückt kommt.

Gerade als Finn sich aus mir zurückzieht, zerrt mich nun Milan am Arm nach oben. „Zeit für einen Wechsel." Mit diesen Worten drängt er mich auf den Rücken und beugt sich selbst über mich. Nun ist er derjenige, der mich in Missionarsstellung fickt, während ich Iven den Schwanz lutsche.

Da Iven bei diesem Akt weniger brutal vorgeht als Milan, umspiele ich mit meiner Zunge seine Eichel, sauge an seinem Schwanz, bis er heftig zuckend in meinem Mund kommt. Auch Milan erreicht endlich seinen Höhepunkt, der auf mir zusammensackt.

„Es hat ihr gefallen", scherzt Milan, der mir nochmal schwungvoll einen Klaps auf den Hintern verpasst und dann aus mir hinausgeleitet. Die beiden anderen brechen in finsteres Gelächter aus, wobei ihm Iven schon fast spöttisch antwortet: „Wundert dich das? So war es doch schon immer!"

Auch wenn sie mich mit ihrer Aussage verhöhnen, ist es mir in meiner jetzigen Situation vollkommen egal. „Ihr entschuldigt mich!?" Mit letzter Kraft stütze ich mich vom Sofa hoch und laufe mit zittrigen Füßen hoch in Richtung Badezimmer. Unterwegs greife ich mir noch das Stück Stoff vom Boden und zische bei jedem Schritt, der mich auf mein inneres Wundsein aufmerksam macht.

Sobald ich im Badezimmer ankomme, nehme ich eine lange ausgiebige Dusche. Das heiße Wasser entspannt meine überreizten Muskeln, dabei versuche ich nicht darüber nachzudenken, dass ich mich ohne Gegenwehr von allen dreien gleichzeitig ficken ließ. Nach einer halben Ewigkeit drehe ich das Wasser ab und mache mich anschließend zurecht.

Als ich wieder angezogen und gerichtet bin, laufe ich erneut mit schweren Füßen zurück in die Küche. Jetzt geht es mir wahrlich noch viel schlimmer als heute Morgen, ganz im Gegensatz zu Iven und den anderen, die am Küchentisch feixen und bei bester Laune sind.

Doch ihre ausgelassene Stimmung ist nicht von langer Dauer, denn während ich langsam die Treppen hinunterlaufe, sind plötzlich vor dem Haus mehrere Autos zu hören, die auf dem Kieselsteinboden vor dem Haus ruckartig zum Stehen kommen. Sekunden später ertönt das laute Krachen von Autotüren.

Zum ersten Mal seit ich Iven kenne, meine ich etwas wie Angst in seinen Augen zu erkennen, während er „FUCK! FUCK! FUCK!" fluchend zum Fenster rennt. In der Eile stolpert er sogar ein paarmal, rafft sich jedoch wieder auf, bis er sein Ziel erreicht. Mein Puls beginnt zu rasen, und das auf nicht angenehme Weise, als ich höre, wie er aufgewühlt die Namen von Milan und Finn brüllt.

Beinahe in Zeitlupe nehme ich wahr, wie die Haustüre gewaltsam geöffnet wird. Mehrere Männer stürmen in den Raum, die sodann Milan und Finn und Iven gewaltsam in die Knie zwingen. Alles geht so schnell, dass ich es kaum noch verarbeiten kann. Es ist wie bei einer Polizeirazzia, doch als der im schicken Anzug gekleidete Herr das Haus betritt, beweist es mir, dass meine Hoffnungen nur surreales Wunschdenken sind. Ich kann die Gewalt in diesem Mann spüren. Er wird mir nicht helfen, denn er hat eine tiefschwarze Seele, noch viel düsterer als die von Iven, Milan oder Finn.

Leon

KAPITEL 12

Leon von Arentin

Der Blick des mir Unbekannten trifft auf meinen, und ich beginne unbewusst zu zittern. Jeder seiner Schritte ist selbstbewusst, kein bisschen zögerlich. Dieser Mann stellt die anderen drei wahrlich in den Schatten. Wenn ich dachte, dass Iven, Milan oder Finn attraktiv sind, ist es nichts im Vergleich zu meinem Gegenüber.

Sein Oberkörper ist durchtrainiert und seine Arme extrem definiert, soweit ich das unter seinem maßgeschneiderten Anzug erkennen kann. Er scheint irgendeine Sportart zu trainieren, denn sein Rücken ist breit und bildet ein perfektes V.

Er trägt schwarze, gestylte Haare im Fade-Cut-Haarschnitt, ein paar davon fallen ihm locker ins Gesicht. Doch am auffallendsten sind seine eisblauen Augen. Ein Eisblau, das eisige Kälte, Dominanz und Überlegenheit ausstrahlt. Ich fürchte mich vor seinem Blick, der mich durchbohrend anschaut. Ich kann spüren, dass er einer dieser Männer ist, die sich einfach ungefragt nehmen, was sie wollen.

Mit jedem weiteren Schritt, den sich der Schwarzhaarige mir nähert, blicke ich wie in Trance in diese außergewöhnlichen, eisblauen Augen. Dieser Mann ist nicht hässlich oder alt. Dieser Mann ist pure Perfektion. Mein erhöhter Herzschlag, als er direkt vor mir zum Stehen kommt, fühlt sich beinahe an, als würde er mir die Rippen durchbrechen.

„Du bist wunderschön! Noch viel schöner als auf den Bildern", raunt er mit tiefer Stimme. Der Klang seiner Stimme beschert mir eine Gänsehaut, die sich über meinen gesamten Körper zieht. Er greift nach meiner Hand, um mir einen zärtlichen Kuss auf den Handrücken zu hauchen. Dann streckt er seine Hand nach mir aus. Er lässt mich nicht aus den Augen und streichelt mir zärtlich über die Wange. Ich kann nichts anderes tun als dazustehen und ihn anzuschauen. Seine Finger sind so unbeschreiblich sanft, dass ich aufpassen muss, mich nicht an ihnen zu schmiegen.

„So bildschöne Augen." Seine zärtliche Berührung steht so im Gegensatz zu all der Brutalität, die ihn umgeben soll. „Und so wundervolle, weiche Lippen!", fügt er als Letztes hinzu und streift mit seinem Daumen meine Unterlippe entlang. Ganz langsam beugt er sich zu mir herunter und flüstert mir mit dunkler Stimme ins Ohr: „Diese Lippen würde ich gerne um meinen Schwanz spüren!"

Wie eingefroren verharre ich an Ort und Stelle und lasse alles über mich ergehen. Selbst dann, als er sich ein Stück von mir löst, bewege ich mich nicht. Irgendein Instinkt tief in mir sagt, dass ich mich diesem Mann unterwerfen muss. Ich atme flach und bin starr vor Angst. Er sieht mir direkt in die Augen, während seine Fingerspitzen federleicht an meinem Brustansatz über mein Kleid streicheln. Seine Berührung löst ein Kribbeln in mir aus, das sich durch meinen gesamten Körper zieht.

„Weißt du, wer ich bin?", fragt er mit ruhiger Stimme. Ich bin wie hypnotisiert von seiner machtvollen Erscheinung. Dieses stürmische Eisblau ist das Schönste und gleichzeitig das Gefährlichste, was ich jemals gesehen habe. Ohne den Blick von ihm abzuwenden, hauche ich zittrig: „Du bist mein Besitzer. Der Mann, dem mein Leben gehört. Leon von Arentin."

„Du bist ein schlaues Mädchen. Ich mag den Klang deiner Stimme, wie du meinen Namen aussprichst!"

Seine Gesichtszüge geben nicht die geringste Gefühlsregung von sich preis. Da ist nur eisige Kälte, die ihn umgibt und doch scheint dieser unnahbare Mann irgendein abartiges Interesse an mir zu haben. Wie lange es wohl dauern wird, bis ein machtvoller und einflussreicher Mann wie er mir überdrüssig sein wird?

„Was habt ihr euch dabei gedacht, meine Anrufe zu ignorieren?", brüllt er plötzlich durch den Raum und ich zucke verängstigt zusammen. „Ihr kleinen, undankbaren Söhne einer Hure!" Seine Tonlage klingt bedrohlich, sodass sich mein Zittern verstärkt. Dabei wendet er mir den Rücken zu und läuft in Richtung des Trios. Die ganze Situation wird von seinen Männern kontrolliert, allein in diesem Raum sind es zwölf. Sicher sind vor der Haustür noch weitere.

Iven, Milan und Finn blicken stillschweigend zu Boden, sie verweilen noch immer kniend, mit den Armen hinter dem Rücken fixiert. Noch niemals zuvor habe ich einen der drei derart nervös und unsicher gesehen.

„Von Arentin, du verstehst da etwas völlig falsch!", beginnt Iven und ich meine die Angst aus seiner Stimme herauszuhören. Sobald Leon vor Iven steht, holt er unbeeindruckt mit der geballten Faust aus und verpasst Iven einen Schlag, der seinen Kopf zur anderen Seite schlägt. Das deutliche Knacken seiner Nase und die Blutspritzer auf dem Boden verdeutlichen mir, dass er Iven wohl die Nase gebrochen hat. Mit einem einzigen Schlag.

Ohne jegliche Emotion wiederholt er diesen Gewaltakt und verpasst ihm einen weiteren derartigen Faustschlag, der seinen Kopf herumreißt. Kurz denke ich, dass sein Kopf jeden Moment von den Schultern abreißt. „Was denkst du, mit wem du es hier zu tun hast?", kommt es bedrohlich ruhig von Leon. Doch er ist noch lange nicht fertig mit Iven.

„Es tut mir leid! Es wird nicht wieder vorkommen!", keucht Iven, dem blutiger Speichel aus dem Mund tropft. „Nein, das wird es ganz sicher nicht!"

Leon deutet einem seiner Männer mit einer Kopfbewegung zu, woraufhin dieser anfängt auf Iven einzuschlagen. Schockiert schlage ich die Hände vor dem Mund zusammen und spüre, wie mir eine warme Träne über die Wange rinnt. Es sieht so aus, als würde Leon ihn umbringen wollen. Als nächstes blickt Leon überdrüssig zu Milan, der es nicht wagt, in Leons Augen aufzublicken. „An dir werde ich mir meine Hände nicht beschmutzen, dein Vater wird diese Aufgabe für mich übernehmen, dich an deinen Respekt mir gegenüber zu erinnern!"

„Iven hat dir ein weiteres Geschenk besorgt! Für die Unannehmlichkeiten, die du in letzter Zeit mit uns hattest!", erklärt nun Finn mit Blick zum Boden gerichtet, wodurch er Leons ungeteilte Aufmerksamkeit hat.

„Ein Geschenk? Welches Geschenk könnte euer unverschämtes Verhalten mir gegenüber schon aufwiegen?"

„Eine Frau, Mitte zwanzig. Sie befindet sich hier in den Räumen des Hauses!", fügt Finn nun ergänzend hinzu. Verwirrt blinzle ich. Sollte diese Frau nicht zum Austausch für mein Leben fungieren? Ich verstehe plötzlich gar nichts mehr.

Leon läuft zu einem der Stühle und setzt sich auf diesen. Er überschlägt die Beine und sieht zu Finn in einer Arroganz, die nicht zu übertreffen ist.

„Gut. Dann bringt mir doch bitte mein Geschenk, für das ihr euch erdreistet habt, mich warten zu lassen."
Finn wird nun losgelassen, sodass er seinen Anzug richtet und in Richtung Keller läuft. Jedoch wird er von fünf weiteren Männern begleitet. Kurze Zeit darauf vernehme ich ein klägliches Schreien, das immer näher kommt.

Mittlerweile halten Leons Schläger inne und ich sehe zu Iven, dessen Blut zu Boden tropft. Doch dann zieht erneut das flehende Schreien von Fiona meine Aufmerksamkeit auf sich.

Diese Frau ist gerade mal in Unterwäsche bekleidet, und ihr Körper ist voller Hämatome. In ihrem Gesicht befinden sich mehrere aufgeplatzte Stellen mit getrocknetem Blut, die darauf hindeuten, dass sie einiges durchgemacht haben muss. Fiona wird kläglich weinend vor von Arentin in Position gezerrt. Ihr Schreien und Flehen gehen mir unter die Haut, ich spüre ihre Panik als sei es meine eigene.

„Bitte, bitte, lassen Sie mich gehen!", wimmert sie und unzählige Tränen rinnen ihr über die Wangen. Leon packt ihr

Kinn zwischen seine Finger und dreht ihr Gesicht von links nach rechts: „Nichts Besonderes!"

„Sie bevorzugt harten Sex. Iven hat sie extra nach deinem Interesse ausgesucht", erklärt Finn ausdruckslos, doch sobald Fiona das Gesagte hört, beginnt sie, sich gegen die Arme, die sie halten, zu wehren.

„Lass mich los! Ihr seid doch alle völlig durchgeknallt!" Leon reibt sich angespannt die Stirn, so als habe er Kopfschmerzen von ihrem viel zu hohen Geräuschpegel. Er deutet seinen Männern mit einer ausladenden Handbewegung: „Sie gehört euch! Vergnügt euch ausgiebig mit ihr, bevor ich sie zum Schweigen bringe!"

Nun weiten sich ihre Augen schreckhaft und ihr spitzer Schrei hallt durch die Wände, als seine Männer wie wilde Tiere über diese Frau herfallen. Ich wage es nicht, mich als Heldin aufzuspielen und mich einzumischen, geschweige denn, diesen skrupellosen Mann um irgendetwas wie Gnade zu bitten. Doch als ich sehe, wie dieser Frau die Unterwäsche vom Leib gerissen wird und sie von mehreren Männern gleichzeitig vergewaltigt wird, muss ich würgen und übergebe mich mitten auf dem Fußboden. Da meine letzte Mahlzeit eine Ewigkeit her ist, würge ich irgendwann nur noch heiße Galle.

Indessen richtet sich Leon erneut von seinem Stuhl auf und läuft zu Iven. Der Raum verschwimmt vor meinen Augen, das alles kommt mir vor wie ein Alptraum. Orientierungslos blicke ich durch das Wohnzimmer, versuche zu atmen, doch ich bekomme keine Luft. Doch plötzlich bleibt mein Blick an der geöffneten, unbewachten Haustür hängen.

Wieder blicke ich zu den dreien, die mittlerweile mit dem Blick zu Boden gerichtet in einer Reihe stehen. Noch niemals zuvor habe ich einen der drei so voller Ehrfurcht erlebt. Dieses unnatürliche Verhalten zu sehen, schürt die Panik in mir gewaltig an. Nun ist Milan der nächste, der mit einem einzigen Faustschlag von Leon zu Boden geht.

Sie wirken so beschäftigt, dass sie mich gar nicht weiter beachten. Erneut blicke ich zur Tür, weil ich es einfach nicht glauben kann, dass diese wirklich unbewacht ist. Noch bevor irgendeiner der Anwesenden überhaupt realisieren kann, was ich vorhabe, renne ich los, so schnell mich meine Beine tragen. Jedoch zieht augenblicklich ein eiskalter Schauer über meinen Körper, als meine nackten Füße im Schnee vor der Haustüre versinken. Auch wenn ich diesen Entschluss womöglich schon sehr bald bereuen werde, ignoriere ich das Brüllen hinter mir und renne weiter hinaus in die kühle Winterlandschaft.

„MAYA, BLEIB STEHEN!", brüllt mir Milan hinterher, doch ich denke gar nicht daran, auf ihn zu hören. Hastig rüttelte ich im Vorbeirennen an mehreren Autotüren der schwarzen SUVs vor dem Haus, die zu meinem Leidwesen verschlossen sind. Ein kurzer Blick nach hinten verrät mir, dass mir Iven, Milan und Finn dicht auf den Fersen sind. Ivens Hemd ist durchtränkt mit seinem Blut, was ihn ziemlich furchteinflößend aussehen lässt.

„KOMM SOFORT ZURÜCK, MAYA!"

Mit dem Blick immer wieder hinter mir gerichtet, renne ich ins nirgendwo. Der Schnee hat jeglichen Waldweg oder Straße unter sich bedeckt. Und dennoch bohren sich die kleinen Kieselsteine des Waldweges beim Rennen schmerzlich in meine nackten Fußsohlen. Gleichzeitig rutsche ich immer wieder auf dem verschneiten Boden aus, und dicke Schneeflocken fallen auf meine bloße Haut. Doch ich renne immer weiter, auch wenn ich für diese Winterverhältnisse viel zu leicht bekleidet bin.

Die Haut an meinen Füßen hat sich infolge der Kälte mittlerweile knallrot gefärbt und ich zittere vor Eiseskälte. Doch das Adrenalin, das durch meinen Körper pumpt, lässt alle Schmerzen auf ein erträgliches Maß sinken. Nichts was mir hier draußen passieren könnte, würde annähernd so schlimm sein, wie die Strafe für meinen Fluchtversuch. „Maya, komm schon! Wir kennen diese Wälder in- und auswendig! Du kannst uns nicht entkommen!", hallt Finns Stimme durch den Wald und bringt mich dazu, nochmal an Geschwindigkeit zuzulegen. Immer wieder bleibe ich an Ästen hängen, die tiefe Kratzer auf meiner Haut hinterlassen. Auch meine Füße schmerzen durch die Kälte inzwischen höllisch, und ich schaffe es nur unter größter Anstrengung, einen Fuß vor den anderen zu setzen. Es war mehr als dämlich, barfuß und nur in diesem kurzen Kleid bekleidet aus dem Haus zu rennen, denn es ist nirgendwo in unmittelbarer Nähe eine Straße oder ein Wohngebiet zu erkennen. Da ist einfach nichts außer Wald und Schnee.

Meine Lungen brennen mittlerweile wie Feuer und ich bekomme kaum noch Luft. Doch die Tatsache, dass Iven und Milan und Finn dicht hinter mir sind, zwingt mich dazu, durchzuhalten und irgendwie an Tempo zuzulegen. Hastig biege ich nach rechts ab und stürze eine kleine Böschung hinunter. Sobald ich mich einigermaßen aufrapple, zwinge ich mich dazu, weiterzurennen. Mittlerweile ist durch die winterlichen Witterungsverhältnisse meine Kleidung durchnässt, und ich zittere vor Eiseskälte.

„Maya, wir hatten doch eine wunderschöne Zeit! Willst du wirklich, dass das so mit uns endet?", fragt nun Milan und ohne ihn zu sehen, weiß ich, dass er selbstgefällig grinst. Ein Schluchzen dringt über meine Lippen, denn ich weiß ganz genau, dass es kein Entkommen gibt. Der Wald nimmt einfach kein Ende, und ich schaffe es kaum noch, einen Fuß vor den anderen zu setzen.

Den dreien scheint es unglaublichen Spaß zu bereiten, mich zu jagen, denn während ich kaum noch Luft bekomme und schlichtweg keine Kraft mehr habe, wirken sie, als hätten sie nicht mal richtig angefangen. Doch das allerschlimmste ist, dass meine Spuren im Schnee immer verraten, in welche Richtung ich gelaufen bin. Meine Lungen brennen inzwischen so sehr, dass ich keine Luft mehr bekomme. Ich habe keine Ahnung, wo ich bin und wie lang sich diese Wälder erstrecken. Erschöpft lehne ich mich an einen der unzähligen Bäume und lasse mich langsam zu Boden sinken.

Selbst wenn ich es wollte, habe ich einfach keine Kraft mehr, weiterzurennen, denn ich bin völlig durchgefroren. Zuerst spüre ich eine Hand auf meiner Schulter, dann schließen sich zwei starke Arme von hinten um mich und ich höre Iven, den Teufel in Menschengestalt, zynisch flüstern: „Hab dich, Süße!"

Meine Augen weiten sich schreckhaft, als ich in sein wutverzerrtes Gesicht schaue. Er hat eine aufgeplatzte Lippe, getrocknetes Blut an der Nase und unzählige Blessuren im Gesicht. In meiner Verzweiflung beginne ich einen letzten, aussichtslosen Kampf gegen die Arme, die mich halten. Jedoch ist Iven viel stärker als ich, der mich mit einem gezielten Faustschlag sofort zu Boden reißt.

„Wolltest du uns etwa wirklich schon verlassen?"
Unter der Wucht seines Schlages spüre ich, wie meine Lippe aufplatzt und schmecke Blut auf meiner Zunge. Mir wird schwarz vor Augen und ich habe kurz das Gefühl, von seinem heftigen Schlag jeden Moment das Bewusstsein zu verlieren. Zusätzlich ist mir so furchtbar kalt, dass ich einfach vor Erschöpfung zusammenbreche. Meine eiskalten Finger krallen sich mit letzter Kraft in Ivens Hemd, und ich beginne zu weinen wie ein kleines Kind: „Bitte, Iven! Töte mich! Bitte! Ich will nicht zurück! Ich ertrage das nicht länger!"

„ICH HABE SIE!", ruft Iven an die beiden anderen gewandt, die nur wenige Augenblicke später zu uns stoßen. Nun ist Milan derjenige, der mich brutal in die Haare packt und meinen Kopf in den Nacken reißt. „Du elende Schlampe! Was denkst du, wer du bist, dass ich dir hinterherrennen muss?"

Sobald Milan die Worte ausspricht, habe ich den nächsten Faustschlag im Gesicht, wodurch ich nun endgültig zu Boden gehe. Selbst wenn ich wollte, könnte ich nicht mehr auf meinen Füßen stehen. Das hält Milan allerdings nicht davon ab, mich den restlichen Weg zum Haus hinter sich herzuziehen. Auch wenn ich aus Leibeskräften schreie und weine, hat keiner der drei auch nur einen Funken Mitleid für mich übrig. Jetzt in diesem Moment bin ich einfach nur Ware, die zurück zu ihrem Käufer gebracht wird.

Als wir uns meinem persönlichen Gefängnis nähern, höre ich immer stärker ein leises Wimmern und Schluchzen. Doch auch wenn ich im ersten Moment so etwas wie Erleichterung spüre, dass diese andere Frau noch lebt, wird sie im nächsten Augenblick zerstört, als wir das Wohnzimmer betreten

Fiona steht schwer atmend vor Leon, der sie mit einer Hand am Genick gepackt hält. Mit der anderen Hand hält er ihr ein Messer an die Kehle. Sie ist nackt und zittert, ihre Haare sind komplett zerzaust, und Blut tropft ihr aus so ziemlich jeder Körperöffnung. Ich sehe ihr an, dass sie ein Vergewaltigungsopfer ist. Jedoch ist Leon noch immer in seinem Anzug gekleidet, er scheint nicht ihr Peiniger gewesen zu sein. Ganz im Gegensatz zu den zwei Typen in unmittelbarer Nähe, die gerade den Reißverschluss ihrer Hose schließen. Auch sechs weitere von Leons Lakaien wirken, als wären sie an diesem Gewaltakt beteiligt gewesen.

Sobald sie mich bemerkt, trifft ihr verängstigter Blick direkt auf meinen Blick und ich bin mir sicher, dass ich das Leid, das sich in ihren verheulten und blutunterlaufenen Augen widerspiegelt, niemals mehr vergessen werde. Denn im selben Moment wird ihr von Leon mit einem einzigen Messerschnitt ihre Halsschlagader durchtrennt. Ich beobachte mit Erschrecken, wie sie sich mit letzter Kraft wehrt und höre das Glucksen, wie sie an ihrem eigenen Blut erstickt. Zuletzt lässt er ihren leblosen Körper einfach zu Boden fallen und ich sehe, wie sie aufhört zu zucken, und ihr letzter Lebenshauch aus ihr entweicht.

„Wir haben dir dein Spielzeug zurückgebracht, deine Puppe ist sogar beinahe unversehrt", kündigt Iven an, während ich in den Raum geschleift werde. Zuerst beginne ich selbst einen aussichtslosen Kampf gegen Milan, doch er zerrt mich erneut an den Haaren und bringt mich damit relativ schnell wieder unter Kontrolle. Doch als sich Leons eiskalter Blick auf mich richtet, breche ich erneut in stummen Tränen aus.

„Du bist wirklich eine mutige kleine Schlampe", kommt es von Leon ohne jegliche Emotion, dabei bewegt er sich mit dem blutverschmierten Messer in der Hand in selbstsicheren Schritten auf mich zu. Sobald er direkt vor mir steht, werde ich von Milan vor von Arentin auf die Knie gezwungen.

„Dafür sind wir quitt, Onkel! Ich habe Schlampen schon für Weniger umgebracht! Dieser Hure bin ich für dich Kilometer durch den Wald hinterhergejagt. Sie ist zwar nicht unverletzt, aber sie atmet zumindest noch!"
Milan klingt stinksauer, während er meinen Kopf einmal schwungvoll auf den Boden knallt. Nur mit größter Mühe schaffe ich es, mich einigermaßen wieder aufzurichten und spüre, wie mir warmes Blut aus der Nase läuft. Noch immer zittere ich wie Espenlaub und friere am ganzen Körper.
Leon, dem diese Tatsache nicht entgeht, reicht einem seiner Handlanger das blutverschmierte Messer und zieht anschließend sein Sakko aus, um es mir vorsichtig über die Schultern zu legen. Mit zitternden Fingern greife ich nach dem Stoff, der mir ein kleines bisschen Wärme spendet. Ein angenehmer, herber, männlicher Geruch steigt mir in die Nase. Eine Mischung aus Moschus und Zimt.

Leon geht vor mir in die Hocke und neigt seinen Kopf leicht schief, während er mich ausgiebig betrachtet: „Es ist extrem selten, dass eine geschlagene und blutende Frau noch immer so bildhübsch aussieht wie du."

Beinahe zärtlich lässt er seinen Finger an meiner Wange entlang gleiten, während er hinzufügt: „Ich dachte, wir beide hatten einen besonderen Moment und dann nutzt du die erstbeste Gelegenheit meiner Unachtsamkeit, um von mir zu flüchten?"

„Es war ein Fehler...", flüstere ich ergeben. In der Hoffnung, dass die Dinge, die mir Finn über diese Person beigebracht hat, der Realität entsprechen, senke ich devot meinen Blick und verschränke die Arme hinter dem Rücken, dabei sehe ich stillschweigend zu Boden. Ich bin völlig regungslos in dieser unterwürfigen Haltung und hauche leise: „Herr, ich entschuldige mich für mein Fehlverhalten und akzeptiere meine Strafe."

Leon legt seinen Finger unter mein Kinn und zwingt mich, in seine eisblauen Augen zu sehen. Diese wunderschönen und doch so gefährlich Augen.

„Finn hat dich gut erzogen. Doch wir befinden uns nicht in meinem Schlafzimmer, du musst mich daher nicht förmlich ansprechen."

Als er das Wort Schlafzimmer ausspricht, bekomme ich am ganzen Körper Gänsehaut. Ein völlig unpassendes, heißes Kribbeln breitet sich in meiner Bauchgegend aus, beim Gedanken an Sex mit ihm.

Noch niemals zuvor habe ich körperlich so sehr auf einen Mann reagiert. Stillschweigend bleibe ich ergeben, auf allen Vieren kniend vor ihm sitzen. Solange er nichts anderes von mir fordert.

„Was mache ich jetzt nur mit dir, meine Schöne?", fragt er mehr zu sich selbst als an mich gerichtet, dabei streichelt er mir zärtlich über die Wange. So sanft und liebevoll, dass es mir bitterkalt den Rücken hinunterläuft. „Es ist wirklich wichtig, dass du lernst, dass ich keine leeren Drohungen ausspreche! Wir beide müssen klare Verhältnisse miteinander schaffen, das ist enorm wichtig... Deswegen muss ich, so sehr es mir widerstrebt, dich angemessen für dein Handeln bestrafen!"

„Kian!" ruft Leon durch den Raum und hält seine geöffnete Hand in dessen Richtung. Ein großer, breitgebauter Glatzkopf tritt zwischen den anderen Männern hervor, der Leon ein beängstigend großes Messer überreicht.

Spätestens jetzt ist es um meine Selbstbeherrschung geschehen. Ich halte diesem Psycho-Druck einfach nicht mehr stand und beginne kläglich zu betteln.

„MILAN BITTE!!! Hilf mir! Du hast es versprochen!", winsle ich und breche endgültig in Tränen aus. Milan allerdings reagiert gewohnt gleichgültig. Er beugt sich zu mir herunter und sagt lediglich kühl: „Maya, halt den Mund! Wenn du dich jetzt widersetzt, machst du es nur noch schlimmer!"

Doch ich denke gar nicht daran, mich zu beruhigen, schon gar nicht, als Leon mit diesem Messer in der Hand auf mich zuläuft. Panisch krabble ich rückwärts, um größtmögliche Distanz zwischen uns zu bringen und schluchze erbärmlich: „Iven... Bitte… Wir haben einen Deal!"

Doch Iven hebt nur unbeteiligt die Hände in die Höhe und macht keine Anstalten, mir zu helfen.

„Sorry Kleine, aber nichts, was ich dir je gesagt habe, hat irgendeine Bedeutung. Ich bin auch nur ein Mann und hätte dir so ziemlich alles erzählt, um dich zu ficken!"

Die Tatsache, dass Leon vor nicht mal zwei Minuten eine Frau vor meinen Augen kaltblütig umgebracht hat, schürt die Todesangst in mir nochmal gewaltig an, sodass ich nun in meiner Verzweiflung sogar vor Ivens Füße über den Boden krieche.

„Iven... Bitte! Ich habe immer getan, was ihr wolltet, hab mich euch ohne Gegenwehr hingegeben! Du hast gesagt, du verhinderst meinen Verkauf."

„Halt die Fresse, Maya!", knurrt Iven. Er sieht genauso angespannt aus wie Milan. Nur Finn wirkt unter ihnen gelassen, er hat diesen "ich habe es dir doch gesagt" Ausdruck im Gesicht.

„Das würde mich nun auch interessieren, welchen Deal ihr mit meinem Eigentum geschlossen habt! Ihr wollt euch doch nicht ernsthaft mit mir anlegen? Geschäft ist Geschäft, der Handel ist unwiderruflich!" Bei Leons Tonlage gefriert das Blut in meinen Adern, doch Iven scheint nie vorgehabt zu haben, mit Leon zu verhandeln. „Sie redet nur dummes Zeug! Sie hat einfach zu viele Gefühle in das Körperliche interpretiert!"

„Maya gehört dir! Keiner von uns würde sich erdreisten, Anspruch auf sie zu erheben", unterstützt nun auch Finn Ivens Aussage. Es überrascht mich nicht einmal, dass die drei zusammenhalten, und trotzdem ist diese Erkenntnis gleichzeitig ein Schlag ins Gesicht. Ich wusste ja bereits, dass ich keinem von ihnen vertrauen kann, doch dass wirklich alles gelogen war, lässt mich unerbittlich fallen.

Noch mehr stumme Tränen rinnen mir über die Wangen. Das alles ist so erniedrigend, dass ich versuche, mich vor Iven aufzurichten. Vor diesem Lügner werde ich garantiert nicht länger um Gnade betteln. Jedoch packt mich Milan blitzschnell in die Haare und zerrt mich erneut vor Leon auf alle vieren, sodass ich vor ihm knie. Ich fühle mich innerlich zerrissen. Diese Scham, von ihnen nur belogen und benutzt worden zu sein, zerfrisst mich.

In Anbetracht dessen, dass ich ohnehin auf grausame Weise sterbe, werde ich zumindest diese Wichser mit mir in den Abgrund reißen. Vor nicht allzu langer Zeit hat mir Milan im Vertrauen gesagt, dass keiner der drei das Recht hatte, mich zu ficken. Meine Hände ballen sich zu Fäusten und ich fauche: „Was diese dumme, naive Schlampe wohl redet?! Wahrscheinlich hätte ich es sogar geschafft zu fliehen, wenn ihr mich nicht so wund gefickt hättet, dass ich kaum einen Fuß vor den anderen setzen kann!"

„Sieh mal einer an, da ist ja dein Feuer! Ich habe mich schon gefragt, ob tief in dir die temperamentvolle Frau ist, für die ich bezahlt habe", staunt Leon über meinen viel zu lauten Protest, doch Iven fällt ihm sofort ins Wort: „Du wirst ihr den Scheiß doch nicht glauben?!"

Unerwartet packt mich nun Iven selbst am Nacken und zerrt mich auf Augenhöhe. „Willst du mich wirklich herausfordern, kleine Hure? Ich dreh dir eigenhändig den Hals um!"

„Fick dich, Iven! Ich werde sowieso sterben! Also soll er ruhig die Wahrheit erfahren, über die Deals, die ihr untereinander und mit mir geschlossen habt! Mit jedem von euch habe ich voller Hingabe gefickt! Ja, heute Morgen sogar mit euch allen gleichzeitig, wenn ihr es nur wolltet! Milan hat mich sogar unter Drogen gesetzt, damit ich mich ihm willenlos füge! Und ich habe mich dabei nicht einem von euch widersetzt!"

Zum Ende meiner Worte kommen nur noch Schluchzer über meine Lippen, und ich sehe Entsetzen in Milans und Ivens Gesicht. Dass ich damit herausrücke, hätte sicher keiner erwartet.

„Ich habe genug gehört!"
Leon reibt sich sichtlich genervt die Stirn, so als habe er Kopfschmerzen von meiner viel zu lauten Stimme. Er nickt seinen Männern mit einer Kopfbewegung zu. Diese scheinen wortlos zu verstehen und fixieren Iven nur wenige Sekunden später halb liegend auf dem Küchentisch, eine seiner Hände wird ausgestreckt und in Position gebracht.

„Sicher ist euch nicht entgangen, dass Finn meine uneingeschränkte Zustimmung hatte, meine zukünftige Sexsklavin zu formen. Von meinem kleinen, schwanzgesteuerten Neffen habe ich nichts anderes erwartet, als dass er sich gegen meine Forderung auflehnt. Diese Familienangelegenheit werde ich zu einem späteren Zeitpunkt unter vier Augen klären. Doch du wirst mit einem deiner Gliedmaßen für dein Vergehen bezahlen!"

Leon läuft ohne jegliche Emotion in seinem Gesicht mit gezogenem Messer zu Iven, nun ist Iven derjenige, der zu flehen beginnt: „Bitte! Ich schwöre, es kommt nie wieder vor! Gib mir eine letzte Chance, es wieder gutzumachen!"

Leon bleibt ungerührt von Ivens erbärmlichen Betteln. Er setzt die Klinge an einen von Ivens Fingern an und schneidet durch sein Fleisch wie durch Butter. Der Schweiß steht Iven auf der Stirn, während sein Blut in die Höhe spritzt und sein klägliches Brüllen durch den Raum hallt. Mit einem gezielten Schnitt hackt Leon Iven einfach einen seiner Finger ab. Dann holt er mit Schwung aus und rammt ihm das Messer durch die Hand hindurch und nagelt ihn somit auf der Tischplatte fest, wodurch Iven ein weiterer schmerzerfüllter Schrei aus seiner Kehle dringt. „Sei dankbar für meine Gnade. Immerhin tätigen wir seit vielen Jahren Geschäfte miteinander. Ein Finger erscheint mir als fairer Preis für einen Fick mit meinem Eigentum!"

Überall ist Ivens Blut. Es tropft immer mehr Blut von der Tischplatte auf den Boden. Ich bekomme kaum noch Luft und hyperventiliere. Sein klägliches Gebrüll geht mir unter die Haut. Nach einem kurzen Blick zu dem abgetrennten Finger, der auf dieser Tischplatte liegt, muss ich würgen und übergebe mich mitten auf dem Fußboden. Es kommt nur heiße Galle und dennoch habe ich das Gefühl, an meinen unzähligen Würgereflexen zu ersticken.

Das alles ist zu viel! Alles dreht sich und es fühlt sich so an, als würde ich ohnmächtig werden. Ein schmerzhaftes Keuchen entweicht Iven, als Leon mit einem Ruck das Messer aus Ivens Hand zieht. Seelenruhig säubert er die Klinge an Ivens Hemd, das sich blutrot färbt. Mein Herzschlag beginnt auf unangenehme Weise zu rasen, als Leon sich anschließend mit dem Messer in der Hand erneut auf mich zubewegt. „Und nun zu dir..."

„Raus hier! Ich will mit ihr allein sein!", brüllt Leon durch den Raum und sofort folgen alle Männer seinem Befehl. Auch Iven und Milan und Finn befolgen seine Aufforderung und verziehen sich ins Obergeschoss. Vermutlich um Ivens Hand medizinisch zu versorgen. Er zischt und stöhnt und scheint unbeschreibliche Schmerzen zu erleiden.

Zum Schluss bleiben nur noch mein Käufer und ich in diesem Raum. Ich zitternd und auf dem Boden kniend, und er direkt vor mir: „Wir beide müssen dringend die Regeln zwischen uns klarstellen. Dein Leben gehört mir, du bist meine kleine Hure und wirst von nun an gehorsam auf die

Knie gehen, wenn ich deine hübschen Lippen spüren will. Du wirst dich von mir ficken lassen, wann immer mir danach ist, und du wirst tun, was immer ich dir befehle!"

„Bitte... Ich tu, was immer du willst!", flehe ich Leon an, mit unzähligen Tränen in den Augen. Das Messer in seiner Hand bereitet mir immer noch unglaubliche Angst. Schon allein deshalb, weil ich weiß, dass er es erbarmungslos einsetzt. Dieser Mann hat kein Mitleid mit mir, das sehe ich in seinem gefühlskalten Blick.

„Hast du schon eine Idee, wie du deinen Fehler wieder gutmachen möchtest?"

Gepresst atme ich ein und aus. Diese Frage zu beantworten, ist nicht sonderlich schwer. Schließlich hat er mich als seine Sexsklavin gekauft, demnach erwartet er von mir, dass ich seine sexuellen Bedürfnisse befriedige. Er ist immerhin extrem gutaussehend, und mit ihm Sex zu haben, kommt mir erträglicher vor als mit diesem Messer verletzt zu werden. Alles was ich hoffe, ist, dass er dabei nicht allzu brutal vorgeht. Also strecke ich zögerlich meine zitternden Hände aus und greife nach seiner Gürtelschnalle, dabei hauche ich mit unsicherer Stimme, ohne ihm in die Augen zu sehen: „Ich werde mich dir ohne Gegenwehr hingeben. Wie auch immer du mich willst."

„Nur ist das leider keine Strafe, mein süßer Engel."
Leon greift sanft nach meinen Händen, um mich an meinem Vorhaben zu hindern, sodass ich erschrocken zu ihm aufblicke. Er geht vor mir in die Hocke und haucht mir einen sanften Kuss auf die Stirn. Ich bin völlig regungslos, selbst als er im Anschluss das Messer an meinen Hals ansetzt.
„Ich würde dir so gern dein Kleid über die Hüften schieben und mich haltlos in dich hineinrammen. Doch du bist noch so unerfahren, ich möchte nicht, dass unser erstes Mal dich zerstört, meine kleine Sklavin." Vor Angst atme ich flach und zittere noch stärker am ganzen Körper, als er die Klinge zu meinem Schlüsselbein gleiten lässt und den Träger meines Kleides durchschneidet. Das Messer ist so unheimlich

scharf, dass es den Stoff mühelos zertrennt. Dasselbe wiederholt er auf der anderen Seite, dabei sinnt er nachdenklich vor sich hin: „Und doch kann ich es einfach nicht erwarten, deinen wunderschönen Körper zu betrachten! Schließlich habe ich Finn schon vor Tagen für dich 400.000,- bezahlt. Du bist außergewöhnlich, meine liebe Maya. Dieses Feuer, und doch unterwirfst du dich mir. Bist sogar bereit, dich mir hinzugeben."

Zwischenzeitlich stellt sich bei mir immer mehr die Schnappatmung ein, während er mit der Messerschneide zwischen meine Brüste fährt und mit einem Ruck den Stoff bis hinunter zum Saum in zwei Hälften zerteilt, sodass ich nackt vor ihm knie. Mein Zittern verstärkt sich immer mehr und weitere stumme Tränen laufen mir über die Wangen, doch ich gebe keinen Laut von mir. Ich stehe kurz davor, vor Angst in Ohnmacht zu fallen, zumindest wünschte ich, dass ich es könnte.

„So süß rosig!" Die Spitze seiner Klinge gleitet federleicht durch meine Schamlippen, meine Spalte entlang, ohne mich dabei zu verletzen. Da fällt mir zum ersten Mal die Ähnlichkeit der Verhaltensweisen zwischen Milan und Leon auf. Vor nicht allzu langer Zeit hat Milan mir gedroht, mich mit einem Messer zu penetrieren.

„Es gibt viel Schlimmeres als die sexuellen Vorlieben deines Herrn zu befriedigen. Wusstest du, dass man in bestimmten Religionen Frauen bei vollem Bewusstsein die Klitoris entfernt, damit sie beim Sex nichts empfinden? Sei also froh, dass ich es bevorzuge, dir Lust zu bereiten, wenn ich dich ficke!"

„Es tut mir leid! Ich hatte einfach Angst! Es war ein Fehler, wegzulaufen! Ich mache es nie wieder, ich schwöre es!" Meine Atmung geht immer schneller, während er mir tief in die Augen sieht und mit dieser ruhigen, samtigen Stimme weiterredet: „So sollte das zwischen uns beiden nicht laufen, doch wenn ich dich nicht für dein Fehlverhalten bestrafe, wirst du mich erneut hintergehen und mich nicht respektieren." Kaum hat er den Satz beendet, holt er aus und rammt mir das Messer mit voller Wucht in die Wade.

Aus ganzen Leibeskräften schreie ich auf und kralle mich in seinem Hemd fest. Der Schmerz explodiert an dieser Stelle, warmes Blut quillt aus der Wunde und läuft meinen Fuß hinunter. Gequält beginne ich zu schreien und zu weinen, wie noch nie zuvor in meinem Leben. Vor Schmerz sehe ich sogar schwarze Punkte vor meinen Augen tanzen. Leon kommt ganz dicht an mein Ohr, sodass seine warmen Lippen mein Ohrläppchen streifen und er fragt mit einem höhnischen Grinsen: „Möchtest du nicht wegrennen, Maya?"

Gehemmt schüttle ich ängstlich mit dem Kopf und versuche irgendwie bewusst den Schmerz wegzuatmen. „Hör mir zu, meine Königin. Ich habe keine lebensnotwendigen Arterien getroffen und auch keinen Muskel verletzt. Du wirst also keine bleibenden Schäden von dieser Stichverletzung davontragen. Es dient lediglich als Erinnerung, damit du zukünftig solche dummen Aktionen unterlässt. Hast du das verstanden?" Sanft streichelt er mir über meine Wange und ich nicke hastig. Dabei fällt mir ein, dass mir Finn beigebracht hat, immer in ganzen Sätzen zu antworten:

„Ja! Ich habe es verstanden."

„So ein braves Mädchen", lobt er mich und tätschelt mir liebevoll den Kopf. Anschließend brüllt er einmal laut nach Finn, ehe er sich mir erneut zuwendet: „Da du deine Strafe wie ein großes Mädchen hinnimmst, erlaube ich Finn, dir etwas gegen deine Schmerzen zu geben. Doch denk daran, wenn du nochmal einen Gedanken an eine Flucht verschwendest, werde ich nicht mehr so nett zu dir sein!"

„Ich werde es nicht nochmal machen!", schluchze ich und schreie erneut vor Schmerz auf, als Leon das Messer mit einem Ruck aus meiner Wade zieht. Leon richtet sich nun wieder auf, doch ich bleibe weiterhin vor ihm in meiner eigenen Blutlache kniend. Selbst wenn ich es wollte, könnte ich vor Schmerzen nicht aufstehen. Meine Sicht verschwimmt.

Überall auf dem Boden ist mein Blut, das unablässig aus meiner Verletzung strömt. Erst jetzt merke ich, dass Finn zwischenzeitlich zu uns gestoßen ist. Er trägt bereits seinen Medizinkoffer bei sich. Es überrascht mich nicht, sicher hat Finn gewusst, dass Leon mich verletzen wird. „Du hast nach mir verlangt?"

„Versorge ihre Wunde! Ich erlaube ihr ein Schmerzmittel. Du hast sie in der kurzen Zeit sehr folgsam erzogen, außerdem möchte ich sie nicht unnötig quälen. Sie hat ihre Lektion gelernt", erläutert er Finn. Leon hebt dabei sein Sakko vom Boden auf, das mir wohl hinuntergefallen ist und legt es mir erneut über die Schultern. Dabei fragt er an mich gewandt: „Nicht wahr, meine Schöne?"

„Ja! Ich habe meine Lektion gelernt!", antworte ich monoton und sehe, wie sich ein kaum merkliches Lächeln auf Finns Lippen bildet. Natürlich tut es das, es beweist Finn, dass ich seine Spielregeln befolge und mich Leon unterwerfe. So, wie er es mir beigebracht hat.

„Ich war mir sicher, sie würde deine Erwartungen übertreffen!"

„In der Tat. Sie ist nicht wie die Frauen, die mich sonst umgeben. Sie ist etwas ganz Besonderes!"
Als Leon die Worte ausspricht und mich dabei mit seinen eisblauen Augen fixiert, schlägt mir mein Herz bis zum Hals. Erst recht, als er Finn fragt: „Wie lange wird es dauern, bis ihre Verletzung versorgt ist? Ich würde meinen Besitz gerne mitnehmen."

Finn kniet sich zu mir auf den Boden und begutachtet kritisch meine Wunde, dann beginnt er damit, die Blutung zu stoppen. Die Einstichstelle schmerzt höllisch, selbst unter größter Anstrengung könnte ich meine Tränen nicht unterdrücken. Folglich fängt Finn an, die Stichverletzung zu desinfizieren, sodass ich wiederholt einem Schreikrampf nahe bin.

Es brennt höllisch und mir wird erneut schwummrig, immer mehr schwarze Punkte tanzen vor meinen Augen. Nur am Rande, kurz vor der Besinnungslosigkeit, bekomme ich mit, wie Finn Leon erklärt: „Es kann bis zu drei Wochen dauern, bis die Wunde oberflächlich verheilt. Da ich diese Verletzung nähen muss, sollte sie den Fuß in nächster Zeit nicht belasten!" Vergeblich kämpfe ich gegen die Ohnmacht, doch durch den enormen Blutverlust wird mir schwarz vor Augen und ich verliere das Bewusstsein. Das Letzte was ich mitbekomme, ist, wie mich zwei starke Arme auffangen, bevor ich mit dem Kopf auf dem Boden aufschlage.

KAPITEL 13

Die Entscheidung

Ein unangenehmes Ziehen an meiner Wade lässt mich langsam zurück ins Hier und Jetzt kommen. Der Schmerz pulsiert unablässig an dieser Stelle und bringt mich dazu, die Augen zu öffnen. Noch immer leicht benommen sehe ich mich um. Ich scheine nicht allzu lange ohnmächtig gewesen zu sein, denn wir sind noch immer die einzigen Personen in diesem Zimmer. Ich liege auf dem Sofa im Wohnzimmer und Leon sitzt an meiner Seite, der meine Hand in seiner hält.

Eine Gänsehaut zieht über meinen gesamten Körper und die kleinen Härchen stellen sich auf, da ich völlig nackt bin. Als ich an mir herunterblicke, beobachte ich Finn, der gerade dabei ist, einen Verband um die Stichverletzung an meiner Wade zu wickeln. Sobald Finn erkennt, dass ich ihn direkt anschaue, bemerkt er:

„Sie kommt zu sich!"

„Du bist also aufgewacht. Schön, ich habe mir bereits Sorgen um dich gemacht."

Leons Lippen verziehen sich zu einem angedeuteten Lächeln, jedoch erreicht es seine Augen nicht. Fürsorglich streichelt er mir immer wieder vorsichtig durch das Haar, dabei lässt er mich nicht aus den Augen. Mein Kopf fühlt sich an, als sei er in Watte gepackt und mein Körper, als könnte er schweben.

„Wie fühlst du dich, meine Schöne?"

„Ein bisschen benebelt", antworte ich wahrheitsgemäß. Woraufhin Leon mir erneut sanft über den Kopf streichelt und mir erklärt: „Finn hat dir ein Mittel gegen die Schmerzen verabreicht. Es liegt mir fern, dich länger zu quälen."

„Ist das nicht Sinn der Sache? Dass du mir wehtust?", flüstere ich und schließe für einen kurzen Moment die Augen. Es strengt mich unheimlich an, zu sprechen.

„Lass uns allein!", weist Leon Finn im harten Tonfall an und ich reiße schockiert die Augen auf. Meine Lippen verselbstständigen sich und formen die Worte, ohne dass ich es aufhalten kann: „Bitte, Finn! Bitte lass mich nicht allein."

„Es tut mir leid, Maya. Es liegt weder in meiner Macht, dich zu beschützen, noch habe ich das Recht eine Forderung an von Arentin zu stellen", ist alles, was Finn zu mir sagt, dann steht er auf und geht in schnellen Schritten, ohne zurückzuschauen und mit seinem Koffer bepackt, ins Obergeschoss.

Auf dem Wohnzimmertisch liegt eine Spritze, aufgezogen mit einer klaren Flüssigkeit. Ich bin mir sicher, dass es sich dabei um Propofol handelt. Ein Narkosemittel, um mich zu betäuben und von hier wegzubringen. Erneut sammeln sich Tränen in meinen Augen, die beim nächsten Blinzeln über meine Augen rinnen.

Leon erhebt sich und greift sich die dünne Decke am Ende des Sofas, um diese über meinen nackten Körper auszubreiten. Des Weiteren positioniert er ein Kissen unter meinen Kopf, anschließend setzt er sich erneut zu mir auf das Sofa.

Mein Blick wandert über seine perfekt symmetrischen und markanten Gesichtszüge hinunter zu seinen ebenfalls perfekt geschwungenen Lippen. Er ist wirklich das perfektionierte Böse in Menschengestalt, in meinem ganzen Leben habe ich noch nie einen derart attraktiven Mann gesehen.

Unsere Blicke treffen sich und auch er lässt mich nicht aus den Augen. Ich bin wie hypnotisiert von diesem stürmischen Eisblau.

Noch niemals zuvor ist mir ein Mann mit so außergewöhnlichen Augen begegnet. Doch gleichzeitig kann ich die Finsternis in ihm erkennen, als er sagt: „Ich begehre dich, Maya, das habe ich vom ersten Moment, als ich dein Bild gesehen habe. Wenn du genau tust, was ich sage, wirst du keine Schmerzen erleiden. Zumindest keine, auf die nicht unbändige Lust folgt."

„Woher soll ich wissen, dass du die Wahrheit sagst?", hauche ich unsicher, sein durchdringender Blick schüchtert mich ein und seine machtvolle Präsenz erdrückt mich. „Ich könnte dich hier und jetzt ficken... Doch ich sitze neben dir und unterhalte mich mit dir. Das sollte dir Beweis genug für meine Selbstkontrolle sein. Ich bin mir sicher, das alles kommt dir ungerecht vor, doch du weißt nichts über die Grausamkeiten dieser Welt. So viele Frauen, die vor dir in diesem Haus waren, sind auf brutale Weise gefoltert und hingerichtet worden. Du bist eine seltene Ausnahme, denn du gehörst jetzt mir, Maya. Ich könnte dich an Menschenhändler verkaufen und zuvor durch meine Männer reichen... Wieder und wieder... Du würdest dir wünschen, du seist tot, während du von zahllosen Schwänzen bis zur Besinnungslosigkeit gefickt wirst. Doch ich will dich ganz für mich allein! Ich bin ein sehr mächtiger, einflussreicher Mann, sei also dankbar, dass du zukünftig nur noch meine Hure bist."

Mein Herz klopft mir bis zum Hals, das alles ist zu viel für mich. Ich kann keine Dankbarkeit dafür empfinden, dass mein Leben ihm gehört, und ich nie wieder frei sein werde. Andererseits bin ich froh, noch immer am Leben zu sein und nicht dasselbe Schicksal wie diese andere Frau zu erleiden. Leon wirkt auf mich im Gegensatz zu dem Trio, als wenn er sich und seine Aggression unter Kontrolle hat. Aufgrund seines eleganten Auftretens habe ich es im Gefühl, dass er niemals impulsiv, sondern mit Bedacht handelt. Das gibt mir irgendwie ein Gefühl von Sicherheit. Dennoch habe ich fürchterliche Angst vor ihm, sodass ich leise frage: „Warum hast du das getan?"

„Warum habe ich was getan?", fragt er hauchzart. Seine Stimme klingt so samtig weich, was so im Gegensatz zu der Brutalität steht, die ich von ihm gesehen habe. Ich bin mir sicher, dass er weiß, wovon ich rede. Dennoch stelle ich meine Frage dieses Mal gezielter: „Warum hast du diese Frau umgebracht?"

„Weil es ein berauschendes Gefühl ist, fast wie ein guter Fick. Du solltest wissen, dass ich auf Blut stehe. Folter ist meine Leidenschaft und einen Menschen zu töten, ist für mich wie ein Orgasmus", so gefühlskalt wie er die Worte von sich gibt, rieselt ein eiskalter Schauer meine Wirbelsäule hinunter. Erneut fange ich an vor Angst zu zittern, was mein Gegenüber sofort bemerkt: „Du musst dich vor mir nicht fürchten, solange du mir gehorchst."

„Bist du ein Sadist?", flüstere ich und sehe ihm dabei in seine eisblauen Augen. Auch er wendet den Blick nicht von mir ab und antwortet mit fester Stimme: „Ja, meine Königin, es bereitet mir Freude, einer anderen Person körperliches und psychisches Leid zuzufügen. Es gefällt mir, sie zu demütigen und es erregt mich, eine Frau zu quälen."

„Wirst du mich umbringen?", frage ich ihn, obwohl ich es eigentlich gar nicht wissen will. Ein düsteres Lächeln legt sich auf seine Lippen, dabei hat er ein dunkles Glänzen in seinen eiskristallblauen Augen, das mir unsagbare Angst bereitet.

„Nein, dich werde ich nicht töten. Ich habe dich zu meinem Vergnügen gekauft. Du bist für mich etwas ganz Besonderes, mein Engel." Er streckt seine Hand aus und streichelt mir zärtlich über die Wange, bevor er seinen Daumen meine Unterlippe entlang gleiten lässt.

„Du hast so wunderschöne, volle Lippen."

Seine Augen werden eine Spur dunkler und er fixiert mich mit seinem durchdringenden Blick. Augenblicklich verstärkt sich mein Zittern, als ich Begierde in seinen eisblauen Augen aufblitzen sehe. Er sieht mich so an, als wenn er von mir sexuelle Befriedigung erwartet. Ich habe höllische Angst davor, mich ihm zu widersetzen, ich will es nicht erneut riskieren, dass er mir seine Machtposition verdeutlicht. Also stütze ich mich mit einem schmerzhaften Schrei auf, sodass ich halb liegend auf dem Sofa sitze, und ein Stück weit mit ihm auf Augenhöhe bin. Beschämt wende ich den Blick ab und frage zögerlich, mit dem Blick zum Boden gerichtet: „Möchtest… du, dass ich… dir einen blase?"

Leon packt seine Finger unter mein Kinn und zwingt mich, in seine stürmischen, blauen Augen zu sehen. Verärgert runzelt er seine Stirn, seine Tonlage ist ernst und er klingt extrem erbost über meine Frage: „Für wen hältst du mich, Maya? Für ein wildes Tier, das seine Triebe nicht unter Kontrolle hat? Einen Unmenschen? Ja, ich würde nichts lieber tun, als dich zu ficken, bis du mich um Gnade anbettelst. Doch ich sehe deine Panik vor dem Ungewissen und bemerke, wie du am ganzen Körper vor Angst zitterst. Deshalb würde ich jetzt niemals Hand an dich legen. Schließlich möchte ich dir keinen irreparablen Schaden zufügen!"

Mein Angebot ist mir plötzlich so peinlich, dass ich bitterlich zu weinen beginne. Auch wenn ich mich vor ihm nicht schwach zeigen will, halte ich dem Druck einfach nicht mehr stand. Ich kann einfach nicht mehr. Es ist mir alles zu viel. Er wischt mit seinem Daumen die Tränen von meinen Wangen und raunt mit tiefer Stimme: „Das alles wäre so nicht passiert, wenn du nicht versucht hättest, mich zu hintergehen! Das muss dir bewusst sein."

„Was hast du jetzt mit mir vor?", zum Ende meiner Worte verlassen mehrere Schluchzer meine Lippen, da ich furchtbare Angst vor seiner Antwort habe. Ich habe Angst vor ihm und der Brutalität, die ich bei ihm gesehen habe. „Du bist doch ein schlaues Mädchen, daher bin ich mir sicher, dass du die Antwort bereits kennst. Finn wird dir ein Narkosemittel verabreichen, das dich friedlich einschlafen lässt. Anschließend bringe ich dich von hier weg."

Weitere Tränen laufen über meine Wangen beim Gedanken daran, dass ich ihm mit dieser Verletzung schutzlos ausgeliefert bin. Natürlich hatte ich auch bisher nicht die geringste Chance, mich gegen meine Peiniger aufzulehnen, doch ihm derart unterlegen zu sein, nicht einmal laufen zu können oder mich in irgendeiner Form zu wehren, lässt meine Tränen einfach nicht versiegen. Behutsam fängt er mit seinem Finger die Tränen auf und wischt diese vorsichtig davon.

„Was kann ich tun, um dir deine Angst zu nehmen?" Auch wenn seine zärtliche Berührung irgendeine abartige, warme Reaktion in mir auslöst, kann ich mich einfach nicht beruhigen. Nichts was er tun könnte, würde mir die Angst nehmen. Er hat es selbst zugegeben, dass er aus Leidenschaft Menschen foltert und tötet. Leon ist der bestaussehende Mann, der mir in meinem bisherigen Leben begegnet ist. Wie lange wird es dauern, bis er sein Interesse an mir verliert? Er ist reich, hat unbeschreibliche Macht und soll tiefe Verbindungen zur Mafia pflegen. Sicher liegen ihm die Frauen reihenweise zu Füßen. Was will so ein einflussreicher Mafioso ausgerechnet von mir?

Doch was bleibt mir für eine andere Wahl, als eben als seine Sexsklavin mit ihm zu gehen? Finn hat mir bereits deutlich gemacht, dass der Handel mit von Arentin unwiderruflich ist. Milan hat sich bisher nur schweigsam zurückgehalten, da er offensichtlich von meiner Fluchtaktion übelst angepisst ist. Und Iven... Beim Gedanken an ihn rinnen weitere stumme Tränen unablässig über meine Wangen und meine Brust zieht sich schmerzhaft zusammen. Ein gewaltiger Kloß befindet sich in meinem Hals, der mir das Schlucken erschwert, als mir die Bedeutung seiner Worte bewusst wird. Iven hat mich von Anfang an nur verarscht und für seine Spielchen missbraucht. Einfach weil es ihm Spaß macht.

Doch ich kann nicht von hier verschwinden, ohne ein letztes Mal mit Iven gesprochen zu haben. Ich muss wissen, ob das alles wirklich nur gespielt war. Eine Illusion, um mich gefügig zu machen. War das wirklich alles nur Theater? Ich würde es mir mein ganzes Leben lang nicht verzeihen, in Ungewissheit, ohne dieses Gespräch, von hier gegangen zu sein.

„Sag mir, was ich für dich tun kann, damit du dich sicher fühlst", reißt mich Leons dunkle Stimme aus meinen Gedanken und ich spüre seine warme Hand auf meiner. Mit verheulten Augen blicke ich eine ganze Weile stumm in seine, ehe ich leise flüstere: „Ich möchte mit Iven sprechen."

„Gut, wenn das dein Wunsch ist, erfülle ich ihn dir. Gibt es sonst noch etwas, was du möchtest, bevor dir Finn die Betäubung verabreicht?", fragt er und klingt dabei wie ein distanzierter Geschäftsmann. So als ginge es hier wirklich um eine geschäftliche Verhandlung. Er erinnert mich dabei an Finn. Jedoch wirkt Leon über meine Bitte alles andere als begeistert. In diesem ganzen Gefühlschaos fällt mir ein, dass Finn der Einzige ist, der mir gegenüber immer ehrlich gewesen ist. Auch wenn er mich an Leon verkauft hat, so hat er sich mir gegenüber nie aufgedrängt und auch das, was er mir über Leon verraten hat, entspricht der Wahrheit. „Ich vertraue Finn und möchte, dass er meine Wunde versorgt, so lange, bis meine Verletzung verheilt ist."

Es ist eine alberne Forderung, doch Finn ist der einzige Beständige in meinem jetzigen Leben. Der Einzige, der mich nicht belogen hat. Ich weiß noch so wenig über Leons Gesetze und Vorlieben, und Finn ist der Einzige, der mir dabei helfen kann, seine Welt zu verstehen.

Leon atmet tief durch und scheint kurz ernsthaft zu überlegen, ehe er mich mit seiner Antwort nun wirklich überrascht: „Einverstanden, dann soll es so sein, wenn ich auf diese Weise dein Vertrauen gewinne. Um deinetwillen möchte ich, dass du dich sicher fühlst und wieder zu Kräften kommst."

Sowie er seinen Satz beendet, dreht er seinen Oberkörper leicht und greift sich ein Glas vom Tisch neben uns, das mit einer durchsichtigen Flüssigkeit gefüllt ist.

„Hier, trink das!", weist er mich an, sein harter Tonfall lässt keine Widerworte zu. Unsicher blicke ich zwischen dem Glas und ihm und nehme es mit zitternden Händen an. Gedankenversunken starre ich auf die Flüssigkeit.

Selbst wenn es ein Narkosemittel ist oder sogar vergiftet, obliegt es allein in seiner Entscheidung, mich zu töten. Vielleicht sollte ich diese Tatsache einfach akzeptieren und hinnehmen, mich mit dem Gedanken anfreunden. Mein Leben gehört jetzt ihm und das lässt sich nicht ändern. Vielmehr sollte ich versuchen, die Vorlieben dieses Mannes herauszufinden, um ihn zufriedenzustellen. Das scheint mir der einzige Weg zu überleben und keine Qualen zu erleiden.

Wenn das alles nur so einfach in die Realität umzusetzen wäre, wie in meiner Fantasie. Tief durchatmend trinke ich das Glas leer und gebe es ihm anschließend zurück.

„Braves Mädchen, du bist wirklich sehr folgsam. Finn hat mir nicht zu viel versprochen."

Plötzlich sind Schritte von den Treppen her zu hören, sodass ich meinen Blick in diese Richtung wende. Milan läuft mit diesem eigenartigen Grinsen und einem Metallkoffer in der Hand die Treppen herunter und bleibt erst stehen, als er direkt vor uns steht.

Leons Blick verfinstert sich schlagartig und die Eiseskälte kehrt zurück in seine Augen.

„Mut hast du, mir unter die Augen zu treten, nachdem du meinem Eigentum Drogen verabreicht und gegen meine Zustimmung deinen kleinen Schwanz in sie geschoben hast. Du willst also wirklich, dass ich dir vor den Augen einer Frau deine Ehre nehme?!"

„Die Dosis hatte sie dringend nötig, um mal den Stock aus dem Arsch zu ziehen und locker zu werden! Hätte sie dir derart leidenschaftslos den Schwanz gelutscht, hättest du ihr sofort die Kehle durchgetrennt."

Auch Milans Blick ist kalt, während er den Koffer mit einem Doppelklick öffnet und anschließend den Inhalt auf den Tisch vor uns wahllos ausleert.

„Zeit für uns, Klartext zu reden, Onkel!"

Unzählige Geldscheine fliegen auf den Tisch und den Boden, wodurch sich meine Augen schreckhaft weiten. Entgeistert sehe ich zu Milan auf, der mir verstohlen zuzwinkert, ehe er sich an Leon wendet: „Diese kleine Hure und ich haben einen Deal. Es geht mir hierbei also um meine Ehre als von Arentin, dass ich nun mal zu meinem Wort stehe. La Famiglia Leon, ich bin immerhin dein einziger Neffe, daher verdopple ich ihren Kaufpreis auf 800.000,- und fordere Mayas Leben für meine eigenen Interessen!"

„Ich muss dich wohl persönlich an deinen Respekt mir gegenüber erinnern!"

Leons Blick verfinstert sich, dabei erhebt er sich langsam aber bedrohlich von seinem Platz. Beide Männer sind nun direkt auf Augenhöhe. In ihren Gesichtern befindet sich nicht die geringste Emotion, was es mir nicht gerade einfach macht, die Situation abzuschätzen. Mir fallen jedoch ihre ähnlichen Gesichtszüge auf, die zwei könnten durchaus als Geschwister durchgehen. Zumal deren Altersunterschied optisch nicht ersichtlich ist.

„Was ist dein Problem? Ich würde diese Bitte nicht an dich richten, doch ich habe Maya mein Wort gegeben. Wir haben uns doch schon oft die Frauen geteilt. Sie ist nur eine von vielen."

Sobald Milan die Worte ausspricht, verpasst ihm Leon nur Sekunden später einen derben Faustschlag ins Gesicht, der ihn rückwärts taumeln lässt. Milan entweicht ein gequältes „FUCK!", bevor er zu Boden geht.

So grazil wie Leon sich bewegt, trainiert er sicher eine Kampfsportart. Noch niemals zuvor habe ich solch eine präzise Schlagtechnik gesehen. Ich tippe auf chinesische oder japanische Kampfkunst. Doch er scheint noch lange nicht mit ihm fertig zu sein, denn er läuft erneut auf Milan zu.

„Du bist eine Schande für unsere Familie! Der Einzige, der sich immer noch seiner Verantwortung entzieht! Redest von deiner Ehre und benimmst dich mir gegenüber ehrlos!"

„Ich halte mich lediglich an den Deal mit Maya, nicht mehr und nicht weniger! Ich sagte ihr, dass ich mit dir verhandle, wenn sie mir zeigt, dass sie es wert ist! Allein aus Ehrfurcht vor meinem Vater würde ich mich niemals gegen dich auflehnen!", keucht Milan, als sich Leons Hand um seine Kehle schließt und er fest zudrückt. Leons eisblaue Augen verengen sich, während er Milan gefährlich droht: „Für deine Dreistigkeit würde ich dir zu gerne mit meinen bloßen Händen das Augenlicht nehmen und meine Daumen tief in deine Augenhöhlen drücken. Was hast du dir dabei gedacht, ohne meine Einwilligung meinen rechtmäßigen Besitz auch nur anzusehen?"

„Onkel, du musst mich verstehen, Maya ist unbeschreiblich heiß, sobald sie mal nicht verklemmt ist. Du wirst an meine Worte denken, wenn du den Klang ihrer Stimme hörst, wenn sie kommt, und das, selbst wenn sie dazu gezwungen wird!", presst Milan hervor. Plötzlich lässt Leon von seiner Kehle ab und holt erneut aus, um Milan einen weiteren Schlag in die Magengrube zu verpassen. Er schlägt ihn so fest, dass Milan erneut auf den Boden landet, bevor er Sekunden später blutigen Speichel ausspuckt.

„Den Schlag habe ich wohl verdient, aber die Nacht mit ihr war es einfach wert!"

„Wie konntest du ihr nur zu deinem Vergnügen minderwertige Drogen verabreichen? Es wäre mir eine Genugtuung, dir den Schwanz bei vollem Bewusstsein abzuhacken und dich verbluten zu sehen. Doch ich werde mir mit deinem Blut nicht die Hände beschmutzen. Dein Vater wird dich für dein respektloses Verhalten mir gegenüber gebührend bestrafen, da mache ich mir keine Gedanken."

Da ist nur noch eisige Kälte und Verachtung in seinen Augen. Ich bin mir ziemlich sicher, dass Milan längst tot wäre, wenn er nicht mit ihm verwandt wäre.

„Und doch hat es ihr gefallen. Sogar so sehr, dass sie mich heute Morgen um eine weitere Dosis gebeten hat", keucht Milan, der sich mit dem Ärmel das Blut abwischt. Wofür ihm Leon direkt mit dem Fuß ins Gesicht tritt. Einige Sekunden bleibt er nun wirklich regungslos auf dem Boden liegen, ehe er sich langsam aufrichtet. Aus seiner Nase tropft Blut, schockiert halte ich mir die Hände vor dem Mund. Da fällt mir plötzlich ein, dass Milan vorhin Kokain konsumiert hat. Ich habe schon oft davon gehört, dass diese Droge Menschen arrogant, ja sogar aggressiv werden lässt. Ganz zu schweigen von der betäubenden Wirkung auf Koks, von der mir Milan selbst berichtet hat. Sicher ist das der Grund für Milans provokantes Verhalten Leon gegenüber.

Allmählich frage ich mich, ob Leon ihn wirklich am Leben lässt, denn er tritt vor ihn und schaut ihn erzürnt von oben herab an: „Du bist einfach nur erbärmlich, wenn du Drogen brauchst, um eine Frau gefügig zu machen!"

„Warum lässt du nicht Maya selbst entscheiden, von wem sie in Zukunft gefickt werden will? Sie scheint den Trip mit mir in vollen Zügen genossen zu haben", fordert ihn Milan weiter heraus, wodurch ihn Leon erneut am Kragen packt, um ihn auf Augenhöhe zu ziehen. Doch Milan wendet sich dieses Mal direkt an mich: „Na los, Maya, sag es ihm, dass du mich ihm vorziehst!"

Nun richtet Leon seine bedrohlichen, eisblauen Augen auf mich und ich beginne sofort vor Angst am ganzen Körper zu zittern. Jetzt wird er mich garantiert umbringen. Ganz bestimmt. Ein abfälliger Laut entweicht Leons Lippen, derweil er abrupt von Milan ablässt: „Das ist doch Irrsinn, was willst ausgerechnet du mit ihr? Soll sie weiterhin euer Haustier sein, das ihr euch teilt?"

„Du verstehst da etwas völlig falsch! Iven ist fertig mit ihr und Finn ist nicht an Maya interessiert, die hatten ihren Spaß. Ich mache das allein, weil ich meinen Teil der Abmachung erfülle. Ich bringe sie in mein Haus nach Sizilien. Ich habe genug Geld, damit wir beide eine zeitlang unseren Spaß haben können. Wenn sie mir irgendwann auf den Sack geht, entsorge ich sie, so wie wir es sonst tun. Das Grundstück ist groß, niemand wird sie je finden", klärt Milan die Missverständnisse auf, und mir wird schlecht wie skrupellos er davon spricht, mich zu beseitigen. Der redet ernsthaft davon, mich einfach umzubringen, wenn ich ihn langweile und er macht nicht mal ein Geheimnis daraus.

Verwirrt blinzle ich, als Leon endgültig von ihm ablässt und er elegant zurück zum Sofa läuft, um sich entspannt neben mich zu setzen. „Was für eine Verschwendung, sie dir zu überlassen. Eine Sexsklavin zu besitzen, bedeutet so viel mehr als sie zu unterwerfen und deinen Schwanz haltlos in sie zu rammen. Du musst ihr Vertrauen gewinnen, ihre Bedürfnisse erfüllen, ja sogar ihre Ängste erkennen." Leon streckt seine Hand nach mir aus und streift mir vorsichtig eine verirrte Haarsträhne hinters Ohr, dabei lässt er mich nicht aus den Augen. „Du musst ernsthaftes Interesse an ihr zeigen, dich auf sie einlassen und ihre Abneigung deuten können, nur so kannst du sie und ihren Körper kontrollieren. Sie wird dir verfallen und von dir abhängig, weil du ihr gibst, was sie nie zuvor hatte. Danach sind keine Schlösser mehr an den Türen nötig", fügt er hinzu und streichelt mir dabei sanft an der Wange entlang. „Ein Herr kann auch sehr sorgsam mit seiner Sklavin umgehen und sie glücklich machen", sagt er mit rauer Stimme und blickt mich dabei unentwegt an.

Wie hypnotisiert sehe ich in diese eisblauen Augen und bewege mich nicht. Eine Gänsehaut bildet sich auf meinem Körper und ein wohlig warmer Schauer rieselt meine Wirbelsäule hinab. Mein Herz klopft wie wild, da er wieder diese eigenartigen Gefühle in mir weckt. Ich fühle mich extrem zu ihm hingezogen und kann nichts dagegen tun. Seine zarte Berührung fühlt sich so unbeschreiblich gut an und seine Worte fesseln mich jedes Mal aufs Neue.

Wieder ist er mir gegenüber so zärtlich, obwohl ihn tief im Inneren diese Dunkelheit erfüllt. Allerdings reißt mich Milan aus meiner Trance, als er an mich gewandt fordert: „Jetzt liegt es an dir, Herzchen. Ich habe mich an meinen Teil gehalten. Du bist frei von Leon, wenn du es willst."

„So soll es sein. Lassen wir Maya selbst entscheiden, ob sie zukünftig von einem Mann mit Stil oder einem räudigen Köter gefickt werden will, der sie als eine von Vielen sieht. Sicher fällt ihr die Entscheidung nicht allzu schwer, schließlich wurde sie noch vor ein paar Minuten von euch allen verraten und an mich ausgeliefert. Von denjenigen, denen sie vertraut hat!"

Leon wirkt völlig selbstüberzeugt, so als wäre er sich sicher, dass er als Gewinner aus dieser Sache geht. Unentschlossen blicke ich zwischen Leon und Milan, ich kann einfach nicht glauben, was sich vor meinen Augen abspielt. Dieser Irre hat sich wegen mir ernsthaft mit seinem Onkel angelegt und mich freigekauft.

Mit einem schmerzerfüllten Aufschrei erhebe ich mich von meinem Platz, die dünne Decke fest an meinen nackten Körper gepresst und humple schmerzhaft stöhnend einen Schritt vorwärts, ehe ich nochmal zurück in diese gefährlichen, eisblauen Augen blicke.

Dieser Mann, Leon von Arentin, hat in gewisser Weise meine Ehre verteidigt. Ich spüre mit jeder Faser meines Körpers, dass er gefährlich ist. Und die Tatsache, dass ich nicht einmal auf meinem Fuß auftreten kann, schürt die Todesangst, die ich vor ihm empfinde, noch weiter an. Es beweist mir, wozu Leon, ohne mit der Wimper zu zucken, fähig ist. Er ist skrupellos und vor allem mächtig. Ich sollte ihn durch seine Nettigkeit nicht unterschätzen.

Unter höllischen Schmerzen humple ich zwei weitere Schritte vorwärts, bis ich direkt vor Milan stehe. Mit dem ganzen Blut im Gesicht und dem geschwollenen Auge sieht er noch bedrohlicher als sonst aus. Dieses verstohlene Draufgängerlächeln legt sich auf seine Lippen und er grinst überheblich: „Du siehst echt scheiße aus! Ich muss wirklich stoned und high und völlig zugedröhnt sein, ausgerechnet für dich eine knappe Million zu bezahlen."

„Fick dich! Du siehst auch nicht gerade besser aus!", erwidere ich schnippisch und boxe ihm gegen den Oberarm, woraufhin ein Schmerzlaut seine Lippen verlässt. Ein gutmütiges Lächeln legt sich auf meine Lippen und ich lege vorsichtig meine Hand an seine Wange, dabei gehe ich auf Zehenspitzen, um mit ihm auf Augenhöhe zu sein.

„Niemals hätte ich daran geglaubt, dass ausgerechnet du versuchen würdest, mir zu helfen", flüstere ich dicht an seinen Lippen, dann küsse ich ihn. Kaum merklich weiten sich seine Augen, doch er erwidert den Kuss, ohne zu zögern.

Spielerisch beißt er mir in die Unterlippe, sodass ein leises Stöhnen meine Lippen verlässt und genau diesen Moment nutzt er, um seine Zunge zwischen meine Lippen zu drängen. Milan übernimmt die Führung des Kusses, er erobert meinen Mund und kämpft mit mir um die Dominanz. Ich schmecke sein Blut auf meiner Zunge und dennoch ist das Spiel unserer Zungen unglaublich berauschend. Immer wieder umrunden sich unsere Zungen, tanzen voller Leidenschaft miteinander. Und gerade als ich mich aus dem Kuss lösen will, vergräbt Milan seine Hand in meinen Haaren, um den Kuss zu intensivieren. Unsere Lippen treffen erneut aufeinander, doch dieses Mal ist er unglaublich bestimmend. Irgendetwas zwischen uns hat sich verändert, als sei er für diesen kleinen Moment nicht mein Entführer und ich nicht seine Gefangene. Dafür legt er zu viel Emotionen in den Kuss.

Mein Herz klopft so unglaublich schnell in meiner Brust, während ich mich Milan voll und ganz hingebe. Er legt seinen anderen Arm um meine Hüfte und presst meinen Körper fest an seinen.

Doch auch wenn ich noch vor Kurzem dachte, ich wolle bei Milan sein, empfinde ich ein beklemmendes Gefühl in meiner Brust. Es verdeutlicht mir, dass es ein riesengroßer Fehler wäre, mich für ihn zu entscheiden. Milans Berührung hinterlässt kein Brennen auf meiner Haut, da ich nicht dieses Kribbeln und diese besondere Anziehungskraft spüre, wie ich sie bei Leon verspüre. Es ist schlichtweg falsch, mich für den Mann zu entscheiden, der mich auf seinem Grundstück in Sizilien begraben will, sobald ich ihn langweile. Vielleicht ist es dämlich, auf Leons Illusion von Nettigkeit hereinzufallen, doch seine irgendwie liebevolle, zuvorkommende und gleichzeitig so sanfte Art vermittelt mir Sicherheit und

Geborgenheit. Gefühle, die Milan niemals in mir auslösen wird. Zögerlich löse ich mich aus dem Kuss und sehe ihm tief in seine grünblauen Augen.

„Wir beide sind zusammen so explosiv wie Feuer und Benzin... Vielleicht bin ich wirklich dumm genug zu hoffen, dass sich ein unnahbarer Mafioso in mich verliebt", hauche ich dicht an Milans Lippen, wodurch er mich fragend anblickt, und die Stirn runzelt. Sobald ich den Satz beende, blicke ich zu Leon. Er hat die Hände in die Hosentaschen geschoben und beobachtet uns stillschweigend. Da ist nicht die geringste Emotion in seinem Gesicht. Nichts was ich deuten könnte.

„Also gehe ich richtig in der Annahme, dass du lieber einen unerfahrenen Jungen einem richtigen Mann bevorzugst?", fragt mich Leon kalt. Seine Augen verengen sich gefährlich und einen Moment habe ich das Gefühl, Unglauben in ihnen zu erkennen. Entspannt lehnt er sich im Sofa zurück, dabei überschlägt er lässig ein Bein über das andere. „Du möchtest dich weiterhin den Regeln der Männer unterwerfen, die dich heute verraten und dir den Rücken gekehrt haben?"

Leon erhebt seine Hand, um mit dieser Geste zu zeigen, dass er eine mündliche Entscheidung von mir erwartet. Seine Aussage erinnert mich wieder daran, welche Brutalität mit Milan verbunden ist. Wie oft alle drei mir gegenüber handgreiflich geworden sind, um mich gefügig zu machen.

„Ich habe mich entschieden...", kommt es beinahe flüsternd von mir. Doch... kann ich nicht von hier gehen, ohne mit Iven ein letztes Mal gesprochen zu haben. Ich muss wissen, ob das alles nur gespielt war, denn ich könnte es mir nie verzeihen, Iven in dieser Unwissenheit nie wieder zu sehen. „Ich habe mich für DICH entschieden. Ich werde mit dir gehen, Leon von Arentin. Doch davor möchte ich, dass du dich an unsere Vereinbarung hältst. Ich muss mit Iven sprechen."

Kaum merklich hebt Leon die Augenbraue und man könnte meinen, dass er wirklich überrascht von meiner

Entscheidung ist. Damit hat er wohl nicht gerechnet, nachdem ich Milan voller Hingabe geküsst habe. Doch irgendetwas in mir ist anders, sodass ich das Bedürfnis hatte, mich auf diese Art von Milan zu verabschieden. Es hat mir verdeutlicht, dass Milan nicht diese Gefühle in mir hervorruft, wie ich sie bei Leon empfinde.

Plötzlich packt mich Milan brutal am Arm. Seine Finger graben sich schmerzhaft in meine Haut, sodass ich erschrocken aufjaule.

„Ernsthaft? Du dreckige Hure bringst mich dazu, mich vor meinen Onkel zum Narren zu machen und verpasst mir dafür eine Abfuhr?"

Sofort zucke ich unter seiner Lautstärke zusammen. Die Drohung, die aus seinen Worten herauszuhören ist, lässt mich erschaudern. Eine Drohung, die mir sagt, dass ich soeben einen riesengroßen Fehler begangen habe, ihn abzuweisen. Der Hass in seinen Augen lässt mich am ganzen Körper erstarren, da ist plötzlich etwas in seinen Gesichtszügen, das mir unsagbare Angst bereitet. So wie ich sie noch nie zuvor bei Milan empfunden habe.

Keine Sekunde später verpasst mir Milan einen derben Faustschlag ins Gesicht, der mich zu Boden gehen lässt. Er schlägt mich ohne jegliche Zurückhaltung, wie einen Mann. Es fühlt sich an, als würde mir der Kopf von den Schultern reißen. Ich verliere von der Kraft seines Schlages das Gleichgewicht und knalle mit voller Wucht auf den Boden, wo ich regungslos liegen bleibe.

Nur verzerrt höre ich Leon durch den Raum brüllen: „MILAN!"

Die Schmerzen sind so unerträglich, dass ich zu weinen beginne und einfach hoffe, dass Milan mich dieses Mal nicht umbringt. Durch den harten Aufprall bin ich völlig orientierungslos und sehe schwarze Punkte vor meinen Augen. Alles passiert so unglaublich schnell. Ich spüre sein Gewicht auf meinen Hüften, wie er sich rittlings auf mich setzt.

Blitzschnell schnellt Milans Hand vor zu meiner Kehle und er beginnt, mich brutal zu würgen. Benommen von dem heftigen Schlag greifen meine Hände nach den seinen und ich japse verzweifelt nach Luft. Orientierungslos blicke ich zu ihm auf, nur noch eisige Kälte und Verachtung befinden sich in seinen grünblauen Augen, die mich voller Hass anblicken. „Milan, bitte!", keuche ich abgehakt und versuche mich zu wehren, doch ich bin viel zu schwach. Da hallt plötzlich Leons unbarmherzige Stimme durch den Raum: „LASS SIE LOS!!"

Ich kann spüren, wie Milan unter seinem harten Tonfall zusammenzuckt und sich seine Hand augenblicklich um meinen Hals lockert. Jedoch wird er von mir heruntergerissen und er geht selbst mit einem ordentlichen Rumms zu Boden. Sofort muss ich husten und schnappe nach Luft. „Du kannst sie haben! Ich scheiß auf diese billige Schlampe!", flucht Milan außer sich, er wird allerdings in seinem wütenden Redefluss unterbrochen. Nun ist Milan derjenige, der schmerzhaft stöhnt, sodass ich nun doch unter Anstrengung meinen Kopf in seine Richtung drehe.

„Ich habe dich gewarnt, mein Eigentum zu berühren!" Leon ist nun über ihm, und hat ihm mit einem gezielten Griff vermutlich die Schulter ausgekugelt. Anschließend verpasst er ihm einen gewaltigen Kick in die Magengrube. Milan jault um Luft ringend und schreit vor Schmerz, sodass ich wirklich denke, er würde ihn umbringen. Elegant erhebt sich Leon anschließend und läuft zu mir.

„Kannst du aufstehen?"

„Denkst du wirklich, du bist in Sicherheit? Du hast soeben dein Todesurteil unterschrieben, Maya!", brüllt Milan unter Schmerzen und beginnt teuflisch zu lachen: „Wenn er mit dir fertig ist, wird nichts mehr von deiner Persönlichkeit übrig sein!" Doch Leon nimmt ihn nicht mehr wahr, er stellt sich direkt vor mich und reicht mir seine Hand.

Ich versuche nicht über Milans Worte nachzudenken, sondern beiße mit aller Kraft die Zähne zusammen, ergreife

Leons Hand und stütze mich vom Boden hoch, um mich vor ihm aufzurichten. Leon scheint nicht zu entgehen, dass ich kaum aufrecht stehen kann. Er reicht mir die dünne Decke und beugt sich zu mir herunter. Federleicht streift er mit seinem Finger über die schmerzhafte Stelle in meinem Gesicht, wodurch ich mit einem Zischen zurückweiche. „Zu schade um dein schönes Gesicht. Doch an dieser Verletzung bist du selbst schuld." Anschließend hebt er mich im Brautstyle mit Leichtigkeit auf seine Arme. Es ist ein komisches Gefühl, seinen warmen Körper an meinem zu spüren. Durch seine plötzliche Nähe klopft mein Herz so unheimlich schnell in meiner Brust.

„Willst du immer noch zu diesem Iven?"
Er spricht seinen Namen voller Verachtung aus. Zaghaft nicke ich und schlinge meine Arme um seinen Nacken, um nicht den Halt zu verlieren, erst dann setzt sich Leon mit einem Brummen in Bewegung. Ein Blick zu Milan lässt mich am ganzen Körper erstarren. Er windet sich vor Schmerzen auf dem Boden. Auch diese Reaktion scheint Leon nicht zu entgehen, denn er knurrt sofort: „Ich kann es nicht leiden, wenn jemand Hand an meine Sklavin legt. Er wäre längst tot, wenn er nicht der Sohn meines Bruders wäre!"

„Sagtest du nicht vorhin noch, dass es dir gefällt, eine Frau leiden zu sehen?" Erschöpft schließe ich meine Augen und lehne meinen Kopf an seine Schulter.

Zumindest scheint er davon nicht abgeneigt, denn er lässt es zu. Sein angenehmer Duft umhüllt mich und lässt mich der Realität für einen Moment entkommen. Das sanfte Schaukeln, als er die Treppen ins Obergeschoss läuft, wiegt mich zusätzlich in trügerische Sicherheit. Er kann so sanft sein und im nächsten Moment so brutal. Diese Mischung ist irgendwie anziehend und gleichzeitig verstörend.

„Ja, ich liebe den Anblick von Schmerz, wenn ich ihn dir zufüge. Doch ich werde niemals wieder zulassen, dass dich ein anderer außer mir verletzt!", raunt er mir ins Ohr und ich reiße meine Augen auf. Dieses stürmische Eisblau nimmt mich erneut gefangen. Ich versuche nicht weiter darüber nachzudenken, dass ich zugestimmt habe, seine Sexsklavin zu sein und ich mich ihm schon sehr bald hingeben muss. Bei dem Gedanken, Sex mit ihm zu haben, wird mir heiß und ich muss schlucken, um meine staubtrockene Kehle zu befeuchten. Eines ist sicher, er wird mir Schmerzen zufügen. Auch wenn er mir gegenüber sonst so zuvorkommend ist, wird er mir spätestens beim Sex sadistische Qualen zufügen.

KAPITEL 14

Die Wahrheit

Meine Aufmerksamkeit gelangt zurück ins Hier und Jetzt, als mich Leon plötzlich zurück auf meine Füße lässt. Ich habe nicht einmal mitbekommen, dass wir längst unser Ziel erreicht haben. Er löst seinen Blick von mir und öffnet Ivens Zimmertür, dabei fordert er schroff: „Ihr habt dreißig Minuten! Dann fahren wir!"

„Was will die hier? Ich habe mit der nichts mehr zu besprechen!", kommt es von Iven abfällig, der mit einem dicken Handverband am Schreibtisch vor seinem Laptop sitzt. Er sieht übel zugerichtet aus mit den ganzen Blessuren im Gesicht. Finn hat wohl seine restlichen Verletzungen verarztet. Iven hat sich bereits umgezogen, trägt nur eine Jeanshose und einen schwarzen Pullover. Sein gesamtes Wesen hat sich verändert, sodass ich bitterlich an meinen Tränen schlucke.

„Du wirst dich mit ihr unterhalten! Jetzt! Hast du das kapiert oder muss ich nachhelfen?", fragt Leon mit Nachdruck. Eigentlich klingt es wie ein Befehl, sodass Iven nur kleinlaut „Verstanden" erwidert.

Es ist seltsam für mich, Iven so unterwürfig zu erleben. Ist er mir gegenüber doch bisher so brutal und dominant gewesen. Doch Leon reißt mich aus meinen Gedanken, als er sich im selben harten Tonfall an mich wendet: „Anschließend möchte ich, dass du dich von all dem Blut säuberst und dich anziehst! Ich lege dir passende Kleidung ins Badezimmer und erwarte dich im Wohnbereich!" Dann dreht er sich weg, um zu gehen, jedoch bleibt er nochmal im Türrahmen stehen: „Ach, und Maya... Geduld ist nicht meine Stärke. Ich hasse es zu warten!"

„Was zur Hölle willst du noch bereden?", fährt mich Iven harsch an. Leon schließt derweil die Türe hinter sich und ich höre deutlich, wie sich seine Schritte entfernen. Er lässt uns also wirklich allein. Iven erhebt sich derweil von seinem Platz, seine Haltung schüchtert mich irgendwie ein. Er ist nicht mehr der Mann, der mir um jeden Preis meine Gefühle entlocken wollte, sondern der kranke Psychopath, der mich auf dem Küchenboden vergewaltigt hat, während ich von Finn und Milan bewegungsunfähig gehalten wurde.

„Ich muss es wissen… Die Wahrheit! Was war das zwischen uns?", meine Stimme ist kaum mehr als ein Flüstern. Stur blicke ich auf den Boden, da ich mich nicht traue, ihm in die Augen zu sehen. Iven jedoch schnaubt nur abfällig und spuckt mir verächtlich entgegen.

„Du hast doch nicht wirklich geglaubt, dass du mir irgendwas bedeutest? Scheiße... ich wollte dich ficken. Bist du wirklich so dumm und dachtest, dass da mehr ist?"

Nun blicke ich doch auf, direkt in seine dunkelbraunen, fast schwarzen Augen. Ich spüre, wie meine Sicht verschwimmt und mir die erste warme Träne über die Wange rinnt. Irgendwo tief in mir wusste ich es, dass das alles für Iven nur ein Spiel gewesen ist. Doch die Worte aus seinem Mund zu hören, lässt mich unerbittlich fallen.

Meine Brust zieht sich schmerzhaft zusammen, und ein unglaublicher Kloß bildet sich in meinem Hals, der es mir unmöglich macht zu antworten. Da redet Iven auch schon weiter: „Wir haben alle nur mit dir gespielt, Maya. Dich zu unserer Sklavin erzogen, ohne dass du es gemerkt hast. Wir hatten untereinander noch nie Differenzen, das war alles nur inszeniert, um dich zu manipulieren."

„Warum habt ihr *seine* Anrufe ignoriert und warum habt ihr dann diese Frau entführt? Du hast gesagt, du wirst ihr Leben gegen meines tauschen", presse ich hervor. Doch auch wenn ich meine Tränen nur mit größter Mühe zurückhalte, muss ich es wissen. Die Wahrheit. Und Iven scheint daraus auch nun kein Geheimnis mehr zu machen.

„Ein verpatzter Deal. Vor deiner Zeit. Wir versprachen von Arentin etwas, was wir nicht einhalten konnten. Deine Vorgängerin hatte es geschafft, sich die Pulsadern aufzuschneiden, bevor *er* mit ihr fertig war. Sie ist verblutet und nicht durch seine Hand gestorben. Fiona war sowas wie die Entschädigung für seine Umstände." Iven läuft noch einen weiteren Schritt auf mich zu und beugt sich herunter zu meinem Ohr: „Außerdem hat es mir unheimlichen Spaß bereitet, dich mit ihr eifersüchtig zu machen."

Meine Augen weiten sich und ich spüre, wie mein Herz immer schneller schlägt. Diese ganzen Informationen sind zu viel für mich. Was war da zwischen Leon und dieser Frau, das sie in den Selbstmord getrieben hat? Iven läuft einen weiteren Schritt auf mich zu, wodurch ich rückwärts gehe, bis mein Rücken die Wand berührt. Das hält Iven jedoch nicht davon ab, mir bis auf wenige Zentimeter nahezukommen. Er stützt seine Hand über mir ab und kesselt mich somit ein. Seine Nähe bringt mich noch immer durcheinander.

„Auch du bist längst tot! Du weißt es nur noch nicht!", flüstert er mir erneut ins Ohr, woraufhin eine Gänsehaut über meinen gesamten Körper zieht. Auch mein Herz hämmert zwischenzeitlich schmerzhaft gegen meinen Brustkorb. Doch endlich regen sich meine Muskeln und ich stemme meine Hände gegen ihn, um Abstand zwischen uns zu bringen.

„Du lügst! Ich glaube dir nicht, dafür wirkt Leon zu kontrolliert!"

„Und genau deshalb solltest du ihn am allermeisten fürchten!", sagt Iven ernst und sieht mir dabei tief in die Augen. Mich jedoch lässt seine Aussage nur aufschnauben: „Zumindest kann ich es jetzt verstehen, warum du vor ihm den Schwanz einziehst! Du bist nur stark genug, eine wehrlose Frau zu erniedrigen!"

„Pass auf, was du sagst, Schlampe!"

Bevor ich auch nur blinzeln kann, hat mich Iven am Hals gepackt und kommt mir noch näher, sodass sich fast unsere Nasenspitzen berühren. Doch dieses Mal habe ich keine Angst vor ihm. Ich weiß ganz genau, dass er nur blufft, sodass ich lächle: „Wenn ich jetzt schreie, bist du sowas von dran! Er wird dich umbringen. Garantiert!"

„So spricht nur eine verletzte Frau, die mit ihren Gefühlen nicht klarkommt. Schrei ruhig! Das ändert nichts daran, dass auch du lange leiden wirst, bevor du sterben darfst, Maya!"

Auch Ivens Lippen verziehen sich zu einem angedeuteten Grinsen. Dass mich sein Spruch verletzt und gleichzeitig in Panik versetzt, zeige ich ihm nicht offen, sondern kontere stattdessen: „Und wenn schon! Hier wäre ich ohnehin früher oder später getötet worden! Außerdem irrst du dich, warum sollte ich Gefühle für dich empfinden? Milan war immerhin der Einzige, der mir gegenüber aufrichtig war. Er war derjenige, der sich an unseren Deal gehalten hat! Außerdem fickt er bei Weitem besser als du!"

Erneut lacht Iven aus vollem Herzen auf, er verhöhnt mich mit seiner arroganten Art, als wüsste er genau, dass ich ihm ins Gesicht lüge, nur um ihm nicht zu zeigen, wie tief er mich mit der Wahrheit verletzt.

„Und wenn schon. Milan steht zu seinem Wort und er wollte dich kaufen. Schon allein, weil du die erste Schlampe bist, die sich ihm widersetzt hat." Erneut beugt sich Iven zu mir herunter und haucht mir ins Ohr: „Auch wenn es für dich nicht so aussieht. Leon kann seinem Neffen keinen Wunsch abschlagen. Sie sind eine Familie. Milan erledigt öfter mal die Drecksarbeit für Leon. Du wirst ihm früher begegnen, als dir lieb ist. Und wenn er die Möglichkeit bekommt, wird er sich an dir rächen!"

„Fick dich! Hör auf, mich zu manipulieren!", schreie ich ihn an und stoße ihn von mir. Iven lässt tatsächlich von mir ab und lacht mich lediglich aus. „Das wirst du dann schon sehen! Wir werden uns sicher begegnen, Maya, schließlich tätigen wir viele Geschäfte für das Oberhaupt der von Arentin Familie. Allein durch Milans Vater werden wir uns sehr bald wiedersehen."

Ich sage nichts mehr dazu, sondern starre ihn lediglich stumm an. Ich fühle mich so wehrlos und weiß einfach nicht mehr, was ich ihm entgegenbringen soll. Alles was ich möchte, ist, aus diesem Alptraum endlich aufzuwachen. Eine bedrückende Stille legt sich über uns. Da ich ihm nicht antworte, läuft Iven zur Zimmertür.

„Sind wir dann jetzt fertig?", fragt er und öffnet seine Tür. Es fühlt sich an, als würde mein Herz in tausend Stücke zerreißen. Diese Gleichgültigkeit in seinen Augen und seine distanzierte Haltung. Ich kann spüren, wie sich erneut Tränen in meinen Augen sammeln, sodass ich den Blick senke. „Ja, wir sind fertig!", erwidere ich tonlos und humple, ohne ihn anzusehen, aus dem Zimmer. Er sagt nichts mehr dazu, sondern schließt eiskalt die Türe hinter mir. Als ich sicher bin, dass er die Türe geschlossen hat, lasse ich meinen Tränen freien Lauf.

Ich weiß nicht, wie lange ich dastehe, bis ich mich endlich beruhige und ich mit bebenden Händen die Tränen von meinen Wangen wische. Ich bin innerlich taub und nehme nur am Rande wahr, wie die Eingangstür ins Schloß gezogen wird und sich ein Stimmengewirr nähert. „Und Sie sind sich sicher, dass Sie den Eingriff sofort vornehmen möchten?" Finn unterhält sich mit irgendjemandem, was mich aufhorchen lässt. Doch wird mein Puls schneller und mir weicht sämtliche Farbe aus dem Gesicht, als ich Leons harsche Antwort vernehme: „Habe ich mich nicht klar genug ausgedrückt? Ich möchte, dass du ihr den Chip einsetzt, sobald das Betäubungsmittel wirkt!"

Vor Angst erstarre ich am ganzen Körper und mir wird beinahe schlecht. Leon macht nicht mal ein Geheimnis daraus. Deswegen braucht er keine Schlösser an den Türen, er würde mich ohnehin immer finden, wenn ich versuche zu fliehen. Ich erinnere mich zurück, dass er mir gerade mal ein

Limit von dreißig Minuten gegeben hat. Ich bin innerlich komplett zerrissen und weiß nicht mehr, wo mir der Kopf steht. Ich will nicht wie ein Hund gechipt werden, doch gleichzeitig überkommt mich das unheilvolle Gefühl, dass ich Leon nicht reizen sollte.

Da das Stimmengewirr näherkommt, humple ich unter Schmerzen ins Badezimmer und sehe mich eilig um. Zitternd greife ich mir einen Waschlappen und drehe den Wasserhahn auf. Ich stehe völlig neben mir, während ich mechanisch die Decke zu Boden fallen lasse und den Lappen nass mache, um irgendwie die Blutflecken von meinem Körper zu säubern. Hektisch rubble ich über meine Haut, bis sie knallrot ist.

Wie in Trance wasche ich den Lappen aus und beobachte, wie sich das Wasser von meinem Blut rot färbt. Immer wieder wiederhole ich den Vorgang. Meine Atmung geht viel zu schnell und mein Körper zittert unkontrolliert. Ich glaube, ich habe einen Nervenzusammenbruch oder eine Panikattacke. Ich schaffe es einfach nicht mehr, mich zu beruhigen und doch mache ich weiter, wie mir befohlen wurde. Ich bin innerlich taub. Nichts dringt mehr zu mir hindurch, wie gerädert säubere ich mich von dem Blut. Immer wieder erinnert mich meine innere Stimme, dass ich mich unbedingt zu Leon begeben muss. Ich darf nicht zu spät kommen. Doch nach dem Gespräch mit Iven ist es, als würde meine Welt in Trümmern liegen. Die Scherben bohren sich in mein Inneres und lassen mich qualvoll verbluten.

Wieder flackert der Gedanke auf, dass ich mich so schnell wie möglich anziehen muss. Wer weiß schon, wie mich Leon als nächstes bestraft. Doch in mir ist Panik. Widerwille. Ich will diesen Chip nicht implantiert bekommen. Es wäre der endgültige Beweis, dass ich nie wieder eine kleine Chance auf Freiheit bekomme. Mein Herz rast mittlerweile vor Angst. Und obwohl sich alles in mir sträubt, ziehe ich mir das kurze, schwarze Kleid an, das mir Leon bereitgelegt hat und kämme meine Haare, die in alle Richtungen stehen. Das Kleid ist weich auf meiner Haut, der Stoff fühlt sich irgendwie besonders an. Es geht mir knapp über den Hintern und bedeckt gerade so meine Brüste. Doch ich habe mich inzwischen daran gewöhnt, dass so ein kurzes Stück Stoff besser ist als nackt zu sein.

Ein letzter Blick in den Spiegel lässt einen Schauer über meinen Körper ziehen. Das Blut ist zwar inzwischen abgewaschen, doch die unzähligen Blessuren und geschwollenen Verletzungen an meinem Körper sehen beängstigend aus. Es gibt kaum eine Stelle an meinem Körper, die nicht zeigt, wie sehr ich die letzten Wochen gepeinigt wurde. Mit zitternden Fingern fahre ich vorsichtig über die schmerzhafte Wunde an meiner Nase, hinunter zu meiner aufgeplatzten Lippe. Wie kann ein Mann bei solch einem Anblick Erregung empfinden? Ich bin doch jetzt schon zerstört. Auch seelisch bin ich durch alle Erlebnisse zerbrochen. Was will Leon mit einer Frau wie mir?

„Maya?!" höre ich plötzlich Finn über den Gang brüllen. Es verdeutlicht mir, dass die halbe Stunde offensichtlich abgelaufen ist. Eine warme Träne rinnt über meine Wange und tropft in das Waschbecken. Die Angst in mir lähmt mich. Ich will mich umdrehen und ihm entgegenrennen. Ihm sagen, dass es mir leidtut.

Doch ich kann nicht. In mir sind so viele Gefühle, die mich verwirren und bewegungsunfähig machen. Ich bin innerlich komplett zerrissen.

Ich höre Schritte, die sich nähern und spüre, wie mein Puls viel zu heftig gegen meinen Brustkorb hämmert. Ich kann kaum atmen, als Finn hinter mir auftaucht und sich unsere Blicke im Spiegel begegnen. Er scheint aufgebracht zu sein und der scharfe Ton seiner Stimme bestätigt meine Vermutung.

„Du bist wirklich lebensmüde, dich wiederholt seiner Aufforderung zu widersetzen!"

„Ich kann nicht... Ich habe solche Angst vor ihm!", wimmere ich und spüre, wie jegliche aufgesetzte Fassade zusammenbricht. Ich kann den Schein nicht länger aufrechterhalten, doch es ist auch nicht mehr wichtig, stark zu sein. Stärke bringt mich hier nicht weiter.

Finn tritt näher an mich heran. Er packt mich fest am Oberarm, sodass ich schmerzhaft aufschreie und mich zu ihm umdrehe.

„Er ist deine einzige Chance zu überleben, Maya! Sei nicht dumm und geh verdammt nochmal nach unten! Bitte ihn auf Knien um Verzeihung für deine Unachtsamkeit!"

„Ich weiß doch noch immer nichts über ihn! Was erwartet er von mir? Du hast mir versprochen, es mir beizubringen! Bitte, hilf mir!", flehe ich ihn an. Meine Stimme überschlägt sich, doch zum Ende meiner Worte schluchze ich bitter.

Finn schüttelt kaum merklich den Kopf und streckt seine andere Hand nach mir aus. Zärtlich wischt er mir die Tränen von der Wange und meint: „Dummkopf. Wir haben dich in den letzten Wochen zu einer Sexsklavin konditioniert. Es gibt nichts mehr, was ich dir beibringen könnte. Du bist doch längst in der Lage, Schmerz zu genießen und dich beim Sex fallen zu lassen, auch wenn dieser gegen deinen Willen ist."

Seine Worte lassen mich am ganzen Körper erstarren. Erneut sind deutliche Schritte im Gang vor der Tür zu hören, wodurch Finn seine Hand sinken lässt. Lediglich der eiserne Griff um meinen Oberarm bleibt, als wolle er verhindern, dass ich weglaufe.

Die Schritte kommen immer näher, sodass sich mein Blick in Richtung der Türe wendet, als Leons gefährliche Stimme durch das Badezimmer hallt: „Ich habe dich wirklich für folgsamer gehalten."

„Es tut mir leid!", hauche ich unsicher und blicke zu Boden. Die Härte in seiner Tonlage macht mir Angst, doch was soll ich schon gegen ihn ausrichten? Leon überreicht Finn ohne weiteres Zögern die Spritze und weist ihn schroff an:

„Bringen wir es hinter uns. Allmählich verliere ich die Geduld!"
„Wie Sie wünschen!", entgegnet ihm Finn und zieht mich näher zu sich ran, da fordert Leon plötzlich: „Du wirst uns begleiten und sie weiterhin medizinisch versorgen!"

„Natürlich!" kommt es prompt von Finn. Seine Worte lassen die Schlinge um meinen Hals immer enger werden. Sie beweisen mir, dass es kein Zurück gibt. Auch wenn es das Dümmste ist, was ich tun kann, stemme ich mich mit den Händen gegen Finn. Ich will keine Gefangene sein. Und genau in diesem Moment erinnert sich ein Teil in mir an ein Versprechen. Ich habe mir geschworen, dass mich diese Männer nicht brechen. Habe mir geschworen, das zu überleben! Ich wollte einen Weg finden, sie zu manipulieren, um von hier zu entkommen. Doch wie soll ich das schaffen? Mit einem Chip im Körper, der bei einer Flucht immer meinen Aufenthaltsort verraten würde.

„Nein! Ich habe zugestimmt, mit dir zu kommen, aber ich werde mich nicht wie ein Stück Vieh von dir kennzeichnen lassen!"

Allein dieser Satz reicht aus, dass die eisige Kälte zurück in Leons Augen kehrt. Seine Gesichtszüge verhärten sich und er zieht ungläubig seine Augenbraue hoch. Ein düsteres Grinsen schleicht sich in seine Mundwinkel und er fragt amüsiert: „Und du denkst wirklich, dass deine Meinung hier irgendjemanden interessiert? Wir können das auch gerne auf die harte Tour machen! Möchtest du mich herausfordern?"

Sobald Leon die Worte ausspricht, verdreht mir Finn mit einem genervten „Beruhige dich, Maya!" die Hand auf den Rücken und macht mich mit einem gezielten Griff bewegungsunfähig. Doch auch wenn es furchtbar schmerzt, fange ich an, gegen Finn zu kämpfen und stemme mich noch fester gegen ihn.

„Ich will mich aber nicht beruhigen!"

„Das ist meine letzte Warnung, Maya! Ich werde dir sonst wehtun!", ermahnt Leon mich und ich kann die Ungeduld in seiner Tonlage heraushören. Doch ich kann mich nicht kampflos ergeben. Mit einer ruckartigen Bewegung reiße ich mich mit all meiner Kraft von Finn los. Ignoriere die Schmerzen an meiner Wade und dränge mich aus dem Badezimmer. Doch weit komme ich nicht, gerade mal in den Flur, da hat Leon mich schon eingeholt und umgreift schmerzhaft fest mein Handgelenk. Er zieht mich an seine Brust und schließt seine Arme um mich. Entgegen seiner Warnung verletzt er mich jedoch nicht. Allerdings hält er mich so fest, dass ich kaum Luft bekomme.

„Bitte! Du musst das nicht tun! Bitte implantiere mir keinen Chip!", flehe ich kläglich, denn ich möchte ihn nicht weiter provozieren. Dafür fürchte ich mich viel zu sehr vor den Konsequenzen. Seine Präsenz schüchtert mich dafür viel zu sehr ein. „Akzeptiere dein Schicksal und höre auf zu kämpfen! Du gehörst allein mir, meine Schöne!", raunt er, doch ich will mich nicht kampflos ergeben. In meiner Verzweiflung beginne ich nach ihm zu schlagen, doch da spüre ich plötzlich von hinten einen schmerzhaften Einstich an meinem Hals. Und so wie ich mit letzter Kraft strample, verschwimmt die Welt um mich. Wird grau. Das Letzte, was ich spüre, ist, wie er mich auffängt, damit ich nicht zu Boden gehe. Ich nehme noch am Rande wahr, wie er mich auf seine starken Arme nimmt und atme seinen einzigartigen, männlichen Duft ein. Bis ich ins tiefe Schwarz abdrifte…

Es ist noch nicht vorbei...

Entführt endet an dieser Stelle, doch ihr könnt euch auf den nächsten Band freuen:

„Entführt und verkauft“

„Entführt - Du gehörst mir“

„Entführt - Dunkle Sehnsucht“
(Voraussichtlich *Winter 2024 erhältlich)*

Weitere Bücher von Jasmin Baur:

„Gefangen - Verlieb dich nicht in den Entführer“

„Gefangen - Spiel mit den bösen Jungs“

„Gefangen - Weil ich dich Liebe“

Jasmin Baur

Sie wurde 1988 in Ulm geboren und lebt in Senden.

Sport mit täglichen Workouts und gesunder Ernährung bestimmen ihr Alltagsleben.

Ihren ersten Erotikthriller schrieb sie bereits im Alter von 22 Jahren. Sie hat sich auf düstere Mafia-Geschichten rund um das Thema Stockholm-Syndrom spezialisiert.

2020 veröffentlicht, Jasmin Baur unter „MissJBaur“ ihre *Gefangen-Reihe* und *Entführt-Reihe* auf Social-Reading-Plattformen und hat hier bereits über eine Million Leser begeistert.

Seit 2022 bringt sie als Verlagsautorin die *Gefangen-Reihe* und *Entführt-Reihe* auch als Druckversion heraus.

Abonniert MissJBaur:

www.gefangen-thriller.com

DANKSAGUNG

An dieser Stelle möchte ich mich besonders bei allen Menschen bedanken, die mich dazu ermutigt haben, *Entführt* zu veröffentlichen.

Mein größtes Dankeschön geht an alle meine Leser, die mich mit ihrem intensiven Feedback unterstützen und mich mit dem Glauben an meine Bücher darin bestärken, meine Ziele zu verwirklichen.